1958—1966：东方文学学科之起步

以北京师范大学为中心

何乃英 著

中国社会科学出版社

图书在版编目（CIP）数据

1958—1966：东方文学学科之起步：以北京师范大学为中心/何乃英著.
—北京：中国社会科学出版社，2018.8
ISBN 978 - 7 - 5203 - 2526 - 4

Ⅰ.①1…　Ⅱ.①何…　Ⅲ.①文学研究—东方国家—1958 - 1966
Ⅳ.①I300.6

中国版本图书馆 CIP 数据核字（2018）第 103390 号

出 版 人	赵剑英	
责任编辑	史慕鸿	
责任校对	郝阳洋	
责任印制	戴　宽	

出　　版	中国社会科学出版社	
社　　址	北京鼓楼西大街甲 158 号	
邮　　编	100720	
网　　址	http://www.csspw.cn	
发 行 部	010 - 84083685	
门 市 部	010 - 84029450	
经　　销	新华书店及其他书店	

印　　刷	北京明恒达印务有限公司	
装　　订	廊坊市广阳区广增装订厂	
版　　次	2018 年 8 月第 1 版	
印　　次	2018 年 8 月第 1 次印刷	

开　　本	710×1000　1/16	
印　　张	23.5	
插　　页	2	
字　　数	329 千字	
定　　价	108.00 元	

目　　录

前　言

　　作为我国大学中文系（文学院）的一个新学科——"东方文学学科"，是从 1958 年开始迈出第一步的。

　　提起 1958 年，众所周知，那是新中国历史上颇有名气的一年。因为这一年是与"大跃进"运动密切联系在一起的。当时"大跃进"运动的口号是"鼓足干劲，力争上游，多快好省地建设社会主义"。作为这个运动的一个组成部分，在全国各大学里还有"教育大革命"运动，北京师范大学当然也不例外。为什么要在这里特别提到"教育大革命"运动呢？因为在北京师范大学中文系，"东方文学学科"就是在这个运动里诞生的。当时，外国文学教研组党支部提出，外国文学教学的主要问题是"三有三无"，即有西（西方文学）无东（东方文学），有古（古代文学）无今（现代文学），有资（资产阶级）无无（无产阶级）。其中有资无无的提法未必妥当，但前两者确实是问题，触及要害。为了改变这种现状，确定改革的重点在于创立东方文学和现代无产阶级文学。中文系党总支同意这个意见，于是便发动群众，组织力量，成立几个小组开展工作，名之曰"攻坚战"。

　　的确，在此之前，北京师范大学中文系的外国文学课程只讲西方文学（包括欧美文学和俄罗斯苏联文学两部分），不讲东方文学；而且据我所知，其实不仅北京师范大学如此，全国各大学中文系的外国文学课程也都是如此。在"教育大革命"运动中，人们认识到这种状况是不合适的。因为所谓外国文学，顾名思义是指中国以外的文学，当然应该包括中国以外世界各国的文学，既包括西方国家的文学，也包括东方国家的文学。更何况中国本身就处于世界的东方，属于东方国家，从这个意义上说，中国文学也属于东方文学的范畴；而且当时东方许多国家，主要是亚洲和非洲的国家，正在掀起轰轰烈烈的民族解放和民族独立运动的高潮。在这种情况下，怎么能不把东方文学作为外国文学的一部分在课堂上讲授呢？这是当时我们共同的想法。

于是，在这种社会政治环境的大背景下，作为"教育大革命"的一个重要内容，"东方文学小组"便应运而生，其成员包括苏联文学研究生、进修生和本科毕业班学生，共计一二十人。作为外国文学教研组成员之一的陈惇老师，被教研组指定，除了重点参加西方文学小组的工作之外，还要关注东方文学小组的工作。陈老师自己对东方文学也很有兴趣，因此时有参与。虽然这些人都没有在课堂上学习过东方文学，甚至不知道东方文学应该包括哪些国家、作家和作品，只是笼统地知道东方文学是指亚洲和非洲的文学，但是大家齐心协力，分工合作，"白手起家"，"大干快上"，"突击"（后三个词语是当时各行各业通用的口号）编写东方文学教学大纲、讲义和参考资料。我们按照东方各个国家分成若干小组，用了半年左右的时间便把东方文学的教学大纲、讲义和参考资料都编写了出来。当时的"东方文学小组"包括陶德臻老师和我在内。陶老师是以东北师范大学教师的身份来北京师范大学参加苏联文学进修班学习的，我是北京师范大学本科毕业班的学生。记得我参加的是蒙古文学小组，组长李自昆是一位女老师，苏联文学进修班学员，来自北京师范学院（今首都师范大学），当时年龄似乎已经不小了；一位组员也是女的，不知是苏联文学进修班还是研究班的学员，年龄也比我大，可惜我不记得她的姓名；再一个组员就是我。我们三个人除了参加必要的政治活动以外，一有时间就"突击"查找资料，阅读作品，编写大纲、讲义和参考资料，最后总算在 7 月完成了任务。在我的印象中，那段工作的后期，天气酷热难耐。但是我们不顾一切地开夜车，抢进度，往往由于太缺觉了，坐在教室或图书馆阅览室里看书时，看着看着，不知不觉地就趴在桌子上睡着了；醒过来一看，桌子上湿了一大片，原来都是自己流出来的口水。

现在的人或许很难想象，怎么可能在这样一无所有，又无先例的基础上，用这么短的时间就编写出一套东方文学教学大纲、讲义和参考资料来呢？但事实就是如此。因为当时做什么事都讲究"突击"，都讲究"大跃进"，都讲究"多快好省"，编写教学大纲、讲义和参考资料也不能例外。当然，在这么短的时间里编写出来的教学大纲、讲义和参考资料，其水平自然也不可能很高。其中，东方文学教学大纲与西方文学教学大纲一起，于1958年9月在学校印刷厂铅印出版，题为《北京师范大学外国文学教学大纲（初稿）》，并注明"中国语言文学系用"、"北京师范大学出版"等字样。东方文学讲义由于觉得不够成熟，一直没有印刷出版，只是保存下来手稿（这些手稿后来长期存在外国文学教研组，不知是否保存至今）。而东方文学参考资料则作为中文系外国文学教研组编辑的七卷本《外国文学参考资料》① 的一卷，即《外国文学参考资料（东方部分）》，由高等教育出版社于1959年2月出版发行，第一次印刷5000册。这本书共计55万字，分为"绪言"、"朝鲜文学"、"越南文学"、"蒙古文学"、"印度文学"、"阿拉伯文学"、"印度尼西亚文学"、"日本文学"和"土耳其文学"9个部分，收入88篇文章。该书虽然是资料性的成果，不是研究性的成果，但毕竟是我国东方文学学科领域正式公开出版的第一部书籍，所以值得特别提及。

若问我为什么要参加"东方文学小组"的工作，其实自己当时的想法也很简单，就是觉得参加这个组的同学比较少（如果我的记忆不错的话，在本科毕业班中似乎只有我一人参加，其他的成员都是苏联文学进修班和研究班的，而他们1958年暑假后又全部离开北京师范

---

① 据陈惇老师回忆，冯至先生曾经就这套书对他说："师大办了一件好事。"

大学了，包括陶老师在内；不过，1978 年陶老师又从东北师范大学调入北京师范大学，与我共同担任东方文学的教学和研究工作），我想去试试。当时以为这只是一个临时性的任务，根本谈不上有什么长远的打算。可是，不料这一下子就决定了我一生的专业方向，甚至也可以说决定了我一生的大致命运。因为，到当年 7 月底毕业时，我被留在学校中文系任教，并被分配在外国文学教研组工作，任务就是讲授和研究东方文学，这显然是因为我在毕业前参加过"东方文学小组"的关系。说老实话，我当时其实是不很愿意从事这个专业的教学和研究工作的，因为这个专业是地地道道的"一穷二白"，既极度缺乏资料，又没有老先生指导，难度很大。然而，我必须服从分配（其实不仅我一个人服从分配，那时的学生几乎都服从分配），没有什么条件可讲，没有什么意见可提，不很愿意干也得硬着头皮干下去。

1958 年暑假以后，外国文学教研组内成立三个教学小组：东方文学组，西方文学组，俄苏文学组。东方文学组包括陈惇老师、李启华老师和我三人。此外，从湖南师范学院（今湖南师范大学）来进修一年的李锡禧老师也参加我们的讨论。陈老师的专业是西方文学，本应参加西方文学组，但教研组主任刘宁老师让他先参加东方文学组，以后再进行调整。陈老师也很乐意接受这个安排。于是，我们边干边学，相处很和谐，工作很顺利，并且卓有成效，主要是在一个基本观念上取得了突破，即确定东方文学是一个有机的整体，不是国别文学的拼凑，因此应该建立一个整体的东方文学学科体系。这是我们的努力方向。

李启华老师是在我之后不久从中文系本科毕业留校的，任务与我一样，也是讲授和研究东方文学；只可惜她在两三年后因有其他工作，调离北京师范大学。不过，日后在正式编写东方文学讲义时，她虽然已经离开，可是她的劳动成果并没有被忽视，而是以各种各样的形式被吸纳进东方文学讲义之中。从这个意义上说，这份讲义乃是我们共同的劳动成果。再者，陈惇老师在这几年中曾经热心地帮助过我，给我出过许多好主意，替我想过许多好方法，看过不少我写的讲稿和讲义，提过不少宝贵的意见，还亲自动笔写过一部分讲稿，并在其中提出一些有启发性的见解，后来我自己写这部分讲义时汲取了其中的精华，觉得获益良多。此外，外国文学教研组主任刘宁、谭得伶老师以及其他老师也用各种形式支持我，鼓励我，给我增添了不少勇气和力量。

上述情况可以说明，在中国的大学中文系进行东方文学学科建设，包括编写东方文学教学大纲、教材和参考资料，开设东方文学课程，从事东方文学研究，是从北京师范大学开始的，随后则在东北师范大学、辽宁大学、哈尔滨师范大学、内蒙古师范大学、延边大学、华中师范大学、湖南师范大学、宁夏大学、陕西师范大学、首都师范大学、南开大学、河北大学、天津师范大学、河北师范大学等学校陆续展开。当然，北京师范大学中文系的开创工作并不是独自完成的。正如上面所说的那样，1958 年暑假以前参加这项工作的人绝大部分是苏联文学进修班和研究班的学员，而这些学员原本是从全国各大学来的外国文学教师和准备加入外国文学教师行列的本科毕业生。所以，从这个角度来说，这项开创工作乃是全国多所大学的联合行动。另外需要注意的是，在这个过程中，北京师范大学中文系的这项开创工作又通过以下各种渠道推动和影响了全国其他许多大学：北京师范大学苏联文学进修班和研究班学员在 1958 年暑假后分赴全国各个大学任教；新闻媒体对北京师范大学教学改革的宣传报道；北京师范大学从 1958 年暑假后开始招收东方文学的进修教师等。

从 1958 年至今，北京师范大学中文系外国文学教研组（现在改称北京师范大学文学院比较文学与世界文学研究所）除了 10 年"文化大革命"时期之外，一直坚持从事东方文学的教学和研究工作，一直不断致力于东方文学学科的建设工作，一直不断努力地提高东方文学的教学和研究工作水平。总之，从东方文学学科的创立来说，北京师范大学是它的起点；从东方文学学科的发展来说，北京师范大学是它的重要基地之一。但是，随着时光的流逝，1958—1966 年起步阶段那些往事渐渐被人淡忘。因此，作为参与其事的成员之一，我觉得有必要回顾那段往事，记述那段往事，并用今天的眼光审视那段往事，分析它取得的成绩是什么，它存在的缺点是什么，从中可以汲取哪些经验和教训。从一定的意义上说，这不仅是对北京师范大学东方文学学科建设起步阶段工作的小结，同时也是对我国大学东方文学学科建设起步阶段工作小结的重要组成部分之一。

第一章

关于《东方文学教学大纲》

不言而喻，一门课程的基本方向如何，是由教学大纲决定的。因此，要真正了解初创时期东方文学学科的基本方向，必须认真研究《东方文学教学大纲》的内容。

第一节　教学大纲的"说明"

1958 年 9 月由北京师范大学印刷的《外国文学教学大纲（初稿）》包括四个部分，其中第四部分是东方文学（为了方便起见，以下简称这个部分为《东方文学教学大纲》或《大纲》）。

首先，我们需要研究的是这份教学大纲总的指导思想。它的指导思想是什么呢？我们由它前面的"说明"就可以一目了然。这个"说明"共有四点，其中最重要的是第一点和第三点。

第一点是：

这份大纲要求以列宁的两种文化的学说为红线，根据师范大学培养又红又专的人民教师的目标，向学生介绍世界文学史上的优秀文学和文学上的斗争。本着党的"厚今薄古"的方针和重视东方的指示，着重讲现代无产阶级文学和东方各国的现代进步文学。①

第三点是：

　　大纲是由教研组和苏联文学进修员、研究生以及中三、中四的同学共同编订的，越南留学生同学也以国际主义精神热情地参加了编写工作。大纲在九天内编出第一稿，又经过多次讨论，做了两次修订，成为现在的初稿。建立外国文学新体系的工作是一件新的任务，且大纲是由几个小组分头编写的，所以大纲的体例、繁简和水平都有不统一的地方，今后要结合教学不断地修改。

　　由于思想水平所限，资料缺乏，所以某些章节中关于两种文化的斗争，党对文学事业的领导还不够突出，整个大纲还是相当粗糙的，需要今后继续修订补充。特别是关于阿拉伯文学部分，结合目前国际形势的发展，更有增订的必要。

　　我们恳切地希望同志们能多多地提出意见，补充不够的地方，批判错误的地方，使得外国文学的大纲成为一面坚定的红旗。②

在这两点"说明"中，有几个需要特别加以阐述的问题：

一是"以列宁的两种文化的学说为红线"。这里所说的"列宁的两种文化的学说"，是指列宁1913年在《关于民族问题的批评意见》一文中提出的一个观点，其大意是说：在每个民族文化里面，都有一些哪怕是不太发达的民主主义和社会主义的文化成分，因为每个民族里面都有劳动群众和被剥削群众，他们的生活条件必然会产生民主主义的和社会主义的思想体系。但是每个民族里面也都有资产阶级文化，而且这不仅是一些成分，而是占统治地位的文化。因此，所谓

---

① 《外国文学教学大纲（初稿）》，北京师范大学1958年版，第1页。
② 同上。

"民族文化"，一般说来是资产阶级的文化。我们要向一切民族的社会党人说，每一个现代民族中，都有两个民族；每一种民族文化中，都有两种民族文化。有普利什凯维奇、古契柯夫和司徒卢威之流的大俄罗斯文化，但是也有以车尔尼雪夫斯基和普列汉诺夫为代表的大俄罗斯文化。[①] 列宁的这个理论所依据的是马克思主义的阶级分析方法，所针对的是资产阶级民族主义者所鼓吹的"民族文化"口号，而并非否定民族文化本身。至于如何以此为红线"向学生介绍世界文学史上的优秀文学和文学上的斗争"，《外国文学教学大纲》并没有具体说明。但问题在于，如何正确地、全面地理解这个观点，而不是简单地、机械地理解这个观点，从而陷入庸俗社会学的泥淖。众所周知，所谓庸俗社会学是一种把马克思主义理论庸俗化的观点体系。庸俗社会学者简单化地解释马克思主义关于意识形态的阶级制约性，认为意识形态现象直接取决于物质现象和社会阶级的经济基础。在文学研究中，他们抹杀文学的特殊性质，把文学的目的、内容同社会科学的目的、内容机械地等同起来，把文学变成对社会学的"形象图解"；他们认为文学的性质取决于作家的阶级出身，而不考虑政治、思想和心理等多种因素对作家的影响；他们认为文学作品的性质是简单明了的，而不考虑文学作品在各种社会情况下多种多样的复杂表现；总之，他们喜欢简单地、机械地给作家和作品贴上阶级标签，划定阶级成分。从《大纲》的实际内容来考察，不难发现当时的编写者在这种思潮的影响下，的确是在一定程度上犯了类似的错误。其具体表现是，对东方文学进行简单的、机械的阶级分析和阶级定性，重视现代文学，而轻视古典文学，重视无产阶级文学，而轻视非无产阶级文学，认为现代文学和无产阶级文学才是"民主主义和社会主义"文化，而古典文学和非无产阶级文学都是"资产阶级"文化。然而，东方文学的实际情况并非如此简单。例如：有些上层阶级出身的作家虽然基本上站在自己所属的阶级立场上，但是他们的世界观却有可能

---

① 参见《列宁全集》第20卷，人民出版社1958年版，第6—15页。

接受多方面的影响，包括人民大众思想的影响；他们的作品虽然不一定直接描写人民大众的生活，但是这些作品却有可能在一定程度上符合人民大众的思想、感情和愿望；等等。既然实际情况如此复杂，那就需要具体分析，不能一概而论。

二是"本着党的'厚今薄古'的方针"。1958 年 3 月 10 日，时任中宣部副部长的陈伯达在国务院科学规划委员会第五次会议上发表了一个讲话，题为"厚今薄古，边干边学"。他认为，中华人民共和国成立后社会科学研究工作的主要缺点是"言必称三代"的烦琐主义学风相当盛行。有些人对于当前现实生活中的问题似乎不感兴趣，很少去研究，而对于过去的事情，几千年前的东西，讨论得津津有味。他认为这是资产阶级知识分子想逃避现实，脱离实际，脱离社会生活的表现。他强调学术一定要站在人民的立场上，为社会主义建设服务，研究新时代的新问题。陈伯达的讲话在当时的社会科学领域引发了一场关于如何对待"古""今"问题的大讨论。有的主张"厚今薄古"，有的主张"厚今厚古"，有的主张"略古详今"，有的主张"博古通今"，有的主张"古今分家"，等等。1958 年 4 月 15 日，《人民日报》以"'厚今薄古'论战胜'厚古薄今'论"为题总结了这场讨论。文章认为：辩论中出现了十多种不同观点，但从实际上看只有"厚今薄古"和"厚古薄今"两派；然后指出：社会科学工作者集中力量于古代历史和古代作品的研究和教学，长期和古人为伍，加上立场观点不够正确，分析批判不够充分，很容易引导人们留恋过去，怀古鄙今，逃避当前伟大的革命斗争和生产斗争，在现实生活中和学术研究中迷失方向；"厚今薄古"和"厚古薄今"的斗争是哲学社会科学领域里两条道路的斗争。从此以后，"厚今薄古"便成为党的方针。对于这个方针，当时不少人简单地理解为古今分量和比例的问题，即在工作中少研究古代的，多研究现代的；在教材里少写古代的，多写现代的；在课堂上少讲古代的，多讲现代的。《东方文学教学大纲》恰逢此时问世，自然会以"厚今薄古"为指导方针，并且由于不少编写者也持有类似的简单化的理解，所以在编写《大纲》

时便尽力压缩古代文学，尽力扩展现代文学。加之东方文学从来就没有写成过历史，尤其缺乏古代文学的材料，于是便形成了古代文学内容过少，现代文学内容过多，古今比例严重失衡的局面。

三是"着重讲现代无产阶级文学和东方各国的现代进步文学"。这里所谓"着重讲现代无产阶级文学"，应该既包括西方现代无产阶级文学，也包括东方现代无产阶级文学；所谓"东方各国的现代进步文学"，应该是指东方无产阶级文学以外的进步文学。这种提法显然有片面之嫌，上文已经有所论述。除此之外，我们还必须考虑如下问题：评价文学作品应当既注重思想性，也注重艺术性；既注重思想内容，也注重艺术形式；二者必须兼顾，不能只顾其一，不顾其二。更何况所谓思想性和思想内容也不仅是指文学作品的思想倾向性和阶级属性，还包括文学作品反映生活的广度和深度。而以着重讲无产阶级文学和现代进步文学为原则之一，往往就会忽视其他许多不属于这个范畴的文学，往往就会忽视从古代到近代许多优秀的作家作品，往往就不能全面地认识文学发展的面貌，往往就会不适当地抬高所谓无产阶级文学和进步文学的地位，而贬低其他文学的地位。另外，重视东方文学当然是正确的，但东方文学同样既包括古典文学，又包括现代文学；既包括无产阶级文学，又包括非无产阶级文学；既包括进步文学，又包括其他文学，不能片面强调其中一部分，而忽视另一部分。

四是"特别是关于阿拉伯文学部分，结合目前国际形势的发展，更有增订的必要"。这里之所以特别提出阿拉伯文学，固然是由于这个部分内容不够充实，但更重要的是由于当时正是阿拉伯各国掀起反对殖民主义压迫、争取民族独立运动的高潮时期，所以提出必须增加这个方面的内容。这是编写者思想观点的体现。

第二节　东方文学的"绪言"

其次，我们需要研究的是这份教学大纲中东方文学部分的指导思想。对于东方文学来说，这个指导思想无疑是更加具体的，更加实际

的，更加重要的。那么，它的指导思想是什么呢？我们由它前面的
"绪言"就可以看得一清二楚。

这个"绪言"共有四点，以下分别予以论述。

第一点，原文如下：

> 东方是世界革命和反殖民主义斗争的基地。列宁论"落后的
> 欧洲与先进的亚洲"。毛主席、周总理论亚洲革命力量的不可征
> 服。东方各国人民的共同命运与遭遇。十月社会主义革命为东方
> 各国民族解放运动与文化的发展开辟了广阔的前途。中国革命的
> 胜利对东方各国反殖民主义斗争的深远影响。东方的社会主义国
> 家的经济、政治、文化的高速度发展与空前繁荣。东方的古代文
> 化是世界文化主要的发源地。东方各国社会主义文学与进步文学
> 在世界文学中占有重要的地位。批判以西欧资产阶级文学代替世
> 界文学、抹杀东方进步文学的资产阶级观点。①

这一段讲的是东方文学的重要性。其中，指出"东方的古代文化
是世界文化主要的发源地。东方各国社会主义文学与进步文学在世界
文学中占有重要的地位"等语是正确的，提出"批判以西欧资产阶
级文学代替世界文学、抹杀东方进步文学的资产阶级观点"等语是基
本正确的；但是，其他的话语（如"东方是世界革命和反殖民主义
斗争的基地。列宁论'落后的欧洲与先进的亚洲'。毛主席、周总理
论亚洲革命力量的不可征服。东方各国人民的共同命运与遭遇。十月
社会主义革命为东方各国民族解放运动与文化的发展开辟了广阔的前
途。中国革命的胜利对东方各国反殖民主义斗争的深远影响。东方的
社会主义国家的经济、政治、文化的高速度发展与空前繁荣"等）
都是从政治的角度论述问题的，不是从文学的角度论述问题的，这说
明当时的编写者对东方文学的重要性还没有进一步的认识。

---

① 《外国文学教学大纲（初稿）》，第52页。

第二点，原文如下：

东方各国人民从古就有着友好往来与文化交流的历史。印度古代文化在东方各国文化发展中的巨大作用。中国古代文化对亚洲各国文化发展的深远影响（如日本、朝鲜、越南）。阿拉伯古代文化在西欧文化发展上占重要地位。东方古代文化——世界文化的宝库对世界文学发展的巨大贡献。

俄罗斯文学、苏联文学是东方各国进步文学的光辉榜样。毛泽东文艺思想对东方各国进步文学发展的指导意义。东方各国进步文学的相互影响，进步作家在保卫和平、反对殖民主义斗争中的并肩作战。[①]

这一段讲的是东方各国文化、文学的交流和影响，基本思想和内容是正确的。其中，特别值得肯定的是指出印度、中国和阿拉伯古代文化对东方各国的影响，这已经涉及东方三大文化体系对东方各国的影响问题，只不过观点还不够明确，更没有深入进行论证；另外需要指出的是，阿拉伯文化的影响首先是在东方，其次才是在西方。

第三点，原文如下：

东方文学是世界文学中最有思想性、战斗性的丰富多彩的文学的一部分。共产党的领导是东方各国进步文学繁荣与发展的基础。无产阶级文学是现代东方进步文学的核心。反帝、反封建、反殖民主义是东方文学光辉的战斗传统。继承民间文学的宝藏是东方文学的一个重要特点。东方文学有着自己的独特风格与气派。

社会主义国家（朝鲜、蒙古、越南）的文学是推动社会主义建设、保卫世界和平的强有力的武器。社会主义现实主义是社会主义文学的主要创作方法。社会主义的国家制度是文学发展与繁

---

① 《外国文学教学大纲（初稿）》，第52页。

荣的基本保证。

印度、阿拉伯的文学有着自己丰富悠久的文化传统。反对殖民主义是现代进步作家创作的中心主题。

日本的无产阶级文学在日本现代文学中占有重要地位。日本无产阶级文学具有深刻的思想性和较高的艺术造诣。

学习东方文学对建设我们的祖国，丰富我们的文化，提高我们社会主义觉悟的重要意义。①

这一段讲的是东方文学的特点，并对东方各国文学进行分类。关于特点，虽然指出几点（如"反帝、反封建、反殖民主义是东方文学光辉的战斗传统。继承民间文学的宝藏是东方文学的一个重要特点。东方文学有着自己的独特风格与气派"等），但是不能形成体系，给人以支离破碎之感。另外，其中有些提法给人以绝对化的感觉，未必完全符合实际情况，如"共产党的领导是东方各国进步文学繁荣与发展的基础。无产阶级文学是现代东方进步文学的核心"等语，只适用于一部分国家的一部分时期，而不适用于其他国家和其他时期。关于分类，将东方文学分为"社会主义国家文学"、"民族独立国家文学"和"资本主义国家及半殖民地国家文学"三类，在当时是可以理解的，但在今天看来是不妥当的。关于这个问题，我们将在下文中详细讨论。

第四点，原文如下：

1. 东方文学的讲授重点是现代各国的无产阶级文学，主要是社会主义国家的文学。

2. 为了讲授方便，分三个部分讲授：一是社会主义国家的文学（朝鲜、越南、蒙古）；二是民族独立国家的文学（印度、阿拉伯）；三是资本主义国家的文学（日本、土耳其）。

① 《外国文学教学大纲（初稿）》，第52—53页。

3. 教学方法要贯彻结合实际（中国实际、学生思想实际）的原则。课堂讨论暂定为一次，以无产阶级文学为讨论对象。①

这一段讲的是东方文学的教学方法。在今天看来，其中最令人难以接受的是第一条——"东方文学的讲授重点是现代各国的无产阶级文学，主要是社会主义国家的文学"。这一条在本《大纲》以下的一些章节中确实贯彻实行了。但据我的回忆，在后来的实际教学中，这一条只在最初阶段起过作用，之后很快就被无形中取消了。因为随着时间的推移，人们越来越感觉到这样安排显然是不符合客观实际的，是根本行不通的。只要深入了解一下就不难发现，作为社会主义国家的朝鲜、越南和蒙古都不是东方的文学大国，朝鲜、越南和蒙古的文学都不是东方文学的主要内容，都不能作为东方文学课程的重点讲授对象。同样的道理，无产阶级文学也不可能占有特别重要的地位。

最后，这个"绪言"所附的"参考资料"如下：

列宁：《论亚洲是世界风暴的新源泉》、《亚洲的觉醒》、《落后的欧洲与先进的亚洲》、《论东方各族人民底觉醒》；

斯大林：《十月革命与民族问题·十月革命的世界意义》、《论十月革命与被压迫民族解放斗争》；

马克思：《不列颠在印度的统治》、《不列颠在印度统治的未来结果》；

毛主席：《在苏联最高苏维埃庆祝十月革命四十周年会议上的讲话》、《毛主席会见我国留苏学生》；

周总理：《在亚非会议（万隆会议）上的发言》；

楚图南：《对外文化友好活动又有显著进展》；

茅盾：《关于文化交流问题的发言》。②

---

① 《外国文学教学大纲（初稿）》，第53页。
② 同上书，第53—54页。

其中，除了最后两篇是谈文化交流的以外，其余几篇都是纯粹政治性的文章。这说明当时的确没有比较全面论述东方文学的文章。

第三节　朝鲜文学

由于朝鲜北部建立了朝鲜民主主义人民共和国，属于社会主义国家范畴，所以它的文学受到特别的优待，授课时间为8课时，占整个东方文学授课时间的五分之一弱。这种安排显然超出了它应有的地位。与之形成鲜明对比的是，朝鲜南部的韩国文学则根本没有提及。这种安排当然是不合理的。究其原因，一方面是当时几乎找不到韩国文学的任何资料；另一方面则显然是由政治方面的分歧和对立造成的，即当时中国和韩国没有外交关系，甚至一度处于敌对状态。

在朝鲜文学里，《东方文学教学大纲》一开始就指出："中朝两国人民的牢不可破的战斗友谊。朝鲜文学是有高度的思想性、战斗性并富有教育意义的社会主义文学的一部分。学习朝鲜无产阶级文学的意义。"[1] 这段话是朝鲜文学教学的指导思想。在今天看来，第一句话"中朝两国人民的牢不可破的战斗友谊"，主要是从政治着眼的，与文学没有直接关系，因此不是很必要的；第二、第三句话"朝鲜文学是有高度的思想性、战斗性并富有教育意义的社会主义文学的一部分。学习朝鲜无产阶级文学的意义"，将朝鲜文学限制在社会主义文学和无产阶级文学范围之内，这种说法并不全面，也不妥当。

在这种思想指导下，当具体论述朝鲜文学时，《大纲》分为三个部分：

第一部分是"朝鲜文学的优秀传统"，《大纲》写道：

> 古代的神话传说和诗歌。"训民正音"（民族文字）的创造对朝鲜文学发展的意义。壬辰、丙子两乱前后的反侵略反封建的

---

[1] 《外国文学教学大纲（初稿）》，第54页。

爱国主义诗歌和小说。先进的实学思想家和现实主义文学大师朴燕岩的创作。

从口头创作发展起来的优秀古典小说。《春香传》是暴露李朝封建官僚统治和反映反对这种统治的人民意志的作品。春香——优美的英勇的朝鲜妇女的典型。《春香传》的艺术特点及其在文学史上的意义。①

这两段是古代文学部分，概括地提出了几个要点，内容基本正确；但总共只有短短七行字（原文，下同），约占朝鲜文学全文的十二分之一，从古今文学比例上来看，显然偏少。例如《春香传》，在以后编写的东方文学史上一直被作为重点作品之一，而在这里却只有两句话。

第二部分是"现代朝鲜文学概述"，论述的是从19世纪末20世纪初到20世纪50年代约半个多世纪朝鲜现代文学发展的过程。其中，又分为解放前（1945年以前）和解放后（1945年以后）两部分。

关于解放前部分，《大纲》写道：

日本帝国主义对朝鲜的吞并。十月革命对朝鲜文学的影响。"三一"民族解放运动的历史意义。朝鲜无产阶级文学的萌芽：新倾向派文学（崔曙海、赵明熙、李箕永等的作品）。对资产阶级文学的斗争。工人运动的发展。朝鲜共产党的建立。朝鲜无产阶级艺术同盟（卡普）的结成使朝鲜文学步入新阶段。日本帝国主义对进步文学的迫害，革命文学的坚决斗争。②

这一段概括地提出了几个要点，内容基本正确；但也存在一定的欠缺，即主要着眼于无产阶级文学，对于无产阶级文学以外的文学只用了一句话——"对资产阶级文学的斗争"。这样处理显然有过分简单

---

① 《外国文学教学大纲（初稿）》，第54页。

② 同上。

化之嫌，将所有"资产阶级文学"都放在了无产阶级文学的对立面，忽视了这个时期文学的复杂情况，忽视了无产阶级文学以外其他进步文学的成就。

关于解放后部分，《大纲》写道：

> 解放后和平建设时期新的历史情况。北朝鲜文学艺术总同盟的成立。作家积极参加民主建设的斗争。创作题材的多样化（李箕永的《土地》、李北鸣的《劳动一家》、韩雪野的《血路》和《兄妹》、赵基天的《白头山》和《抗战的丽水》等）。
>
> 祖国解放战争中作家为保卫祖国而投入战斗。朝鲜文学艺术总同盟的结成。劳动党和金日成元帅对文艺工作的指示。爱国主义和国际主义是当时文学的中心主题（韩雪野的《狼》、黄健的《燃烧的岛》、宋影的《江华岛》、任顺德的《赵玉姬》等）。
>
> 战后的历史情况。全国作家艺术家大会和第二次作家大会的意义。无产阶级文学在反对资产阶级文艺思想上的战斗作用。作家为响应党的号召而深入生活。创作的繁荣。战后文学反映祖国繁荣发展、创造新生活的劳动和斗争的主题（边熙根的《辉煌的展望》、俞恒林的《工会小组长》等），描写解放战争、反对侵略、歌颂中朝友谊、叙述光荣历史传统的主题（韩雪野的《大同江》、李箕永的《图们江》、李灿的《火焰》、宋影的《无论在什么地方也可以看见白头山》等）。
>
> 目前朝鲜文学正沿着社会主义现实主义道路前进。①

这四段论述的时间跨度较小，文字却较长，共有 16 行，比较详细地列举了朝鲜半岛北部，即朝鲜民主主义人民共和国文学的业绩，内容基本正确；但是其中一些提法显示出当时的时代特点，现在看来未必

---

① 《外国文学教学大纲（初稿）》，第 54—55 页。

完全妥当。此外，作为文学史来说还不免有偏颇之嫌，因为其中只字未提同时期朝鲜半岛南部，即韩国文学的业绩。

第三部分是"作家作品分析"。这里选了三位作家，即赵基天、李箕永和韩雪野，每位作家所用的文字都比较多，几乎达到《大纲》里东方文学作家的最高限度。

关于赵基天，《大纲》写道：

最优秀的爱国诗人，卫国战争的烈士。因家贫，举家流亡到苏联西伯利亚。青少年时代在苏联的生活。1945 年回国开始写作。反映各历史阶段的主题：歌颂朝苏友好的主题（《我们的路》）；歌颂建设和人民幸福生活的主题（《生之歌》、《豆满江》）；歌颂金日成将军的主题（《白头山》）；歌颂卫国战争、反对美帝国主义侵略的主题（《朝鲜在战斗》等）。

《白头山》是一部优美动人的长篇叙事诗。它的基本主题及所反映的时代。对金日成将军领导的抗日游击队英勇斗争的热情歌颂，对朝鲜人民热爱领袖感情的深刻反映。金日成将军的形象。花粉和哲镐的形象。长诗的艺术特点：结构的特色，序诗和尾声把长诗提到民族史诗的高度。恰当的比喻与对祖国山河描绘的和谐结合，使长诗具有浓厚的民族色彩。诗人贯穿全篇的直接抒情加强了长诗的感人力量。长诗对朝鲜叙事诗发展的意义。①

关于李箕永，《大纲》写道：

李箕永是朝鲜无产阶级文学创始人之一，是"卡普"的组织者和领导者之一。他在奠定朝鲜社会主义现实主义文学中的作用。早年流浪生活。"三一"运动对他的影响。在日本接触进步的俄罗斯文学。

---

① 《外国文学教学大纲（初稿）》，第 55 页。

早期创作的特点。

《故乡》是"卡普"时期文学的纪念碑。对 1920 至 1930 年代朝鲜社会现实情况的广泛描写；揭露日本帝国主义及地主的剥削本质，歌颂工农群众的成长及其反帝反封建斗争。金喜俊——先进知识分子的典型。农村新型青年的形象。艺术特点：细腻、具体的描写；结构、语言的特色。《故乡》的创作意义。

《土地》反映土改后朝鲜农村新面貌的第一部长篇小说。郭岩——新型农民的形象。从思想内容和艺术特点看《土地》和《故乡》的联系。

战后的长篇小说《图们江》。①

关于韩雪野，《大纲》写道：

韩雪野是朝鲜当代著名的老作家，杰出的批评家和社会活动家，无产阶级文学运动的组织者和领导者之一。早年的生活和创作活动。参与组织和创立"卡普"。

"卡普"时期的文学活动和创作：对资产阶级反动文学进行斗争。《过渡期》描写日本帝国主义侵略下农村的破产、阶级分化、农民转化为工人的过程。《摔跤》描写工农群众阶级意识的成长及其有组织的斗争，表现了工农联盟的思想。这两部作品为社会主义现实主义奠定了基础。作者创作视野的扩大，对中国革命的关心。

解放前和民主建设时期的创作和文学活动。

祖国解放战争时期的创作。中篇小说《狼》对美帝国主义在朝鲜所犯罪行的揭露。三部曲《大同江》是反映战争时期的第一部长篇小说，作品对朝鲜人民英勇斗争的热情歌颂，对侵略者的无情揭露。占顺——工人阶级先进妇女的典型。其他人物形象。

---

① 《外国文学教学大纲（初稿）》，第 56 页。

作品的艺术特点：社会主义现实主义创作方法在小说中的反映。

战后时期的优秀历史小说《历史》和《雪峰山》。

他的论文《关于革命文学的典范性文件》，为在朝鲜文学界彻底清除资产阶级思想余毒而斗争。①

从以上内容不难看出，编写者是很重视这三位作家的，对他们的生平、思想和创作都进行了相当详细的介绍，而且给予了相当高的评价，可以说是作为重点作家看待的。如今看来，作为朝鲜现代无产阶级文学的代表作家来说，他们当然是有资格的；但是从整个东方文学或者从整个世界文学来说，他们的成就和地位显然不应该如此突出，这样安排多少有些名不副实。

第四节　越南文学

越南也属于社会主义国家的范畴，所以越南文学在字数分配和教学时间安排上也受到特殊照顾，大体上与朝鲜文学相当，授课时间也是 8 课时，占整个东方文学授课时间的五分之一弱。这种安排也超出了它应有的地位。

在越南文学里，《东方文学教学大纲》一开始也有这样几句话作为指导思想："越南人民与中国人民唇齿相依的关系。越南文学是越南人民争取民族独立斗争和社会主义革命斗争的有力武器。学习越南文学的意义。"② 这段话是越南文学教学的指导思想。在今天看来，第一句话"越南人民与中国人民唇齿相依的关系"主要是从政治着眼的，与文学没有直接关系，因此不是很必要的；第二句话"越南文学是越南人民争取民族独立斗争和社会主义革命斗争的有力武器"也将越南文学限制在社会主义文学和无产阶级文学范围之内，因此这种

---

① 《外国文学教学大纲（初稿）》，第 56—57 页。
② 同上书，第 58 页。

说法不全面，也不妥当。

越南文学也分为三个部分。第一部分"越南文学的优秀传统"是论述越南从古代到 1930 年为止文学的成就，《大纲》写道：

> 人民口头文学是 13 世纪以前越南惟一的民族文学。神话、传说、歌谣中强烈的人民性。口头文学的特点。
>
> 16 世纪末至 18 世纪初封建统治的日益腐朽，农民运动的高涨。18 世纪现实主义文学的空前繁荣。阮攸的《金云翘传》是反封建现实主义文学的代表作。它对历代越南文学的巨大影响。
>
> 19 世纪末 20 世纪初越南人民反抗法国殖民统治的爱国运动。当时人民文学中强烈的爱国主义精神。革命志士潘倍州和讽刺诗人陈继昌的爱国诗。爱国主义文学与帝国主义走狗越奸文学的斗争。
>
> 十月革命及中国、日本的民主革命对越南社会和文学的深刻影响。法国资产阶级颓废文学的输入对越南文学的毒害。进步文学与帝国主义反动文学之间日益激烈的斗争。①

在这四段文字中，首先引人注目的是，这种分期方法显然是不够妥当的。其中属于古代文学的内容约有五六行，与朝鲜古代文学大体相当。在古代文学中，概括地提出了几个要点，内容基本正确；其中也谈到了阮攸的《金云翘传》，但还不够突出，因为它在后来的东方文学史上一直被作为重点之一。总之，从古今比例上来看，古代部分显然偏少。继而谈到的是 19 世纪末 20 世纪初的爱国运动和爱国文学，这实际上已经不是古代文学，而是近现代文学的内容了。此外，这段开头第一句话"人民口头文学是 13 世纪以前越南惟一的民族文学"也有不够严密之处。比较准确的说法应该是，13 世纪以前越南没有自己民族的文字，但有用汉字和汉语写的书面文学；13 世纪时越南在汉字的基础上创立了自己民族的文字——"字喃"，用字喃写的书

---

① 《外国文学教学大纲（初稿）》，第 58—59 页。

面文学也随之出现。

第二部分是"1930 年以后的越南文学"。编写者之所以这样划分文学发展阶段，显然是为了突出越南劳动党对于文学的领导作用，因为印度支那共产党（越南劳动党的前身）是在这一年成立的。其实，文学和政治不同，如何划分文学发展的历史时期，必须综合考虑各方面的情况，特别是要考虑文学自身的情况，不能简单地用政治史分期取代文学史的分期。这个部分又分为以下两个阶段：

一是"1930 年至 1945 年越南文学概况"，《大纲》写道：

1930 年印度支那共产党的建立。无产阶级革命文学的发展及其对革命运动和进步文学的影响。胡志明主席和素友等革命作家的早期创作。

深刻、广泛地揭露封建统治和殖民主义的批判现实主义文学的发展。讽刺诗人秀肥的早期创作《逆流》与吴必素、武仲奉、阮公欢等作家的创作在当时社会所起的进步作用。

资产阶级浪漫主义和颓废派文学的日趋没落。

从 1933—34 年开始到 1936—39 年激烈化了的文艺上两条道路的斗争，"为人生而艺术派"战胜了"为艺术而艺术派"。红河的诗在当时所起的积极作用。

1943 年党在文化纲领中提出的应建立"民族的、科学的、大众的"文化对人民文学发展的指导意义。①

二是"1945 年以后的越南文学"，《大纲》写道：

1945 年 8 月革命的胜利，越南人民共和国的建立。胡志明主席的《独立宣言》。党对文艺事业领导的加强。中国和苏联无产阶级文学对越南文学的影响。毛主席《在延安文艺座谈会上的讲

_____

① 《外国文学教学大纲（初稿）》，第 59 页。

话》在越南文艺事业发展中的作用。

1948 年年底，全民抗战展开，文艺工作者投身于抗战斗争。

1948 年第一次全国文艺大会。越南文艺协会的成立。长征同志的报告对越南文艺事业的重大指导意义。大会是决定越南文学空前发展的关键。

抗战时期作家深入工农兵生活及斗争。1953 年土改和政治学习对作家思想改造的意义。抗战期间文艺创作的大丰收。在党的领导下工农兵文艺运动的大开展。

素友、武辉心、阮庭诗、元玉、阮辉想、秀肥、阮文俸等无产阶级作家和进步作家描写抗战的作品在当时的政治影响和艺术上的成就。

"农民诗人"陈友椿。诗集《8 月的田野》和歌谣集《妈妈嘱咐孩子》中所反映的农民革命斗争精神。作品的宣传鼓动作用。艺术上典型形象的创造及其风格特点。

苏怀的《西北的故事》反映泰族人民在党的领导下抗击法国殖民者的英勇斗争。革命战士的形象。作品的民族特色。

工农兵歌谣的蓬勃生长。主题的多样性。密切为当前政治斗争服务。艺术特点。

1954 年和平恢复后至 1956 年进入社会主义革命后文艺的新发展。土改纠偏和促进南北越和平统一的新作品的出现。

从 1956 年开始的与"人文—佳品"反党集团的斗争。1957 年第二次全国文艺大会的召开。阮庭诗同志的总结报告和长征同志的报告是对反党、反社会主义分子向党进攻的有力回击。党中央给大会的指示对以后文学活动的指导意义。1958 年党所组织的文艺工作者的学习是再一次向"人文—佳品"反党集团进行反党阴谋而作的斗争。斗争的重大胜利。越南文学无限广阔的发展前途。①

---

① 《外国文学教学大纲（初稿）》，第59—60 页。

　　这个部分所述内容基本正确，同时显示出两个特点：一个是强调党的领导，如"1930 年印度支那共产党的建立"，"1943 年党在文化纲领中提出的应建立'民族的、科学的、大众的'文化对人民文学发展的指导意义"，"1945 年 8 月革命的胜利，越南人民共和国的建立。胡志明主席的《独立宣言》。党对文艺事业领导的加强"，"1948 年第一次全国文艺大会。越南文艺协会的成立。长征同志的报告对越南文艺事业的重大指导意义。大会是决定越南文学空前发展的关键"，"抗战时期作家深入工农兵生活及斗争。1953 年土改和政治学习对作家思想改造的意义"，"在党的领导下工农兵文艺运动的大开展"，等等。另一个是强调文艺方面的思想政治斗争，如"从 1933—34 年开始到 1936—39 年激烈化了的文艺上两条道路的斗争，'为人生而艺术派'战胜了'为艺术而艺术派'。红河的诗在当时所起的积极作用"，"从 1956 年开始的与'人文—佳品'反党集团的斗争"，等等。这是编写者观点的体现。

　　第三部分是"作家与作品"。这一部分选出三位作家进行介绍和分析，即胡志明、素友和武辉心。

　　关于胡志明，《大纲》写道：

　　8 月革命前胡志明主席的号召书、《狱中日记》诗篇和文章中所表现的对革命的无限忠诚和伟大的革命英雄气概。革命后的《独立宣言》、号召书和给各阶层人民的信。文章中所表现的高度的党性、巨大的说服力、对祖国和人民无限深厚的爱。文章独特的革命文风。文章对革命实践的巨大指导意义。[①]

　　关于素友，《大纲》写道：

　　素友是越南最杰出的革命诗人。他艰苦的革命生活和坚强的革命意志。诗歌创作是他革命斗争的武器。早期反封建、反法西

---

① 《外国文学教学大纲（初稿）》，第 60 页。

斯的创作。

抗战时期深入工农兵后创作上的转变。优秀的抗战诗集《越北》。诗集中表现人民坚强斗争意志和军民鱼水关系的诗《鱼和水》、《破坏公路》、《越北的母亲》。歌颂人民军英勇斗争意志和辉煌战役的诗《欢呼奠边府的战士》。描绘和平恢复后越南壮丽河山的面貌、歌唱人民对南北越和平统一的愿望和人民坚定革命意志的诗《我们向共同的目标前进》。

卓越的诗篇《越北》。和平恢复后人民离开革命故乡时深切依恋的情感。人民对建设新国家的信心。人民对伟大领袖的歌颂。诗的民间文学风格（领袖形象的描写手法。六八体。民间语言的运用。民歌体的对话形式）。

诗集在人民中的巨大影响。整部诗集的艺术特点（深切、自然的情感。民间歌谣的影响。语言的音乐美）。①

关于武辉心，《大纲》写道：

《矿区》是第一部描写工人运动的作品。小说具体、深入地描写了在党的领导下工人运动的发展。工人的典型形象老俊。工人集体力量的出色描写。贯穿全篇的革命乐观主义精神和幽默感。②

用今天的眼光加以审视，这样安排不能说是很妥当的。其中，胡志明主要是政治家，不是文学家，真正的文学作品只有《狱中日记》，硬要作为文学家来讲，反而降低了他的地位；武辉心的文学成就不算很高，不具有重点作家的水平，《矿区》不能算是特别优秀的作品；只有素友在诗歌领域成就较大，不过从东方文学史的角度来看，也不必写得如此详细，不必占用这样多的篇幅。更需要指出的

---

① 《外国文学教学大纲（初稿）》，第60—61页。
② 同上书，第61页。

是，除此三人之外，在越南文坛上占有更加重要地位、取得更加显著成就的作家其实还有，如以吴必素、武仲奉和阮公欢等为代表的所谓"批判现实主义文学"的作家便是。尤其是阮公欢，作为一位优秀的小说家，他早在20世纪30年代就已经出版了《古井无波》、《男角四下》、《男主人》、《女教师阿明》、《女主人》和《最后的道路》等短篇小说集和长篇小说，到四五十年代又相继出版了《逃出牢笼》、《越南艄婆》、《农民和地主》、《天亮前后》等小说。其中，《最后的道路》堪称思想性和艺术性俱佳的作品。当然，《大纲》的编写者之所以没有将他列为代表作家，一方面可能是因为当时还没有多少介绍他的资料，也没有翻译出版他的作品；另一方面可能认为他不是最革命的，不是无产阶级作家。这也显示出当时编写《大纲》的倾向性，但这种倾向性应该说是不公正的。

第五节　蒙古文学

蒙古人民共和国也属于社会主义国家。因此，尽管一般认为蒙古文学的成就不仅不如许多东方文学大国的成就高，而且也不如朝鲜和越南文学的成就高，但是仍然被作为重点之一，规定授课时间为6节课，仅比印度文学少一节课，而比阿拉伯文学多出一倍。这种安排在今天看来，自然是十分不合理的。

蒙古文学的第一部分是"蒙古文学的历史传统"，《东方文学教学大纲》写道：

蒙古帝国的建立与口头文学的发展。歌颂英雄的史诗在当时文学中占主导地位。《江格尔》是古代最优秀的人民口传英雄史诗。史诗对古代英雄英勇的歌颂和对祖国的赞美。史诗中所表现的人民高度艺术才能。

《蒙古秘史》是蒙古古代文学最辉煌的著作。口头文学对它的影响。

满洲入侵后，表现人民生活愿望和人民争取自由独立作品的产生。揭露喇嘛王公暴行的讽刺诗《公爷的一百条教谕》。祝词的出现。①

这三段从 1206 年蒙古帝国建立开始，概述蒙古古典文学的情况，内容基本正确；但从整体来看，这部分所占比重很小。

蒙古文学的第二部分"蒙古无产阶级文学"，《大纲》写道：

十月社会主义革命、蒙古人民革命党的建立、蒙古人民共和国的成立为无产阶级文学的发展开辟了广阔的天地。蒙古人民革命党是蒙古新文学的组织者和领导者。1927 年作家协会的成立。

人民口头创作在革命后的新发展。它是蒙古新文学的基础。革命歌曲《西伯克—恰克图》揭开了蒙古人民革命文学的第一页。

苏联文学对蒙古新文学的影响。高尔基 1926 年给蒙古知识分子的信对作家创作的重大指导意义。

革命文学对以雅达姆苏伦为首的封建主义和资产阶级民族主义文学小集团的斗争。

第二次世界大战前蒙古社会主义文学的发展。纳楚克道尔基和达木丁苏伦的创作在蒙古文学发展中的奠基作用。30 年代蒙古社会主义文学的蓬勃发展：爱国主义主题、历史主题、反对封建主义和歌颂解放斗争主题的作品。

第二次世界大战中歌颂蒙苏友谊作品的出现。写历史题材的作品。诗歌是当时文学中的主要体裁。

战后蒙古文学在社会主义现实主义道路上的进展。党中央关于加强思想工作、加强文学艺术工作的一系列决议和指示对文学

---

① 《外国文学教学大纲（初稿）》，第 62—63 页。

发展的重要意义。小说在当时占重要地位。作家协会两次代表大会对蒙古文学发展的指导意义。新作家作品的出现：抗击法西斯侵略的主题（曾格的《阿尤喜》等），社会主义劳动建设的主题（《达米伦一家》、《肥大的皮袄》等），保卫和平歌颂国际友谊的主题（《和平鸽》等）。文艺批评的繁荣。①

这一部分占据绝大部分篇幅，显然是重点论述的对象，所述内容基本正确。与朝鲜文学和越南文学的相应部分一样，这个部分也强调党的领导，如"十月社会主义革命、蒙古人民革命党的建立、蒙古人民共和国的成立为无产阶级文学的发展开辟了广阔的天地。蒙古人民革命党是蒙古新文学的组织者和领导者"，"战后……党中央关于加强思想工作、加强文学艺术工作的一系列决议和指示对文学发展的重要意义"，等等；也强调文艺界的政治思想斗争，如"革命文学对以雅达姆苏伦为首的封建主义和资产阶级民族主义文学小集团的斗争"，等等；同时还强调苏联对蒙古文学的影响，如"苏联文学对蒙古新文学的影响。高尔基 1926 年给蒙古知识分子的信对作家创作的重大指导意义"，"第二次世界大战中歌颂蒙苏友谊作品的出现"，等等。最后一点显然与当时中苏友好的国际形势密切相关。总之，以上几点都是编写者观点的体现。

在具体作家论述方面，《大纲》提出三位作家，即达·纳楚克道尔基、曾·达木丁苏伦和恰·洛道伊丹巴。

关于纳楚克道尔基，《大纲》写道：

纳楚克道尔基是蒙古社会主义文学的奠基者之一，杰出的诗人。他的创作道路。

历史诗剧《三座山》奠定了蒙古戏剧创作的现实主义基础。诗剧对蒙古人民反对封建王公统治的斗争力量的揭示。云登、娜

① 《外国文学教学大纲（初稿）》，第63页。

母尔沙的形象。诗剧的抒情性和民族特色。

　　抒情诗《我的祖国》歌颂了祖国的壮丽河山，表现了劳动人民的生活理想。诗的语言与描写特点。①

关于达木丁苏伦，《大纲》写道：

　　达木丁苏伦是蒙古社会主义文学的奠基者之一，杰出的诗人和文艺理论家。他的创作道路。中篇小说《被遗弃的姑娘》是最早的新文学作品之一。反映封建势力的残酷压迫和劳动人民反封建压迫的斗争。陀林哥尔和采莲的形象。

　　抒情诗《我的白发母亲》对祖国的热爱和歌颂。祖国形象的刻画。艺术特点。

　　二次大战中和战后的诗作。②

关于洛道伊丹巴，《大纲》写道：

　　洛道伊丹巴是蒙古的优秀作家之一。

　　小说《在阿尔泰山》是蒙古新文学中最优秀的长篇小说。小说对劳动知识分子建设祖国热情的赞美和歌颂。结构和形象描写的特点。作品中的革命浪漫主义特色。

　　《我们的学校》是一篇歌颂蒙苏友谊和建设祖国伟大成就的优秀中篇小说。俄罗斯女医生的形象。③

　　这三位作家都是作为重点来评介的。就蒙古现代文学的范围而言，前两位作家的年龄较大，起步较早，被文学史家誉为"启蒙文学家"；而后一位作家则可以说是较为年青一代的作家。但若从整个东

①　《外国文学教学大纲（初稿）》，第64页。
②　同上。
③　同上。

方文学的范围来看，他们的艺术成就似乎都不能算很高，恐怕都没有资格列为重点论述的对象。

第六节 印度文学

印度是东方的文学大国，不仅具有悠久的古典文学传统，而且近代和现代文学也取得了辉煌的成就。这一点在《东方文学教学大纲》中有所体现，但是还显得很不够；特别是与朝鲜、越南和蒙古三国文学比较起来，更显得很不够。这一点从授课时间上，就能够一目了然。印度文学只有 7 节课，比朝鲜文学和越南文学都少一节课，比蒙古文学仅多一节课。究其原因，归根结底是因为它不是社会主义国家，而是民族独立国家吧。这种以政治观点决定文学规格的做法，在当时来说是可以理解的，但在今天看来无疑是不科学的。

印度文学除"开场白"和"结束语"外，也分为三个部分。

第一部分是"古代和中世纪的印度文学"，《大纲》写道：

古代印度文学是居住在印度境内的各种不同民族的创作，不是一种统一的文学。

《吠陀》是印度文学中最古的作品，是世代口传下来的口头创作。《梨俱吠陀》所反映的时期、宗教性质和神话形象。

《摩诃婆罗多》和《罗摩衍那》是古代印度人民生活的"百科全书"，是古代印度史诗的代表作。要求国家统一的思想。罗摩是古代印度人民理想的英雄形象。两部史诗对后世印度文学的深远影响。

印度各族人民的故事、寓言和神话是反映远古人民智慧的极其宝贵的典范。故事集《五卷书》和《嘉言集》对有产者政权的讽刺。

迦梨陀娑是古代印度最伟大的诗人。他的生平。创作的世界意义。

　　《沙恭达罗》的取材。剧本的人民性。对忠贞爱情的歌颂，对美好生活的向往，对当时社会秩序的批判。艺术特色：优美的抒情，人物的细致刻画，悲剧气氛。

　　《云使》是古代抒情诗的杰作。它的人民性，对忠贞爱情的歌颂，美丽的幻想和动人的比喻。

　　中世纪印度文学。宗教对它的影响。诗歌是中世纪印度文学的主要形式。①

这个部分概括地列出了几个要点，即《吠陀》、《摩诃婆罗多》、《罗摩衍那》、《五卷书》、《嘉言集》和迦梨陀娑，其中以迦梨陀娑最为详细。之所以强调迦梨陀娑，显然是因为当时公开发表的关于迦梨陀娑及其作品的译文和评论较多。这里所述内容基本正确，安排大体上也是妥当的。其中存在的欠缺是：《摩诃婆罗多》和《罗摩衍那》没有被列为重点，显得不够突出，没有得到应有的地位；迦梨陀娑和《五卷书》不应该属于古代文学的范围，而应该属于中古文学的范围；《嘉言集》没有必要单独列出，因为它只是《五卷书》的改编本；中古文学部分过分简略，没有受到应有的重视；另外，在古代和中古都还有不少方面的文学没有提及，如佛教文学和各种地方语言文学等。

　　第二部分是"近代印度文学"，《大纲》写道：

　　19 世纪后半期资本主义的发展，民族的形成。印度民族解放运动的发展。历史体裁（疑为"历史题材"之误——引者注）和用现实主义创作方法描写社会生活的长篇小说、短篇小说和非宗教性诗篇的出现。

　　世界闻名的作家和诗人泰戈尔是印度近代文学最杰出的代表。

　　泰戈尔所处的时代与追求祖国自由和独立的一生。对中国人

----

① 《外国文学教学大纲（初稿）》，第66页。

民的深厚友情，对苏联的赞扬。

　　他的创作：优秀诗集《吉檀迦利》、《园丁集》、《新月集》、《飞鸟集》等。优秀的小说和戏剧。《俄罗斯书简》。

　　泰戈尔的局限性。

　　泰戈尔对印度现代文学的影响。[①]

这个部分以泰戈尔为重点，在他的创作中又以《吉檀迦利》等诗集以及小说、戏剧为重点，这些都是适当的（但若就文学成就而论，与其他国家很多现代作家比较起来，在《大纲》中泰戈尔的分量还是不够，文字还是偏少）。之所以能够达到这个水准，是当时关于泰戈尔的资料和翻译作品已经出版较多的缘故。不过，其中也存在一些问题：一是特别提出"对苏联的赞扬"和"《俄罗斯书简》"，这似乎是不必要的，之所以如此强调这两点，显然与当时中苏友好的社会环境有关，也与当时编写者的政治态度有关；二是特别提出"泰戈尔的局限性"，这显然是针对泰戈尔的所谓"改良主义"观点而发的，因为这种观点与当时编写者的认识有矛盾。

　　第三部分是"现代印度文学"，《大纲》写道：

　　1. 现代印度进步文学概述：
　　十月革命对印度民族解放运动的影响。

　　20 世纪 30 年代描写民族解放问题和社会解放问题是文艺的趋向。工农是作品的主要人物。现代现实主义创始人普列姆昌德的创作道路。他的优秀长篇小说《戈丹》是现代印度农民的史诗。反映工人和贱民生活及斗争的安纳德的《贱民》、《苦力》和《两叶一芽》。马尼克·班纳齐的《巴德玛河上的船夫》对劳动人民生活和遭遇的描写。

　　1936 年印度进步作家协会的成立及其历史意义。

---

① 《外国文学教学大纲（初稿）》，第66—67页。

　　二次世界大战期间进步作家的反法西斯斗争。反映这个斗争的有巴仑·巴苏的《新兵》、哈·恰朵帕华雅的《石头的血》、瓦拉多勒的反战诗歌、革命诗人马克登·莫哈丁的诗歌《为自由而战》、进步作家和诗人贾佛利的长诗《向新世界致敬》、《亚洲醒来了》和剧本《谁的血》。

　　1947 年印、巴分裂后，反动派对进步作家的迫害，进步作家继续坚持斗争。钱达尔和纳夫特治的短篇小说表现了争取和平斗争的主题。

　　1949 年进步作家协会的宣言。1953 年第 6 次进步作家大会。1956 年亚非作家代表大会的意义及其对印度文学的影响。1957 年印共领导下的喀拉拉邦文学活动。

　　2. 现代印度进步作家及其作品：

穆尔克·拉吉·安纳德

　　穆尔克·拉吉·安纳德——印度现代杰出的进步作家、和平战士。

　　生平和创作：工匠家庭出身。政治观和艺术观的形成，高尔基作品的影响。

　　早期作品《贱民》：暴露种姓制度的残酷和荒谬，号召印度人民向封建残余作斗争。《苦力》：工人抗议的主题，主人公孟奴的命运。

　　《两叶一芽》：揭露殖民主义的主题。甘鼓及其家人的命运。长篇小说的结构和风景描写。

　　长篇小说三部曲《伟大的心》。其中《剑与镰刀》里和平主题与民族独立主题的结合。

　　他的短篇小说的主题及其意义。

克里山·钱达尔

　　克里山·钱达尔——全印作家协会总书记，现代印度最杰出的进步作家。

　　中篇小说《我不能死》对 1943 到 1944 年孟加拉所遭受的可

怕饥荒的描写，对帝国主义的强烈抗议。

长篇小说《当大地醒来的时候》对安德拉赫农民革命的描写。

短篇小说集《火焰与花》：为和平而斗争是其中心主题；工人阶级的贫困生活及其斗争的主题。艺术特色。

政治诗

政治诗在印度现代文学中占有重要地位。

赫林德拉纳特·查托巴迪亚的诗《诗人与人民》发挥了公民职责的主题。《诗人的职责》指出诗是战斗的武器。《我歌唱人类》歌颂了人类无比的创造性。《石头的血》谴责了帝国主义反动势力。歌颂和平堡垒苏联的诗《这一世纪的真理》、《列宁格勒》等。

印度革命诗人、共产党员、工农领袖马克登·莫哈丁的战斗一生。《为自由而战》喊出了印度人民战斗的呼声，充满了国际主义精神。

现代印度进步文学的特征。[①]

以上是对印度现代文学的论述。从总体来看，所述内容基本正确；不过，由于对第二次世界大战以前的文学论述比较简略，所以对属于这个时期的现代印度文学最有代表性的作家——普列姆昌德的论述也比较简略，只有短短两句话，这显然是不够的。相比之下，由于对第二次世界大战以后的文学论述比较详细，所以对属于这个时期的一些作家，特别是被认为思想比较进步的作家的论述比较详细，如穆尔克·拉吉·安纳德、克里山·钱达尔、赫林德拉纳特·查托巴迪亚和马克登·莫哈丁等都设置专门的小标题，而且在字数上也比普列姆昌德多得多。其实，在这四位作家中，前两位的文学成就自然是有目共睹的，但评介字数无论如何也不应当超过普列姆昌德；后两位在文学上也有一定的成就，但未必能够作为印度现代文学的代表提出，编写者

---

① 《外国文学教学大纲（初稿）》，第67—69页。

之所以把他们提出来，无疑是因为他们作品的思想倾向比较进步，比较适合当时的社会政治气氛。

第七节　阿拉伯文学

阿拉伯的古代文学也有悠久的传统，而现代文学则包括现今二十多个阿拉伯国家的文学，所以内容十分丰富。但是，对于古代文学，当时还没有进行广泛的、系统的研究，而且编写者的观点受到局限，也不想使用更多的笔墨；对于现代文学，由于当时阿拉伯各国的民族独立和解放运动正处于高潮，所以编写者很想大力介绍与之有关的文学，却又苦于缺乏资料。因此种种，阿拉伯文学在《东方文学教学大纲》里受到冷遇，只分配给它3节课。正因为如此，所以上文已经提到，在《大纲·说明》中指出："特别是关于阿拉伯文学部分，结合目前国际形势的发展，更有增订的必要。"

阿拉伯文学在《大纲》里只有两个部分，一是"阿拉伯的古代文学"，二是"阿拉伯的现代文学"，没有上述几个国家都有的作家作品论述部分。

在第一个标题"阿拉伯的古代文学"下，《大纲》写道：

阿拉伯世界具有悠久的历史，文明古国埃及是其代表。

埃及古代文学概况：最古老的文学作品《亡灵书》。古代宗教诗歌。说教文学——训言（箴言）的广泛传播。中王国时期文学是埃及古代文学的全盛时期。故事之兴起。游历故事发展之社会原因。新王国时期的故事更为离奇。劳动歌谣的传唱。

埃及古代文学对希腊文学和《旧约》的影响。

《一千零一夜》是阿拉伯文学也是世界文学的瑰宝之一。释名。形成过程。基本内容和结构特点。艺术成就。世界影响。①

---

① 《外国文学教学大纲（初稿）》，第70—71页。

在这里，概述部分（即"埃及古代文学概况"部分）谈的并非阿拉伯古代文学的情况，而是埃及古代文学的情况，这是不合理的。因为严格说来，古代埃及文学应当单独论述，它与后来兴起的阿拉伯文学并不属于同一体系。之所以发生这种状况，一方面可能是因为当时的编写者没有弄清二者的关系，另一方面可能是因为当时缺乏阿拉伯古代文学的资料，所以只好以埃及古代文学取而代之。作品部分谈的是民间故事集《一千零一夜》，这当然是无可非议的；但与其成就相比，分量显然不够，文字显然偏少。这也是古今比例失调的明显表现之一。

在第二个标题"阿拉伯的现代文学"下，《大纲》写道：

阿拉伯人民的历史是与外国侵略者作斗争的历史。阿拉伯民族解放运动的发展与高涨。

新阿拉伯文学是阿拉伯各国进步的文学。新阿拉伯文学始于19世纪初。19世纪70年代以前为新阿拉伯文学的启蒙时期。

西欧文学（主要是法国和英国文学）和俄罗斯古典文学（包括高尔基）对新阿拉伯文学的影响。文学革新与报刊、时评的关系。

1910—1930年为阿拉伯文学的现实主义萌芽时期。

"叙利亚—美国"派对阿拉伯现实主义文学的贡献。

新阿拉伯文学中心迁到埃及。十月革命对埃及政治、文学的巨大影响。现实主义流派——"现代派"的创立。它的进步的文学主张与严重的缺点。

战后时期阿拉伯世界民族解放运动的蓬勃发展。反殖民主义斗争在阿拉伯文学中的反映。其他社会主题。

青年作家的涌现。关于艺术在人民生活中的意义与作用的论争。"青年派"对文学的某些基本原则的阐述。

现代阿拉伯散文发展中阶段性的作品：阿卜杜勒·拉曼·奥沙

加韦（埃及）的《大地》和汉纳·米纳（叙利亚）的《蓝灯》。

短篇小说是埃及文学的传统体裁。老作家捷耶穆尔两兄弟（穆罕默德·捷耶穆尔和马赫里德·捷耶穆尔）的创作。短篇小说《纸皇冠》反抗剥削的主题。

"埃及现代派"的代表作家：阿卜拉·拉赫曼·沙尔卡维的《夏日猎鸽》——以反抗英国侵略者压迫为主题的作品。尤素福·伊德里斯的《五个钟头》——以人道主义为主题的短篇小说。

在曲折道路上前进的新阿拉伯文学。

30 年代中叶，阿拉伯文学中新民主派文学在黎巴嫩的出现。在战后阿拉伯民族解放斗争新高潮中迅速发展的民主派文学。《道路》杂志和《民族文化》报是目前阿拉伯文学的核心。

三次阿拉伯作家代表大会。

在起义斗争中的黎巴嫩作家。①

这个部分只有文学发展概况的介绍，没有具体作家作品的专门论述。这主要是因为当时阿拉伯现代作家作品的翻译材料很少，评论资料也很少，在"阿拉伯文学参考资料"中，仅仅列出了《埃及短篇小说集》和《阿拉伯短篇小说集》两本书。至于对文学发展概况的介绍部分，《大纲》抓住了若干要点，如"叙利亚—美国"派、埃及"现代派"等，但是由于掌握资料不够充分和全面，具体论述显得零零碎碎，存在许多不足之处。

例如，在谈及"叙利亚—美国"派时，只有一句话——"'叙利亚—美国'派对阿拉伯现实主义文学的贡献"。实际上，这个流派对阿拉伯现代文学的影响是应该进一步加以强调的，这种影响不仅限于现实主义文学，而且包括浪漫主义文学。非但如此，对于该派的代表作家之一，同时也是阿拉伯现代文学的代表作家之一的纪伯伦，连名字也没有提出来，也显然是不公正的。其实我国早在 20 世纪 20 年代就

---

① 《外国文学教学大纲（初稿）》，第 71—72 页。

有不少人翻译介绍他的作品，其后由冰心翻译的他的代表作《先知》于1931年问世，并且以后多次再版。由此推断，这也许是编写者的一个疏忽，也许是编写者对于纪伯伦不够重视，也许编写者认为他的作品思想倾向不够进步，也许编写者认为他旅居美国就不能算是真正的阿拉伯作家。如今时过境迁，物是人非，恐怕很难弄清当时的真相了。

又如，在谈及"埃及现代派"时，《大纲》指出："现实主义流派——'现代派'的创立。它的进步的文学主张与严重的缺点。"这里所谓的"进步的文学主张"，可能是指它提倡在文学创作中要以现实主义的态度面对现实社会生活，要用现实主义的方法描写现实社会生活，表现人民大众——工人、农民、手工业者以及中产阶级的不幸和苦难、理想和愿望，使文学为反帝、反封建的民族运动、民主运动服务。至于所谓"严重的缺点"，究竟是指什么，则不是很明确。另外，在介绍该派代表作家和作品时，提出的是阿卜拉·拉赫曼·沙尔卡维的《夏日猎鸽》和尤素福·伊德里斯的《五个钟头》。这显然是由于当时的资料有限。因为这两位作家虽然属于该派，但并非该派最重要的作家，上述两篇作品也不是他们的主要作品。该派代表作家首推艾哈迈德·邵基和塔哈·侯赛因。前者是埃及当时最杰出的诗人，有"诗王"、"诗圣"的美称；后者是埃及当时最著名的小说家、评论家和思想家。

此外，这时还有若干新作家登上阿拉伯文坛，并且已经取得引人瞩目的成就，其中最出色的就是日后成为阿拉伯国家第一位诺贝尔文学奖得主的纳吉布·迈哈福兹，他在《大纲》编写时，业已出版了《新开罗》、《汗·哈里里市场》、《梅达格胡同》、《始与末》、《宫间街》、《思宫街》和《甘露街》等小说，而后三部作品则被许多评论者视为他的代表作品。《大纲》之所以对他只字未提，显然也是由于信息不畅，缺乏资料。

第八节　日本文学

　　日本文学在《东方文学教学大纲》中受到格外重视，不仅篇幅最长，而且授课时间最多，达到 9 节课。为什么格外重视日本文学呢？分析起来大概不外以下三个原因：一是因为日本是东方的文学大国，无论是在文学作品的数量上还是质量上都占有数一数二的地位；二是因为日本是中国的近邻，自古以来与中国文学的关系密切，翻译和研究资料也相对较多；三是因为日本的无产阶级文学比较发达，成就较高。在《大纲》里，日本文学也分为三部分。

　　第一部分是"日本文学的优秀传统"，《大纲》写道：

　　　　日本古代的诗歌总集《万叶集》及其对后代诗歌发展的影响。《源氏物语》是日本最古也是世界最早的长篇小说。对贵族生活的暴露和批判，作者紫式部世界观的局限性。日本最早的小说论在《源氏物语》中的体现。

　　　　中古时期与封建贵族戏曲（谣曲）对立的民间喜剧"狂言"的产生。"狂言"与民间故事的密切联系。对统治者权威的轻蔑与反抗。16—18 世纪平民文学的发展。

　　　　明治维新后反封建的资产阶级新文学的兴起和确立。揭露性的反战作品的出现。《社会主义诗集》是无产阶级文学的先驱作品。俄罗斯文学对日本文学的影响。①

　　其中概括地提出了几个要点，强调诗歌（和歌）总集《万叶集》和紫式部的长篇小说《源氏物语》（不过说它是"世界最早的长篇小说"似乎证据不足，可以说是"东方最早的长篇小说、世界最早的长篇小说之一"）的重要性，这是理所当然的；但此后的随笔文学、战记物语

---

　　① 《外国文学教学大纲（初稿）》，第 73—74 页。

和日记文学等作家作品都被忽略不计，单独提出"狂言"并且给予极高评价，不免有片面之嫌；给谣曲冠以封建贵族的头衔并予以否定性评价，又未免过于武断。至于"16—18 世纪平民文学的发展"则过分简略，至少应该在这里提出诗歌（俳句）代表作家松尾芭蕉、小说（浮世草子）代表作家井原西鹤和戏剧（净琉璃和歌舞伎）代表作家近松门左卫门的名字及其代表作品。此外，在这一部分的最后有这样一段话："明治维新后反封建的资产阶级新文学的兴起和确立。揭露性的反战作品的出现。《社会主义诗集》是无产阶级文学的先驱作品。俄罗斯文学对日本文学的影响。"这似乎是对整个日本近代文学的概括。在今天看来，这种概括未免过于笼统。众所周知，在东方近代文学中，日本近代文学占有重要地位，取得了可观的成就，出现了众多的文学流派，涌现出二叶亭四迷、岛崎藤村、夏目漱石等一系列著名作家。这些作家在中国并不是无人知晓，鲁迅等人早已对他们进行过介绍，并且翻译了他们的部分作品。编写者之所以忽视这些应该是有意的，即认为他们都属于资产阶级文学范畴，不必加以详细论述。这种观点在当时出现是可以理解的，但不能说是科学的、正确的。与此同时，编写者却特别提出《社会主义诗集》是无产阶级文学的先驱和俄罗斯文学对日本文学的影响，也是与上述观点有密切联系的。

第二部分题为"日本现代进步文学的发展"，《大纲》写道：

第一次世界大战期间日本资本主义的发展和工人阶级队伍的壮大，革命的高涨。十月革命和俄罗斯苏联文学对日本进步文学的影响。无产阶级文学的萌芽。《播种者》——早期的无产阶级文艺运动。日本共产党的成立。"日本普罗文艺联盟"。与福本主义、山川主义倾向的斗争。"全日本无产者艺术联盟"在日本无产阶级文艺运动发展上的意义。无产阶级文艺理论的建立，关于内容与形式、艺术价值等问题的争论。藏原惟人在确立无产阶级文艺理论上的贡献。外国进步作品的翻译与介绍。无产阶级艺术创作方法的确立。大批优秀作品的出现。作品集《以战争反对战争》。小林多喜二、德永直等作家的创作在无产阶级文学史上的奠基意义。

侵华战争期间进步文学家所处的艰苦环境，与日本军国主义、沙文主义者的严酷斗争。"日本普罗文化联盟"的成立，统一战线的扩大。在反动政府迫害下，无产阶级文艺运动的失利。在10年"暗谷"时期进步作家所进行的斗争。鹿地亘的《我们七个人》。诗刊《短歌评论》。

战后日本文艺界的错综复杂情况。美、日反动派对日本人民思想的统治，资产阶级文学流派及其作品的毒害作用。"新日本文学会"——日本进步文艺运动的核心。该组织的文学批评、翻译与培养青年作家的活动，对形形色色反动文学的斗争。《新日本文学》与《人民文学》的分裂与统一。日本共产党对日本进步文学运动的领导。日本共产党的《文化政策（草案）》的公布及其对文学运动发展的指导意义。

战后日本进步文学的繁荣与体裁的多样化。争取民族独立、保卫和平是战后文学的中心主题。宫本百合子和德永直等无产阶级作家创作上的新成就。与苏联、中国关联的作品的出现。

日本无产阶级老作家高仓辉和他的代表作《箱根风云录》。对"锁国制度"下德川封建社会根本矛盾的揭露，对日本现代社会的批判，对人民力量的歌颂。友野与一的独创性与自我牺牲精神。

青年作家野间宏和他的杰作《真空地带》。日本军队罪恶的缩影。士兵木谷的典型意义。

现代工人作家及其作品。

战后争取民族独立、保卫和平的诗歌。①

这里概括地提出了现代文学史上的几个要点，但所谓"日本现代进步文学的发展"其实主要是指无产阶级文学的发展，尤其在战前部分更

---

① 《外国文学教学大纲（初稿）》，第74—75页。

是如此，即以无产阶级文学取代整个现代文学，这显然是片面的、不妥当的。事实上，在日本现代文学史上，无产阶级文学只是一部分，而不是全部。在战前，无产阶级文学确实取得了一定的成就；但与此同时，其他各种各样的文学流派和作家作品还有很多，如以谷崎润一郎为代表的唯美主义文学，以志贺直哉为代表的理想主义文学，以芥川龙之介为代表的新现实主义文学，以横光利一和川端康成为代表的新感觉派文学等，都取得了相当的成绩。在战后，情况更为复杂多样。在无产阶级文学成为"新日本文学会"核心力量的同时，又相继出现了战后派、无赖派、第三批新人、私小说和推理小说等五花八门的流派，并且已经成为不可忽视的存在，仅仅用一句话——"资产阶级文学流派及其作品的毒害作用"予以概括，显然不能算是公允的、客观的评语。此外，日后成为日本第一位诺贝尔文学奖得主的川端康成，在这时业已取得相当可观的成绩，主要代表作品已经发表，也不应该不提及，不应该不列为重点作家之一。

第三部分"作家作品分析"，《大纲》分别写了三位作家，即小林多喜二、宫本百合子和德永直。

关于小林多喜二，《大纲》写道：

小林多喜二是日本最伟大的无产阶级作家，日本社会主义现实主义文学的奠基人之一。他与工农运动的紧密联系。早期创作中的人道主义。对无产阶级文艺运动的组织领导，对资产阶级文艺观点和革命文艺阵营内部敌人的斗争。小林多喜二与鲁迅，与中国进步文学。

《1928 年 3 月 15 日》是日本无产阶级文学划时代的作品。对发动"三一五"事件的日本统治者罪行的深刻揭露，对共产党员优秀品质的刻画与歌颂。

《蟹工船》是日本无产阶级文学的奠基作品之一。作家的创作意图。作品对工人阶级的成长以及斗争力量的成功描写。以结巴、学生、不要凶、芝浦为代表的先进工人的集体形象。对日本资产阶级的残酷掠夺与军国主义侵略行为的彻底揭露。浅川——
统治者帮凶的典型。对工人革命斗争的热情宣传，对无产阶级伟
大事业必胜远景的预示。作品的艺术特点：对比手法，与人物心
理活动相一致的景物描写，情节发展的内在逻辑联系。

《不在地主》是反映农村阶级斗争的一篇有巨大现实意义的
小说。作品中的农民群众形象。青年农民健的革命道路。作品对
工农联盟力量的表现。

《党生活者》是一部共产主义的教科书。作家本人与作品主
人公的关系。对共产党员的成功塑造及其意义。对地下工作的生
动描写。作品人物的革命乐观主义精神和对未来胜利的确信。作
品的高度党性。

小林多喜二的创作对日本无产阶级文学的巨大贡献。①

关于宫本百合子，《大纲》写道：

宫本百合子是日本无产阶级文学的旗手。青少年时代。对古
典文学优秀传统的继承。处女作《贫穷的人们》中进步的人道主
义精神。早期创作《伸子》对日本社会漠视妇女权利的抗议。社
会主义国家苏联及其文学对作者确立革命人生观的决定性影响。
入党后的革命活动及在文艺战线进行的斗争。

战后的文学活动与创作。名著《播州平野》和《知风草》
对战后复杂的社会现实的揭示，对日本人民在党的领导下争取民
主与独立斗争的描写。《知风草》中共产党员石田重吉及其妻子
博子的形象。对革命领袖德田球一的描写。细腻的心理描写。
《道标》是作者创作的高峰。宫本百合子创作的意义。②

---

① 《外国文学教学大纲（初稿）》，第75页。
② 同上书，第76页。

关于德永直,《大纲》写道:

德永直是日本杰出的无产阶级作家,优秀的国际主义文化战士。他的文学活动、创作与日本无产阶级革命斗争、文学运动的紧密联系。为创立工人阶级的文艺而进行的斗争。与"新日本文学会"的关系。给周扬的信。

《没有太阳的街》是作者第一篇中篇小说,是日本无产阶级文学奠基作品之一(与小林多喜二的《蟹工船》被并称为日本无产阶级文学的"双璧")。对工人悲惨生活和英勇斗争的描写。作品中先进工人的形象。作品的新风格。

续篇《失业城市东京》。

《安息吧,爱妻!》对日本人民在战争中所遭受的苦难的揭示。

《静静的群山》(三部曲)是日本当代最伟大的社会主义现实主义作品。创作的艰苦历程。毛主席《在延安文艺座谈会上的讲话》对他创作的深刻影响。小说展示了战后社会生活和政治生活的广阔画面。工人和农民阶级意识的成长和斗争力量的壮大。对美、日反动派真实面目的尖锐揭露。党是工人运动和农民运动的领导者。对党的领袖的描写:德田球一的演说。老农民运动者鸟泽文也的形象。古川性格发展的典型意义。藤作——日本农民苦难的化身。工程师荒木敏雄的性格。初江——先进妇女的典型。鸟泽莲形象的代表性。反面的典型——地主鸟泽、工厂经理相良、退伍中尉小松。对社会党员的讽刺。情节与结构的特点。民族习俗的画面。①

这里所谓的"作家作品分析",实际上都是无产阶级文学的作家作品分析,没有其他阶级和流派的作家作品分析。在当时来说,这样安排显然是为了突出无产阶级文学;但在今天看来,这样安排显

---

① 《外国文学教学大纲(初稿)》,第76—77页。

然是不全面的和不适当的。对于这三位无产阶级作家都论述得比较详细（尤其是小林多喜二和德永直，有些地方给人以过细的感觉，如关于《蟹工船》和《静静的群山》；宫本百合子略少一些，可能是编写者认为她的作品倾向不如前两人的作品激进），所用字数居东方文学各国作家之首。这样的安排也显然超出了他们所应当占有的地位。发生这种情况，当然与这三位作家在中国介绍得比较多，他们的作品翻译得比较多有关系，同时也与编写者的观点有关系。

第九节　土耳其文学

土耳其文学也是东方文学的重要组成部分之一。大约从 15 世纪奥斯曼帝国建立起，土耳其的古代文学就已经取得相当可观的成就，富祖里和巴基是当时有代表性的诗人，前者以长篇叙事诗《蕾莉与马杰农》闻名于世，后者的诗歌显示出鲜明的个性特征。进入 19 世纪以后，土耳其的近代文学转而接受西方文学的影响，出现了厄梅尔·赛斐汀等新作家。从 20 世纪 20 年代起，土耳其文坛上涌现出许多文学流派，如民族文学、音节派、现实主义小说、乡村文学等等。

但是，由于编写《东方文学教学大纲》时缺乏资料，所以其中根本没有提及这些内容，而是直接以"土耳其诗人希克梅特"为题，这就等于以希克梅特取代整个土耳其文学。这种做法显然是不妥当的。《大纲》只在这一节开头写了如下几行：

> 20 世纪的土耳其：第一次世界大战前土耳其的深刻的半殖民地性，十月社会主义革命对土耳其民族解放斗争的鼓舞。第二次世界大战后，土耳其经济、政治、文化的法西斯化。在土耳其共产党领导下，民族解放运动和争取和平的斗争日益高涨。①

---

① 《外国文学教学大纲（初稿）》，第 79 页。

这段话与其说是对土耳其现代历史的概括，不如说是对希克梅特生活和创作历史背景的介绍。

《大纲》的以下部分都是对希克梅特的生平和创作的评述。内容如下：

> 希克梅特的生平和创作。希克梅特是无产阶级革命诗人、英勇的和平战士、伟大的国际主义者。他的出身和早年的革命活动。在苏联学习期间社会主义和苏联共产党的教育对他的共产主义世界观成长的决定性影响。马雅可夫斯基的影响。回国后争取民族解放的斗争。在狱中的革命活动和诗歌创作，争取出狱的斗争。对世界和平运动的贡献。
>
> 希克梅特创作的无产阶级立场的自我宣称（《关于便帽和呢帽》）。
>
> 希克梅特的抒情诗。土耳其人民英勇斗争的主题（《安那托里的传奇》、《我想念你》），为世界和平而斗争的主题（《帝国主义的墙》、《致保罗·罗伯逊》、《给凡里·沃格洛·阿赫曼特》、《不要让浮云杀人》），对苏联、苏联人民领袖和人民中国的深厚敬意与友情（《列宁之死》、《我的心不在这里》、《新的长城》、《知春亭》）。希克梅特诗歌鲜明的爱和革命乐观主义精神。诗歌的艺术特点。
>
> 抒情叙事诗《卓娅》是反法西斯英雄的颂歌。诗篇的结构。卓娅的形象——在共产主义教育下成长的坚强不屈的爱国主义英雄形象。诗篇的主题。
>
> 希克梅特的戏剧创作。以爱国主义和保卫和平为主题的优秀剧本《土耳其的故事》。①

---

① 《外国文学教学大纲（初稿）》，第79—80页。

这五段文字数量大体上与日本的无产阶级作家小林多喜二相当，而超过了其他所有的东方作家。给予希克梅特如此高的待遇，显然与他的实际文学成就不相适应，显然与当时的政治形势有关，显然与他对苏联和中国表示友好有关。这一点可以由这一节之后所列的"参考资料"看得清清楚楚：

《土耳其革命诗人希克梅特》，摩西因科作、周业谦译，《人民文学》1951 年 3 卷 6 期。

《战斗的土耳其诗人希克梅特》，柏生，《人民日报》1952 年 10 月 25 日。

《访问希克梅特》，林宁、陈适伍，《人民日报》1951 年 9 月 25 日。

《希克梅特到了莫斯科》，《人民文学》1951 年 4 卷 4 期。

《希克梅特的新剧本〈土耳其的故事〉》，吉良诺夫作、月华译，《文艺报》1952 年 19 期。

《希克梅特的创作——爱的传奇》，陈德康，《文汇报》1953 年 4 月 13 日。

《欢迎你，英雄和诗人——致希克梅特同志》，田间，《文艺报》1952 年 19 期。

《关于土耳其诗人希克梅特》，《人民日报》1950 年 7 月 2 日。

《和平诗人》，哈也米夫，《大公报》1951 年 5 月 15 日。

《希克梅特访问记》，张白，《文汇报》1952 年 10 月 14 日。

《读希克梅特诗集》，方清，《文汇报》1953 年 1 月 27 日。

《人民解放事业的战歌——读希克梅特诗集》，陈午楼，《新华日报》1954 年 8 月 23 日。

《希克梅特到了莫斯科》，柯罗鲍夫作、思立译，《时代》1951 年 8 月 1 日。

《和平战士希克梅特》，基尔金娜作，《时代》1951 年 8 月 1 日。

《安哥拉城上的金元》，别尔柯夫作，《时代》1951 年 8 月
1 日。①

一位东方作家竟然能于两三年内在《人民日报》、《大公报》、
《文汇报》、《新华日报》、《人民文学》、《文艺报》和《时代》等报
刊上发表十几篇评介他的文章（这并不是全部的文章，实际上还有一
些文章未收入），恐怕可以说是绝无仅有的。

第十节　对于《大纲》的整体评价

以上分别评述了《东方文学教学大纲》的各个部分，最后我们再
对它进行一下整体的评述。

第一，俗话说"万事开头难"。这个《大纲》的价值和可贵之
处，首先就在于它是中国第一份东方文学教学大纲，并且是无先例可
循的东方文学教学大纲，因而具有开创性质，具有开拓意义。这是无
可争议的事实。而这个功劳则属于当时参与这项工作的一二十位编
者。尽管在今天看来，它存在着各种各样的缺点、错误和疏漏，但是
它打开了局面，开辟了道路，指出了方向。从一定的意义上可以说，
我们后来的工作都是在它的基础上进行的；尽管我们后来常常不断地
改正它存在的各种各样的缺点、错误和疏漏，它的成绩仍然是居于首
位的，是不可抹煞的。事实上，任何事物在它初创时，由于受到各种
条件的局限，往往都不可能是完美无缺的，都不可避免地存在着各种
各样的缺点、错误和疏漏。这个《大纲》也不例外。

第二，由于这个《大纲》不是在充分研究东方文学及其发展历史
的基础上编写出来的，因此它存在如下一些重要欠缺：一是它没有对
东方文学的定义、历史地位和基本特征等重要理论问题进行阐述。二
是它没有对东方文学的发展历史进行整体论述，没有划分出东方文学

---

① 《外国文学教学大纲（初稿）》，第 80—81 页。

的发展阶段，没有归纳出东方文学的发展规律。三是它只将东方七个国家的文学编在一起，没有对它们进行科学的分类，所谓"社会主义国家文学"、"民族独立国家文学"和"资本主义国家及半殖民地国家文学"不是文学性的分类，而是政治性的分类；不是兼顾这些国家古今各个方面因素的分类，而是仅仅依据这些国家政治现状的分类，因此这种分类是不科学的。四是它所涵盖的范围存在很多缺陷，如东南亚地区只有越南一国，没有菲律宾、缅甸、泰国、印度尼西亚等国家；西亚地区只有阿拉伯，没有伊朗、以色列等国家，伊朗是历史悠久的文学大国，以色列也是文明古国，二者都不应该缺失；中亚地区国家没有提及，可能因为当时这些国家均属于苏联的加盟共和国；非洲大陆只涉及北非的阿拉伯国家，没有涉及撒哈拉大沙漠以南众多的国家；等等。五是它在处理各种文学比例上严重失调，如古代文学分量过少而现代文学分量过多，无产阶级文学分量过多而其他阶级和流派文学分量过少，等等。六是它在人名、地名、书名等方面出现了许多大大小小的错误。

第三，这个《大纲》不是北京师范大学一个学校创造的业绩，而是全国多所大学共同合作的产物。当然，由于当时这些大学从事外国文学教学和研究的教师汇集于北京师范大学中文系举办的"苏联文学进修班"和"苏联文学研究班"，所以北京师范大学中文系和外国文学教研组在整个编写过程中起了主导作用。

第四，这个《大纲》所产生的影响也不限于北京师范大学，同时还通过各种渠道，特别是参加这项工作的苏联文学进修班和研究班的教师以及后来的进修教师，迅速地扩展开来，很快在全国许多大学都以这个大纲为参照物，或多或少地加以修改后，纷纷开设起东方文学课来。

第二章

从《大纲》到《讲义》

从 1958 年编写出《东方文学教学大纲》到 1963 年编写出一套新的《东方文学讲义》，这是一个巨大的、深刻的变化。为此，我们花费了五六年的时间。在这个过程中，我们一面进行东方文学课堂教学工作，一面进行编写东方文学讲义工作，二者相辅相成，互相促进。

为什么从《东方文学教学大纲》到新《东方文学讲义》会发生巨大的、深刻的变化呢？这是因为我们在 1958 年"大跃进"和"教育大革命"以后，头脑慢慢冷静下来，同时开始千方百计地收集资料，认真地看书学习，仔细地思考问题，深入细致地了解和认识东方文学。在这几年里，除了自身的努力以外，我们主要从以下三个方面获得了十分可贵的帮助：一是到北京大学东语系去听课；二是阅读穆木天和彭慧先生关于东方文学的译文；三是进一步收集和阅读其他东方文学参考资料。

第一节　在北京大学听课的收获

为了尽快改变在东方文学方面几乎一无所知的状态，我们自然而然地便把目光投向了北京大学东语系，因为那里是我们惟一能够获得大量东方文学系统知识和资料的地方。我们借着与北京大学同城的方便条件，采用"走读听课"的办法，每周往返数次，听讲课，记笔记，反复思索，耐心琢磨，可谓眼界大开，获益匪浅。

北京大学东语系始终是我国从事东方文学教学和研究的中心。虽然当时他们进行的东方文学教学和研究限于单个国家文学的教学和研究，即国别文学的教学和研究，还没有进行东方文学整体的教学和研究；但是这种国别文学的教学和研究毕竟是东方文学整体教学和研究的基础，只有学习和研究一个一个东方国家的文学，才能真正逐渐地了解和认识整个东方文学。本着这种思路，在 20 世纪 50 年代末到 60 年代初的几年里，我们经常到北大去取经，季羡林、金克木、刘振瀛、颜保、韦旭升、刘安武等先生都是我们的老师。我们听过他们的课程和讲座，看过他们的讲义，读过他们的文章，请他们解答过问题。我深知，没有他们的耐心指导和大力帮助，我们是不会有今天的成绩的。

我们听过的课有：金克木先生的"梵语文学史"，刘振瀛先生的"日本文学史"，颜保先生的"越南文学史"，韦旭升先生的"朝鲜文学史"，刘安武先生的"印地语文学史"，等等。为了更加具体地说明系统听课给予我们的帮助，兹举以下两例。

韦旭升先生的"朝鲜文学史"课所讲授的基本内容如下：

1. 上古至三国时期的文学：概况；古代神话；传说；国语诗歌（民间歌谣、汉译诗、以乡扎标记法记录的诗歌、歌词失传的诗歌）；汉语文学（散文、诗歌）。

2. 统一后新罗时期的文学：概况；传说；散文的发展（寓言和游记、传奇文学《新罗殊异记》）；新罗时期的国语诗歌（新罗乡歌、《井邑词》及其他）；新罗时期的汉语诗歌和诗人崔致远。

3. 高丽时期的文学：概况；高丽前期的汉语诗歌；高丽中期的汉语诗歌与"海左七贤"；李奎报的诗歌；李齐贤的诗词；高丽晚期的汉语诗歌；高丽民间国语歌谣；高丽文人国语诗歌的产生和发展；传记文学（金富轼等）；传说；小品文；杂录与诗话。

4. 李朝时期的文学：概况；前期文学（15—16 世纪）——国语诗歌的发展，郑澈的歌辞，汉语诗歌，"稗说体"文学的发展与盛行，金时习的《金鳌新话》，林悌的《花史》和《鼠狱说》等；中期文学（17 世纪前后）——朴仁老的歌辞，尹善道的平时调、于时调、辞说时调和杂歌，汉语诗歌，国语小说《壬辰录》等，《洪吉童传》等，金万重的长篇小说《谢氏南征记》和《九云梦》；后期文学（18—19 世纪）——国语诗歌的发展，以民间传说为基础的国语小说《春香传》、《沈清传》、《裴裨将传》等，文人小说《玉楼梦》、《彩凤感别曲》等，朴趾源的创作，汉语诗人丁若镛、赵秀三和金笠等。

刘安武先生的"印地语文学史"课所讲授的基本内容如下：

1. 印地语文学产生的社会历史背景。

2. 初期的印地语文学（1350 年以前）：概况；长篇叙事诗《地王颂》；歌颂王公的其他长诗；维德亚伯迪的诗歌。

3. 前中期的印地语文学（1350—1600）：概况；格比尔达斯的诗歌；加耶西的《伯德马沃德》；苏尔达斯的《苏尔诗海》；米拉巴伊的诗歌；杜勒西达斯的《罗摩功行录》。

4. 后中期的印地语文学（1600—1857）：概况；格谢沃达斯的理论和创作；比哈利拉尔和德沃德特；普生和觉特拉杰。

5. 近代文学（1857—1900）：概况；民族大起义时期的诗歌；帕勒登杜的戏剧和散文；19 世纪后期其他作家。

6. 现代文学（上）（1900—1947）：概况；初期的诗人和作家；普列姆昌德的创作；伯勒萨德的创作；尼拉腊和本德的创作；耶谢巴尔的创作。

7. 现代文学（下）（1900—1947）：民族主义诗歌和浪漫主义诗歌；现实主义小说；古马尔和其他小说家；戏剧；散文；文学理论和批评。

从以上目录性的提示不难看出，这两门课对两种文学的发生、发展过程及其重要作家作品进行了全面的、系统的评介。在此之前，我也在报刊和书籍中找到过若干片断的材料，但如此全面的、系统的材料却从来没有见到过。"文化大革命"以后，两位先生又在讲稿和讲义的基础上经过反复修改，分别出版了《朝鲜文学史》和《印度印地语文学史》，填补了我国在这两个领域科学研究的空白。

第二节　穆市天和彭慧译文的作用

从 1957 年到 1966 年期间，穆木天先生和彭慧先生曾经在北京师范大学中文系外国文学教研组翻译过大约一百多万字的俄文资料，其中有很大一部分是关于东方文学的。这些资料也成为当时我们登上讲台讲课的重要材料来源之一，也成为我们编写新《东方文学讲义》的重要材料来源之一。

为了庆祝北京师范大学百年华诞，2002 年我在《北京师范大学》校报上发表一篇题为《我的大学老师》的文章，记述了十位老师对我的教诲，第一位就是穆木天先生。其中写道：

　　我留校后被分在外国文学教研组，所以先从本教研组的老师说起吧。我早就知道穆木天先生是创造社的著名诗人，是著名翻译家。见到穆先生后，又发现他是一位非常有趣的人。我当学生时，他只给我们讲了四节课，内容是古代希腊文学。我印象最深的是，他上课时戴着一顶帽子，而且不时地在头顶上转动那顶帽子，给人以滑稽可笑之感。到我留校时，他已经被划为"右派"，不能再上讲台，只能翻译资料了。穆先生通晓日文、法文和俄文等多种外文，当时他一上班就坐在桌子前面翻译俄文资料，几年下来译稿积累了一大摞（我只在大学学过两年俄文，后来差不多又都还给老师了，所以没有资格全面评价穆先生翻译的水平如何；但就译成的中文来说，的确是通达流畅的）。穆先生体弱多病，并且眼睛高度近视，几乎是趴在桌子上看书、写字，能够翻译这么多的东西实在并非易事。穆先生翻译的这些资料是很宝贵的，其中有关东方文学的内容对我的工作帮助很大。因为当时我刚开始讲授和研究东方文学，资料奇缺。"文化大革命"开始以后，穆先生又遭了难。他当时已达古稀之年，而且疾病缠身；但却被赶出自己的家，和夫人彭慧先生分开（彭先生不久去世，穆先生好像连这个不幸的消息都没有得到），住在一间不向阳的小屋子里。他本来就怕冷，这时当然要受罪了。我曾隔窗看见他身穿大衣、头戴皮帽缩在屋里的情景。可是，他还是很"乐观"。有一次我问他冷不冷，他半开玩笑地说，比起上甘岭的志愿军来暖和多了。1973年我到怀柔去办函授班。一个军宣队员给我们带去了穆先生去世的不幸消息。据说他死得很惨。他本来在一个饭馆里包饭吃，后来有好几天没有去吃饭。饭馆的人觉得奇怪，到他的住处去找，才发现他已经死去，身体早已僵硬了，没有人知道他究竟是什么时候死在那间小屋里的。穆先生当"右派"时，我曾一度被分派到他的"管理小组"，在会上做过"批判"他的发言。如今想起这段往事，仍然感到愧疚不已。

以下是穆先生和彭先生关于东方文学译文的目录，其中大部分是穆先生的译文，有两篇是两位先生合作的译文（已注明）。

印度文学最多，共计30篇：

《〈摩诃婆罗多〉的传说的序文》，[苏联]卡里雅诺夫作，译自《〈摩诃婆罗多〉中的故事："焚蛇记"的序文》；

《摩诃婆罗多》导言，[苏联]伊林作；

一、始初篇，[苏联]伊林作；

二、大会篇，[苏联]伊林作；

三、森林篇，[苏联]伊林作；

四、毗罗吒篇，〔苏联〕伊林作；

五、斡旋篇，〔苏联〕伊林作；

六、毗湿摩篇，〔苏联〕伊林作；

七、陀罗那篇，〔苏联〕伊林作；

八、伽罗那篇，〔苏联〕伊林作；

九、夏利耶篇，〔苏联〕伊林作；

十、夜袭篇，〔苏联〕伊林作；

十一、妇女篇，〔苏联〕伊林作；

十二、和平篇，〔苏联〕伊林作；

十三、教诫篇，〔苏联〕伊林作；

十四、马祭篇，〔苏联〕伊林作；

十五、林居篇，〔苏联〕伊林作；

十六、杵战篇，〔苏联〕伊林作；

十七、远行篇，〔苏联〕伊林作；

十八、升天篇，〔苏联〕伊林作；

《印度诗歌的描写手段》，〔苏联〕巴郎尼克夫作，译自《印度语文学》，1959 年；

《罗摩文学》，〔苏联〕巴兰尼科夫作，译自《印度文学论集》，东方文学出版局，莫斯科，1959 年；

《印地语和乌尔都语的诗歌》，〔苏联〕柴雷晓夫作；

《旁遮普诗选·序言》，〔苏联〕H. 托尔斯太娅作；

《十九世纪二十世纪孟加拉文学》，〔苏联〕奥列斯托夫作，译自《苏联大百科全书》第 4 卷第 502 页，1950 年；

《英国影响投入开始以来的孟加拉文学、马拉特文学》，〔苏联〕巴兰尼科夫作；

《现代印地语文学的基本流派和发展道路》，〔苏联〕柴雷晓夫作，译自《文学问题》1958 年第 10 期；

《普列姆昌德和他的长篇小说〈慈爱道院〉和〈戈丹〉》，〔苏联〕巴林作，穆木天、彭慧译；

《伟大的印度作家普列姆昌德诞生七十五周年》，［苏联］巴林作，译自《文学报》；

《穆尔克·拉吉·安纳德》，［苏联］杜彼科娃作，穆木天、彭慧译。

日本文学次之，共计 13 篇：

《格鲁斯金娜和罗吉诺娃合著〈日本民主文学史大纲〉》，［苏联］E. M. 皮诺斯作，译自《苏维埃东方学》1957 年 6 月号；

《日本文学》，［苏联］伊万宁科作，译自《苏联大百科全书》；

《1928—1932 年的日本民主诗歌·导言》，［苏联］格鲁斯金娜作，译自《日本现代民主文学史论集》第 7—22 页，苏联科学院出版局出版，1955 年；

《第二次世界大战后的日本民主文学》，［日本］藏原惟人作，译自《苏维埃东方学》1958 年 2 月号；

《1950—1952 年日本民主文学史概述·导言》，［苏联］罗古诺娃作；

《小林多喜二》，［苏联］A. 斯特路迦茨基作，译自《小林多喜二选集·后记》；

《日本短篇小说》，［日本］德永直作，译自《苏联文学》1955 年 6 月号；

《1950—1952 年日本青年作家的创作活动》，［苏联］罗古诺娃作，译自《现代日本民主文学史纲》第 185—190 页；

《〈高滨之虹〉和〈和平的歌声〉》，［苏联］罗古诺娃作，译自《现代日本民主文学史纲》第 174—186 页；

《日本社会主义诗歌三首：〈自由的海鸥〉、〈血，泪，心〉、〈漂亮的小孩子〉》；

《野间宏的〈真空地带〉》，［苏联］罗古诺夫作，译自《现代日本民主文学史论集》；

《江马修 1950 年—1952 年的创作活动》，［苏联］罗古诺夫作，译自《现代日本民主文学史论集》第 161—166 页；

《日本的情况与日本作家》，［日本］加藤周一作。

朝鲜文学 6 篇：

《朝鲜无产阶级文学运动中的一章（序 1924—1934）》，［苏联］伊万诺娃作，译自苏联科学院《东方学研究简报》第 24 期，1958 年；

《朝鲜土地的人民歌手》，［苏联］科尔尼洛夫作；

《朝鲜现代诗选》序文，［苏联］瓦斯·彼得洛夫作；

《赵基天》，［朝鲜］金作，译自《赵基天诗选》序文，苏联文艺出版局，莫斯科，1956 年；

《韩雪野早期作品中的工人形象》，［苏联］乌沙托夫作，译自《朝鲜文学论集》，苏联东方文学出版社；

《朝鲜解放后韩雪野的创作》，摘译自《解放后的朝鲜文学》，平壤，1957 年。

越南文学 1 篇：

《现代越南诗歌》，［苏联］阿·苏福诺洛夫作，译自《现代越南诗选》。

阿拉伯文学 4 篇：

《阿拉伯文学》，［苏联］斯马利可夫、贝利耶夫作，译自《苏联大百科全书》第 2 卷；

《一千零一夜·序言》，［苏联］沙雷作；

《阿拉伯散文作品选·序文》，［苏联］A. 杜林尼娜作；

《法胡利的创作道路（叙利亚、黎巴嫩）》，［苏联］尤素波夫作，译自苏联科学院《东方学研究所刊》，1958 年。

伊朗文学 2 篇：

《费尔多西的故事》（一）；

《费尔多西的故事》（二）。

土耳其文学 5 篇：

《那齐姆·希克姆特评传》第一章，［苏联］巴巴也夫作；

《那齐姆·希克姆特评传》第二章，［苏联］巴巴也夫作；

《那齐姆·希克姆特评传》第三章，［苏联］巴巴也夫作；

《那齐姆·希克姆特评传》第四章，［苏联］巴巴也夫作；

《那齐姆·希克姆特评传》第五章，［苏联］巴巴也夫作。

非洲文学 10 篇：

《现代非洲文学中的现实主义和现代主义问题》，［苏联］E. 加尔培里娜作；

《关于撒哈拉以南的非洲文学的手记》，［英］巴维尔·大卫生作，译自《现代东方》1960 年 1 月号；

《太阳照耀着"黑非洲"》，［苏联］多马尔朵夫斯基作，译自《外国文学》1960 年 11 月号；

《谈阿尔及利亚的民族文化》，［阿尔及利亚］阿·沙达拉赫作，译自《外国文学》1958 年 9 月号；

《突尼斯文学　1. 关于突尼斯中短篇小说的讨论》，［苏联］

斯大班诺夫作，译自《外国文学》1959 年 11 月号；

《突尼斯文学　2. 夏比的〈生命之歌〉》，［苏联］斯大班诺夫作，译自《外国文学》1958 年 11 月号；

《新的非洲》（《非洲诗选》评介），［苏联］密罗维多娃作，译自《外国文学》1959 年 1 月号；

《南非联邦的艺术和生活》，［苏联］加克·科浦作，译自《外国文学》1959 年 3 月号；

《塞内加尔代表乌斯曼诺·森本那的发言》；

《索马里诗歌》，［索马里］阿赫迈法·莪马·阿尔·阿菲哈利作，译自《现代东方》1960 年 3 月，第 46 页。

这些译文的作者绝大多数是苏联学者，此外也有日本、朝鲜、阿尔及利亚、塞内加尔、索马里和英国的学者。尽管文章内容不免带有作者一定的主观色彩，但是一般来说他们的治学态度是严肃认真的，所引用的资料也是真实可信的。

这些译文的内容大体上都是根据当时东方文学教学的实际需要进行选择的，都是为了填补当时东方文学研究的空白环节和薄弱环节。其中，有的是对东方文学的古典作家作品进行介绍，如关于印度两大史诗《摩诃婆罗多》和《罗摩衍那》的译文，关于阿拉伯民间故事集《一千零一夜》的译文，关于伊朗诗人费尔多西（今译菲尔多西）的译文等；有的是对现代重要作家作品进行介绍，如关于印度的普列姆昌德和安纳德的译文，关于日本的小林多喜二的译文，关于朝鲜的赵基天和韩雪野的译文，关于土耳其的希克梅特的译文等；还有的是对某个国家某个时代文学发展的情况进行介绍，等等。

第三节　其他方面的参考资料

除了以上两方面的资料来源之外，后来随着东方文学研究工作的深入，我们逐渐发现，其实自 20 世纪初以来，我国陆续发表和出版过不少有关东方文学的资料。尽管当时没有条件进行系统的收集和整理工作，但在钻图书馆、逛旧书店的过程中，还是不断惊喜地发现许许多多有用的资料。这些资料大致可以分为两类：一类是散见于报刊上的东方文学资料，另一类是关于东方文学的专门著作。

属于第一类的资料范围很广。仅从 1949 年新中国成立到 1966 年"文化大革命"前散见于报刊上的就有五六百篇文章，其中固然有许多是适应当时社会政治形势需要而写的东西，但是也有不少对于东方文学教学和研究十分有用的东西。此处不能一一列出，兹举其要者如下：

《印度文学：人类文化的一所宝库》，金克木作，《文艺报》1954 年第 19 期；

《〈梨俱吠陀〉和〈阿达婆吠陀〉》，金克木作，《译文》1957 年第 8 期；

《印度戏剧的起源、分类和角色》，吴晓铃作，《戏剧论丛》1957 年第 5 期；

《纪念印度古代伟大的文学家迦梨陀娑》，季羡林作，《光明日报》1956 年 5 月 26 日；

《印度古代最伟大的诗人迦梨陀娑的〈云使〉》，季羡林作，《解放军文艺》1956 年第 7 期；

《关于印度诗人迦梨陀娑》，金克木作，《新建设》1956 年第 9 期；

《关于迦梨陀娑和他的剧本》，吴晓铃作，《剧本》1956 年第 8—10 期；

《泰戈尔论〈沙恭达罗〉》，石真作，《光明日报》1957 年 10 月 5 日；

《纪念泰戈尔诞辰一百周年》，季羡林作，《文艺报》1960 年第 5 期；

《泰戈尔短篇小说的艺术风格》，季羡林作，《光明日报》

1961 年 5 月 15 日；

《泰戈尔的〈两亩地〉》，石真作，《语文学习》1957 年第
9 期；

《普列姆昌德的〈戈丹〉》，严绍端作，《文艺报》1958 年第
17 期；

《阿拉伯文化对于人类文化的伟大贡献》，马坚作，《人民日
报》1956 年 10 月 9 日；

《〈一千零一夜〉简介》，马坚作，《译文》1956 年第 11 期；

《伊朗诗人萨迪的〈蔷薇园〉》，郑振铎作，《文艺报》1958
年第 18 期；

《伊朗诗人萨迪的〈蔷薇园〉》，水建馥作，《文汇报》1958
年 9 月 20 日；

《关于伊朗大诗人萨迪》，希阿赫瓦什作，《文学研究》1958
年第 3 期；

《朝鲜的古典和现代文学作品》，陶冰蔚作，《读书月报》
1957 年第 1 期；

《越南诗人阮攸和他的杰作〈金云翘传〉》，黄轶球作，《华
南师范学院学报》1958 年第 4 期；

《越南的汉语文学》，颜保作，《哲学社会科学动态》1958 年
第 3 期；

《日本无产阶级作家小林多喜二》，卞立强作，《文学评论》
1960 年第 3 期；

《在斗争中前进的非洲文学：介绍我国已经出版的非洲文学
作品》，王逸平作，《文汇报》1960 年 4 月 18 日；

《非洲的反殖民主义文学》，董衡巽作，《光明日报》1961 年
8 月 22 日；

《非洲大陆的黎明：评介非洲反殖民主义小说》，董衡巽作，
《文学评论》1961 年第 5 期。

以上文章有的是对一段文学史的评述，有的是对重点作家作品的评述，从不同方面为当时的东方文学教学和研究工作提供了宝贵的资料。

属于第二类的资料也有不少，可以大致分为研究著作和作品翻译两类。此处也不能一一列出，兹举其要者如下：

研究著作：

《文学大纲》，郑振铎著，上海：商务印书馆，1927 年；

《印度文学》，许地山著，上海：商务印书馆，1931 年；

《印度文学》，柳无忌著，重庆：中国文化服务社，1945 年；

《梵语文学史》，金克木著，北京：人民文学出版社，1964 年；

《印度文化史》，［英］麦唐纳著，龙章译，上海：中华书局，1948 年；

《古印度两大史诗》，糜文开译，香港：印度研究社，1951 年；

《泰戈尔传》，郑振铎著，上海：商务印书馆，1925 年；

《日本文学》，谢六逸著，上海：开明书店，1928 年；

《日本文学史》，谢六逸著，上海：北新书局，1929 年；

《日本文学》，谢六逸著，上海：商务印书馆，1931 年；

《小林多喜二传》，［日本］手冢英孝著，卞立强译，北京：作家出版社，1963 年；

《小林多喜二读本》，［日本］多喜二·百合子研究会编，东京：三一书房，1958 年；

《蒙古现代文学简史》，［苏联］米哈依洛夫著，张草纫译，北京：作家出版社，1958 年。

作品翻译：

《腊玛延那·玛哈帕腊达》，［印度］罗莫什·杜德著，孙用译，北京：人民文学出版社，1962 年；

《摩诃婆罗多的故事》，［印度］拉贾戈帕拉查理著，唐季雍译，北京：中国青年出版社，1958 年；

《罗摩衍那的故事》，［印度］玛珠姆达著，冯金辛等译，北京：中国青年出版社，1960 年；

《沙恭达罗》，［印度］迦梨陀娑著，季羡林译，北京：人民文学出版社，1956 年；

《优哩婆湿》，［印度］迦梨陀娑著，季羡林译，北京：人民文学出版社，1962 年；

《云使》，［印度］迦梨陀娑著，金克木译，北京：人民文学出版社，1956 年；

《泰戈尔作品集》，［印度］泰戈尔著，石真等译，北京：人民文学出版社，1961 年；

《泰戈尔剧作集》，［印度］泰戈尔著，瞿菊农等译，北京：中国戏剧出版社，1958—1959 年；

《戈丹》，［印度］普列姆昌德著，严绍端译，北京：人民文学出版社，1958 年；

《妮摩拉》，［印度］普列姆昌德著，严绍端译，北京：人民文学出版社，1959 年；

《鲁达基诗选》，［伊朗］鲁达基著，潘庆舲译，北京：人民文学出版社，1958 年；

《鲁拜集》，［伊朗］莪默·伽亚谟著，郭沫若译，上海：泰东图书局，1924 年；

《蔷薇园》，［伊朗］萨迪著，水建馥译，北京：人民文学出版社，1958 年；

《鲁斯塔姆与苏赫拉布》，［伊朗］菲尔多西著，潘庆舲译，上海：文艺出版社，1964 年；

《鲁米诗选》，［伊朗］鲁米著，宋兆霖译，北京：人民文学出版社，1958 年；

　　《赫达雅特小说选》，［伊朗］潘庆舲译，北京：人民文学出版社，1960 年；

　　《一千零一夜》，纳训译，北京：人民文学出版社，1957—1958 年；

　　《先知》，［黎巴嫩］纪伯伦著，冰心译，北京：人民文学出版社，1957 年；

　　《二叶亭四迷小说集》，［日本］二叶亭四迷著，石坚白、巩长金译，北京：人民文学出版社，1962 年；

　　《破戒》，［日本］岛崎藤村著，尤炳圻译，北京：人民文学出版社，1958 年；

　　《夏目漱石选集》，［日本］夏目漱石著，胡雪等译，北京：人民文学出版社，1958 年；

　　《小林多喜二选集》，［日本］小林多喜二著，适夷等译，北京：人民文学出版社，1958—1959 年；

　　《金云翘传》，［越南］阮攸著，黄轶球译，北京：人民文学出版社，1959 年；

　　《春香传》，陶冰蔚、张友鸾译，北京：作家出版社，1956 年。

　　最后需要特别说明的是，本章上述讲稿、文章、著作和作品均为笔者编写《东方文学讲义》时的重要依据和参考材料。为了节省篇幅，以下引用时不再一一注明，敬请谅解。

第三章

关于《东方文学讲义》(上)

经过几年的艰苦奋斗，我们逐渐通过以上三个渠道不断充实自己，并在认真钻研这些资料的基础上，不断地更新对于东方文学的观念，不断地扩大和加深对于东方文学的认识，不断地提高文学素养和文学理论的水平，同时也不断地清理和修正渗透到自己头脑中的不正确思想。进入 20 世纪 60 年代以后，我们已经在 1958 年的基础上前进了一大步。这种进步不是虚无缥缈的，而是实实在在的。它具体地体现在我们在这个时期新编写的《东方文学讲义》中。

为了充分说明问题，本书以下将进行两个方面的比较研究：一方面，将 1963 年和 1964 年北京师范大学印刷出版（内部）的《外国文学讲义·东方文学部分》（以下简称《东方文学讲义》或《讲义》）与上文所述《外国文学教学大纲·东方文学部分》（以下简称《东方文学大纲》或《大纲》）加以比较研究，主要说明《东方文学讲义》之进步，即这个阶段东方文学教学和研究之进步；另一方面，将《东方文学讲义》与笔者 40 余年后，即 2007 年编写出版的《新编简明东方文学》（中国人民大学出版社，2015 年又由该社出版第二版）加以比较研究，主要说明《东方文学讲义》之不足，即这个阶段东方文学教学和研究之不足。

在这里，有必要特别说明一下为什么要以《新编简明东方文学》为比较对象。其原因有二：一是《东方文学讲义》和《新编简明东方文学》都是笔者编写的，两者比较起来更加方便；二是《东方文学讲义》和《新编简明东方文学》虽然从表面上看是笔者编写的，但其实不是笔者个人的研究成果，而是综合各家研究的成果，在一定意义上可以分别代表 20 世纪 60 年代初期和 21 世纪初期同样类型、同等规模的东方文学教材的一般水平，两者加以比较能够大体上看清楚随着时代的前进东方文学教学和研究取得了怎样的进步。

关于《东方文学讲义》的情况已如上述，这里还需要进一步说明的是《新编简明东方文学》的情况。为了说明该书是在综合各家研究成果基础上产生的，是综合各家研究成果的产物，兹将其附录——"主要参考书目"列在下面：

《东方文学史》，季羡林主编，长春：吉林教育出版社，1995 年；

《东方现代文学史》，高慧琴、栾文华主编，福州：海峡文艺出版社，1994 年；

《外国文学简编［亚非部分］》（第三版），梁立基、何乃英主编，北京：中国人民大学出版社，2004 年；

《日本古典文学大系·万叶集》，东京：岩波书店，1977 年；

《万叶集》，杨烈译，长沙：湖南人民出版社，1984 年；

《日本古典文学大系·源氏物语》，［日本］紫式部著，东京：岩波书店，1977 年；

《源氏物语》，［日本］紫式部著，丰子恺译，北京：人民文学出版社，1980—1983 年；

《漱石全集》，［日本］夏目漱石著，东京：岩波书店，1981 年；

《川端康成全集》，东京：新潮社，1999 年；

《川端康成文集》，叶渭渠主编，北京：中国社会科学出版社，1996 年；

《川端康成作品》，叶渭渠主编，桂林：漓江出版社，

1998 年；

《大江健三郎全作品》，东京：新潮社，1966—1977 年；

《大江健三郎作品集》，叶渭渠主编，北京：光明日报出版社，1995 年；

《日本文学全史》，［日本］市古贞次等著，东京：学灯社，1994 年；

《日本古典文学大辞典》，［日本］市古贞次等著，东京：岩波书店，1983 年；

《日本近代文学大事典》，东京：讲谈社，1978 年；

《日本文艺思潮全史》，［日本］斋藤清卫著，东京：樱枫社，1963 年；

《日本文学史》，叶渭渠、唐月梅著，北京：昆仑出版社，2004 年；

《日本文学思潮史》，叶渭渠著，北京：经济日报出版社，1997 年；

《〈万叶集〉研究》，［日本］斋藤茂吉著，东京：岩波书店，1940 年；

《〈源氏物语〉研究》，［日本］岛津久基等著，东京：有精堂，1960 年；

《〈源氏物语〉与〈白氏文集〉》，［日本］丸山清子著，东京：东京女子大学，1964 年；

《川端康成作品研究史》，［日本］林武志编，东京：教育出版中心，1984 年；

《大江健三郎论》，［日本］黑古一夫著，东京：彩流社，1989 年；

《春香传》，冰蔚、张友鸾译，北京：作家出版社，1956 年；

《朝鲜文学史》，韦旭升著，北京：北京大学出版社，1986 年；

《朝鲜·韩国当代文学史》，金柄珉等著，北京：昆仑出版社，2004 年；

《〈春香传〉的创作及影响》，张朝柯著，沈阳：辽宁大学出版社，2001 年；

《金云翘传》，[越] 阮攸著，黄轶球译，北京：人民文学出版社，1959 年；

《人世间》，[印尼] 普拉姆迪亚著，北京大学普拉姆迪亚研究组译，北京：北京大学出版社，1982 年；

《万国之子》，[印尼] 普拉姆迪亚著，北京大学普拉姆迪亚研究组译，北京：北京大学出版社，1983 年；

《足迹》，[印尼] 普拉姆迪亚著，张玉安、居三元译，北京：北京大学出版社，1989 年；

《印度尼西亚文学史》，梁立基著，北京：昆仑出版社，2003 年；

《摩诃婆罗多》，[印度] 毗耶娑著，黄宝生主持，金克木等译，北京：中国社会科学出版社，2005 年；

《罗摩衍那》，[印度] 蚁垤著，季羡林译，北京：人民文学出版社，1980—1984 年；

《泰戈尔作品集》，石真等译，北京：人民文学出版社，1960 年；

《泰戈尔全集》，刘安武等主编，石家庄：河北教育出版社，2000 年；

《戈丹》，[印度] 普列姆昌德著，严绍端译，北京：人民文学出版社，1958 年；

《梵语文学史》，金克木著，北京：人民文学出版社，1964 年；

《印度古代文学史》，季羡林主编，北京：北京大学出版社，1991 年；

《〈罗摩衍那〉初探》，季羡林著，北京：外国文学出版社，1979 年；

《印度两大史诗研究》，刘安武著，北京：北京大学出版社，
2001 年；

《印度印地语文学史》，刘安武著，北京：人民文学出版社，
1987 年；

《泰戈尔传》，［印度］克里希那·克里巴拉尼著，倪培耕
译，桂林：漓江出版社，1984 年；

《普列姆昌德评传》，刘安武著，北京：中国国际广播出版
社，1999 年；

《乌尔都文学史》，［巴基斯坦］阿布赖司·西迪基著，山蕴
编译，北京：中国社会科学出版社，1993 年；

《一千零一夜》，纳训译，北京：人民文学出版社，1982—
1984 年；

《纪伯伦全集》，伊宏主编，兰州：甘肃人民出版社，
1994 年；

《官间街》，［埃及］迈哈福兹著，朱凯等译，长沙：湖南人
民出版社，1986 年；

《思宫街》，［埃及］迈哈福兹著，朱凯等译，长沙：湖南人
民出版社，1986 年；

《甘露街》，［埃及］迈哈福兹著，朱凯等译，长沙：湖南人
民出版社，1986 年；

《阿拉伯文学史》，［黎巴嫩］汉纳·法胡里著，郅溥浩译，
北京：人民文学出版社，1990 年；

《〈一千零一夜〉的世界》，［英］理查德·F. 巴顿著，大场
正史译，东京：桃源社，1980 年；

《神话与现实——〈一千零一夜〉论》，郅溥浩著，北京：
社会科学文献出版社，1997 年；

《阿拉伯文学通史》，仲跻昆著，南京：译林出版社，
2010 年；

《阿拉伯现代文学史》，仲跻昆著，北京：昆仑出版社，

2004 年；

　　《阿拉伯现代文学与神秘主义》，李琛著，北京：社会科学文献出版社，2000 年；

　　《东方冲击波——纪伯伦评传》，伊宏著，海口：海南出版社，1993 年；

　　《列王纪》，〔伊朗〕菲尔多西著，张鸿年、宋丕方译，长沙：湖南文艺出版社，2001 年；

　　《果园》，〔伊朗〕萨迪著，张鸿年译，长沙：湖南文艺出版社，2001 年；

　　《蔷薇园》，〔伊朗〕萨迪著，水建馥译，北京：人民文学出版社，1958 年；

　　《哈菲兹抒情诗全集》，邢秉顺译，长沙：湖南文艺出版社，2001 年；

　　《波斯文学史》，张鸿年著，北京：昆仑出版社，2003 年；

　　《圣经·旧约》，香港：联合圣经公会，1981 年；

　　《古犹太文化史》，朱维之、韩可胜著，北京：经济日报出版社，1997 年；

　　《古希伯来文学史》，朱维之主编，北京：高等教育出版社，2001 年；

　　《基督教文学》，梁工主编，北京：宗教文化出版社，2001 年；

　　《圣经文学》，〔美〕勒兰德·莱肯著，徐钟等译，沈阳：春风文艺出版社，1988 年；

　　《狮子和宝石》，〔尼日利亚〕索因卡著，邵殿生等译，桂林：漓江出版社，1990 年；

　　《我儿子的故事》，〔南非〕戈迪默著，莫雅平译，南京：译林出版社，2003 年；

　　《非洲现代文学》，〔苏联〕尼基福罗娃等著，刘宗次、赵陵生译，北京：外国文学出版社，1980—1981 年。

以上所列图书绝大多数都是"文化大革命"以后问世的。不言而喻，没有这些参考资料，《新编简明东方文学》是不可能编写出来的。之所以一一列出这个书目，正是为了更具体地说明40余年来东方文学研究的巨大进步，同时也更有力地证明《新编简明东方文学》所具有的牢固基础。

本书以下将分别从东方文学的地位、特征、意义、分期、分类、古今比例和内容七个方面对《东方文学讲义》与《东方文学教学大纲》和《新编简明东方文学》进行比较研究。

第一节　东方文学的地位

关于东方文学在世界文学中的地位问题，《东方文学教学大纲》写道："东方的古代文化是世界文化主要的发源地。东方各国社会主义文学与进步文学在世界文学中占有重要的地位。"编写者大约想用这两句话来概括东方文学在世界文学中从古到今的地位。但是，前一句话过于空泛，没有具体内容，并且只提到古代文化的重要性，没有提到古代文学的重要性；后一句话概念模糊，所谓"社会主义文学与进步文学"涵盖范围不明，令人难以弄清"社会主义文学"是指社会主义国家的文学，还是包括非社会主义国家的无产阶级文学，"进步文学"是指社会主义国家具有进步倾向的文学，还是指非社会主义国家具有进步倾向的文学，还是指所有东方国家具有进步倾向的文学。因此，这不能算是对"东方文学在世界文学中的地位问题"之明确论述。

而在《东方文学讲义》的"绪言"中，则有一段文字专门论述这个问题：

　　亚洲和非洲，这是世界上两个最大的大陆洲，它包括从日本、朝鲜和中国到埃及、加纳和阿尔及利亚，从中亚细亚到印度尼西亚，从大西洋到太平洋这样一片辽阔的土地。在这里，无论是过去和现在，都具有丰富的文化宝藏，成为世界文化中不可缺少的重要的组成部分。

在人类社会的发展史上，亚洲和非洲各国的文化曾经有过光辉灿烂的历史。亚非两大洲是人类文化最古的发源地，是人类文化的摇篮。在黄河和长江流域，印度河和恒河流域，幼发拉底河、底格里斯河和阿姆河流域，尼罗河和尼日尔河流域，人类最早脱离了史前的蒙昧时期，创造了物质文化和精神文化的工具。此后，亚非国家的人民创造了高度发达的文化，培育了给本民族带来光荣的伟大的作家，给人民留下了不朽的文学遗产。这些遗产都是世界文学宝库中的奇珍异宝，决不比西方文化逊色。虽然近百年来西方帝国主义的殖民压迫和黄色文化侵略，阻碍和破坏了各民族对于自己民族文化传统的继承和发展，但是却无法消灭这些民族的文化。现在，亚非各国、各民族的文化、文学艺术仍然在反对帝国主义者的文化侵略的斗争中，日益发扬光大，成为现代世界文学最重要的力量。西方的资本主义文学正在日益衰退，萎靡不振；而在东方，亚非国家的文学，包括社会主义的文学和民族革命的文学正在繁荣昌盛，在保卫自由和世界和平的斗争中，起着重大的作用。亚非各国正面临着一个文艺复兴的伟大时代。创造为社会主义美好思想所鼓舞的具有民族特点的新文艺，是这个新时代的光荣任务。在这里，今天也正在不断地涌现具有高度思想性和艺术性的光辉作品，而一旦亚非人民摆脱了束缚他们创造力的帝国主义的锁链以后，他们一定能够创造出比过去更加光辉灿烂的文艺，对人类做出比过去更加伟大的贡献。亚非文学有光荣的、伟大的祖先，也有光荣的、伟大的子孙。他们正在力争上游，走到世界文化的最前面。①

---

① 《外国文学讲义·东方文学部分》，第 1 页。

对于这段论述，我们用今天的眼光加以审视，可以指出以下
两点：

第一，关于东方文学在世界文学中的地位，我们依然应该承认，
这段论述的基本观点是正确的。例如，它指出，从历史上看，东方地
区是"人类文化最古的发源地"，是"人类文化的摇篮"；它指出东
方人民创造了"高度发达的文化"，培育了"给本民族带来光荣的伟
大的作家"，留下了"不朽的文学遗产"，"这些遗产都是世界文学宝
库中的奇珍异宝，决不比西方文化逊色"；从现状来看，东方地区
"正面临着一个文艺复兴的伟大时代"；东方人民正在不断地创作
"具有高度思想性和艺术性的光辉作品"，将来一定能够创造出"比
过去更加光辉灿烂的文艺"，从而"对人类做出比过去更加伟大的贡
献"；东方文学既有"光荣的、伟大的祖先"，也有"光荣的、伟大
的子孙"；等等。不过，这段话仍然有空泛之嫌，说服力不够强。
《新编简明东方文学》对这个问题的表述如下：

> 东方文学是世界文学不可或缺的组成部分，在世界文学发展
> 史上占有重要地位，对世界文学的进步做出了巨大贡献。这是确
> 凿无疑的事实。
>
> 在古代，东方地区是世界文明的发源地，也是世界文学的发
> 源地。在西亚的两河流域和北非的尼罗河流域，人类首先进入文
> 明社会，并创作出第一批文学作品。其后，西亚的伊朗高原、南
> 亚的印度河流域和恒河流域、东亚的黄河流域以及西亚的巴勒斯
> 坦地区，也相继进入文明社会，创作文学作品。事实上，古代东
> 方文学不但产生最早，而且在数量上超过古代欧洲文学，在质量
> 上也足以与古代欧洲文学媲美。此外，我们还应当看到，古代东
> 方文学对古代欧洲文学的影响大于古代欧洲文学对古代东方文学
> 的影响。总之，古代东方文学的历史悠久，材料丰富，质量高，
> 影响大。我们完全可以说，古代东方人在文学方面所取得的成就
> 是相当突出的，他们对古代世界文学的发展所做出的贡献是极其

重大的。

当东方的历史从古代进入中古时期，即封建社会时期，东方的一些先进国家仍然走在世界各国的前列。在这个时期，东方各国人民继续显示出自己的聪明才智，创造了大量的文化财富和文学财富；而同一时期的欧洲国家却由于种种原因，未能在文化和文学方面取得特别突出的成绩。这时的东方文学在古代文学的坚实基础上进一步向前发展，在许多方面达到了当时世界文学的高峰。如中国、印度和伊朗等继续保持着东方文学大国的地位，阿拉伯和日本等则成为东方新崛起的文学大国。但从十四五世纪起，东方各国文学的发展显示出不同的态势：有些国家的文学继续向前发展，并且表现出平民化和市井化的倾向；有些国家的文学也在不断前进，并且表现出民族化和平民化的倾向；还有些国家的文学由于种种复杂的原因，呈现出停滞甚至衰败的景象。从总体上看，与欧洲先进国家的文学比较，这时的东方文学显得落后了。

近代文学在西方主要是指资产阶级革命时期和资本主义社会初期的文学，而东方绝大多数国家的近代文学是殖民地、半殖民地和半封建社会的文学；只有日本例外，它的近代文学性质接近西方。与西方近代文学相比，东方近代文学的产生比较晚，发展也不够充分；但东方近代文学仍然取得了一定的成就，并且表现出鲜明的特色。在东方文学发展史上，它是一个复兴时期和过渡时期，起着承上启下的重要作用；在世界近代文学史上，它也是必不可少的组成部分之一，并与西方近代文学形成对比，大放异彩。

现代东方文学一般是指20世纪10年代以来的文学。这个时期又可以第二次世界大战为界分为战前和战后两个阶段。在战前，随着东方地区社会形势的变化，东方文学也发生了相应的变化，真正意义上的现代文学开始形成和发展，作家队伍逐渐成长，作品数量逐渐增多，作品质量也逐渐提高。到战后，东方地区的社会形势又发生了翻天覆地的新变化，东方各国文学也在民族获得解放、国家取得独立和社会条件比较优越的条件下迅速壮大起来，呈现出蓬勃发展、蒸蒸日上的大好局面。当然，我们在充分肯定东方战后文学所取得的成绩的同时，也应当看到它的不足之处。这是由于它的底子比较薄弱，也就是说它的前身——近代文学和战前文学的延续时间较短，发展不够充分。所以，东方现代文学今后必须牢固地植根于各国现实生活的土壤之中，并在此基础上，一面积极大胆地、分析批判地继承本国的文学传统，一面积极大胆地、分析批判地吸收外国文学的经验，包括西方近代文学和现代文学的经验，以使自己既具有浓厚的民族性，又具有充分的先进性。①

两相比较，我们不能不承认后者的论述更具体，更实在，提法更加准确，分析更加透彻，同时也更有说服力。

第二，这段论述在谈到东西方文学的关系时，也依然表现出自身思想认识的局限，不免显示出一定的偏颇。例一，在对比东西方现代文学的形势时，它写道："西方的资本主义文学正在日益衰退，萎靡不振；而在东方，亚非国家的文学，包括社会主义的文学和民族革命的文学正在繁荣昌盛，在保卫自由和世界和平的斗争中，起着重大的作用。"这里断定"西方的资本主义文学正在日益衰退，萎靡不振"，显然过于武断，缺乏具体分析，难以令人信服，也不符合后来文学发展的历史事实。因此，《新编简明东方文学》不再采用这种不切实际的提法，而是进行实事求是的论述。例二，在指出东方古典文学所取得的光辉成就以后，它接着写道："虽然近百年来西方帝国主义的殖民压迫和黄色文化侵略，阻碍和破坏了各民族对于自己民族文化传统的继承和发展，但是却无法消灭这些民族的文化。"这似乎是说，近百年来东方文化和东方文学的落后，完全是由于西方帝国主义的压迫和侵略造成的。其实，这种说法是不完全符合历史事实的。经过日后

① 何乃英编著：《新编简明东方文学》，中国人民大学出版社2007年版，第2—3页。

的长期探索和研究，我们逐渐认识到，近百年来东方文化和东方文学的落后，一方面固然与西方帝国主义的压迫和侵略不无关系，但另一方面这种压迫和侵略只能说是外在原因和客观原因，还有更加深刻的内在原因和主观原因。《新编简明东方文学》对于后一方面进行了比较全面和比较深入的分析：

> 东方各国封建社会的发展是不平衡的，速度有快有慢；而总的看来则比较缓慢。这可能与下列因素有关：在封建制度形成时，东方国家没有出现如欧洲许多国家所发生的那种急剧而重大的变革；封建主义野蛮的政治压迫和残酷的经济剥削，使劳动人民陷于水深火热之中，几乎丧失了推动社会生产的积极性和发展社会经济的可能性；自给自足的自然经济制度长期居于统治地位，农民自己生产自己消费，并供地主享用，商品交换和货币经济不够发达，对于社会发展产生了相当大的消极作用；此外，异族的侵略和统治（尤其是在文化、技术上比较后进的民族侵略和统治比较先进的民族），对于许多国家的发展也有程度不同的阻碍和破坏作用。因此种种，东方国家封建社会发展速度较为缓慢，生产长期处于半停滞甚至停滞状态，直到19世纪中叶前后绝大多数国家相继沦为殖民地或半殖民地为止，资本主义因素始终没有得到显著发展，封建制度一直延续不断。所以，与欧洲比较起来，在中古前期东方一些国家是先进的，而到中古后期东方国家则逐步落后了。
>
> 与中古后期东方封建社会由先进变落后的状态大体上相适应，中古后期东方地区的文化和文学也经历了类似的变化过程。进入中古后期之后，东方各国文学显示出不同的态势，大致说来可分为三种类型：第一种类型——中国和日本的文学，在中古前期的基础上继续向前发展，并且显示出平民化和市井化的倾向。中国在小说和戏剧两方面取得了特大丰收；日本文学在17世纪以后的江户时期取得很大成绩。第二种类型——印度和朝鲜、马

来群岛、越南、泰国、缅甸等国家和地区的文学，也在中古前期的基础上不断前进，并且显示出民族化和平民化的倾向。第三种类型——伊朗和阿拉伯等国家和地区的文学，由于社会、政治和宗教等方面种种复杂的原因，逐渐从中古前期的繁荣走向衰微，没有产生特别值得提出的作家和作品。不过，以上所说中古后期三种不同类型国家文学的情况，还是仅就东方文学内部的比较而言，若与同时期的欧洲文学加以比较，便会发现这时的东方文学，不论哪种类型国家和地区的文学，从总体来说都逐渐落在了欧洲先进国家的后面。这是因为，从十四五世纪起，欧洲先进国家已经渐次步入资产阶级革命时代，资产阶级文学开始取得突飞猛进的发展，相继出现了文艺复兴、古典主义、启蒙主义、浪漫主义、现实主义等文学思潮和文学运动，产生了一系列大诗人和大作家，所以继续处在封建框架之内的东方文学就显得落后了。①

进入 19 世纪以后，由于西方资产阶级普遍建立政权，资产阶级法制逐渐完备，资本主义得到了飞速的发展，工业生产和科学技术取得了惊人的成就。与此同时，在文学艺术方面也获得了前所未有的成功。但在东方地区，许多国家仍然处在以自给自足的自然经济为基础的封建制度的束缚之下，还有些国家（如非洲的中部和南部）则处在更加落后的社会状态。于是，西方文化向东方传播得越来越多，西方文化对东方文化的影响更加扩大，西方文化对东方文化的冲击更加猛烈。如果说在中古后期东方的中国文化体系、印度文化体系和阿拉伯—伊斯兰文化体系依然长期在东方文化发展中居于垄断地位，控制和影响着中国、印度和阿拉伯以及广大东方地区的文化，那么到了这个时期，这三大文化体系便不得不与西方文化互相融合，从而使得东方各国文化在内容上和形式上都发生了空前巨大的变化。正是在这种情况下，不

---

① 《新编简明东方文学》，第46—47页。

仅有许多西方人大量地向东方输出西方文化，同时也有许多东方人热心地从西方输入西方文化，尽管在不少东方国家曾经出现过各种不同形式的东学西学之争、新学旧学之争，但是争来争去，其实争论的内容只能限于具体的学习态度和学习方法，至于向西方学习这个大方向则早已成为大势所趋，是不可阻挡的了。①

第二节　东方文学的特征

与西方文学相比，东方文学具有哪些基本特征呢？这是我们讲授和研究东方文学时必须面对的一个重要问题。但是，《东方文学教学大纲》和《东方文学讲义》都没有涉及这个问题。这表明当时我们对于这个问题还缺乏必要的研究，还没有明确的认识。其后，经过相当长时间的摸索和研究，笔者在 1999 年出版的《东方文学概论》里比较详细地探讨了这个问题，其后在《新编简明东方文学》里则将其要点概述如下：

论述东方文学的特征可以从各种不同的角度切入。这里是从文学历史发展的角度切入，将其基本特征归纳如下：

东方文学的第一个特征是历史悠久，源远流长。首先，就总体而言，如上所述，东方文学显然比西方文学产生早，历史长。非但如此，而且从古至今，整个东方文学的发展过程犹如一条长江大河，昼夜不息，奔腾向前；尽管其间有过曲折，有过险滩，但却始终没有出现断流，没有濒临绝境，而是不断扩展，不断壮大。其次，就单个国家而言，无论是东方还是西方，当然都不乏文学大国；不过若从历史悠久、源远流长的角度来看，东方的印度文学和中国文学应当说是极其罕见的，西方国家的文学恐怕没有能与之比肩者。

---

① 《新编简明东方文学》，第 142—143 页。

　　东方文学的第二个特征是民族特色浓厚鲜明。大体说来，东方各国文学浓厚鲜明的民族特色是通过文学作品思想内容和艺术形式的统一显示出来的，它既表现在一个国家文学的总体倾向上，也表现在一个作家的创作倾向上。东方文学之所以具有浓厚鲜明的民族特色，原因是多方面的，它与东方地区的人种、民族、语言和宗教比较复杂和多元化有关，与东方各国文学长期以来彼此联系较少、交流较少有关，还与东方古代文学产生于多个源头有关。这种浓厚鲜明的民族特色使东方文学显得更加丰富多彩、变化无穷，给人以琳琅满目、美不胜收之感；并使东方文学更加容易具有世界性，更加容易引起世界其他地区有识之士的注意。

　　东方文学的第三个特征是发展道路漫长，迂回曲折。这个特征归根结底是由东方社会历史发展的特征决定的。在古代，由于东方国家的奴隶制度具有比较早期和原始的性质，所以奴隶社会发展速度较为缓慢。到中古以后，东方国家封建制度的发展比较缓慢，延续时间也比较漫长。与东方古代和中古社会发展的长期性和缓慢性相适应，这个时期东方文学的发展也具有长期性和缓慢性的特点。而这个特点还影响到东方近代和现代文学发展的历史进程，使之同样也走上一条迂回曲折的道路。

　　东方文学的第四个特征是民间文学繁荣兴旺。在东方文学中，民间文学历来就很发达，它所占的比重很大，所取得的成就很高。其具体表现如下：一是不少东方文学古典名著是在民间创作的基础上整理和加工而成的，具有浓郁的民间文学色彩；二是不少东方的民间文学作品达到很高的艺术水平，产生很大的社会影响，成为世界文学宝库中的精品；三是东方许多优秀作家的创作与民间文学有着千丝万缕的联系。民间文学繁荣兴旺这个特征使得东方文学显得更质朴，更清新，更具有无限的生命力。

　　东方文学的第五个特征是受宗教影响既广且深。在古代，埃及、巴比伦、希伯来、印度和伊朗等国的文学都与宗教有密不可分的联系，有的文学作品是正式的宗教经典，有的文学作品是重要的宗教文献，还有的文学作品在题材和思想方面与宗教联系密切；而不带任何宗教味道的文学作品则较为少见。进入中古时期，一般来说文学与宗教逐渐分离，宗教对文学的影响有所削弱；但许多文学作品仍然不同程度地带有宗教色彩，受到宗教制约。到了近代时期以后，文学与宗教的联系进一步减少，受宗教的影响也进一步减弱，但这决不等于说文学已经彻底断绝了与宗教的联系，已经彻底摆脱了宗教的影响。总起来看，宗教对东方文学的影响既有积极的方面，也有消极的方面。积极影响是：从文学创作的角度说，宗教观念和宗教信仰有时会起到丰富文学作品思想内容，增加文学作品的感染力和浪漫色彩的作用；从保存和传播的角度说，文学作品往往依靠宗教的力量保存下来，并且得到广泛传播；从文学交流的角度说，历史悠久国家的宗教流传到其他国家，不仅促进后者宗教的发展，同时也促进后者文学的发展，甚至使之产生飞跃。消极影响是：宗教观念和宗教信仰有时会限制作家的思想，使文学作品产生消极、悲观、宿命、遁世等倾向；宗教势力和宗教思想有时也会制约作家的艺术创作才能，使文学作品长期囿于一定的框架之内，缺乏创新，延缓文学发展的速度。此外应当指出，宗教对东方文学的影响不是一成不变的，而是随着时间推移不断变化的。①

最后必须说明的是，这些认识还只是个人的心得和体会，还存在许多不完备之处。迄今为止，学术界关于这个问题尚无统一的认识（恐怕将来也难以得到完全统一的认识），有待于大家各抒己见，从各个不同的角度切入，进一步探讨东方文学的特征，并且逐渐取得一定的共识。

---

① 《新编简明东方文学》，第3—5页。

第三节　东方文学的意义

关于学习和研究东方文学的意义问题，《东方文学教学大纲》几乎没有涉及，但《东方文学讲义》的"绪言"有比较详细的论述。在"研究和学习东方文学的意义"的标题下，一开始就写道："在东方人民风起云涌、惊雷骇电般的争取民族独立、民主和社会主义的斗争形势下，研究和学习东方文学具有特殊的意义。"① 这个开头充分地显示出当时的时代特点，即强调从政治的角度认识东方文学的意义。然后指出三个意义：

第一个意义是：

> 研究和学习东方文学，反对帝国主义的黄色文化侵略，特别是美帝国主义的文化侵略，发掘和重振优良的文化传统，建立民族的新文化，促进东方新文化和新文学的共同繁荣，对于振奋民族精神、提高民族自尊心和自信心，有着非常重大的意义。因此，这也是为了有效地进行反殖民主义斗争的一个重要方面。资产阶级知识分子所特有的那种崇拜西方资本主义国家的思想，是长期被帝国主义侵略和奴役所养成的一种奴隶心理，不打破这种心理状态，我们就不能在精神上真正抬头。这是东方各国共同的问题。我们中国人民研究和学习东方其他各民族的文学，不仅能够帮助我们自己肃清帝国主义侵略和奴役的恶劣影响，破除对西方文明的盲目迷信，同时也是参加东方人民反对殖民主义的共同斗争。②

第二个意义是：

---

① 《外国文学讲义·东方文学部分》，第 2 页。
② 同上。

　　研究和学习东方文学，有助于我们了解东方各国人民的过去和现在，加强我们与东方各国人民的团结和合作。在东方人民反帝斗争的高潮中，进一步加强东方各国人民间的团结，结成反帝斗争的统一战线，有着极其重要的意义。毛主席指出："我们共同的敌人是美帝国主义，我们大家都是站在一条战线上，大家需要互相团结互相支持。"帝国主义者最害怕这种团结，他们千方百计想要破坏东方各国之间的关系，特别是要破坏中国和东方各国的关系。但是，帝国主义的阴谋是不可能得逞的。黎巴嫩诗人尤素夫·萨依德在他的《面包师》里歌唱得好："我们应当为共同的命运团结起来，/否则别人会把我们欺凌压迫，/让我们劳动的手永远紧握在一起，/兄弟，让我们并肩作战。"我们中国人民向来珍视与东方各国人民的友好关系，把东方各国人民的民族解放斗争看做是反对国际帝国主义斗争的不可缺少的同盟军。我们研究和学习历史悠久、丰富多彩的东方其他各民族的文学，可以进一步了解东方人民创造的辉煌的文化成就，了解他们过去的苦难和理想，了解他们现在争取独立自主的愿望和英勇斗争的精神，从而增进我们和他们彼此间的友谊和团结，加强东方人民反对帝国主义斗争的力量。①

第三个意义是：

　　研究和学习东方文学，加强我们与东方其他各国的文化交流，对于我们建设社会主义的民族新文化也有重要意义。民族文化是一个民族精神劳动的成果，也是人类共同的财富。它趋向于和别的民族文化交流，从交流中得到更进一步的丰富。东方各族的文化历史就雄辩地证明了这一点。从古远的时代起，东方人民之间就有过友好往来和文化联系，这曾使东方各国的古代文明变

---

① 《外国文学讲义·东方文学部分》，第2—3页。

得更为灿烂。近代以来，东方人民更清楚地认识到文化交流的必要，正在突破帝国主义制造的各种人为障碍，为建立友好的文化交往关系提供有利的条件。由于地理和历史的原因，我们中国与东方其他国家的文化关系极为密切。我们的先人在文化交流工作上，从不吝惜贡献自己的所长，也从不轻视人家的成就。我国和中亚、西亚以及埃及的往还，远在公元前六世纪就开始了。我国和印度的文化交流极为频繁，这对两国的文学和艺术产生了深刻的影响。至于我国和日本、朝鲜、越南之间的文字、文学的交流，由于是近邻的关系，就更为深远了。此外，我国和印度尼西亚、柬埔寨、缅甸、老挝、泰国、尼泊尔、斯里兰卡以及其他东方国家间的文化交流历史，远在公元二世纪，迟至七世纪也都先后开始了。现在，我国和亚非国家的文化交流工作不仅完全恢复，而且空前扩大了，愈益深入了。半个世纪以前，我们就翻译了许多东方国家的古典名著，同时也介绍了东方地区当代的优秀作家的作品。新中国成立以后，我们介绍东方文学的工作就更加全面，也更加及时了。近十年中，我们翻译和出版了包括东方二十多个国家的四百余种作品，我们接待过许多来访的东方作家，也访问过许多东方国家。我国与东方各国在文化上关系更为密切，特点更为相近，这就更便于我们从他们的优秀文化中吸取有益的东西，作为发展我们的新文化的养料。①

在以上三个意义中，前两个都是从政治的角度论述的，都是政治意义，并且都具有明显的时代特色。如在论述过程中特别强调反对帝国主义，尤其是美帝国主义的思想，一再提到"反对帝国主义的黄色文化侵略，特别是美帝国主义的文化侵略"、"在东方人民反帝斗争的高潮中，进一步加强东方各国人民间的团结，结成反帝斗争的统一战线，有着极其重要的意义。毛主席指出：'我们共同的敌人是美帝

---

① 《外国文学讲义·东方文学部分》，第3页。

国主义,我们大家都是站在一条战线上,大家需要互相团结互相支持.'"等就是其例。这在当时来说是理所当然的,是无可非议的。只有最后一个是从文化的角度论述的,是文化意义。

不过,尽管这种论述放在当时来说完全可以理解,但是如今时过境迁,我们就需要重新思考和认识这个问题了。尤其是前两点,更有这种必要。因此,我们后来关于这个问题的论述,也发生了相应的变化。关于这个问题,笔者现在的认识可以归纳如下:

> 东方文学是世界文学不可或缺的组成部分,在世界文学发展史上占有重要地位,对世界文学的进步做出了巨大贡献。在古代,东方地区是世界文明的发源地,也是世界文学的发源地。在西亚的两河流域和北非的尼罗河流域,人类首先进入了文明社会,并创作了第一批文学作品。其后,西亚的伊朗高原、南亚的印度河流域、东亚的黄河流域以及西亚的巴勒斯坦地区也相继进入文明社会,创作文学作品。在中古,特别是在 15 世纪以前,东方人在文学上再创辉煌,独领风骚达数百年之久,当时的中国、印度、伊朗、阿拉伯以及日本等均可称为文学大国,在诗歌、小说、戏剧、散文等方面涌现出一系列名篇佳作,堪称当时世界文学的高峰。到了近代以后,虽然由于种种原因,东方文学不像西方文学那样引人注目,但仍然创作出为数不少的好作品,在世界文坛上显示出鲜明的特色。至于现代东方文学,则正随着东方各国人民的日益觉醒和东方各国经济的日益繁荣而蓬勃发展。展望前景,我们对于东方文学的未来充满信心,坚信它必将在今后的世界文坛上占有越来越重要的地位。一言以蔽之,自古以来东方人在文学方面的成就是有目共睹的,不能一笔抹杀的。既然如此,我们要研究世界文学,当然就需要研究作为世界文学之一部分的东方文学。

> 非但如此,研究东方文学还对研究整个世界文学具有重要意义。既然世界文学是由东方文学和西方文学两个部分共同组成的,

那么单纯地研究西方文学自然就不能达到全面地、深入地研究世界文学的目的，这是显而易见的事实。人们不难理解，只有既研究东方文学，又研究西方文学，并将二者加以比较对照，才能真正认识世界文学的整体面貌，才能充分揭示世界文学的发展规律，才能深入理解世界文学的本质问题。举例来说，如果不研究古代的东方文学，就会人为地把世界文学的开端推迟数千年，以为世界文学史始于古希腊文学；如果不研究东方的三大文化体系，就无法全面认识世界四大文化体系互相交流和互相影响以推动世界文学前进的规律；等等。甚至于可以说，仅仅研究西方文学，那就不但不能达到深入研究世界文学的目的，而且也不能达到深入研究西方文学的目的。譬如，如果不研究属于东方文化和文学范畴的希伯来文化和文学（主要集中在《圣经》里），就无法全面说明作为西方近现代文化和文学的两个源流（即所谓"二希"，一个是古希腊文化和文学，一个是古希伯来文化和文学），因而也就无法深入领会许许多多的西方文学作品；如果不研究印度的《五卷书》、阿拉伯的《卡里来和笛木乃》等作品，就很难解释西方许多故事（如薄伽丘的《十日谈》、乔叟的《坎特伯雷故事集》和拉封丹的《寓言诗》等）的来源；如果不把东方文学和西方文学加以比较，而是只在西方文学的内部比较来比较去，那就无论如何也得不出关于什么是西方文学特征的正确结论来；等等。

然而，由于历史上形成的诸多原因，由于"欧洲中心论"的恶劣影响，上述事实至今仍然没有为许多人所接受。所谓"欧洲中心论"，是某些西方人凭空制造的理论。在他们看来，欧洲（和美洲）是世界的中心，欧洲（和美洲）文化是世界文化的中心，甚至就是世界文化的全部；欧洲（和美洲）文学是世界文学的中心，甚至就是世界文学的全部。因此，他们所写的世界历史是以欧洲（和美洲）为中心的历史，甚至就是欧洲（和美洲）的历史；他们所写的世界文化史是以欧洲（和美洲）为中心的文化史，甚至就是欧洲（和美洲）的文化史；他们所写的世界文学史是以欧洲（和美洲）为中心的文学史，甚至就是欧洲（和美洲）的文学史。这是不符合事实的，是他们不可一世的态度的表现。但不幸的是，这种理论的流毒甚广甚深，不仅影响到西方很多人，而且影响到东方一些人。再加上我们一向对东方文学作品翻译、出版、介绍和研究得较少，近年来虽然有所改进，但是仍然远远不够，所以人们对东方文学的了解很少。由此可见，我们必须彻底批判"欧洲中心论"，大量翻译出版东方文学作品，广泛介绍东方文学，深入研究东方文学。

此外，我们还应当注意这样一个事实：我国是一个东方国家，而且是一个东方大国；我国文学属于东方文学的一个部分，而且是一个重要的部分。如果我们忽视、压低或否定了东方文学，那实际上也就等于忽视、压低或否定了我们自己的文学。因为"欧洲中心论"者不仅忽视、压低和否定东方其他国家的文学，同时也忽视、压低和否定我们中国的文学。因此种种，我们可以说，下大力气翻译、出版、介绍和研究东方文学，乃是我国文化工作者不可推卸的责任和当仁不让的义务。不言而喻，我们重视东方文学，决不是盲目地、片面地夸大东方文学的成就和抬高东方文学的地位，决不是从一个极端跳到另一个极端，从"欧洲中心论"或"西方中心论"跳到"亚洲中心论"或"东方中心论"，而是尊重事实，尊重科学，本着实事求是的态度，还事物以本来的面目，准确地评价东方文学的成就，适当地肯定东方文学的地位。①

不难看出，这段文字是从东方文学在世界文学中的重要地位、研究东方文学对研究世界文学和西方文学的意义以及批判"欧洲中心论"等角度论述研究东方文学的重要意义的。这种论述都是从长远的文学发展历史和文学理论研究的角度出发的，而不是从一时的政治斗争和国家关系需要的角度出发的，因而也就具有了持久的性质，避免

---

① 何乃英主编：《东方文学概论》，中国人民大学出版社1999年版，第4—5页。

了临时的性质。总之，这段文字比《东方文学讲义》的论述要有力得多。

第四节　东方文学的分期

作为一部系统的东方文学教材，必须解决东方文学的分期问题。在《东方文学教学大纲》中，由于没有对东方文学的发展历史进行整体性的论述，所以也没有对东方文学的发展历史进行整体性的分期；只是在分别论述各国文学发展历史时，将其划分为两段或三段，严格地说这不能算是对东方文学发展的分期。到编写《东方文学讲义》时，这种情况发生了一定的变化。

《东方文学讲义》将东方文学分为两大部分：第一部分是"东方古典文学"，即从古代到 19 世纪中叶的文学；第二部分是"东方现代文学"，即从 19 世纪中叶到 20 世纪中叶的文学。

在第一部分"东方古典文学"的第一节"东方古典文学概论"里，开头有一段概括性质的话："东方古典文学是十分光辉灿烂的。它的历史悠久绵长，上可溯源到公元前三四千年，下可达于公元 19 世纪，主要经历的是奴隶社会和封建社会时期。这个时期的东方文学园地呈现一片繁荣兴旺、遍地开花的美好景象。"[1]

在第二部分"东方现代文学"的第一节"东方现代文学概论"里，开头也有一段概括性质的话："东方现代文学的历史已近百年。从 19 世纪中叶开始，各族人民相继觉醒，民族新文学随之诞生。十月革命后，东方成为世界风暴的源泉，各国新文学得到突飞猛进的发展。特别是近若干年来，东方国家的革命斗争已成为世界上不可抗拒的潮流，各国新文学运动进一步高涨，并且为了加强文化联系和文化交流，共同反对帝国主义和殖民主义，召开了三次具有重大历史意义的亚非作家会议，即 1956 年在新德里召开的亚洲作家会议、1958 年

---

[1] 《外国文学讲义·东方文学部分》，第 4 页。

在塔什干召开的第一届亚非作家会议和 1962 年在开罗召开的第二届亚非作家会议，从而揭开了东方文学史上新的一页。"①

从字面上看，以上两段话明确地将东方文学划分为两个历史时期——古典文学时期和现代文学时期。与《东方文学教学大纲》相比，这已经是向前跨进了一步。其实还不仅如此，当时的编写者早已积累了足够的资料和足够的认识，完全能够将东方文学再做进一步的划分，只是由于教学时间不足和讲义篇幅有限，不可能再进一步铺展开来，再作进一步的划分，所以只好这样处理了。这一点可以由两节"东方古典文学概论"和"东方现代文学概论"以及其后的章节中看得十分清楚。

在"东方古典文学概论"中，在上引开头一段话之后，继续写道："在号称四大文明古国的埃及、巴比伦、印度和中国，以及在西南亚的巴勒斯坦（以色列和犹太）和阿拉伯，在伊朗及西亚和中亚的亚美尼亚、阿塞拜疆、格鲁吉亚和乌兹别克，在东北亚和东南亚的日本、朝鲜和越南，出现过许多具有世界意义和世界影响的优秀作家和作品。"② 虽然这段话没有直接地、明确地使用"古代文学"和"中古文学"这两个词，但实际上是将"四大文明古国"的文学视为东方古代时期的文学，而将其后三个部分的文学视为东方中古时期的文学。这是有目共睹的事实。因此，在第一个题目的结尾处写道："四大文明古国之外，随后又相继在东方许多地区产生了新的文明。这些新的文明同四大文明古国分别有密切的联系和交往，并深受其影响。"③ 而在《东方文学教学大纲》里则没有进行过这样的整体性划分，只是在分别论述各国文学时使用了"优秀传统"、"历史传统"、"古代文学"等字样，唯有印度文学使用了"古代和中世纪文学"字样，但印度文学其实主要论述的还是古代文学，所谓中世纪文学只有短短的两句话："中世纪印度文学与宗教对它的深远影响。诗歌是中

---

① 《外国文学讲义·东方文学部分》，第 63 页。
② 同上书，第 4 页。
③ 同上书，第 5 页。

世纪印度文学的主要形式。"① 言外之意是，中世纪印度文学成就不是很大，不很值得重视。这恐怕不符合历史事实。关于这个问题，下文再进行详细讨论。

在"东方现代文学概论"中，也没有直接地、明确地将这段东方文学再划分为"近代文学"和"现代文学"两个时期，这显然与到当时为止，这段东方文学总共只有近百年的历史有关；但实际上在编写者的心目中，也是觉得可以再将其划分为"近代文学"和"现代文学"两个时期的。其明显的证据就是在论述印度文学时，认为泰戈尔是近代文学的代表，而普列姆昌德则是现代文学的代表；在论述日本文学时，认为岛崎藤村是近代文学的代表，而小林多喜二则是现代文学的代表。

那么，《东方文学讲义》的这种分期方法是否正确呢？要对这个问题做出判断，需要参照从 20 世纪 80 年代到 21 世纪第一个 10 年出版的一系列东方文学史的处理方法。

在这个阶段我国出版了一系列的东方文学史著作。如朱维之等主编的《外国文学简编（亚非部分）》、陶德臻主编的《东方文学简史》、中山大学中文系主编的《外国文学·上册（东方部分）》、张效之主编的《东方文学简编》、季羡林主编的《简明东方文学史》、朱维之主编的《外国文学史（亚非部分）》、陶德臻和陈惇主编的《外国文学·上册（亚非部分）》、梁潮等编的《新东方文学史（古代、中古部分）》、张朝柯主编的《亚非文学简史》、王向远著的《东方文学史通论》、高慧勤和栾文华主编的《东方现代文学史》、季羡林主编的《东方文学史》、郁龙余和孟昭毅主编的《东方文学史》、孟昭毅和黎跃进编著的《简明东方文学史》、何乃英编著的《新编简明东方文学》（作为世界文学史或外国文学史的一部分，没有在书名上标出东方文学史或亚非文学史字样的著作未列入内）等。

其中关于东方文学的分期有以下几种情况：有的分为古代、中

---

① 《外国文学教学大纲（初稿）》，第 66 页。

古、近代和现代四个时期［如朱维之等主编的《外国文学简编（亚非部分）》、朱维之主编的《外国文学史（亚非部分）》、何乃英编著的《新编简明东方文学》］，有的分为古代、中古、近代、现当代四个时期（如郁龙余和孟昭毅主编的《东方文学史》），有的分为古代、中古、近代、现代和当代五个时期（如陶德臻主编的《东方文学简史》、张朝柯主编的《亚非文学简史》），有的分为古代、中古和近现代三个时期（如季羡林主编的《简明东方文学史》），有的分为上古、中古、近古、近代和现当代五个时期（如季羡林主编的《东方文学史》），有的分为上古、中古、近代、现代和当代五个时期（如孟昭毅和黎跃进编著的《简明东方文学史》），此外还有其他的分期法（如王向远著的《东方文学史通论》分为"信仰的文学时代"、"贵族化的文学时代"、"世俗化的文学时代"、"近代化的文学时代"和"世界性的文学时代"五个时期）。

在这些分期方法（王向远的分期方法较为特殊，限于篇幅，这里不准备详细讨论）中，古代（有的称"上古"）是共同的，分歧是在下面几个时期。关于中古，季羡林主编的《东方文学史》将它分为中古和近古两个时期。其理由是：就社会历史而言，中古时期东方的大部分地区是从奴隶制过渡到封建社会，亦即封建社会形成、发展，并达到鼎盛的时期，是远比西方强盛的时期；而近古时期东方封建制度从其主流来说，已经过了有生命力的顶峰，在走下坡路了。就文化而言，中古时期东方无论人文科学，还是自然科学，都远比当时的西方文化灿烂辉煌；而近古时期东方已经创造不出像前一时期处于上升阶段时那样的灿烂文化来了。就文学而言，中古时期是东方文学绚丽、辉煌的一千年，使当时的西方只能望其项背；而近古时期东方的文学创作也走向低潮，西方却走到了世界文学的前列。笔者认为，上述论断大体上是符合事实的，依据这些理由（综合起来考虑）而将原来的中古时期分为中古和近古两个时期是可行的，但时间的分界线还可以研究。至于近代、现代和当代三个时期的分歧，人们大多以为这三个时期东方文学的差异乃是客观存在，问题在于它们总共只有一百多年，分得过细或许会显得零碎。所以笔者以为，目前分为近代和现代两个时期是恰当的。综上所述，我们可以得出这样的结论：《东方文学讲义》的分期方法虽然显得简单一些和模糊一些，但可以说大致上是正确的。

谈到东方文学的分期问题，还必然要涉及依据什么进行分期的问题。这里我们首先需要考察一下《东方文学讲义》进行分期的依据。从"东方古典文学概论"来看，它是以东方社会历史发展时期作为划分东方古代文学和中古文学主要依据的。因为其中有这样一句话："它的历史悠久绵长，上可溯源到公元前三四千年，下可达于公元19世纪，主要经历的是奴隶社会和封建社会时期。"① 也就是说，所谓古代文学，大体上是指奴隶社会的文学；所谓中古文学，大体上是指封建社会的文学。

从"东方现代文学概论"来看，它实际上也是依据社会历史发展时期作为划分东方近代文学和现代文学主要依据的。因为其中有这样两句话："东方现代文学的历史已近百年。从19世纪中叶开始，各族人民相继觉醒，民族新文学随之诞生。十月革命后，东方成为世界风暴的源泉，各国新文学得到突飞猛进的发展。"② 也就是说，所谓近代文学，大体上是指十月革命前的文学；所谓现代文学，大体上是指十月革命后的文学。

关于东方文学史分期的依据问题，当时还没有来得及进行深入的研究。因此，上述分期只是参照其他各种文学史（如西方文学史、欧洲文学史、中国文学史等）分期的依据所得出的结论。其后，经过长时间的探索，通过对上述一系列东方文学史著作的研究，笔者以为东方文学史分期方法的基本依据似乎可以概括为如下几点。

一是参照东方以社会、经济、政治为主体的社会历史发展时期，特别是东方比较先进的国家和地区的社会历史发展时期。为什么要参

---

① 《外国文学讲义·东方文学部分》，第4页。
② 同上书，第63页。

照社会历史发展时期呢？因为众所周知，文学与社会有密切的关系，与政治有密切的关系。文学在社会结构中的地位是特殊的：一方面，文学是一种意识形态（这是文学的普遍性质），它最终取决于经济基础，归根结底受经济基础的制约；但它与经济基础的关系不是直接的、紧密的，而是间接的、有距离的，它往往与上层建筑中的政治、法律制度发生直接关系，而间接地受经济基础的制约。另一方面，文学又是一种特殊的意识形态，即审美意识形态（这是文学的特殊性质），它的这种特殊的审美性质使它比一般意识形态保持更多的独立性，比一般意识形态离开上层建筑和经济基础更远。但是，既然文学归根结底要受经济基础的制约，既然文学与上层建筑中的政治、法律制度有更直接的关系，那么我们在划分文学发展时期时，当然首先要参照社会历史发展时期了。

二是参照东方文化发展时期，特别是比较先进的国家和地区的文化发展时期。为什么要参照文化发展时期呢？理由很简单，因为文学属于文化的范畴，文学与文化领域的哲学、宗教、道德和艺术等有密切的关系。

三是根据东方文学的发展状况，特别是比较先进的国家和地区文学的发展状况。这是因为文学虽然与以上两点有密切关系，但是文学还有其相对的独立性，还有其相对的特殊性，还有其自身的发展规律。无视这种独立性、特殊性和自身发展规律，就会犯庸俗社会学的错误。

四是适当考虑与西方文学史的对应关系。这是因为东方文学和西方文学是世界文学的两个组成部分，东方文学史和西方文学史是世界文学史的两个组成部分，二者需要统一考虑。在西方文学史已经形成体系，已经解决分期的情况下，东方文学史在建立体系时，在进行分期时，当然需要适当考虑这种对应关系了。

用以上四个依据来衡量《东方文学讲义》，我们不难看出，当时编写者的分期结果虽然与后来的东方文学史出入不大，但是编写者的分期依据却似乎有些简单化的倾向，缺乏全面的、必要的认识和论证。

第五节　东方文学的分类

　　作为一部系统的东方文学教材，也必须解决东方文学的分类问题。在《东方文学教学大纲》中，按照各个国家当时的政治性质，将所述国家分为社会主义国家、民族独立国家、资本主义国家及半殖民地国家三类。这种分类方法显然是不科学的。其不科学性，首先是因为它完全不是从文学的角度，而完全是从政治的角度进行分类；其次是因为它不是从长远的历史考虑问题，而是只从当时的政治状况考虑问题，其实所谓"社会主义国家、民族独立国家、资本主义国家及半殖民地国家"等并不是一成不变的，而是在不断变化的。

　　到编写《东方文学讲义》时，分类方法发生了很大的变化。这种变化主要表现为以下三点。

　　第一，关于东方古代文学，从上引"东方古典文学概论"开头一段话可以看出，编写者在论述古代文学时，实际上并没有进行分类，只是大体上按照时间顺序排列出埃及、巴比伦、印度和中国的名字，然后在第一个标题"四大文明古国——埃及、巴比伦、印度和中国的文学"之下写道：

　　　　埃及、巴比伦、印度和中国是人类文化四个最古老的发源地。从久远的年代起，它们就各自独立地创造了丰富的民族文化和文学艺术，促进了东方其他国家和世界的文化和文学艺术的发展。①

　　随后分两个层次分别论述这四大文明古国的文学。第一个层次是埃及和巴比伦：

---

　　① 《外国文学讲义·东方文学部分》，第4页。

大约在公元前三千多年前，阶级社会就在埃及和巴比伦产生了。这是人类历史发展的一个重要转折点。在长达三四千年的历史过程中，古代埃及人和巴比伦人在物质文化方面和精神文化方面都获得了巨大成就，他们是人类文明的先锋。古代埃及的文学和古代巴比伦的文学是人类最古老的文学。[①]

第二个层次是印度和中国：

大约在公元前两千多年前，印度和中国相继进入了阶级社会。在公元前两千多年至公元 19 世纪的四千多年的历史进程中，印度和中国的文化和文学一直延续下来，中间没有间断过。印度的古代文学和中国的古代文学在世界文学史中占有重要的地位，其起源之古老、发展之悠久绵长、材料之丰富和艺术水平之高，是世所罕见的。[②]

这种将四个文明古国按照时间顺序排列并分为两个层次的论述方法，大体上是正确的；后来的东方文学史一般也采取这种方法，因为除此之外的确很难找到更加合适的方法。

但是，后来经过更加深入的研究，才认识到伊朗古代文学和以色列古代文学也应当作为东方古代文学的一部分，放在这一段里。编写者当时之所以没有将伊朗古代文学和以色列古代文学放在古代文学范围内，首先是由于过分拘泥于"四大文明古国"的提法了。如果我们大致上认为东方古代文学的下限应当是公元后的几个世纪，如果我们大致上认为东方古代文学应当包括在此期间产生的各国原始社会末期和奴隶社会的文学，那么显然应该将伊朗古代文学和以色列古代文学包含在内。

---

① 《外国文学讲义·东方文学部分》，第 4 页。
② 同上书，第 5 页。

　　关于伊朗古代文学，编写者当时由于缺乏资料，没有充分认识到其重要性，于是误将伊朗排除在文明古国之外，而将其安排在第二个题目——"伊朗以及西亚和中亚的亚美尼亚、阿塞拜疆、格鲁吉亚和乌兹别克的文学"之内，同时也就顺理成章地从伊朗中古文学开始论述了。今天看来，这样安排是不妥当的。

　　关于希伯来（以色列）古代文学，编写者也犯了类似的错误，将其排除在文明古国之外，而安排在第三个题目——"西南亚的巴勒斯坦（以色列和犹太）和阿拉伯文学"之内。希伯来古代文学也是有丰富内容的，尤其是犹太教和基督教的经典《圣经·旧约》。

　　第二，关于东方中古文学，从上引"东方古典文学概论"开头一段话可以看出，编者在论述中古文学时，确实是进行了分类，即大体上根据地域分为三类：西南亚、西亚和中亚、东北亚和东南亚。

　　第一类是西南亚，包括希伯来和阿拉伯文学。希伯来文学已如上述，应当归入东方古代文学的范畴之内。而且希伯来文学与阿拉伯文学并不属于同一文化体系，将希伯来文学与阿拉伯文学放在一起，纯粹是因为地域的关系。因此，这个分类使人感到有些勉强。实际上从文化体系和文学联系来说，阿拉伯文学应当与西亚的伊朗和中亚的亚美尼亚、阿塞拜疆、格鲁吉亚和乌兹别克等国文学放在一起（这里还需要说明一点：根据现在的提法，一般是将伊朗和阿拉伯所在地区称为西亚，而不称为西南亚）。

　　第二类是西亚和中亚，包括伊朗以及亚美尼亚、阿塞拜疆、格鲁吉亚和乌兹别克等国文学。值得注意的是，这些国家的文学在《东方文学教学大纲》里都没有被提及。在这些国家的文学中，伊朗文学显然占有重要地位，应该大书特书。因此，"东方古典文学概论"写道：

　　　　伊朗的古典文学在世界文学史上占有重要地位。中古的伊朗，在文学上乃是个黄金时代，闻名世界的大诗人鲁达基、菲尔多西、萨迪和哈菲兹都生活在这个时代。伊朗文学对西亚和中亚各民族文学具有重要意义，与亚美尼亚、阿塞拜疆、格鲁吉亚和乌兹别克文学有密切关系，伊朗大诗人的作品对于这些民族的文学有巨大的影响。①

这段论述大体上是符合实际情况的。（不仅如此，为了更充分地展示伊朗中古文学的成就，《东方文学讲义》还在第一章第四节里，专门论述伊朗中古文学。）在伊朗文学之后，"东方古典文学概论"又相继论述了以诗人内扎米（《讲义》作"尼扎米"）为代表的阿塞拜疆文学，以卢斯塔维里为代表的格鲁吉亚文学，以纳沃依为代表的乌兹别克文学。这些内容都是很必要的。不过这里需要说明的是，其中的内扎米既可以说是伊朗诗人，也可以说是阿塞拜疆诗人。这是因为他出生在阿塞拜疆的城市甘哲，但当时的阿塞拜疆只是塞尔柱王朝统治下伊朗的一部分领土。

第三类是东北亚和东南亚，包括日本、朝鲜和越南的文学。这一部分的开头写道：

在东北亚和东南亚，除中国外，还有许多文化发达的地区，其中文学成就最高的是日本、朝鲜和越南。大约在公元前最后几世纪和公元后最初几世纪，这些地区逐渐进入阶级社会，开始产生民族文化，并延续不断地发展下来，而它们与中国和印度的相互关系则起了促进作用。中国和日本、朝鲜、越南之间的文学交流，由于是近邻的关系就更为深远了，不少中国的古典诗歌和其他文学作品也成为它们共享的财富，长久地影响着它们的文学创作。②

从这段话里可以看出，编写者当时将这些国家放在一起，不仅是根据地域上的邻近，同时也根据文化和文学交流的紧密。事实上，以上三

---

① 《外国文学讲义·东方文学部分》，第6页。
② 同上书，第7页。

个国家就属于我们后来所提到的中国文化体系的范畴。

在这段开场白之后，接着分别论述了三国古典文学的情况。关于日本文学，主要介绍了和歌总集《万叶集》和紫式部的长篇小说《源氏物语》，指出"《万叶集》是日本和歌（韵文）的源泉，《源氏物语》是日本物语（小说）的典范"[①]；关于朝鲜文学，主要介绍了朴燕岩的作品和中篇小说《春香传》；关于越南文学，主要介绍了阮攸的长篇叙事诗《金云翘传》。这种写法当然并不是对三国古典文学的全面介绍，但编写者的意图在于使学生在少量的篇幅和时间里掌握三国文学的主要成就。

与《东方文学教学大纲》相比，这一类（即第三类）的长处是不再按现代国家政治性质分类，而是按地域来分类，并且从与中国文化和中国文学交流关系的角度加以论述。这显然是走向后来更科学分类的重要一步。这一类的不足之处是东南亚地区列出的国家太少，其实除越南外，马来、缅甸、泰国等国的文学也应该介绍。这是由于当时缺乏必要的资料。事实上，这里至少还应该提及马来的传奇小说《杭·杜亚传》，缅甸诗人和作家吴邦雅的创作，泰国的长篇叙事诗《昆昌与昆平》等。

第三，关于东方近现代文学，"东方现代文学概论"依然按这些国家当时的政治性质进行分类，这显然与我国当时的社会政治形势有关。其中写道：

> 亚洲社会主义国家的文学，如中国、朝鲜和越南的文学，是在人民轰轰烈烈的民主革命和社会主义革命的伟大斗争中产生并发展起来的。它们是一种新型的民族文学，属于无产阶级领导的人民大众的新民主主义文化和无产阶级社会主义文化之列，因而也是东方现代文艺战线上发展最快、成效卓著的部分。其中，中国文学是东方现代最发达的民族文学之一，新文化的伟大旗手鲁

---

① 《外国文学讲义·东方文学部分》，第7页。

迅、诗人和作家郭沫若、小说家茅盾是中国新文学的代表。

东方其他国家的文学，如印度、阿拉伯和黑非洲的文学，是在反对殖民主义压迫、争取民族独立的过程中产生并发展起来的，因而也是东方现代文艺战线上的一支重要力量。它们主要是属于资产阶级民主主义文学的范畴，既有很大的进步意义，又有一定的局限性。其中，印度文学是东方现代最发达的民族文学之一，近代伟大的文学家和艺术家泰戈尔、作家普列姆昌德是印度新文学的代表。

日本是发达的资本主义国家，日本文学也在东方现代文艺战线上占有特殊的地位。在一方面，随着19世纪后半期资本主义的急剧发展和资产阶级革命的展开，资产阶级进步文学得到迅速发展，并取得相当的成就；在另一方面，随着十月革命后无产阶级领导的革命的胜利前进，无产阶级文学运动也日益壮大。近代的作家岛崎藤村和无产阶级作家小林多喜二是日本新文学的代表。①

上引这段话具有浓厚的政治色彩和阶级色调。这样的分类方法仍然是沿袭了《东方文学教学大纲》的分类方法。（二者的区别在于，《大纲》用这种分类方法贯穿全篇，而《讲义》只用于近现代文学部分。这可以说是《讲义》的进步。）实际上，这种分类方法并不严密（其理由已如上述）。如果非要这样分类，那么必然造成这样一种局面，即第一种类型的国家只有朝鲜北部和越南，第三种类型的国家只有日本，其他绝大多数国家都属于第二种类型。这差不多就等于不分类了。因此，后来的东方文学史对于东方近代、现代文学的分类一般都延续使用了中古文学的分类方法。

以上我们对《东方文学讲义》的分类方法进行了考察。如果我们再从总体上将它与《东方文学教学大纲》加以比较可以发现，《讲义》的分类方法虽然还有若干不足之处，但是比《大纲》有了很大进步，

---

① 《外国文学讲义·东方文学部分》，第63页。

也就是说《讲义》已经初步地探索出一套比较合适的分类方法（集中表现在中古文学部分），20世纪80年代以后又在这个基础上进一步加以完善，最后确立了一套多数人认可的方案（当然还存在不同的意见，如王向远的《东方文学史通论》），即除了古代文学按照时间顺序排列以外，中古文学以下都大体上按照地域和文化关系，把各国文学分为东北亚、东南亚、南亚、西亚、中亚、北部非洲和南部非洲等若干部分。笔者在《东方文学概论》一书里，将这种情况系统表述如下：

　　综观上述几部东方文学史，可以发现一种发展演化趋势：在较早出版的著作里，每个时期之内往往直接包含几个国家的文学；在后来出版的著作里，每个时期之内往往先分几个地区，再在每个地区之下包含几个国家的文学。这两种安排方法比较起来，后者显然更全面，更科学，更符合东方文学实际，更能够包容东方文学的内容。为什么这样说呢？因为采用第一种安排方法，必然只能抓住几个主要国家，而漏掉许多次要国家（作为"简编"、"简史"还可以允许，但作为"史"则不能允许了），否则便会在每个时期之内罗列许多国家，显得过分琐碎；采用第二种安排方法，非但可以容纳许多国家而不显得琐碎，而且便于归纳总结出同一地区若干国家文学发展的某些规律性的东西来，如共同性、差异性、互相影响、彼此交流等，而研究这些问题乃是编写文学史者不可推卸的责任。事实上，在东方，同一地区的若干国家的文化和文学，确实存在着某些规律性的东西，如东北亚地区属于中国文化体系；东南亚地区受到中国文化、印度文化和阿拉伯伊斯兰文化的交叉影响；南亚地区属于印度文化体系，但也受到阿拉伯伊斯兰文化的深刻影响；中亚、西亚和非洲广大地区属于阿拉伯伊斯兰文化体系，等等。季羡林主编的《东方文学史》采用的便是第二种方法，并且使之更充实了，更完善了。其充实和完善主要表现在两个方面：第一，除上古时期文学不分地区外，以下四个时期的文学都先分为几个地区，再在每个地区内分别论述各个国家的文学及其重要作家作品。由于采用这种安排方法，所以尽管该书比过去出版的同类著作增加许多章节（即许多国家的文学），但却毫无杂乱之感。第二，不仅分地区编排，而且在每个地区专设一节"社会文化背景和文学"。这一节的任务大约是在一定的社会文化背景下，首先分别叙述各个国家文学的发展脉络，然后进行综合比较研究，指出各个国家文学的异同。不言而喻，后者的难度较大，因为需要进行更高层次的理论探讨，才能得出切合实际的结论；但后者的重要意义也是显而易见的，因为如果缺少这个内容，划分地区的安排方法便成了"走形式"，同一地区几个国家的文学便会成为简单的罗列和堆砌了。《东方文学史》在这一点上做出了自己的贡献，取得了一定的成绩。如第二编第五章第一节，在概述了中古日本文学和朝鲜文学之后，指出这两国文学有几个特点：一是两国都深受中国文化和文学影响；二是两国在接受中国文化和文学时有同有异，朝鲜受中国影响更深、更广、更持久，日本在国语文学创作上则先走一步；三是朝鲜偏重接受儒家思想，而日本则偏重接受佛教影响等等。就笔者的知识范围而言，这几点是中肯的、有启发性的。①

第六节　东方文学的古今比例

上文已经说过，在《东方文学教学大纲》中，古代文学和中古文学部分所占比例很小，仅仅采用"概述"的形式加以简单介绍；而在《东方文学讲义》中，则发生了很大的变化，即大大地增加了古典文学的比例，大大地缩小了现代文学的比例，最终使得前者在总量上超过了后者——前者约占五分之三，后者约占五分之二。这个比例是否合理呢？笔者以为大体上是合理的。这只要与 20 世纪 80 年代至 21 世纪初出版的一系列东方文学史加以比较就不难看出来。后来出

---

① 《东方文学概论》，第 269—270 页。

版的东方文学史的古（古代和中古）今（近代和现代）比例大约是一比一。但这是东方文学又经历了半个世纪演进的结果，所以现代文学的内容比《东方文学讲义》编写的 20 世纪 60 年代又增加了很多东西，而古代和中古文学自然是不会增加的。

之所以发生这种变化，主要可以归结为两个方面的原因：一方面是由于随着时间的推移，编写者的观点产生了变化，不再片面地理解"厚今薄古"，不再片面地轻视古典文学、重视现代文学了；另一方面是由于随着学习和研究的深入，编写者的知识和眼界扩展了，对古典文学的知识更丰富了，对东方文学的认识更全面了。因此，我们认为这种变化是一个巨大的进步，它使我们的认识更加接近东方文学历史的实际，更加符合东方文学发展的实际。

以下我们逐一考察从《东方文学教学大纲》到《东方文学讲义》再到《新编简明东方文学》，朝鲜、日本、越南、印度、伊朗、希伯来、阿拉伯、亚美尼亚、阿塞拜疆、乌兹别克、黑非洲等国家和地区文学古今比例的变化。

关于朝鲜文学：在《大纲》中，古典文学部分约占九分之一，现代文学部分约占九分之八，而且现代文学部分以无产阶级文学为主，重点论述的三位作家都是无产阶级作家，并且没有提及占朝鲜半岛一半土地的韩国文学。在《讲义》中，古典文学部分字数较少，重点论述朴燕岩和《春香传》；现代文学部分字数较多，重点论述李箕永和韩雪野。在《新编简明东方文学》中，古典文学部分字数较多，简要介绍发展历史，重点论述《春香传》；现代文学部分字数较少，简要介绍发展历史，没有列出重点作家作品。总体看来，从《大纲》到《讲义》再到《新编简明东方文学》，古今比例的变化较大，而且逐渐趋向合理。

关于日本文学：在《大纲》中，古典文学部分约占九分之一，现代文学部分约占九分之八，而且现代文学部分几乎都是无产阶级文学，重点论述的三位作家都是无产阶级作家。在《讲义》中，古典文学部分字数较少，重点论述《万叶集》和《源氏物语》；近现代文学部分字数较多，重点论述岛崎藤村和小林多喜二；前者内容不成系统，后者内容形成系统但不完整。在《新编简明东方文学》中，古典文学部分形成完整系统，重点论述《万叶集》和紫式部；近现代文学部分也形成完整系统，重点论述夏目漱石、川端康成和大江健三郎。二者字数均有大幅度增加，并且大体上相当。总体看来，从《大纲》到《讲义》再到《新编简明东方文学》，古今比例的变化较大，而且逐渐趋向合理。

关于越南文学：在《大纲》中，古典文学部分约占九分之一，现代文学部分约占九分之八，而且现代文学部分以无产阶级文学为主，重点论述的三位作家都是无产阶级作家。在《讲义》中，古典文学部分重点论述阮攸，现代文学部分重点论述素友，二者字数大体相当。在《新编简明东方文学》中，古典文学部分字数较多，简要介绍发展历史，重点论述阮攸；近现代文学部分字数较少，简要介绍发展历史，没有列出重点作家作品。总体看来，从《大纲》到《讲义》再到《新编简明东方文学》，古今比例的变化较大，而且逐渐趋向合理。

关于印度文学：在《大纲》中，古代和中古文学部分约占四分之一，近代和现代文学部分约占四分之三，近代文学部分以泰戈尔为重点，现代文学部分以安纳德、钱达尔和政治诗为重点。在《讲义》中，古代和中古文学部分大为加强，论述比较全面，并以两大史诗和迦梨陀娑为重点，在篇幅上超过了近代和现代文学；而近代文学部分依然以泰戈尔为重点，现代文学部分则以普列姆昌德为重点。在《新编简明东方文学》中，古代和中古文学部分形成完整系统，重点论述《摩诃婆罗多》、《罗摩衍那》和迦梨陀娑，近代和现代文学部分也形成完整系统，重点论述泰戈尔和普列姆昌德；二者字数大体相当。总体看来，从《大纲》到《讲义》再到《新编简明东方文学》，古今比例的变化较大，而且逐渐趋向合理。

关于伊朗文学：在《大纲》中，没有介绍伊朗文学。在《讲义》中，伊朗文学，主要是伊朗古典文学受到充分重视，比较详细地论述了鲁达基、菲尔多西、萨迪和哈菲兹四大诗人，并以萨迪为重点。这主要是因为当时萨迪被作为世界文化名人加以介绍，他的代表作《蔷薇园》也在中国翻译出版；而其他三位诗人的作品大多尚未翻译出版。此外，伊朗现代文学部分没有介绍，也是因为缺乏资料。在《新编简明东方文学》中，古代和中古文学部分简要介绍发展历史，重点论述菲尔多西、萨迪和哈菲兹；近代和现代文学部分简要介绍发展历史，没有列出重点作家作品。总体看来，从《大纲》到《讲义》再到《新编简明东方文学》，古今比例的变化很大，而且逐渐趋向合理。

关于希伯来文学：在《大纲》中，没有介绍希伯来文学。在《讲义》中，古代文学部分概括介绍《圣经》；但由于缺乏资料，没有提及希伯来现代文学的成就。在《新编简明东方文学》中，古代文学部分简要介绍发展历史，重点论述《圣经·旧约》；现代文学部分简要介绍发展历史，没有列出重点作家作品。总体看来，从《大纲》到《讲义》再到《新编简明东方文学》，古今比例的变化很大，而且逐渐趋向合理。

关于阿拉伯文学：在《大纲》中，古典文学部分约占四分之一，现代文学部分约占四分之三，而且古典文学部分实际上介绍的是古埃及文学和《一千零一夜》，现代文学部分只有一个简单的概况，没有论述重点作家。在《讲义》中，古典文学部分简要介绍发展历史，重点论述《一千零一夜》；现代文学部分简要介绍发展历史。在《新编简明东方文学》中，古典文学部分简要介绍发展历史，重点论述《一千零一夜》；近代和现代文学部分简要介绍发展历史，重点论述纪伯伦和迈哈福兹。总体看来，从《大纲》到《讲义》再到《新编简明东方文学》，古今比例的变化很大，而且逐渐趋向合理。

关于亚美尼亚、阿塞拜疆、乌兹别克和黑非洲文学：在《大纲》中，没有介绍这些国家和地区的文学。在《讲义》中，简要介绍亚美尼亚、阿塞拜疆和乌兹别克古典文学的成就，简要介绍黑非洲现代文学的成就，填补了原来的空白。在《新编简明东方文学》中，简要介绍亚美尼亚、阿塞拜疆和乌兹别克古典文学的成就，简要介绍黑非洲现代文学的成就，重点论述索因卡和戈迪默。总体看来，从《大纲》到《讲义》再到《新编简明东方文学》，古今比例的变化很大，而且逐渐趋向合理。

第四章

关于《东方文学讲义》（中）

从《东方文学教学大纲》到《东方文学讲义》，东方文学学科的内容也在不断地扩展，不断地加宽加深。这里所谓"加宽"，是指对于国家或者地区文学范围的扩大；所谓"加深"，是指对于一个国家文学或一位作家创作或一部作品论述的深入。这是我们想要研究的重点问题，所以需要占用较多的篇幅，花费较多的文字。以下我们一面将《讲义》与《大纲》进行比较，考察《讲义》在内容上是如何"加宽"和"加深"的；一面将《讲义》与《新编简明东方文学》进行比较，考察《讲义》在内容"加宽"和"加深"上仍然存在哪些不足之处。为了行文方便，下面分为五个部分，排列顺序是：印度文学、阿拉伯文学、伊朗文学、日本文学、其他国家和地区文学。

第一节　东方文学的内容——印度文学（一）

印度是世界和东方的文明古国，是文学历史连绵不断的文学大国，无论是古代和中古文学，还是近代和现代文学，都取得了引人瞩目的成就，理应成为东方文学学科的重点内容之一。

在《东方文学教学大纲》中，印度文学的授课时间为 7 节课，不仅少于日本文学，而且少于朝鲜和越南文学。再就具体内容而言，古代文学只有《吠陀》、《摩诃婆罗多》、《罗摩衍那》、《五卷书》和迦梨陀娑等几个点，没有文学历史发展的线索；中古文学只有一句话——
"中古印度文学与宗教对它的深远影响。诗歌是中古印度文学的主要形
式"①；近代和现代文学也显得支离破碎，没有构成比较完整的体系。

在《东方文学讲义》中，印度文学的内容进一步加宽和加深了，
并且从古代和中古到近代和现代，大体上构成了一个比较完整的体系。

关于印度的古代和中古文学，"印度古典文学"一节的开端写道：

　　　　印度是人类最早的文化发源地之一，印度文学具有极悠久、
极光荣的历史传统，是人类文化的一所宝库。从公元前一千多年
前的《梨俱吠陀》起，直到今天的数千年间，这个传统可以说基
本上没有中断，各种各样的作品接二连三地涌现。印度古典文学
达到了很高的水平，它的数量之多、规模之大、艺术表现力之高
超，是为人所称道的。

　　　　印度古典文学包括的范围很广，目前的研究整理工作还远远
不能令人满意。因为一方面必须注意到，把古典文学作品整理刊
印只是近二百年的事，许多写本还埋藏在人所不知或知而不能得
到的地方，现在发现写本和编辑目录工作方面虽有不少成绩，但
距离将来大规模进行这种工作时可能出现的情况还相去甚远。例
如，在西藏保有的梵文原著写本究竟有多少，还无人知道，印度
人和欧洲人记录的只不过是一鳞半爪而已；就是印度境内的写本
也没有全部挖掘出来，欧洲存放的写本也不能说已经彻底研究过
了。另一方面，过去所谓古典文学只是限于吠陀文学和梵文文学，
后来才算进巴利文的佛教文学典籍和梵文及俗语的耆那教典籍。
另外，近一千年来各种印度地方语言都有很大发展，其中拥有丰
富的古典文学的语言至少有十几种，这些自然也应当算在古典文
学范围之内；还有一大部分至今研究印度文学不很注意、而确实
在印度文学中占有特别重要地位的保存在人民口头的民间文学。

---

① 《外国文学讲义·东方文学部分》，第66页。

　　印度古典文学深深地植根于民族土壤之中。伊朗人、蒙古人和英国人都先后征服过印度，但他们并没有力量改造或毁灭印度文学。印度人民和文学创造者努力保持并不断发扬民族的传统，从而使得印度的文学作品从题材、思想、趣味，一直到艺术的处理方式、风格、语言的形象性等方面，都带有特别明显的民族特色。印度文学是世界文学大花园中一株鲜艳而奇异的花。①

从以上这些话不难看出，《讲义》的编写者是很重视印度文学的，对印度文学的重要性是有比较充分的认识的。然后，《讲义》将印度文学分为古代、中古、近代和现代四个时期加以论述。

　　在古代文学部分，设立"吠陀文学"、"史诗——《摩诃婆罗多》和《罗摩衍那》"、"叙事诗、抒情诗和戏剧"、"迦梨陀娑"、"寓言、童话和小说"五个题目，其中又以"史诗——《摩诃婆罗多》和《罗摩衍那》"和"迦梨陀娑"为重点。下面我们先介绍一般部分，后介绍重点部分。

　　关于"吠陀文学"，《讲义》首先介绍它的产生背景和基本情况：

　　　　远在公元前两千多年，印度就在印度河流域产生了奴隶制的萌芽和相当高的文明。我们可以认为这种文化是奴隶制社会初期的文化。到公元前一千多年时，印度文化中心从印度河流域转向恒河流域，奴隶社会在这里继续向前发展。吠陀文献就是在这个从原始社会瓦解到奴隶社会产生并发展的过程中逐渐形成的。

　　　　吠陀是印度最古的典籍，是一套古代文献的总称。吠陀的最古老、最重要的部分是吠陀本集，即《梨俱吠陀本集》（赞歌吠陀）、《娑摩吠陀本集》（韵律吠陀）、《夜柔吠陀本集》（祈祷吠陀）和《阿达婆吠陀本集》（咒文吠陀）。每部吠陀本集还有一系列附加作品，即净行书（梵书）、奥义书（优盘尼塞）、经书

────────────

① 《外国文学讲义·东方文学部分》，第8—9页。

（修多罗）等。"吠陀"一词是知、明、圣知的意思。四部吠陀本集被印度人认为是宗教的圣典，是神示的东西。①

《讲义》随后分别介绍了四部吠陀本集的内容，重点是《梨俱吠陀本集》和《阿达婆吠陀本集》。

关于《梨俱吠陀本集》的基本情况，《讲义》写道：

> 《梨俱吠陀本集》是在祭祀时高声朗读的集子，在吠陀文献中居首要地位。就其流传到现在的样式来看，是公元前 1000 年前形成的，而其中大部分赞歌想必已经在公元前 1500 年左右就有了，有一些可能还要古老。这部诗集共有 1017 首诗（另有 11 首是附加的）。从分量上来说，全书约有 10600 个诗节，40000 行，几乎相当于希腊两大史诗的总和。本书共 10 卷，编排有两个原则：一个是以神的地位为标准，重要的在前，次要的在后；一个是以诗的长短为标准，短的在前，长的在后。
>
> 按照印度人的传统观念来说，这些诗都是颂神的，但事实上其中有一部分诗显然与敬神无关，而是描写世俗生活的；即使是那些被认为是颂神的诗歌也不见得是专为颂神而作，而是采自民间诗歌加以修改而成。②

以下是对这部诗集思想内容的详细分析。其要点如下：《梨俱吠陀本集》中的颂神诗反映了原始公社瓦解和国家形成时期宗教信仰的观念，其中的神都是各种自然力量和自然现象的体现，有些神是慈爱的、赐予人们幸福的，人们歌颂他们，希望免除灾难，获得安乐幸福；而且许多歌颂他们的诗歌都不失为优美的文学作品，其情调也是乐观的、明朗的。此外，《梨俱吠陀本集》中还有二三十首诗歌描写社会生活而与宗教信仰无

---

① 《外国文学讲义·东方文学部分》，第 9 页。
② 同上。

关，这些诗歌更直接地反映古代印度人的生活状态和思想意识。

关于《娑摩吠陀本集》的基本情况，《讲义》写道：

> 《娑摩吠陀本集》是在祭祀时吟唱用的歌集。它只是《梨俱吠陀本集》的重订本。其中绝大部分颂神诗都是《梨俱吠陀本集》的改编，只有几首诗不见于《梨俱吠陀本集》，但除了章法上的不同以外，也没有什么新的意味。①

关于《夜柔吠陀本集》的基本情况，《讲义》写道：

> 《夜柔吠陀本集》是在祭祀时低声吟诵的诗词和说明各种仪式的集子。这部书除了从《梨俱吠陀本集》中摘抄的颂诗以外，还夹有关于祭词和祭祀仪式的散文。虽然这些散文少有文学意味，但毕竟是印度散文的最初形式。②

关于《阿达婆吠陀本集》的基本情况，《讲义》写道：

> 《阿达婆吠陀本集》在吠陀文献中也占有重要地位。相传这部吠陀是由古仙人阿达婆传授的，因而得名。本书包括731首诗。从语言上看，大概比《梨俱吠陀本集》的时代稍晚，不过这些诗也不是一个短时期内的作品。大体上说，《梨俱吠陀本集》是颂神的，而这部吠陀则是驱邪的，许多诗仿佛是咒语。其中有驱邪的，用来驱除疾病、猛兽、恶鬼、妖物、仇敌；有求福的，如求家庭和睦、田地丰收、生活幸福、仇敌和好、获得权势、健康长寿、旅途安全、赌运亨通、消除罪垢；有维护国王、婆罗门和妇女利益的；也有对神的颂词。③

---

① 《外国文学讲义·东方文学部分》，第11页。
② 同上。
③ 同上。

以下是对这部诗集思想内容的详细分析。其要点如下：《阿达婆吠陀本集》对于古代印度人的心理和习惯有多方面的反映，比《梨俱吠陀本集》更加富有生活气息；从艺术上说，有不少诗歌也是很有诗意的，如一些驱邪和求福的咒语反映出当时人企图用巫术控制自然的努力。

除四部吠陀本集外，《讲义》还简要介绍了吠陀文献的第二期作品——净行书和奥义书。这个部分的最后一段论述了吠陀文学的意义和影响：

> 总之，吠陀文献的分量是惊人地巨大，世界上还很少有民族能够和印度相比，像他们这样保存了那么多远古的文化遗产。吠陀本集，特别是《梨俱吠陀本集》和《阿达婆吠陀本集》更不仅是珍贵的史料，而且有不少优美的文学作品，记录了相当丰富的人民口头创作，具有很高的艺术价值。它们准确地描绘了古代印度经济生活、社会生活、科学创造和日常风俗等方面的具体情况，勾勒出一幅从原始社会瓦解到奴隶制形成时期印度社会的画面；生动地表现了古代印度人宗教信仰和伦理道德等方面的状况，体现出他们的精神面貌。从许多优美的作品中，我们可以感受到印度人深邃的智慧、大胆的想像力和高超的创造力；从其以多种多样的诗歌形式自由地表达思想感情来看，可以证明印度古代诗歌已经发展到了相当高的水平。所以，吠陀文献是印度珍贵的文学遗产，是世界文学中的宝贵财富，是印度人对世界文学的重要贡献。①

以上这段主要是依据金克木先生的讲稿和当时发表的文章写成的，所以内容基本正确。《新编简明东方文学》的相关部分则是依据后来发表和出版的更多有关研究资料写成的：

---

① 《外国文学讲义·东方文学部分》，第12页。

　　吠陀文献：主要是指四部吠陀本集，即《梨俱吠陀本集》、《娑摩吠陀本集》、《夜柔吠陀本集》和《阿达婆吠陀本集》，约成书于公元前 1500 年至前 1000 年之间。

　　《梨俱吠陀本集》在四部吠陀本集中最为古老。"梨俱"是诗节的意思，"吠陀"是知识的意思。全书分为 10 卷（其中最早产生的是第 2 卷至第 7 卷，最晚产生的是第 1 卷和第 10 卷），共有 1028 首诗，共计 10589 节，主要表现人们对于种种自然现象（如天、地、日、月、风、雨、山脉、河流、动物、植物等）和社会生活（如集会、畜牧、农耕、酿酒、恋爱、婚姻、赌博、偷盗等）的态度，对于天上、空中和地上诸神的崇拜、赞美和祈求。在《梨俱吠陀本集》中被提到的神灵很多，如战神和雷神因陀罗、太阳神苏尔耶、火神阿耆尼、风神伐由（或伐都）、大地神普利提维、黎明神乌霞、酒神苏摩等，其中以因陀罗的地位最高，对他的歌颂也最多，约占四分之一……

　　《娑摩吠陀本集》共有 1875 节诗。"娑摩"是曲调的意思，所以这部本集实际上是一部曲调集。《夜柔吠陀本集》的内容是祷词和祭祀仪式，"夜柔"是祭祀的意思。

　　《阿达婆吠陀本集》分为 20 卷，共有 731 首诗，共计 5975 节。"阿达婆"是祭司或巫师的意思，其中的诗歌大都具有巫术的性质，所表达的是当时的印度人力图控制自然和生活的强烈愿望。如有的诗是驱邪治病的，从普通的咳嗽、发烧到难治的黄疸、麻风等统统包括在内；有的诗是祈求幸福的，包括长寿、生子、家庭和睦、男女恋爱、婚姻和美、风调雨顺、五谷丰登、经商获利、战争胜利、降妖伏魔等等……

　　以上四部吠陀本集主要采用诗体，可以说是世界上最早编成的大规模诗集。除吠陀本集外，又编辑了各种梵书、森林书和奥义书等作品。①

---

① 《新编简明东方文学》，第 14—16 页。

　　两相比较，基本内容相同，只是《讲义》的字数较多，内容较为详细；而《新编简明东方文学》的字数较少，内容较为概括，提法更加准确。

　　关于"叙事诗、抒情诗和戏剧"，《讲义》的概括介绍如下：

　　　　史诗以后，在印度主要以梵文为书写工具的诗歌、戏剧和散文作品有很大发展。这些作品是从公元前五六世纪到公元 10 世纪前后约一千多年间的产物，是从奴隶制国家形成和巩固到封建社会形成时期的产物。

　　　　在公元前几世纪，住在北印度民族的部落，大多数已经形成了阶级社会，建立了许多奴隶制小国。这是各国间混战不休的时期，是各国兴亡递嬗、各统治王朝盛极一时又迅速消失的时期。孔雀王朝帝国是第一个统一了印度大部分领土的专制政体国家，它的出现标志着印度奴隶制度的完全形成。与此同时，除婆罗门教外，又出现了佛教和耆那教。孔雀王朝帝国垮台以后，笈多王朝帝国逐渐兴起。在这个时期，古典梵文文学迅速发展和繁荣起来，并在笈多王朝时期达到了登峰造极的地步。其后的几百年间，各小国封建割据的局面形成。在这种情况下，包含许多婆罗门教因素同时也包含若干佛教、耆那教和伊斯兰教因素的印度教渐渐定型，而梵文文学也越来越失去了它与人民大众的密切联系，慢慢走上了退化的道路。①

　　以上这段论述旨在描绘从公元前五六世纪到公元 10 世纪前后印度文学的发展轨迹。按照科学的分期方法，这个阶段实际上应该以公元四五世纪为界，分别属于古代和中古两个时期，但在这里却被混为一谈了。这是因为当时《讲义》编写者贪图方便，认为既然大标题是"印度古典文学"，那么就不必十分在意古代和中古时期的划分时间

---

　　① 《外国文学讲义·东方文学部分》，第 21—22 页。

问题，于是就自作主张把它的下限设定在公元 10 世纪，即以 10 世纪以前为古代，以 10 世纪以后为中古。这种做法的方便之处是不必将梵文文学——叙事诗、抒情诗和戏剧分为两个部分，分别放在两个时期里。但是，这种做法毕竟是不科学的。这一点编写者当时也不是不知道，只是没有引起充分重视。关于这个问题，下文谈到中古文学时还将涉及。

在这段论述之后，《讲义》分别比较详细地论述了叙事诗、抒情诗和戏剧的嬗变过程。

关于叙事诗的基本情况，《讲义》写道：

> 叙事诗梵文直译应为大诗。印度传统认为叙事诗是诗歌的正统，是庄严隆重的体裁。这种诗体的篇幅较长，内容以叙事为主，主要叙述帝王、神仙和圣人的事迹，讲究形式的完整和词句的典雅。诗歌的作者也大都属于宫廷诗人的范围，他们的作品专供上流社会鉴赏，所以叙事诗又被称为宫廷诗。
>
> 叙事诗的特色是极其严格地遵守吠陀、史诗以来的文学传统，特别是以《罗摩衍那》作为艺术的典范。叙事诗作者们认为诗歌的题材、情节、人物形象必须取自吠陀和史诗，诗歌的思想感情不能违背吠陀和史诗，甚至于诗歌的形式和描写手段也必须率由旧章。一般认为产生这种现象的社会根源是古代印度社会发展的缓慢性。但是，不能认为诗人们都是因袭前人毫无创造，也不能认为叙事诗的成绩微不足道；实际上，那些伟大的诗人都是富有艺术创造力的。他们善于巧妙地利用旧的故事反映当时的社会生活，善于表达自己对生活的独特感受，从而创造出有思想有感情的作品；在艺术方法上，他们也善于吸取前人的成就，精益求精，从而创造出具有鲜明的艺术风格和卓越的艺术手段的作品。①

---

① 《外国文学讲义·东方文学部分》，第 22 页。

随后，《讲义》着重评介了马鸣和他的《佛所行赞》和《美难陀传》：“叙事诗的产生不能晚于公元前200年。生于公元前一或二世纪的马鸣是我们所知道的最早的叙事诗作者。他是贵霜王朝的宫廷诗人，既写叙事诗，也写抒情诗和剧本，同时还是佛教思想家和改革家。叙事诗《佛所行赞》是他的名著，叙述佛陀的生活和教化（从佛陀乘象入胎托生为人到最后在双树下圆寂），生动地描绘了佛陀的事迹，反映了社会现实生活，诗歌语言优美流畅，成为广泛流传的作品。他的另一部叙事诗《美难陀传》描写孙陀利与佛陀的弟弟难陀的爱情故事，也是美妙的诗歌。”① 这里需要说明的是，《讲义》对《美难陀传》内容的介绍有误，实际上该诗并非主要写孙陀利与佛陀的弟弟难陀的爱情故事，而主要是写佛陀度化弟弟难陀的故事，孙陀利与难陀的爱情故事只是其中的一部分。

关于抒情诗的基本情况，《讲义》写道：

> 比起叙事诗和戏剧来，抒情诗的领域要自由得多。在这里，诗人得以描写生动活泼的现实生活，自由地表达自己的情思。
>
> 抒情诗发轫于吠陀时代。《梨俱吠陀本集》就有不少古代印度人用以赞颂诸神、大自然和战争胜利的诗歌。在佛教经典里，也有寄寓宗教教训的抒情小诗。据研究，独立存在的抒情诗在公元前几世纪就发展起来。早期的抒情诗人诃罗写有一部名曰《七百咏》的抒情诗集。天才的诗人迦梨陀娑把印度古典抒情诗推上了最高峰。他的抒情诗集《时令之环》和抒情长诗《云使》都是十分优美的作品，尤其是《云使》更被尊为抒情诗的典范。②

随后，《讲义》着重评介了伐致呵利的《三百咏》：

---

① 《外国文学讲义·东方文学部分》，第22—23页。
② 同上书，第23页。

迦梨陀娑以后最杰出的抒情诗人当推公元 7 世纪的伐致呵利。他的短诗集《三百咏》（其中可靠的原作约有 200 首，即世态百咏 75 首，艳情百咏 75 首，离欲百咏 55 首）是最流行的诗集之一。就体裁而言，它既非史诗的俗调，也不是其他诗人雕琢的雅曲，而是较少堆砌造作易为一般人欣赏的自然的诗歌；就内容而言，又并非完全是主观的抒情，还往往客观地说出一个道理或一种情况，而且充满教训。这部诗集表现了诗人的人格，这在梵文文学中形成了独特的色彩。诗集中表达了一种失望的情绪，反映了一个贫穷的婆罗门生不逢时的感触，于是只能用诗歌安慰自己，借幻想的不朽之名和善有善报的观念来鄙视世俗。①

关于戏剧的基本情况，《讲义》写道：

古代印度文学中还有达到高度发展水平的戏剧文学。印度的戏剧源远流长。关于古代戏剧的起源有许多不同的说法。最重要的有四种：神启仙造，吠陀祭仪，史诗轨范，希腊影响。大体说来，印度戏剧是由集体的娱神的歌舞变成职业的娱神的歌舞，又吸取了史诗的内容和表现技巧，一变而为娱人的歌舞，再进而成为雏形的戏剧，同时也受到了外来的定型戏剧的若干影响，这样经过数世纪的演变而成。

戏剧的分类很复杂。一般分为 28 种，这 28 种又分为色（10种）和次色（18 种）。色是形式的意思。10 色中最突出的是英雄喜剧和世态剧。这是两种性质不同的戏剧。英雄喜剧是上流社会的产物，是宫廷剧；世态剧则是人民大众的，至少是城市庶民的创作。戏剧的结构和规则的规定也有很多。如戏剧的分幕最多不能超过 10 幕，最少不能少于两幕；幕要具备一定的条件；幕与幕之间可以有间幕；戏剧的开始是序幕；等等。

---

① 《外国文学讲义·东方文学部分》，第 23—24 页。

印度戏剧还有不少显著的特色：没有单纯的悲剧或喜剧，悲剧和喜剧因素交织在一起，但结局往往是大团圆；戏文中诗歌和散文并茂；人物使用多种语言（天神、帝王、贵族、婆罗门用雅语，妇女和其他角色用俗语）。①

随后，《讲义》着重评介了首陀罗迦的《小泥车》和戒日王的《龙喜记》。关于前者，《讲义》写道：

首陀罗迦的《小泥车》是存留下来惟一一部属于早期的完整剧本，描写一个正直的婆罗门善施和一个身份低微的姑娘春军相爱，受到种种阻挠，尤其是八腊王的小舅子蹲蹲儿的欺凌，最后由于推翻八腊王的起义获得胜利，一对有情人终于得以结合的故事。这个剧本不是写一个单纯的爱情故事，而是具有强烈的社会政治性的。它着重鞭挞了不合理的种姓制度和以八腊王、蹲蹲儿为代表的统治阶级对普通人民的压迫。这部剧本在艺术上也有创造，可谓独具一格。全剧穿插着丰富的动作和紧张的情节，既具有显著的生动而活跃的戏剧特性，又充满着浓郁的诗情画意。②

关于后者，《讲义》写道：

戒日王喜增的戏剧创作在梵剧史上是有特殊价值和鲜明色彩的。他的作品据说很多，其中包括一部诗——《八大灵塔梵赞》和三部剧本——《钟情记》、《璎珞记》、《龙喜记》，此外还有散见于诗话之类著作里征引的和铜器上镌刻的断句。他最好的剧本是《龙喜记》，描写持明国太子云乘舍身援救龙族性命的故事，歌颂人道主义和自我牺牲精神（当然也搀杂着落后观念），具有

---

① 《外国文学讲义·东方文学部分》，第24页。
② 同上书，第25页。

丰富的现实意义和教育意义。剧本的题材不是取自古典名著而是来自民间传说，剧中的感情色彩复杂而多变化，并且还有许多禁演的东西，作为英雄戏剧来说这些都是大胆的创新。[①]

以上这段主要依据季羡林、金克木和吴晓铃先生的有关文章写成。如果撇开文学史时期划分的问题不谈，那么其内容应该说是颇为充实的，材料也大体上可靠。只不过后来根据更合理的分期方法和分类方法，将马鸣的创作归入佛教文学的范围之内，将伐致呵利和戒日王的创作归入中古文学的范围之内了。因此，《新编简明东方文学》与此相应段落（公元四五世纪以前，即古代文学时期）的内容如下：

古典梵语文学：所谓古典梵语，是指在两大史诗使用的通俗梵语基础上，经过语法学家规范化的梵语。古代梵语文学的前期，约在公元 3 世纪至 5 世纪。这时印度北部和中部一度统一，从而促进了古典梵语文学的发展，尤其是古典梵语戏剧的发展。这个时期的古典梵语戏剧，可以跋娑、首陀罗迦为代表。

跋娑（约 2 至 3 世纪）据说写有 13 部剧本（但这些剧本是否都是他的作品，尚有不同意见），分别取材于《摩诃婆罗多》、《罗摩衍那》、《故事海》和《伟大的故事》等书，其中比较有名的是《惊梦记》、《神童传》和《善施传》等。

首陀罗迦（约 2 至 3 世纪）的 10 幕剧《小泥车》被誉为古典梵语名剧之一，取材于当时的实际生活，描写在暴君八腊王统治下，妓女春军和穷婆罗门商人善施的恋爱故事。两人克服重重困难，击败国舅蹲蹲儿的种种阴谋诡计，终于结为秦晋之好。这时，人民起义军也推翻了暴君八腊王的统治，建立了新王朝。这部剧本不但批判暴君，歌颂起义，具有鲜明的进步倾向；而且情

---

① 《外国文学讲义·东方文学部分》，第 26 页。

节曲折，人物生动，语言朴素，真实感人。①

除"古典梵语文学"外，该书又增加了"佛教文学"和"泰米尔文学"两个内容，使得这段历史更加完备，分类更加合理：

佛教文学：佛教创始人释迦牟尼约生活于公元前 563 年至前 483 年之间。在他去世之后，佛教徒曾于公元前 5 世纪至前 3 世纪举行过三次结集，主要内容是汇集和研讨佛陀释迦牟尼关于佛教教义和戒律的言论，构成后世流传的佛经的基础。佛经分为经、律、论三藏，经藏是佛陀本人所说的教义，律藏是佛陀为教徒制定的规则及其解释，论藏是对经藏、律藏中各种理论的解释和研究。目前佛经有巴利语系、汉语系和藏语系三大系统。兹以巴利语系的三藏为例。巴利语系佛经流传于今斯里兰卡、缅甸、柬埔寨、老挝、印度、泰国和我国云南部分地区，属于上座部佛教经典。在巴利语三藏中，以经藏《小尼迦耶》的文学色彩最为浓厚。《小尼迦耶》共有 15 部经，其中又以《法句经》、《上座僧伽他》、《上座尼伽他》和《佛本生故事》的文学价值最高。

除了佛教经典本身以外，属于佛教文学系列的还有作家的创作，而在这个领域则首推诗人和剧作家马鸣的创作。马鸣约生活于公元一二世纪，出生于印度教婆罗门家庭，后来改信佛教。他写了两部叙事诗和三部剧本。两部叙事诗是《佛所行赞》和《美难陀传》。前者描述释迦牟尼的生平活动——生于释迦王族，从小养尊处优；青年时代感受人世苦恼，毅然出家修行；几年以后大彻大悟，成为佛陀，宣扬佛法，直到涅槃。后者叙述释迦牟尼度化他的异母弟弟难陀的经过——释迦牟尼成为佛陀以后，回乡见到难陀沉湎女色，便劝他出家修行；难陀勉强出家，并且漫游天国，但仍留恋女色；经过佛陀反复宣讲佛法，难陀终于决心

---

① 《新编简明东方文学》，第 17—18 页。

放弃女色，隐居森林，皈依佛教。这两部作品语言简明，韵律优美，堪称佳作。他的剧本虽已残缺不全（其中一部名为《舍利弗》），但从残存的部分仍可看出已经具备古典梵语戏剧的主要特征，可见当时印度的戏剧业已达到相当的高度。①

泰米尔语文学：泰米尔语是印度南部泰米尔人使用的语言。泰米尔语的作品主要有《八卷诗集》、《十卷长歌》和《古拉尔箴言》等。

《八卷诗集》（约1至2世纪）第一卷至第五卷是爱情诗集，大多以自然景物描写为背景，描绘男女之间的爱情生活，抒发悲欢离合的感情。第六卷和第七卷是勋业诗集，前者讴歌10个国王的功勋和业绩，后者讴歌80多个国王和诸侯的功勋和业绩，充满英雄色彩和尚武精神。第八卷则兼有爱情诗和勋业诗。无论是爱情诗歌，还是勋业诗歌，都有不少思想和艺术俱佳的优秀作品。

《十卷长歌》（约1至2世纪）共计收入十部长诗：一、《牟鲁迦神导引之歌》，主要内容是歌颂牟鲁迦神；二、《游吟诗人导引之歌》，主要内容是歌颂朱罗国国王；三、《弹唱诗人导引短歌》，主要内容是描写弹唱诗人的贫困生活，歌颂欧依马纳杜土邦邦主；四、《弹唱诗人导引长歌》，主要内容是描写弹唱诗人的旅途见闻；五、《森林之歌》，主要内容是描写女主人公对情人的思念；六、《马杜赖之歌》，主要内容是描写马杜赖的城市面貌；七、《悠悠北风之歌》，主要内容是描写女主人公对出征在外的男主人公的思念；八、《山地之歌》，主要内容是描写纯洁的爱情；九、《城中离别之歌》，主要内容是描写恋人的思念；十、《舞者导引之歌》，主要内容是描写歌舞艺人寻求恩主的见闻。这些诗歌大都描写生动，韵律和谐，广泛地反映了泰米尔人当时的社会生活和风俗习惯，具有一定的艺术价值。

《古拉尔箴言》（约1至2世纪）为瓦鲁瓦尔所作。这部作品

---

① 《新编简明东方文学》，第16—17页。

分为三篇，即"德行篇"、"政治篇"和"爱情篇"，共计1330
首箴言诗。"德行篇"论述家庭生活和清心寡欲；"政治篇"论
述社会生活的各个方面；"爱情篇"论述夫妻关系和妻子职责。
它的语言文字十分简洁，包含许多深刻有益的思想。如有的提倡
勤学苦学，有的倡导聆听教诲，有的赞美知识，有的主张节俭，
有的颂扬友谊，等等。①

关于"寓言、童话和小说"，《讲义》分列三个标题加以论述。
第一个标题是"寓言和童话"，《讲义》开端的概括介绍如下：

  古代印度人的集体创作异常活跃，其中包括丰富多彩的寓言
和童话。这种体裁的作品成了印度文学的一大特色，它在印度文
学史上的地位较之其它许多民族文学要更为突出，并且较之其它
任何文学部门对世界的影响要更为巨大。学者们公认，流行于世
界上的大部分寓言和童话的老家是印度。

  寓言和童话显示了印度人民无穷无尽的创造力。在这里，到
处是新东西，到处是奇峰突起。它们既有栩栩如生的幻想成分又
有较强的现实精神，既有生动有趣的故事情节又有深刻的教育意
义。它们的艺术形式也有特色。结构的方法是故事套故事，从头
到尾是一个整体，而各个部分又是独立的，给人以层层叠叠、无
穷无尽的感觉。叙述的形式是散文与诗歌结合，故事本身往往用
散文叙述，教诲性的箴言通常都是诗体的。②

这段评语看来很高，其实并不过分，因为它是中国和世界许多著名梵
文学者的共识。

  然后，《讲义》将众多的寓言和童话分为两类加以介绍：第一类

---

① 《新编简明东方文学》，第18—19页。
② 《外国文学讲义·东方文学部分》，第38页。

是带有明显的教诲性的集子，包括以宗教宣传为目的编辑的集子和以政治宣传为目的编辑的集子。以宗教宣传为目的编辑的集子，如属于耆那教系列的《故事宝藏》、《六十三完人传·附录》，属于佛教系列的南典经藏的中阿含和小阿含，北典经藏的本生经（包括马鸣的《大庄严经论》、圣勇的《本生鬘论》等）和譬喻经、因缘经（包括《撰集百缘经》、《百业经》、《如意树譬喻鬘论》、《宝石譬喻鬘论》、《无忧譬喻鬘论》、《二十二譬喻》、《贤劫譬喻经》、《戒行譬喻鬘论》、《花采耳严譬喻》、《广泛譬喻集譬喻如意藤》等），中国三藏的本生经（包括《六度集经》、《生经》、《菩萨本生经》等）和譬喻经（包括《百喻经》、《杂譬喻经》、《大庄严经论》、《撰集百缘经》、《贤愚经》、《杂宝藏经》等），并且指出这些经中以《百喻经》最有条理。以政治宣传为目的编辑的集子，在印度被认为是"统治论"的一部分，其目的是通过一些故事，把统治人民的法术教给王子们，《五卷书》是这类书的代表作，此外还有《利益示教》也很有名。第二类是为文学欣赏而搜集整理的集子，包括《故事广记》、《大故事花束》、《故事海》、《鬼语二十五则》、《御座三十二故事》、《鹦鹉七十故事》等，其中以《故事海》、《鬼语二十五则》和《鹦鹉七十故事》流传最广。总之，以上这段论述，基本上涵盖了印度古代和中古时期寓言和童话的内容。

第二个标题是"《五卷书》"，《讲义》主要依据季羡林先生的《五卷书·序言》一文，对它的序言、版本、艺术特色和思想内容进行了比较详细的论述。

如关于它的版本，《讲义》概括如下：

《五卷书》有许多不同的本子，经过一段很长很复杂的发展过程，这些本子虽然在基本的结构上，在许多重要的故事上，是一致的；但是差异的程度也非常大，包括的故事也有所不同。原来的本子是什么样子，现在已无从知道了。我们只能根据现有的各种本子加以推测。现存的最古的本子是克什米尔的《说教故事集》，后出的本子有《简明本》、《修饰本》、《扩大本》、《说教故事集》，此外还有各种印度地方语言（如印地语、古扎拉特语、德鲁古语、加那勒斯语、泰米尔语、马拉耶拉姆语、莫底语等）的译本。但是，不管《五卷书》在印度国内产生了多么大的影响，它之所以受到我们的重视，原因主要不在国内，而在国外。《五卷书》由印度国内传到世界各地的历史本身就是一个奇妙而有意义的童话，研究它辗转传译的家谱是一件十分艰巨的科研工作。有人在 1914 年统计，《五卷书》一共译成了 15 种印度语言、15 种亚洲其他语言、22 种欧洲语言、两种非洲语言；而且很多语言还不止一个译本，如英文、法文和德文都有十几种译本。从 1914 年到现在，世界上不知道又出现了多少种新的译本。而且《五卷书》的影响还不只是表现在译本的数目上，更重要的是表现在它的深入人心上。其中的许多故事已经进入欧洲中世纪很多为人们所喜爱的故事集里去，如《罗马事迹》和法国寓言等；后来许多善于讲故事作家的作品，如薄伽丘的《十日谈》、斯特拉帕罗拉的《滑稽之夜》、乔叟的《坎特伯雷故事》、拉封丹的《寓言》等也吸收了它不少的故事；甚至在格林兄弟的童话里，在亚洲、非洲和欧洲的民间故事里，也可以找到它的故事。①

又如关于它的艺术特色，《讲义》概括如下：

《五卷书》的主要艺术特色是：在这些故事里，不但出现了印度古代社会上各阶层的人物，而且出现了各种各样的鸟兽虫鱼，如狮子、老虎、大象、猴子、兔子、豹子、豺狼、驴、牛、羊、猫、狗、麻雀、乌鸦、猫头鹰、乌龟、蛤蟆、鱼、苍蝇等等都登了场，真是五花八门，应有尽有。这些鸟兽虫鱼虽然基本上还保留了原有的性格，虽然还没有脱掉鸟兽虫鱼的样子，可是它

---

① 《外国文学讲义·东方文学部分》，第 39—40 页。

们的语言都是人的语言，它们的举动都是人的举动，它们的思想感情也都是人的思想感情。因此，它们实际上是人的化身，它们的所作所为也就是人类社会的写照。①

再如关于它的思想内容，《讲义》首先指出：

> 《五卷书》里的故事，除了经过文人学士的删改，或者出自他们之手的那一小部分之外，都是人民的创作。这些故事形成的时间，上下可达一两千年之久。在公元前 6 世纪写成的古希腊的《伊索寓言》里，已经有了印度的故事；而后出的《五卷书》版本形成于公元 12 至 14 世纪。因此，最老的故事可以上溯到公元前 6 世纪以前，而晚出的故事可以下延到公元 12 至 14 世纪。由此可见，《五卷书》基本上是反映奴隶社会和封建社会里人民大众的思想感情。②

这段述评不免带有当时分析问题喜欢定社会性、定阶级性的特点，不过大体上是正确的。

然后，《讲义》分三点论述它的思想内容。

一是"这些寓言和童话的作者对待人生的态度是肯定的、积极的、实事求是的。他们既没有把人生幻想成天堂乐园，也没有把人生看作地狱苦海。人生总难免有一些喜怒哀乐的，他们也就实事求是地严肃地对待这一些喜怒哀乐，没有沉湎于毫无止境的无补于实际的幻想，而是努力地找出一些办法，使自己过得更好一点，更愉快一点。这是因为人民群众是实际生产者，他们关心生产，关心生活，关心一切现实的东西。这种积极的态度最突出的表现是顽强的战斗性。我们都知道，在奴隶社会和封建社会里，作为被压迫被剥削的奴隶和农民等等劳动人民的日子是十分不好过的，他们不得不起来进行斗争。由

---

① 《外国文学讲义·东方文学部分》，第 40 页。
② 同上。

于历史条件的限制，他们的斗争往往是失败的。但是他们没有被失败吓住，他们前仆后继，一次斗争接着一次斗争。他们这种信心和勇气，就表现在他们创作的寓言和童话里面"①。随后举出《五卷书》里一系列弱者战胜强者的故事具体地阐明这种思想。如第 1 卷第 18 个故事讲的是小麻雀的蛋被凶暴的大象打碎了，它联合啄木鸟、苍蝇、蛤蟆设计杀死了大象。第 3 卷第 44 首诗说："即使是弱者，强大的敌人也无可奈何，只要它们团结起来；/正如挤在一块儿的蔓藤，连狂风也没有法子把它们吹坏。"（季羡林译文，下同）接着总结道："这说明团结就是力量，弱者之所以能够战胜强者，被压迫者之所以能够战胜压迫者，关键在于他们能够团结。"② 又如第 1 卷第 7 个故事讲的是一只小兔子，把每天都要吃野兽的狮子骗到一口井旁，让它跟自己在水中的影子打架，因而淹死在水里。这只小兔子遇到危险不退缩，而是想办法拯救自己，它认为："聪明人什么事情办不到呢？一经决定毫不动摇的人又什么事情不能去干？"接着总结道："这说明智慧和勇气是重要的，弱者之所以能够战胜强者，被压迫者之所以能够战胜压迫者，关键在于他们有智慧有勇气。"③ 再如第 1 卷第 19 个故事讲的是一群天鹅被猎人网住，它们在老天鹅的领导之下，大家一齐装死，因而逃出猎人之手。这个故事的题诗是："要听老年人的话；谁要是多闻多见，谁就算是年老。/一群在树林子里被逮住的天鹅，听了年老人的话，才又跑掉。"接着总结道："这说明斗争经验是重要的，弱者之所以能够战胜强者，被压迫者之所以能够战胜压迫者，关键还在于他们善于总结和吸收斗争的经验。"④

　　二是"这些寓言和童话的作者对当时社会上最有势力的人物的态度是轻视的、讽刺的"⑤。随后举出《五卷书》里一系列讥讽和抨击

---

① 《外国文学讲义·东方文学部分》，第 40 页。
② 同上书，第 41 页。
③ 同上。
④ 同上。
⑤ 同上。

以国王为首的国家统治机器和掌握宗教大权的婆罗门的故事，具体地阐明这个思想。如第 1 卷第 50 首诗说国王像毒蛇一样可怕："只知道寻欢作乐，甲胄披身，性格残酷乖戾，走路曲曲弯弯，/脾气暴躁如火，一念咒语，就俯首帖耳，国王就像毒蛇一般。"又如第 1 卷第 4 个故事讲的是国王手下昏庸的法官：他们把被妻子愚弄的无辜的理发师传来，见理发师被吓呆了，一句话也不能回答，于是陪审员就引经据典地说："声音变了，脸上也变了颜色，眼睛里疑神疑鬼，精神提不起来；只因这一个人做了坏事，他对自个儿做过的坏事怀着鬼胎。因此，这个人看上去像是有罪的样子，虐待妻子，要处死刑，把他用竿子刺死吧！"再如第 3 卷第 3 个故事通过一只猫的所作所为揭露婆罗门的伪善：这只猫给兔子和鹬鸪的争论做裁判，它先装出满怀善意的样子讲了一篇大道理，说什么生死轮回是虚无缥缈的，生命在转瞬之间就会破碎的；然后又说："我年纪大了，你们俩在远处说话，我听不十分清楚，我怎么能决定你们谁胜谁败呢？"当兔子和鹬鸪一走近猫，立刻被猫吃掉了。

三是"这些寓言和童话的作者还教给人一些处世为人的道理"①。随后举出《五卷书》里一系列故事具体地阐明这些道理。如第 1 卷第 28 个故事说："生命本来就是这样子，没有任何东西是一成不变的。"这是朴素的辩证法观点。又如第 1 卷第 29 个故事讲的是两只同母鹦鹉，因为生活环境不同，性格也大不相同，用以说明"近朱者赤，近墨者黑"的道理。在这段的结尾处，《讲义》写道："以上这些东西，对于当时的人来说，确实都是金玉良言。其中有一些，一直到今天，对于我们来说，也还是有教育意义的，比如要全面地从发展变化中看事物，未雨绸缪，避免经验主义，不能骄傲，一定要调查研究，必须分清敌友等等。但是，用今天的眼光来看，其中也有一些是成问题的，必须加以细致的分析，不要片面地肯定或否定。例如谈到不能多

---

① 《外国文学讲义·东方文学部分》，第 42 页。

管闲事，就要先分析清楚是什么样的闲事，等等。"① 这是一种分析的态度，大体上是正确的。

在论述思想内容的最后一段，《讲义》又指出："不过，这部书已经很古老了，创作它的人民群众不能不受时代的局限，他们之中又有进步与落后的差别，再加上文人学士的篡改，他们或是添上了新东西，或是把落后的东西加以渲染和扩大。因此，流传到今天的《五卷书》也自然带有糟粕。其中最突出的是宿命论；此外还有诬蔑妇女，崇拜金钱，相信轮回转世，宣传自焚殉夫，赞扬无原则的慈悲，传布'业'的学说，宣扬地狱天堂等等。"② 作为无神论的观点，这种评论也是无可非议的。

第三个标题是"小说"，《讲义》对它的论述篇幅较短。这是因为编写者认为小说的成就不如寓言和童话高。在小说部分的开头写道："同民间创作有密切关系的是作家们写的散文作品，这种散文可以认为就是长篇小说的纯朴形式。从这些长篇小说与寓言童话集在情节和结构的某些共同性上，就可以断定长篇小说是从《五卷书》一类的集子里脱胎出来的。但是在长篇小说里，却失去了民间创作所特有的现实主义的传统和生动、朴素的艺术形式。一般来说，长篇小说的特点是言词复杂、文句冗长和充满骈文对句（其中充斥着比喻、绮语、极长的复合句、双关语和其他虚饰的辞藻）；至于对英雄人物性格的描写以及论证英雄人物对人们的教益等等，作者却很少感兴趣。虽然如此，有些优秀的作家还是写出了有一定价值的作品。"③ 这段评述大体上是符合实际情况的。《讲义》接下来举出的重要作家和作品有檀丁的《十王子传》、苏般度的《天主授》、波那的《戒日王传》和《迦丹波利》等。

以上关于童话、寓言和小说的评述，特别是对《五卷书》的评述，可以说是相当详细的，甚至也许超过了应有的分量。不过，今天

① 《外国文学讲义·东方文学部分》，第43页。
② 同上。
③ 同上。

看来，这些内容大体上还是正确的。《新编简明东方文学》相应段落（公元四五世纪至 10 世纪，即中古文学前期）的分量比较合适，提法比较准确，内容比较全面，并补充了文学理论的成果，因而使得这段历史更加完备：

　　　　中古古典梵语文学是在古代古典梵语文学的基础上继续向前发展的。据季羡林、金克木、黄宝生先生研究，从四五世纪至 10 世纪左右，古典梵语文学又在诗歌、戏剧、小说、故事和理论等领域取得了一系列相当可观的成果。诗人和剧作家迦梨陀娑（详见第三章第一节）无疑是这个时期古典梵语文学最杰出的代表作家，也是整个古典梵语文学最杰出的代表作家。他在诗歌和戏剧创作两方面都取得了突出的成就。在迦梨陀娑的同时和迦梨陀娑之后，又涌现出许多著名的作家和作品。

　　　　在诗歌方面，婆罗维（约 5 世纪—6 世纪）是继迦梨陀娑之后最重要的叙事诗人之一，他的主要作品是长篇叙事诗《野人和阿周那》。伐致呵利（约 7 世纪）和胜天（约 12 世纪）是继迦梨陀娑之后最重要的两位抒情诗人。伐致呵利的主要作品是抒情诗集《三百咏》。这部作品分为三个部分，即"世道百咏"、"艳情百咏"和"离欲百咏"，分别描写作者对于社会、爱情和遁世的观点，抒发作者对于社会、爱情和遁世的情怀，不乏发人深省的思想。如有的诗批评种种不良的世态，有的诗谴责封建帝王的虚伪和奸诈，有的诗探讨为人之道。胜天的主要作品是长篇抒情诗《牧童歌》。全诗共有 1000 余行，分为 12 章，歌唱牧童黑天（他是大神毗湿奴的化身）和牧女罗陀的爱情。

　　　　在戏剧方面，戒日王（606—647 年在位）和薄婆菩提（7 世纪—8 世纪）是继迦梨陀娑之后最重要的两位剧作家。戒日王有三部剧本传世，即《妙容传》、《璎珞传》和《龙喜记》，其中以五幕剧《龙喜记》名气较大。它的材料来源于佛经《持明本生》，描写持明国太子云乘和悉陀国公主的恋爱故事以及云乘舍身救龙的故事。薄婆菩提也有三部剧本传世，即《茉莉和青春》、《大雄传》和《后罗摩传》，其中以七幕剧《后罗摩传》名气最大。它的材料来源于史诗《罗摩衍那·后篇》，描写罗摩遗弃悉多的故事。

在小说方面，可以波那（7 世纪）的《迦丹波利》和檀丁（7 世纪）的《十王子传》为代表。波那有两部作品传世，一是传记《戒日王传》，二是长篇小说《迦丹波利》。檀丁也有两部作品传世，一是文学理论《诗镜》，二是长篇小说《十王子传》。

在故事方面，这个时期传世的故事集很多，其中以《五卷书》和《伟大的故事》最重要。《五卷书》成书于公元 6 世纪以前，分为五卷，每一卷有一个主干故事，每一个主干故事中又插入若干故事，全书共计 80 多个故事，这些故事全部采用故事套故事的方法串联起来。据该书《序言》说，这些故事都是一个婆罗门给三个王子讲的所谓修身处世的统治论，包括统治方法、修身道德和处世经验等；但是其中也确实收入了不少生动有趣、富有教益的优秀民间故事。《伟大的故事》（又译《故事广记》）的成书也在公元 6 世纪以前。这部书的规模极为庞大，据说多达 10 万颂。但可惜的是，该书原作已经失传，只有几部改写本流传后世。

在理论方面，以婆罗多的《舞论》（又译《剧论》，约定型于 4 至 5 世纪）为代表，该书被认为是印度第一部完整的文艺理论著作。它主要论述的是戏剧方面的理论，如戏剧的起源、舞台的建筑、人物角色、表演技巧以及有关的舞蹈、音乐和绘画等；特别是提出了"味"的理论，即戏剧表演的效果和观众获得的美感，为这种理论日后进一步发展创造了良好的条件。

不过，就总体而言，迦梨陀娑的创作已经达到古典梵语文学的高峰，虽然后来有些作家在文学史上的地位甚至可与迦梨陀娑并称，但遗憾的是他们不少作品中的形式主义因素却在不断增加，其衰亡趋势业已难于避免。①

---

① 《新编简明东方文学》，第59—61页。

关于"中世纪文学概况"，《讲义》所划定的范围与现在通用的中古文学范围有出入。这个标题下的第一段写道：

公元 10 世纪到 19 世纪中叶，印度封建社会的特点是经济上的不统一、政治上的涣散、阶级矛盾的复杂化和随之而来的不断地被中东诸国封建主及西欧殖民主义者所征服。在这个社会矛盾尖锐、民族灾难深重的年代，有两个值得注意的变化：一个是随着城市手工业和商业的发展而来的城市居民对封建主斗争的加强，所谓虔诚派宗教学说就是这个斗争的反映。虔诚派的拥护者们主张改革印度教的一些陋习，创立了许多新的道门。他们布道时说，人在神的面前都是平等的；他们还反对高级种姓的特权。另一个是以农民为主力军的反对民族压迫和阶级压迫斗争的不断展开，这种斗争特别是在 17 世纪后半期大莫卧儿帝国危机时期最为突出。事实正如马克思所论述的那样："大莫卧儿的无限权力被他们的总督推翻了，总督们的权力被摩诃剌陀（马拉提人的国家）推翻了，摩诃剌陀的权力被阿富汗人推翻了，而且当大家正在互相混战的时候，不列颠人突然闯了进来，并把大家都征服了。"（马克思：《不列颠在印度统治的未来结果》，载于《马克思恩格斯文选》第一卷，第 329 页，苏联外国文书籍出版局 1954 年中文版。）①

这是对印度中世纪文学历史背景的论述。如上所述，现在我们一般将公元 10 世纪到 19 世纪中叶的文学视为印度中古文学的后半部分，而将其开端上推至公元四五世纪左右，也就是将公元四五世纪到 10 世纪的文学视为印度中古文学的前半部分。综合各方面情况看来，恐怕这种分期方法更加符合印度中古社会历史和印度中古文学的发展实

① 《外国文学讲义·东方文学部分》，第 43—44 页。

际。因为从公元四五世纪到 19 世纪中叶印度大体上都处于封建社会阶段，印度文学大体上都属于封建社会文学阶段。

这个标题下的第二段写道：

10 世纪末叶，当印度的马拉提人、孟加拉人、古扎拉特人、泰卢固人、泰米尔人等主要部族形成的时候，与用死语言的梵文文学尚且存在的同时，建立了用所谓新印度语言（新印度语言即上述部族通用的语言，主要有印地语、乌尔都语、马拉萨语、孟加拉语、泰米尔语等）的牢固的文学传统。新印度语言的运用给印度文学的发展带来了强大的生命力，构成了一个新的文学史时期。新印度语言的文学尽管也曾受到伊朗文学和欧洲文学的影响，但其特征却仍然是古代印度传统思想和文学形式的牢固统治。它们的思想和文学形式虽然不是完全没有变化，但始终是同古代的东西有着密切的联系。这种联系可以表述如下：它们也深受宗教的影响，带有宗教色彩的作品达五分之四以上；大部分作家所采取的题材和情节是取之于以前的文学中（自然，他们是给旧的神话传说形象身上加上了新的内容，而共同的东西只是名字；但是其间的联系是不可否认的）；大部分作家都以诗歌作为创作的基本形式，利用旧的诗歌体裁，并或多或少地遵循印度诗歌传统的一些原则；大部分作家往往利用传统的词汇和术语。因此，印度旧式学者常常极力贬低新印度语言文学的价值，认为这些作品都是没有学问的人写的，它们只是梵文作品的翻版。然而事实并非如此。新印度语言文学的确带有许多具有革新意义的新因素，它所取得的成就也不小。总的看来，新印度语言文学的民主传统有所发展。运用活的人民口语进行创作，这就表示出作家们的进步倾向。与此相关联的是作家的范围扩大，他们不都是婆罗门和宫廷诗人，有许多人出身低贱，熟悉人民生活，了解人民感情，他们的优秀作品也在人民中间广泛传播，并产生了巨大的社会作用。分别看来，用新印度语言写的抒情诗、叙事诗都有所创造和发展。那些接近于民歌的、短小的抒情诗很难说同梵文文学传统有着完全的依存关系。之所以这样说是因为，它们是用民间语言写的，其中的思想倾向是同传统思想有根本区别的；它们的作者有的是虔诚派诗人，他们通常是社会平等的宣扬者、种姓制度的反对者和宗教的改革者，他们的作品具有过去的文学中从未见过的突出的社会方向性。同样，那些描写印度人反对伊斯兰教侵略者斗争的叙事诗也很难说是盲目依赖梵文文学，因为过去的梵文文学作品很少直接反映社会重大事件。而且，即使是那些利用旧的传统题材的诗歌也不是完全因袭过去的东西，其中不少优秀作品都能够勾勒出自己时代的鲜明的社会生活画面，表达出关于社会、宗教和哲学的新观点，创造出新的艺术创作原则、形式和技巧。总之，决不能说它们只是印度古老美的苍白闪光。①

这是对印度中古文学本身价值的论述。尽管这种论述方法仍然明显地保留着当时时代的特点，但是它反对一概否定中古文学、主张采取具体分析的方法，适当肯定其存在价值的态度还是正确的。

之后是对印度中古文学具体情况的介绍。首先从概况开始：

中古印度文学包括的范围很广，它不是一种统一的文学。最古的泰米尔文学的产生可以上溯到公元最初几世纪，其他各种语言文学产生则是公元 10 世纪以后的事情。一般说来，在 11 世纪和 12 世纪时，新印度语言文学还没有很大的发展，充斥文坛的还是一些没有多少文学价值的宗教典籍的注释，如后出的往事书、宗教史著作、吠陀经典的注释和整理等等。13 世纪到 17 世纪是中古文学的繁荣期，虔诚派的活动和大莫卧儿帝国内部的各族解放斗争对文学的发展起着强大的推动作用。到 18 世纪，各种文学又开始呈现衰落景象，英国殖民主义者的入侵阻碍了文学

---

① 《外国文学讲义·东方文学部分》，第 44 页。

的发展。在 19 世纪上半期，重复旧的题材和充满神秘主义色彩的作品居多数。①

然后介绍印地语文学：

　　中世纪的印地语文学最为丰富。最古老的作品是英雄史诗，金德·伯勒达伊（公元 12 世纪）的《地王颂》是这类作品的代表。这部史诗长达六七万行，是印地语文学史上第一部长诗。它主要是歌颂地王抵抗伊斯兰教皇帝侵略的英雄事迹，颇为当地人民所爱读。加比尔（1440—1518）是反对宗教迷信的伟大诗人。他的作品很多，其中最有价值的部分是讽刺和抨击印度教婆罗门和伊斯兰教执政者以及宗教的寺庙、经典、偶像崇拜、宗教仪式等等的诗歌。他的诗具有明显的民主倾向，感情真挚，语言通俗，明白如话。加依西（1493—1542）是咏爱情和美的诗人。他的《伯德马沃德》是一部长篇叙事诗，描写勒登森国王和伯德马沃德公主的爱情故事，歌颂了自由和坚贞的爱情。苏尔达斯（15 至 16 世纪）是亚格拉的盲诗人。他的《苏尔诗海》是一部规模很大的抒情诗集，主要描写黑天和牧女的恋爱故事，创造了人民热爱的英雄形象，歌唱了自由、幸福的爱情。他的诗真挚动人，艺术价值很高。杜勒西达斯（1532—1623）不仅是印地语文学最伟大的诗人，而且也是全印度中世纪最杰出的诗人。他的主要作品《罗摩功行之湖》是一部长篇叙事诗，描写罗摩的故事。这部作品的故事梗概虽然和史诗《罗摩衍那》相近，但它不是史诗的译本，而是一部新的创作。这部作品表达了当时人民的理想和要求，曲折地反映了社会的阴暗面，形象生动，语言优美，被誉为宗教的圣典和诗歌的模范，为印度文学中最流行的作品之一。②

---

① 《外国文学讲义·东方文学部分》，第 44—45 页。
② 同上书，第 45 页。

以上两段是对印度这个时期文学发展具体情况的介绍。其中概述部分主要是依据许地山先生的《印度文学》和苏联学者的文章写成的，印地语文学部分主要是依据刘安武先生的讲稿写成的。在这里，编写者将这段文学史大致划分为几个段落，应该说基本上是符合历史实际的；对印地语文学成就的评述也是正确的。不过，其中仍然存在一些不确切和简单化的地方，如将 18 世纪各种文学的衰落原因归之于"英国殖民主义者的入侵"，就未必是经过深入研究的科学的说法。而日后编写的《新编简明东方文学》，则在此基础上又提高了一步：

地方语言文学在 10 世纪以后逐渐取代古典梵语文学，已经成为大势所趋。所谓地方语言文学，除了泰米尔语文学以外，还包括印地语文学、乌尔都语文学、孟加拉语文学、阿萨密语文学、奥里萨语文学、古吉拉特语文学、马拉提语文学、旁遮普语文学、克什米尔语文学、信德语文学、泰卢固语文学、马拉雅兰语文学、卡纳尔语文学等。这十几种地方语言文学的产生和发展，大体上都有着共同的背景和特点，都继承了梵语史诗文学和古典梵语文学的传统。在长时期内，梵语文学的两部史诗、神话传说以及其他优秀作品，在各个地方语言中，一再被翻译、改写或再创作，故事一再被重新编写，人物一再被重新刻画。

兹以这些语言文学中最有代表性的印地语文学为例。据刘安武先生研究，印地语文学包括印度北部、中部广大地区不少方言的文学创作。

10 世纪左右到 14 世纪是印地语文学的英雄史诗时期，这时出现了一批歌颂封建王公贵族抵御伊斯兰教入侵的长篇叙事诗，其中最有名的是金德·伯勒达伊等人的《地王颂》（核心部分产生于 13 世纪）。

15 世纪到 17 世纪中叶是印地语文学的虔诚时期，这时的文学大都和宗教的虔诚运动有着直接或间接的关系。民间诗人格比尔（约 15 世纪）是虔诚运动中的激进派。他是一个织布工人。他的诗绝大部分是四行诗，由其追随者记录下来；由于当时没有定本流传，所以他究竟写过多少首诗已经无从查考，有的传本多达几千首，有的则只有几百首。反对宗教迷信，批判种姓制度，描写社会现象，总结生活经验等，是他的诗歌所表现的主要内容。诗人加耶西（1493—1542）是伊斯兰教的苏菲派（苏菲派是伊斯兰教的神秘主义派别），被认为是虔诚时期无形派泛爱支诗人的代表。据说他的作品有 21 部，但比较可靠的有三部，即《最后的话》、《字母表诗》和《伯德马沃德》（又译《莲花公主传》），其中以长篇爱情叙事诗《伯德马沃德》名气最大。这个时期最重要的诗人当推苏尔达斯和杜勒西达斯。

苏尔达斯（15 至 16 世纪）双目失明，长期以民间歌手的身份从事创作，所以他的名字后来成了行吟盲诗人的代号。他深受印度教虔诚思想的影响，相信神灵是有形的，印度教三大神之一的毗湿奴大神往往以各种化身的形式出现在人间，其化身之一便是黑天，于是对黑天十分崇敬。所以，他属于虔诚文学的有形派黑天支。据说他共有三部作品传世，即《苏尔诗选》、《文学之波》和《苏尔诗海》；但前两部作品是否为他所作尚难确定，而且价值不是很高。《苏尔诗海》可以称为他的诗歌总集。不过这部作品不是他自己写下的，更不是他自己编辑的，而是由别人记录并编辑的。这部诗集有不同的手抄本，其中最流行的是 1696 年的手抄本。最完全的版本收入 4936 首诗，分为 12 篇，各篇诗歌数目不等，各首诗歌长短不一，以第 10 篇的诗歌最多，达 4300 余首。这些诗歌都有曲调，可以吟唱。这部诗集以长期流传的关于黑天的故事为线索，将所有的诗歌组成若干小组，反复吟唱黑天出生及其童年和少年时期的生活。诗集首先用数十首诗歌歌咏黑天出生的盛况，描绘神人同庆的场面。继之进入对黑天童年的描写，将养母对黑天的关心爱护和黑天的天真、活泼、贪玩、淘气交织起来加以表现，生动地刻画出一个栩栩如生的牧牛童子形象。不过，诗集中的大多数诗歌是咏唱黑天与罗陀以及众多牧区女子的恋爱故事的，诗人常常通过游戏、吹笛、跳舞等场面尽情抒发他们互相爱慕的情怀，充分表现他们彼此思念的心理。

杜勒西达斯（1532—1623）生于婆罗门家庭，自幼父母双亡，后来被人收养。他曾长期修行，在印度教几个圣地度过许多岁月。他是虔诚的印度教徒，属于虔诚文学的有形派罗摩支。他的社会理想是罗摩王朝，个人理想是膜拜毗湿奴大神之化身罗摩。据说他一生写了 12 部作品，其中比较重要的有《谦恭书》、《歌集》、《双行诗集》和《罗摩功行之湖》（又译《罗摩功行录》）等。长篇叙事诗《罗摩功行之湖》是诗人的主要作品。全诗分为七篇。它写的是罗摩的故事，围绕罗摩失去王位和恢复王位、失去悉多和救回悉多这两个中心展开，而罗摩则是这两个中心的关键人物。诗人通过罗摩先无怨让出王位，后和平恢复王位的过程，赞美他的高尚品德，体现民族的愿望和人民的理想；又通过罗摩奋勇抢救悉多的过程，赞美他的英勇善战和忠于爱情，歌颂正义的一方，谴责非正义的一方。将这部长诗和史诗《罗摩衍那》加以比较便可以发现，这两部作品在题材上写的是同一个故事，在整体结构上都分为七篇，各篇的题名也大体相同。但尽管如此，《罗摩功行之湖》仍然不是《罗摩衍那》的印地语译本，而是以《罗摩衍那》及其他类似作品（如无名氏的《神灵罗摩衍那》）为基础的再创作。之所以这样说，是因为《罗摩功行之湖》与《罗摩衍那》相比有以下几点不同：在语言上，《罗摩功行之湖》采用更加工整的格律诗形式，韵律优美、和谐，词句准确、生动，力求既精练细腻，又通俗易懂。这无疑是《罗摩功行之湖》的成功之处，同时也是它得以广泛流传的重要原因之一。在选材上，《罗摩功行之湖》更加严格，尽力去粗取精，删繁就简，使得全诗进一步完整和统一。在罗摩形象上，《罗摩功行之湖》比《罗摩衍那》更加强调他的神性，使之更加理想化。

长期以来,《罗摩功行之湖》成为印度北部流传最广、影响最大的文学作品,据说甚至于超过了《罗摩衍那》,人们不仅把它当作文学的典范,而且视为宗教的经典、道德的宝库和生活的百科全书。

    17 世纪中叶至 19 世纪中叶被称作印地语文学的法式时期。这一时期文学创作的水准大幅度降低,许多诗歌在内容上显示出庸俗的情调和低级的趣味,在形式上也缺乏创新精神,往往因袭传统模式。这是因为这时的诗人大多进入宫廷生活,一心为封建王公领主服务,以为他们提供刺激和消遣材料为己任。[①]

两相比较,可以看出《新编简明东方文学》不仅材料更翔实、重点更突出、分量更合适,而且在提法上也更准确了。如将 17 世纪中叶至 19 世纪中叶文学创作水准降低的原因,归于"这时的诗人大多进入宫廷生活,一心为封建王公领主服务,以为他们提供刺激和消遣材料为己任",是令人信服的。

以上所述是印度古代和中古文学史的一般情况。以下我们考察古代和中古文学的两个重点,即两大史诗和迦梨陀娑。《讲义》安排这样两个重点是合适的。后来的许多东方文学教材也一直这样安排。

1. 两大史诗

《讲义》对于两大史诗的论述,主要依据的是当时已经发表的季羡林、金克木先生的有关文章和穆木天先生翻译的苏联学者的有关文章。

关于"史诗",《讲义》的概括介绍如下:

    在吠陀文献之后,印度古籍中最重要和最具影响力的是史诗。这些作品之所以称为史诗,是因为它们的体裁是很长的诗歌,而内容又是以叙述故事为主体。这类作品可以分为两个系

---

① 《新编简明东方文学》,第 61—64 页。

列：一个系列被称为历史书，语言比较简朴，规则不很严谨，具
有较多历史成分，主要作品是《摩诃婆罗多》；另一个系列被称
为诗歌，语言更加文饰化，体例更为规范化，具有较多创作成
分，主要作品是《罗摩衍那》。这两部作品是印度人的伟大艺术
创造，是他们对世界文学的又一巨大贡献。①

　　这段介绍大体上是正确的，但关于史诗定义的一段话——"这些作品
之所以称为史诗，是因为它们的体裁是很长的诗歌，而内容又是以叙
述故事为主体"——显然不够严密。比较严密的说法应该是：史诗是
古代民间文学的一种体裁，通常指以传说中的，或实际发生的，或二
者兼而有之的重大事件为题材的古代民间叙事诗。总之，以"重大事
件"为题材，乃是必不可少的条件。
　　然后，《讲义》设立了"两大史诗的产生时代和编订过程"、
"《摩诃婆罗多》"、"《罗摩衍那》"和"两大史诗的成就、流传和影
响"四个标题予以评述。
　　在第一个标题——"两大史诗的产生时代和编订过程"下写道：

　　两大史诗是研究公元前 10 世纪至公元 5 世纪印度社会的珍
贵史料。据考证，这两部作品虽然在公元后才写就，但其基础在
公元前 5 世纪就已经有了。
　　从公元前 10 世纪起，印度的恒河流域便迅速开拓。根据史
料，我们可以假定，恒河流域的早期国家产生于公元前 10 世纪
以前。到公元前 10 世纪以后的几个世纪中，奴隶占有制就普及
到越来越多的新地区，而在恒河流域中部已经形成了奴隶占有制
国家。公元前 6 世纪初，在恒河流域及其以南，据说共有 16 个
国家。这些国家经过残酷的战争以后，其中有一个名叫摩揭陀的
国家地位提高了，公元前 4 世纪孔雀王朝出身的摩揭陀帝王开始

────────────

① 《外国文学讲义·东方文学部分》，第 12—13 页。

领导印度历史上第一个全国规模的奴隶占有制强国。奴隶制社会是生产力发展的必然结果，但同时奴隶制的形成也给被压迫人民带来了新的灾难。在一方面，从历史发展趋势和广大人民的愿望来看，都应该是由小国的分裂、争战转而建立统一的强有力的国家，以保护社会生产力的发展，使人民得以安居乐业。但在另一方面，历史事实证明，这种统一的过程是一个战争频繁的过程，是一个作为等级制度的种姓形成和加强的过程。

两大史诗所反映的就是这个奴隶制国家形成时期的社会面貌。印度历史传说把当时政治中心的恒河流域极为重要的帝王氏族，归之于两个主要朝代，即月种王朝和日种王朝。恒河流域上部帝王属于月种王朝，传说中的婆罗多及其后裔，包括《摩诃婆罗多》中的般度兄弟和俱卢兄弟在内，被认为是他们的祖先。恒河流域中部帝王属于日种王朝，《罗摩衍那》中的罗摩被认为是他们的祖先。依据古代印度人的观点，《摩诃婆罗多》中的大战在历史上开创了一个新时期。根据古代传说，可以断定这是一个社会不平等现象急剧加强并产生了强有力的国家政权的时期。

流传到现在的史诗不可能是一个时期一个作者的作品。在吠陀里，有不少赞美天神和英雄的颂歌，称道国王和圣贤的传说；在王祭和马祭等重要活动里，吟诵这些颂歌和传说是最主要的节目。在祭祀期间，也往往有弹奏乐器的乐师、婆罗门或者刹帝利歌唱他们自己编写的歌词，称颂主祭的国王的仁政和伟绩。这些颂歌实际上就是英雄史诗的前身，两大史诗的中心故事就是这样逐渐形成的。《摩诃婆罗多》所描写的大战在历史上确有其事，那是大约发生在公元前 13 世纪至前 10 世纪之间一次部族之间的战争，当时北印度的所有民族几乎都参加了，主要敌对的是俱卢和般度两族，回忆那次战争和歌颂英雄们的无数战歌，后来由几位天才的诗人汇集起来形成一部史诗。《罗摩衍那》最初是根据公元前 12 世纪至前 11 世纪流行的歌颂罗摩的许多叙事诗整理出来的。除了史诗的中心故事外，世世代代还有不少其他重大事件和伟大

英雄，还有丰富的神话传说故事，这些也没有完全消失。在两大
史诗中，就保留着许多那样的插曲。不但如此，当职业歌手（往
往是婆罗门）吟诵这些故事诗的时候，他们为了维护自己阶级的
利益，为了吸引听众和延长时间，还常常加以增删和篡改。婆罗
门企图把等级制度的基础巩固起来，把婆罗门的特权地位及其特
权的必要性和完全合乎规律性灌输到人民的意识中去，还使史诗
变成带有强烈教诲性的东西，并且依据大神下凡的理论，使史诗
中的某些主角升格为大神的化身，使史诗变成了宗教的经典。《摩
诃婆罗多》的作者相传是"毗耶娑"，意译是"广博"，他可能是
史诗的编订者之一。《罗摩衍那》的作者相传是"瓦尔米基"，意
译是"蚁垤"，他可能是史诗主要部分的作者和编订者。

　　据研究，这两部史诗的产生年代大致可以这样认定：《摩诃
婆罗多》作为史诗的样式，大约在公元前 4 世纪至公元 4 世纪期
间渐渐形成，其中个别的神话和传说还要上溯到吠陀时代，而有
些增删之处也要下推到公元 4 世纪以后；《罗摩衍那》的中心故
事的定型不会迟于公元前 5 世纪，后来增加的部分则在公元前 2
世纪至公元 4 世纪之间。①

以上是根据当时能够找到的材料所作出的结论。这些结论与我们今天
的认识有没有差异呢？要回答这个问题，可以将《新编简明东方文
学》依据当今研究成果所作出的结论拿来加以比较。

　　关于《摩诃婆罗多》的产生时代和编订过程，后者写道：

　　这部史诗的成书过程很长。据金克木、黄宝生、刘安武等先生
研究，其原始形式不会早于公元前 10 世纪，其现存形式不会晚于
公元四五世纪，即从奴隶社会末期到封建社会初期的产物。它的创
作大体上经过三个阶段：第一阶段称《胜利之歌》，约有 8800 颂，

---

① 《外国文学讲义·东方文学部分》，第 13—14 页。

是单纯的英雄颂歌，主要内容是歌颂婆罗多族的后代般度族在争夺王权中获得胜利的故事；第二阶段称《婆罗多》，约有 24000 颂，除上述核心故事外，还增加了许多细节和插话；第三阶段是《摩诃婆罗多》，约有 10 万颂，除上述内容外，又增加了许多文学性质的和非文学性质的插话，甚至把另外一部独立的著作《诃利世系》也包括了进去，即我们今天看见的样子。它的版本主要有两种，即北方本和南方本，北方本有五种本子，南方本有三种本子。

　　《摩诃婆罗多》的作者，音译是"毗耶娑"，意译是"广博"，据说是一位仙人。目前所知关于此人的材料大多具有传说的性质（相传他也是四部吠陀本集和 18 部往事书的编纂者，但其实这是不可能的，因为这些著作年代相隔太远，而且数量过大，不是一个人能够完成的），而且他也是史诗中的一个人物。从种种情况判断，他可能是史诗最初的作者，后来又经过许多人（如诗人、歌人、仙人、祭司、苦行者、出家人等）的不断加工、增补和修改，其中包括在史诗中有所记载的广博仙人的弟子护民和专业歌人厉声在内，所以这部史诗实际上可以说是集体的创作，不是个人的创作。[1]

关于《罗摩衍那》的产生时代和编订过程，后者写道：

　　这部史诗的核心部分约形成于公元前三四世纪，后续部分约形成于公元后一二世纪。它的作者意译为"蚁垤"，音译为"跋弥"，据说也是一位仙人。但关于此人也只有若干传说材料，没有确切记载；而且根据 19 世纪以来西方一些学者的研究，这部史诗的开头一篇和最后一篇很可能不是原来的内容，而是后来补上去的。其理由是：除去开头一篇和最后一篇以外，中间五篇构成一个完整的故事；中间五篇人们崇拜的对象不是毗湿奴，而是

---

[1] 《新编简明东方文学》，第 22 页。

因陀罗；中间五篇的罗摩基本上是凡人，而开头一篇和最后一篇
则把他当做大神毗湿奴的化身；头尾两篇和中间五篇的语言不是
出自一人之手。如此说来，蚁垤最多是中间五篇的作者，更确切
一点说是中间五篇集体创作的加工、整理和编订者，在统一史诗
的内容和形式上起了一定作用。《罗摩衍那》的版本很多，概括
起来说有北方本、南方本、西北本和孟加拉本等。①

两相比较，其中的确存在若干差异。最重要的一个差异是对产生
时代社会性质的判断，前者认为是"奴隶制国家形成时期的社会面
貌"，后者则认为是"从奴隶社会末期到封建社会初期的产物"，从
现在的研究结果来看，可以认定后者的判断更加可信；另外一个差异
是，前者将社会历史与史诗内容紧密联系在一起，而后者却没有进行
这样紧密的联系，究竟孰是孰非，尚需进一步研究；至于其余部分的
差异，当然还有不少，不过出入似乎不是太大。这说明前者大体上是
正确的，而后者的论断则更加准确、完备。

在第二个标题——"《摩诃婆罗多》"下，《讲义》分别介绍了这
部史诗的规模、核心故事梗概、核心故事思想内容、人物形象体系和
插话等。其中大多数地方都与《新编简明东方文学》略有出入，但
是出入不是很大。以下举核心故事思想内容和插话为例加以比较。

关于核心故事思想内容，《讲义》写道：

史诗指出，由于沽名钓誉的动机而忽视普通人民在传统上认为
最重要的氏族团结，从而在亲属之间发生的毁灭性战争，会战的庞
大规模和悲惨后果，以及帝王权力强大到足以驱使大量的人民走向
死亡来解决朝代的争端，所有这一切都在人民的记忆中留下了不可
磨灭的印象。史诗作者的主导倾向是反对这种氏族内部无原则的战
争，要求和平与统一。这个思想总的看来是符合当时历史发展趋势

---

① 《新编简明东方文学》，第 26—27 页。

的，和平统一国家的出现是利于社会前进的；这个思想也是符合广大人民利益的，和平统一国家的出现是利于人民生活的。①

与此相应的部分，《新编简明东方文学》是这样表述的：

就这个核心故事来说，《摩诃婆罗多》是一部民族英雄史诗，它集中地描述了一场大规模的战争，而这场战争是为了解决俱卢和般度两族的兄弟之争和王位之争的。持国和般度作为同父异母兄弟，王位先由般度继承，后由持国继承，到下一代无论把王位传给般度的长子坚战，还是把王位传给持国的长子难敌似乎都是可以的；但问题在于当众人表示拥戴品德高尚的坚战，希望坚战登基为王时，持国的儿子难敌却表示坚决反对，不仅表示坚决反对，而且采取极不正当的手段加以反对，即设计用赌博的方法决定双方的胜负，并且在持国宣布这场赌博无效后，难敌又策划进行第二次赌博，一而再再而三地逼迫对方，使得对方退无可退，终于引发一场战争。由此可见，俱卢族进行的战争是非正义的，而般度族进行的战争是正义的。（这大致上也就是史诗所一再强调的所谓"正法"的意思。"正法"音译是"达磨"，包括正义、规范和道德等意思在内，具有浓厚的宗教色彩。整部史诗所表现的便是正法战胜非正法的过程，正义战胜非正义的过程。）

既然这场战争是史诗的中心内容，那么对于这场战争的态度就表现了史诗的基本思想倾向。这个基本思想倾向可以概括如下：对于战争与和平的态度是，反对用战争方式解决两族的兄弟之争和王位之争，主张用和平方式解决两族的兄弟之争和王位之争；既然反对战争方式主张和平方式，所以也就反对挑起战争的俱卢族一方，支持反对进行战争的般度族一方；既然反对战争方式主张和平方式，所以战争的结局也就充满悲剧色彩，不但失败

---

① 《外国文学讲义·东方文学部分》，第 15 页。

的俱卢族全军覆没，而且胜利的般度族也所剩无几，并且最终走
上了不归路。

除了这个基本思想倾向以外，史诗的思想还有以下两点值得
注意：一是在政治体制上，反对长期分裂割据，要求实行统一联
合。当俱卢族和般度族发生争执时，虽然一度采取一分为二的分
裂割据方法，但是事实证明这种方法并不能够很好地解决问题，
后来还是采取协商的办法达到统一联合的目的；即使协商不成不
得不进行战争，最终也还是要达到统一联合的目的。二是在君主
选择上，排斥难敌这样残暴的君主，拥护坚战这样贤明的君主。
这些在当时也都具有一定的进步意义。①

两者比较起来，可以说基本观点没有明显分歧。但是，前者的说
法没有紧密结合作品内容，不是从作品内容一步一步归纳出来的，所
以说服力不够强；而后者的说法则紧密结合作品内容，是从作品内容
一步一步归纳出来的，所以更具有说服力。

关于插话，《讲义》写道：

史诗在核心故事以外，还包括大量的插话。关于宇宙生成和
发展、自然界山川等的传说有《四个世代的传说》、《大洪水的
传说》、《文底耶山的传说》、《恒河的传说》等。这些故事以其
思想之深刻和想像之丰富见长。关于社会发展分为四个世代的说
法，表明古印度人认为宇宙是循环发展的。尽管这种理解有不尽
妥当之处，但其中关于宇宙的永恒性、宇宙的不断发展的观念，
确是带有惊人的深刻性。以歌颂真挚爱情为主题的著名插话《那
罗和达摩衍蒂》、《莎维德丽》等，不但在印度脍炙人口，而且
流传欧洲，蜚声世界。这两部作品都是以优美动听的诗句描写了
男女主人公爱情的纯洁和坚贞，肯定了人的努力必然能够战胜困

---

① 《新编简明东方文学》，第24—25页。

难。还有许多寓意深刻、富有教育意义的寓言式故事，如《投山仙人的故事》、《一斤小米面的故事》、《谷购的故事》等，也很有价值。此外，还有大量有关政治、宗教和哲学的诗歌，都是后来加入的适合婆罗门和刹帝利需要的东西，如《薄伽梵歌》就一直被视为印度教的经典。这些作品没有什么艺术价值。[1]

与此相应的部分，《新编简明东方文学》是这样表述的：

　　不过，这个核心故事只占全诗篇幅的一半左右，另一半则是二百多个长短不一的插话和插叙。所谓插话和插叙，是指演唱者在演唱史诗核心故事的过程中，在某些地方把核心故事暂时停下来，另外插入其他方面的故事和内容。这些其他方面的故事和内容，有的是文学性的作品，有的是非文学性的作品。

　　文学性作品如英雄传说、神话传说和寓言故事等，主要篇目有《蛇祭缘起》、《蛇祭前篇》、《金翅鸟救母》、《蛇祭后篇》、《沙恭达罗》、《钵迦伏诛记》、《炎娃》、《极裕仙人》、《那罗和达摩衍蒂》、《投山仙人》、《持斧罗摩》、《美娘》、《洪水传说》、《罗摩传》、《莎维德丽》等，其中以《那罗和达摩衍蒂》和《莎维德丽》流传最广，名声最高。这两个插话都以女性形象为中心。

　　以《莎维德丽》为例。这个插话选自第三篇《森林篇》，是般度五兄弟和黑公主在森林里流浪时，由修道仙人讲给他们听的，讲故事人的目的是希望黑公主成为像莎维德丽那样的女子。故事说：公主莎维德丽爱上王子萨谛梵，但大仙人告诉莎维德丽，萨谛梵只有一年寿命。莎维德丽毅然与萨谛梵结婚。萨谛梵寿命终结那天，莎维德丽陪同萨谛梵上山砍柴。死神阎摩前来索取萨谛梵性命。莎维德丽紧追阎摩不舍，跟他讲道理，终于得到他的宽宥。阎摩之所以宽宥萨谛梵，是因为受到莎维德丽贤德、勇气和

---

[1] 《外国文学讲义·东方文学部分》，第16—17页。

智慧的感动。当阎摩给莎维德丽机会时，她首先想到的不是自己的幸福，而是希望公公和父亲的幸福——让公公失明的双目复明，失去的国土复归，让父亲晚年得到 100 个儿子；当她接着要求自己和丈夫有 100 个儿子时，阎摩答应了她；于是她随即提出让丈夫复活的要求，因为没有丈夫复活哪有 100 个儿子呢？阎摩承认她的要求有理，所以也只好答应了。在莎维德丽的身上，既表现了孝敬长辈、热爱丈夫的品质，又表现了不怕死亡的威胁，并且终于依靠自己的机智和勇气战胜死亡威胁的精神。这个故事启示人们，不要屈服于命运和现状，要依靠自己的力量去努力争取幸福。

非文学性作品大多具有宗教、哲学、政治和伦理的性质，如《和平篇》、《训诫篇》和《薄伽梵歌》等。以《薄伽梵歌》为例。这部作品是印度婆罗门教的重要经典之一。它与《奥义书》、《梵经》齐名，三者合称为吠檀多"三经"，分别代表吠檀多哲学（婆罗门教六派哲学之一）思想发展的三个阶段。《奥义书》提出"梵我同一"的理论，是吠檀多哲学的形成阶段；《薄伽梵歌》继承"梵我同一"理论，同时吸收其他哲学思想，是吠檀多哲学的发展阶段；《梵经》完善吠檀多学说，是吠檀多哲学的成熟阶段。

从这个意义上说，《摩诃婆罗多》不同于一般的史诗，其内容几乎包罗万象，涉及所谓人生"四大目的"——正法、利益、爱欲、解脱——的全部，可以说是一部百科全书式的作品，也就是所谓：凡是其他地方有的，这部史诗都有；凡是这部史诗没有的，其他地方也都找不到。正因为如此，所以按照印度传统，不称《摩诃婆罗多》为诗歌，而称之为历史。[①]

两者比较起来，基本内容没有很大区别，基本观点没有明显分歧；但是前者的说法不够具体和全面，这是因为当时还没有出版史诗

---

① 《新编简明东方文学》，第 25—26 页。

的中文译本，有关的评介材料也不够充分；而后者的说法则比较具体和全面，这是因为史诗的中文译本相继出版，有关的评介材料也越来越充分了。

在第三个标题——"《罗摩衍那》"下，《讲义》分别介绍了史诗的规模、形成、作者、故事梗概、人物形象、基本思想等。其中大多数地方都与《新编简明东方文学》略有出入，但是出入不是很大。以下举人物形象和基本思想为例加以比较。

关于人物形象，《讲义》写道：

> 史诗主要叙述英雄罗摩的生平。罗摩是印度人民的理想人物，是具备一切道德品质的神化的英雄。然而，史诗里的罗摩的形象却十分复杂。在这里他被写成一个典型的刹帝利，一个标准的国王，并且成了神的化身，涂上了浓厚的宗教色彩。虽然如此，这个定型的罗摩形象仍然具有英雄的本色，体现出奴隶制国家形成时期人民群众对国王的理想，闪烁着人民的高尚品格的光辉。
>
> 罗摩对自己的父母、妻子、兄弟和朋友怀着深厚的情感。他绝对服从父亲的意志，即使自己因此放弃王位并被流放森林14年也决不后悔，即使父亲已死也决不食言。他对悉多的感情强烈而深沉。他哭诉悉多失踪的诗章很有打动人心的力量。他为了解救悉多的苦难，历尽千辛万苦，不达目的决不休止。他的心地并不狭小，不但重父子之爱、夫妇之爱，同时也重兄弟之爱、朋友之爱。他十分敬重为援救悉多而全力以赴的哈奴曼，尤其是对自愿牺牲一切追随他的弟弟罗什曼那更为怜爱。他待人处世的态度是毫无瑕疵的，足以成为人们行为的楷模。
>
> 罗摩的坚强意志和出色的武艺在战争中以富于浪漫色彩的笔调表现出来。他在战争中遇到许多难以逾越的障碍，每次都能够经过艰苦卓绝的努力克服困难，并且最终取得胜利。当猴子军来到海边时，受到了茫茫大海的阻隔。他祭请海神不成，便用神箭将他召来，终于筑成横跨大海的桥梁。他在战斗中曾几次被神出

鬼没的罗刹置于死地，但仍坚持战斗；他和罗刹王的猛烈对打使得大地为之摇动，海水为之激荡，天神为之震惊，最后终于获得胜利。他所具有的那种超乎神灵之上的权威和力量，他那战胜一切邪恶的坚定信心，正是人民的英雄主义的理想。

作为一位人民的英雄和理想的国王，罗摩不仅具备这些高尚的品格和超人的武功，同时也深受广大人民的爱戴。他被流放的消息传出以后，整个城市都被悲哀的阴影笼罩住了，大人、小孩、姑娘、太太拦路啼哭，追随着他的车子不肯离去……罗摩在印度人民心目中一直占有崇高的地位，"罗摩治世"至今还是"太平盛世"的代名词。

罗摩的妻子悉多是理想的妇女形象。她的外貌和内心都是完美的。她是忠于丈夫的贤妻。她遭遇千辛万苦，始终保持着坚强的意志和斗争的精神。她不畏艰苦，坚持随丈夫到森林里去。她只身陷入魔窟，仍然不肯屈服，不是悲念罗摩，就是痛骂罗刹。既富且贵而又吃人的罗刹王不能使她动贪心，也不能使她生畏惧……她对丈夫也不是处处退让的，当罗摩怀疑她不贞而不肯收留她时，她没有示弱，而是据理力争，责备丈夫，并且投身入火入地。她是一位坚持正义和原则的勇敢女性。这在当时是十分难能可贵的，是为人民所喜爱的。①

与此相应的部分，《新编简明东方文学》是这样表述的：

这部史诗集中刻画了男主人公罗摩和女主人公悉多的形象，作品的故事主要围绕他们两人展开，作品的思想也主要通过他们两人体现。

在作者的笔下，罗摩是理想的英雄。作为国君和贵族的楷模，他充分具备了勇武过人和品德高尚两个条件。勇武过人主要

---

① 《外国文学讲义·东方文学部分》，第18—19页。

是通过拉断神弓、守护森林和楞伽之战等场面表现出来的，而品德高尚则主要体现在他处理父子关系、兄弟关系、夫妻关系和君民关系的态度上，尤其是在他处理夫妻关系的态度上。在悉多被罗波那劫走后，他痛苦异常，心如刀绞，有时甚至达到了丧失理智的地步。因此，他用十分刻薄的语言责备弟弟罗什曼那，说他不该离开悉多；他不顾一切地四处寻找悉多，不达目的决不罢休。后来的事实也充分证明，他说的话不是假的，为了解救悉多，他不仅自己全力以赴，而且动员了罗什曼那以及猴子大军的全部力量。这无疑是他深爱悉多的具体表现。非但如此，他自始至终只有悉多这一个妻子，也只爱悉多这一个妻子。作为王子和国王，这应该说是十分难能可贵的。然而，当悉多终于被解救出来后，他却不能消除对悉多失身的怀疑，一而再再而三地考验悉多，并且最终为此遗弃了悉多。

在作者的笔下，悉多是完美的女性。不仅出身高贵、容貌美丽，而且具有崇高的德行和坚毅的性格，对父母孝敬，对丈夫忠诚，吃苦耐劳，不畏艰险。史诗着重表现的是她对丈夫罗摩的忠诚。她的忠诚可以说经受了六次严重的考验：第一次考验是罗摩被流放时，她跟随不跟随罗摩到森林里去。她本来可以不跟随罗摩去，那样就不会吃那么多苦，不会碰到那么多的危险；但她没有那样做，而是不怕吃苦，不畏艰险，毫不犹豫地跟随罗摩去了。第二次考验是罗波那设计劫持她时，她听见罗刹模仿罗摩的叫声，便非常担心罗摩遇到危险，强迫罗什曼那前去寻找罗摩，根本没有想到自己会遇到危险。第三次考验是她被罗波那劫持到楞伽城后，无论是罗波那的利诱还是威逼，她都断然加以拒绝，丝毫不为所动。第四次考验是她与罗摩刚重新见面时，罗摩就说她已经在别人家里住过，所以不能收留她，她只得投身入火，幸亏火神将她托出，并对罗摩说道："罗摩！这就是悉多，／白玉无瑕无罪过。／无论说话或思想，／无论沉思用眼瞧；她都未曾丢你脸，／谨严保护自贞操。"（季羡林译文，下同）罗摩才收留了她。第五次考验是她与罗摩团聚并怀孕后，罗摩又怀疑她的忠贞，设计将她遗弃，她得知事情的真相以后，非常伤心，痛哭不已。第六次考验是罗摩见到她生的两个儿子后，仍然坚持让她再次在大庭广众之中证明自己的贞操，这使她感到忍无可忍，只得向大地母亲求救——"如果除了罗摩外，/我从不想别男人；/那就请大地女神/露出罅隙让我进"。于是大地女神果然推出一个宝座，将悉多接走。罗摩这才后悔起来，但是已经太迟了。以上这些考验都说明，悉多是深深爱恋罗摩的，对罗摩是无限忠诚的。正因为如此，悉多也就成为印度古代文学作品中最富有艺术魅力的女性形象之一。①

两者比较起来，基本内容没有很大区别，基本观点没有明显分歧。但是，前者的分析不够具体和全面，有的地方带有简单化的阶级论色彩，给人以生硬和牵强的感觉，如在评价罗摩时说，"这个定型的罗摩形象仍然具有英雄的本色，体现出奴隶制国家形成时期人民群众对国王的理想，闪烁着人民的高尚品格的光辉"，他"所具有的那种超乎神灵之上的权威和力量，他那战胜一切邪恶的坚定信心，正是人民的英雄主义的理想"等语便是其例。这种评价方法显然与当时的政治环境有关。后者的分析则比较具体、全面、实事求是，显得比较自然，而且有说服力。

关于基本思想，《讲义》写道：

史诗提出了一套社会政治思想和道德理想：反对贵族争权夺利，要求内部团结；反对掠夺，要求抵抗暴力侵略；反对暴政，要求关心人民生活；提倡五伦的道德规范，要求"君君、臣臣、父父、子子"。这些在落后的古代是有进步意义的。更重要的是，史诗有一个基本精神：憎恨强暴，同情受害者，相信弱者反对压

① 《新编简明东方文学》，第28—29页。

迫者的斗争必然胜利，歌颂英雄们通过艰苦卓绝的斗争而获得自由幸福的勇敢精神。这种精神在奴隶社会和封建社会中，无疑会鼓舞人民向艰难挫折作斗争的勇气，因而博得他们的赞扬和热爱。①

与此相应的部分，《新编简明东方文学》是这样表述的：

史诗的故事主要涉及两个问题，一是王位继承问题，二是夫妻关系问题。所以，它的基本思想也主要体现在这两个问题上。

在王位继承上，史诗主张长子继承，同时提倡兄弟互让。罗摩是长子，又在道德方面和能力方面胜过他的三个弟弟，所以十车王决定传位给他；后来由于有人反对，发生许多矛盾，经过许多曲折，最后还是由罗摩继承王位。在史诗作者看来，这是理所当然的。在王位继承上如果发生意见分歧，作者认为应当提倡兄弟互让，而不是兄弟互争。婆罗多就是这样做的。他认为王位应当由罗摩继承，所以把罗摩的鞋子放在宝座上，自己只是摄政，并且长期过着苦行生活，拒绝享受国王待遇，一直等到罗摩回来，痛痛快快地把王位还给了罗摩。他的所作所为得到作者的肯定。

在夫妻关系上，史诗赞美夫妻爱慕，肯定一夫一妻，但是承认夫权至上。在史诗里，罗摩先后两次怀疑悉多的纯洁和贞操，悉多不得不先后两次蒙受耻辱，设法证明自己的纯洁和贞操，但即使如此仍然摆脱不了被遗弃的命运，这是夫权至上的具体表现。不过，如果除去这个悲惨的结果之外，罗摩和悉多还应当说是一对理想的夫妻。因为史诗不仅花费许多笔墨反复歌唱罗摩和悉多的爱情，而且强调悉多对罗摩忠诚，罗摩对悉多也忠诚，罗摩在流放时和即位后都只有悉多一个妻子，甚至罗摩在遗弃悉多

---

① 《外国文学讲义·东方文学部分》，第17—18页。

后也没有再选其他后妃。①

两者比较起来，基本内容没有很大区别，基本观点没有明显分歧。但是，前者的说法比较抽象，不够确切；而后者的说法则紧密结合作品本身，显得更加实际，更加具有说服力。

在第四个标题——"两大史诗的成就、流传和影响"下，《讲义》分别论述了两大史诗所取得的艺术成就，两大史诗的广泛流传和深远影响。这些论述在今天看来仍然具有一定的参考价值。

关于两大史诗的艺术成就，《讲义》写道：

> 两大史诗极其广泛地反映了古代印度社会生活的各个方面。公元前10世纪至前5世纪奴隶制形成时期印度氏族间的矛盾，王室和贵族内部勾心斗角的斗争，等级制度的形成情况，军事制度和战争状况，婚姻制度的变迁，以及社会道德、风俗习惯、哲学观点、政治观点、宗教信仰等，都生动具体地描绘出来了。两大史诗正是一幅古代印度的社会画面。其中，尤以《摩诃婆罗多》更为突出。在世界文学史上，像这部史诗这样庞大的规模和包罗万象的内容，几乎是绝无仅有的。正如印度谚语所说的那样：在《摩诃婆罗多》里找不到的，在印度其他地方也不会找到。
>
> 两大史诗又是印度神话的宝库，古代印度神话几乎全部在其中得到反映。从吠陀时代进到史诗时代，人民具备了与自然斗争的条件，于是吠陀时代那些代表自然力的神就退到次要的地位，出现了新兴的神，即创造之神婆楼那、破坏之神湿婆、保护之神毗湿奴。在这两部史诗里，尤其崇奉的是毗湿奴大神。古代印度神话可与希腊并肩，它们数量之巨大、思想内容之丰富和艺术想像之美妙奇特是惊人的。

---

① 《新编简明东方文学》，第29—30页。

　　两大史诗在艺术形式上也有创造。它们都以庞大的规模和神话式的艺术手法，写出了丰富多彩的动人故事，塑造了光辉夺目的英雄形象，世世代代为人们所传诵。其中，尤以《罗摩衍那》更为突出。《罗摩衍那》在印度文学史上有划时代的意义。它在表现典型环境和塑造人物性格方面获得了惊人的成就。它善于描写罗摩和悉多在宫廷、森林、罗刹国和战场等不同环境的不同性格表现，善于描写他们内心的矛盾，善于凭借对话勾勒人物性格的轮廓。它在表现政治、爱情、战斗和风景方面所取得的成功具有很大意义，这四者成为叙事诗必不可少的内容。它在主题思想、艺术方法以至修辞比喻等方面都树立了典范。它为印度古典叙事诗的发展开辟了道路，因而被称为"第一部诗"。

　　两大史诗充满了神奇瑰丽的幻想和艺术夸张，犹如一幅五光十色的画卷，显示出不朽的魅力，给人以艺术的享受……

　　两大史诗的艺术风格不同。《摩诃婆罗多》以雄壮胜，是阳刚的美；《罗摩衍那》以细腻胜，是阴柔的美。如《摩诃婆罗多》中18天大战的场面，真如大海的波涛汹涌；而在赌博场上的激烈抗议，在军事会议上的慷慨陈词，也都有排山倒海的力量；就是在恒河上招魂的场面，宣泄出满腔郁积的悲哀，反映出战争的残酷，情绪也十分强烈。相比之下，《罗摩衍那》描写罗摩和悉多的爱情，以细腻感人为特色；而关于战争场面的描写，则偏于浪漫的幻想的气氛渲染；《摩诃婆罗多》的语言简洁而质朴，带有浓厚的民间叙事诗的味道；而《罗摩衍那》的语言则以比喻的繁多和华丽的修饰见长，与民间叙事诗相去甚远，成为后世梵文文学作品的典范。[1]

与此相应的部分，《新编简明东方文学》是这样表述的：

---

[1]　《外国文学讲义·东方文学部分》，第20页。

　　作为印度古代的两部史诗，《摩诃婆罗多》和《罗摩衍那》在思想内容和艺术表现方面具有许多共同的特点。从题材内容上看，两部史诗都以争夺王位为目的，以战争为解决问题的手段。从主题思想上看，两部史诗都支持正义，反对邪恶。从人物刻画上看，两部史诗都采用神与人、理想与现实结合的方法（如《摩诃婆罗多》中的黑天和《罗摩衍那》中的罗摩都是大神毗湿奴的化身）。从结构情节上看，两部史诗都使用框架方式，在核心故事中加入一些插话。从语言运用上看，两部史诗都保留很多民间口头创作的痕迹（如丰富的比喻，神奇的夸张，深刻的格言等）。

　　但是，两部史诗的产生有前有后，一般来说，《摩诃婆罗多》（主要指核心部分）比《罗摩衍那》（主要指核心部分）更早一些，更原始一些，所以二者在思想内容和艺术表现方面又有若干不同的特点。从内容上看，《摩诃婆罗多》写的是家族内部的斗争，而《罗摩衍那》写的是家族外部的斗争。从文体上看，《摩诃婆罗多》有散文韵文结合的迹象，而《罗摩衍那》则是纯粹的韵文。从语言上看，《摩诃婆罗多》比较平实质朴，而《罗摩衍那》则比较精美考究，开始表现出精心雕琢的倾向。从结构情节上看，《摩诃婆罗多》更加宏伟浩瀚，但是由于插话过多，枝蔓丛生，显得不够严谨；而《罗摩衍那》则插话较少，集中紧凑，整体性强。从人物刻画上看，《摩诃婆罗多》比较单一，而《罗摩衍那》则趋向复杂化和细致化，形象更加丰满，个性更加鲜明，手法更加多样。从景物描写上看，《摩诃婆罗多》较少较粗；而《罗摩衍那》则较多较细，显得多姿多彩（包括人国、猴国和魔国在内），并且有时能够达到借景抒情、情景交融的地步，可以说开辟了一个新天地。[1]

---

① 《新编简明东方文学》，第30—31页。

两者比较起来，基本观点没有明显分歧，但是论述的角度有所不同。总起来说，后者的论述更加集中，更加具体，更加明确，更加有说服力。

又如，关于两大史诗的流传和影响，《讲义》写道：

这两部史诗有各种本子传下来。梵文原著以外，还有各种印度现代语言的译本，有的还不止一种译本（例如孟加拉语的《罗摩衍那》译本就有 8 种之多）。《摩诃婆罗多》由于规模过于庞大，只是被后人枝枝节节地利用，却没有人能够改写它；《罗摩衍那》则产生了许多的改写本（最著名的是杜勒西达斯的《罗摩功行之湖》，成为印地语地区人民家喻户晓的宝典）。这两部史诗也是后来印度文艺作品取之不尽的源泉。《摩诃婆罗多》的直接影响是许许多多的往世书，其中叙述了神话、传说、想像与事实相混合的历史记述。《罗摩衍那》则被认为是梵文叙事诗的典范。不仅如此，从史诗出现以后直到现代，印度各时代的作者都从它们那里获取主题、思想、情节和形象。①

与此相应的部分，《新编简明东方文学》是这样表述的：

这两部史诗既是宗教经典，又是文学作品；既有宗教的权威性，又有文学的艺术性。所以，它们的流传极广，影响极大，并且经久不衰。在印度国内，不仅史诗原本传至今日，而且还有许许多多的改写本保存下来。据刘安武先生在《印度两大史诗研究》一书里统计，在梵语古典文学中，采用长篇叙事诗和剧本两种形式的改写本，《摩诃婆罗多》有 26 部（其中最著名的，如迦梨陀娑的《沙恭达罗》、《优哩婆湿》和《鸠罗摩出世》等），《罗摩衍那》有 35 部（其中最著名的，如迦梨陀娑的《罗怙世系》、薄

---

① 《外国文学讲义·东方文学部分》，第 21 页。

婆菩提的《大雄传》等）；在中古地方语言文学中，使用印地语、孟加拉语、阿萨姆语、马拉提语、古吉拉特语、奥利萨语、泰卢固语、卡纳尔语改写《摩诃婆罗多》的长篇叙事诗和剧本有56部（其中最著名的，如苏尔达斯的《苏尔诗海》等），使用印地语、阿萨姆语、马拉提语、泰卢固语、卡纳尔语、马拉雅拉姆语改写《罗摩衍那》的长篇叙事诗和剧本有20部（其中最著名的，如杜勒西达斯的《罗摩功行之湖》等）；在近代和现代，仅就印地语而言，改写两大史诗的长篇叙事诗和剧本便有19部之多（其中最著名的，如帕勒登杜的《信守不渝的国王》等）。在印度国外，两大史诗的原本、改写本经过印度教徒和佛教徒之手，大约从6世纪起便开始向南亚和东南亚广大地区传播，甚至还从陆路传到了我国的西藏、新疆和蒙古等地区；至于传入欧洲，则可能与18世纪欧洲的启蒙主义和浪漫主义运动有关。①

两者比较起来，基本内容没有很大区别，基本观点没有明显分歧。但是，由于当时条件限制，前者的材料不够准确和充分，而后者的材料则准确和充分多了。

2. 迦梨陀娑

《讲义》对于迦梨陀娑的论述，主要依据的是当时已经发表的季羡林、金克木、吴晓铃先生的有关文章和译著，穆木天先生翻译的苏联学者的有关文章。

关于"迦梨陀娑"，《讲义》的概括介绍如下：

迦梨陀娑是古代印度最伟大的诗人之一。他以自己的创作实绩把古典梵文的抒情诗、叙事诗和戏剧推上了光辉的顶峰。他那些具有完美艺术形式的作品由于反映现实的真实性和美妙的诗意

---

① 《新编简明东方文学》，第31页。

而流芳百世。①

这段介绍的内容是正确的。随后，列出"迦梨陀娑的时代和生平"、
"抒情诗——《时令之环》、《云使》"、"叙事诗——《罗怙世系》、
《鸠摩罗出世》"、"戏剧——《摩罗维迦和火友王》、《优哩婆湿》、
《沙恭达罗》"、"迦梨陀娑作品的思想性"、"迦梨陀娑作品的艺术
性"、"迦梨陀娑的影响"等标题全面论述迦梨陀娑的成就。

其中，关于"迦梨陀娑的时代和生平"、"抒情诗——《时令之
环》、《云使》"、"叙事诗——《罗怙世系》、《鸠摩罗出世》"、"戏
剧——《摩罗维迦和火友王》、《优哩婆湿》"，《讲义》与日后出版的
《新编简明东方文学》有关部分没有很大出入，只是在详略程度（前者
较详而后者较略）和文字方面有些区别。二者的要点可以概括如下：

　　关于他的出生年代，印度有种种不同的说法，但都缺乏足以
令人信服的证据。在所有这些说法中，我们只能选择一个比较合
理的，这就是他大约生在 4 世纪到 6 世纪的笈多王朝时代；再准
确一点说，是在 350 年至 472 年之间。
　　他的生平活动也不能确定，甚至连他的姓名也不能确定。印
度有个传说：迦梨陀娑原来是一个婆罗门的儿子，后来父母双
亡，成了孤儿，由一个牧人养大，并与一个公主结婚。由于他出
身低贱，头脑又愚蠢，公主很不高兴。他去祈求迦梨女神帮助，
女神同情他的不幸，赐给他超人的智慧，于是他变成了大诗人和
大作家。"迦梨陀娑"的意思是迦梨女神的奴隶。显然，这只是
一个传说故事而已。根据他的作品推测，他可能是一个宫廷诗
人，有人认为他是笈多王朝超日王宫中的"九宝"（九位艺术
家）之一。
　　他究竟写过多少作品，也是众说纷纭。有人以为有 41 部；

---

①　《外国文学讲义·东方文学部分》，第 26 页。

但一般认为可靠的作品有五部，即《鸠摩罗出世》、《罗怙世系》、《沙恭达罗》、《优哩婆湿》和《云使》；另外还有两部作品也很有可能是他的，即《摩罗维迦和火友王》和《时令之环》。这七部作品，分别属于三种体裁——抒情诗、叙事诗和剧本。

《时令之环》和《云使》是抒情诗。《时令之环》（又名《六季杂咏》）是短诗集，分六章，歌咏六季（春季、夏季、雨季、秋季、霜季和寒季）景物和男女爱情，属于诗人的早期创作。《云使》是长诗，分两章（"前云"和"后云"），写财神俱毗罗手下的一个小神药叉，由于玩忽职守，犯了过错，受到财神的诅咒，被贬谪一年。他不得不离开自己温暖的家庭和可爱的妻子，来到南方罗摩山的树林中居住。在流放地住了几个月之后，到7月初雨季开始时，他看到一片带雨的乌云飘上山顶，正要从南向北飘荡。在这片令人产生情爱的雨云面前，他激动不已，便决定委托这片雨云充当自己的使者，请求这片雨云使者把他的信息传达给他心爱的妻子，以寄托他对妻子的百般思念。接着，他用充满诗情画意的语言，生动地描绘了从罗摩山到他的故乡阿罗迦城的沿途风光，描绘了阿罗迦城的美妙景色，描绘了他心爱的人的美好形象，并委托云彩使者为他传递信息。这部作品感情炽烈，想象丰富，韵律和谐，语言优美，被视为古典梵语抒情诗的样本。

《鸠摩罗出世》和《罗怙世系》是叙事诗。《鸠摩罗出世》分17章，写湿婆和婆罗伐提的恋爱故事和他们的儿子——战神鸠摩罗的出生及其战胜魔王的经过，体现了爱情战胜苦修的入世思想。故事说：爱神迦摩受天帝因陀罗的委托，前来阻挠大神湿婆的苦行。但他看到湿婆坐在虎皮上，头发上缠着蛇，耳朵上垂着玫瑰花环，身上披着鹿皮，眼观鼻，鼻观心，精神十分专注的样子，几乎失去了完成任务的信心。然而，这时喜马拉雅山的女儿婆罗伐提突然出现。她美丽动人，恭恭敬敬地向湿婆致意。爱神迦摩以为良机已到，立即向湿婆射出一箭。不料湿婆却强忍内心的欲火，从第三只眼睛里射出一道火焰，当即把爱神迦摩烧为灰烬。婆罗伐提也失望地离开了。不过她并没有从此绝望。她后来又采用另外一种方式，即修苦行的方式，终于打动了湿婆，赢得了湿婆的爱心。《罗怙世系》分 19 章，写罗怙王族 21 位国王的历史，即罗摩及其祖先和后代的历史。不过，诗人不是平均使用力量，而是选择每位国王的不同部分，突出描述其主要业绩。从整体来看，诗人是以罗摩为重点，他的故事占据了 5 章的篇幅（第 11 章至第 15 章）。但值得注意的是，诗人笔下的罗摩并不是大史诗《罗摩衍那》的翻版，在内容上和写法上都与《罗摩衍那》有很多不同之处。事实说明，诗人的确是受到了《罗摩衍那》的启示，但又表现了自己的创新才能。以上两部长诗全面发展了《罗摩衍那》所开创的古代梵语叙事诗的技巧，被认为是古典梵语叙事诗的范本。

《摩罗维迦和火友王》、《优哩婆湿》和《沙恭达罗》是剧本。《摩罗维迦和火友王》是五幕剧，写摩罗维迦和火友王的恋爱故事。故事说：摩罗维迦是一个既美丽又聪明的女子。她被人送到火友王的宫中，学习歌舞和表演艺术。火友王一见到摩罗维迦，就深深地爱上了她。但是王后出于嫉妒心理，千方百计阻止他们两人见面；而丑角则想方设法帮助他们两人见面。后来，经过种种磨难，王后终于同意摩罗维迦和火友王的结合，亲手将摩罗维迦的手交给了火友王。摩罗维迦和火友王举行了简单的婚礼。直到这时，人们才发现摩罗维迦这个身份低微的宫女原来是身份高贵的公主。于是，王后郑重宣布，摩罗维迦和火友王的结合是合法的。《优哩婆湿》（全名是《通过武力获得优哩婆湿记》）也是五幕剧，写天宫歌妓优哩婆湿和人间国王补卢罗婆娑的悲欢离合，颂扬优哩婆湿敢于冲决一切清规戒律，大胆追求爱情和幸福的反抗精神。故事说：天宫歌妓优哩婆湿下凡来到人间，与国王补卢罗婆娑同居。因为嫉妒心理作怪，贸然闯入禁止女人进去的鸠摩罗树林，身体随即化为一棵蔓藤。补卢罗婆娑不见优哩婆湿的踪影，心里十分焦急，便到树林里四处寻找。天上飘过一片云彩，他误以为它是吞食优哩婆湿的魔鬼，准备向它进攻，后来才知道自己认错了。他又向孔雀、杜鹃、蜜蜂、大象和高山等询问优哩婆湿的消息，但都没有得到满意的答复。随后，他发现一块发光的宝石，宝石引导他朝一棵蔓藤走去。他一拥抱蔓藤，便看见优哩婆湿躺在自己的怀里，并且见到了优哩婆湿给他生的儿子。然而，天帝因陀罗说过，他一见到自己的儿子，优哩婆湿就要归天。最后，故事的发展又出现了新的转机——因陀罗请他前去助战，他获得胜利；于是因陀罗加恩于他，允许他和优哩婆湿团聚。而《沙恭达罗》则被公认为印度古典梵语戏剧的典范，迦梨陀娑的代表作品。

关于《沙恭达罗》，《讲义》的评述大致分为"题材来源"、"人物形象"、"思想意义"、"艺术特色"等几个部分，其中"题材来源"也与《新编简明东方文学》没有很大出入。

《讲义》的有关内容如下：

> 《沙恭达罗》是七幕剧，描写国王豆扇陀和森林道院中的女郎沙恭达罗的爱情故事。豆扇陀和沙恭达罗的爱情故事是一个古老的传说，《摩诃婆罗多》和《莲花往世书》都有记载。不过史诗中的故事还相当粗糙，大意是说：国王豆扇陀迷恋上了森林道院的女郎沙恭达罗，随即遗弃了她；最后从天上发出来的声音要他履行自己的诺言，这样故事就达到了圆满的结局。迦梨陀娑在这个情节里加上了大仙人达罗婆娑的诅咒和作为国王爱情表记的戒指，以此作为沙恭达罗被遗弃的直接原因，从而改变了传说故事的性质，把本来莫名其妙的东西改变成为描写一对心心相印爱人的离别随又重圆的动人故事。①

---

① 《外国文学讲义·东方文学部分》，第33页。

《新编简明东方文学》的有关内容如下:

> 《沙恭达罗》(全名为《由于一种信物而重新获得沙恭达罗记》)的基本题材来源于大史诗《摩诃婆罗多》和往世书《莲花往世书》。不过《摩诃婆罗多》和《莲花往世书》都只有一个故事轮廓,没有突出描写爱情,人物性格也很模糊。迦梨陀娑利用这个故事轮廓进行了再创造。我们若将大史诗和往事书的内容,与《沙恭达罗》的内容加以比较便不难发现,《沙恭达罗》既是一部有所依据的剧本,又是一部推陈出新的剧本;其作者迦梨陀娑既是一位善于从古代文献中吸取营养的艺术家,又是一位勇于在前人创作基础上大胆创新的艺术家。他的主要创新可以归结为如下一点:给这个已经没有多少血肉的古老故事充实了新鲜的血肉,为这个已经没有多少活力的古老故事增添了无限的生机,在其中的人物身上注入了丰富的感情,尤其是通过沙恭达罗这个既美丽又温柔的女性形象表达了作者的美好愿望和理想,从而使这部作品一直生气勃勃,历千年而不衰。不言而喻,要达到这个地步,作者必须对生活有充沛的热情,对社会有深入的观察,对艺术有高度的修养,对未来有崇高的理想。迦梨陀娑充分具备了这些条件,所以他获得了很大成功。①

两者比较起来,基本内容没有很大区别,基本观点没有明显分歧;但是后者的论述更加具体,更加清晰。这是因为前者只是袭用了别人的观点,而后者则是经过自己认真比较研究所得出的结论。这里需要说明的是,笔者的比较研究成果为《论〈沙恭达罗〉的艺术构思》,载于《南亚研究》1991 年第 1 期。该文将史诗《摩诃婆罗多》的一个插话与《沙恭达罗》加以比较,指出后者是在前者的基础上

---

① 《新编简明东方文学》,第103—104 页。

进行创新的结果；而《新编简明东方文学》里的这段话便是该文的概括。

至于"人物形象"、"思想意义"和"艺术特色"等几个部分，《讲义》则与《新编简明东方文学》有较大的出入。这或许可以说明笔者在不断研究作品的过程中有所进步吧。因此，以下将对二者加以较为详细的比较。

关于"人物形象"，《讲义》是这样写的：

> 沙恭达罗是这个剧本中最富有艺术魅力的妇女形象，是引人瞩目的中心形象。她外表和内心的美是被诗人以高度的艺术技巧描绘出来的。这位林中姑娘同大自然形成了一种水乳交融、血肉相连的亲密关系，是自然美和艺术美结合的化身。她所生活的净修林是被诗人理想化了的世界，那里的一切都是纯朴的、美丽的、和谐的。她的外貌的美是天然生成的、与自然界相协调的。她的内心天真而纯洁，从降生起就不知道什么是虚伪。她的性情温柔而又热情，感情很丰富很深沉。诗人以极为细腻而富有诗意的笔调描写她对豆扇陀王的爱恋和思念。第一幕和第三幕，她那初恋少女的不可捉摸的感情矛盾和变化很有诱人的力量。在这里，少女的腼腆和礼法的束缚自然成为她矛盾痛苦的原因，但她那不可遏止的热情终于突破一切而取得了胜利。当豆扇陀第一次介入她生活的时候，她就爱上了他。出于腼腆和担心，她始而含情而又娇嗔，欲语还休，欲露还藏；继而就一往情深地陷入不能自拔的境地，饱受相思之苦；而当双方互相表白爱慕之心后，她又陷入更深的矛盾之中。第四幕，沙恭达罗别离净修林投亲，贯穿着深刻的感情和难以形容的美。她精神世界的美，在这里得到了最完美的体现。她一方面思念自己的丈夫，希望尽早地见到他；但是另一方面，她又舍不得离开自己的义父、朋友、小鹿和蔓藤。在她离别的时候，她对净修林里的一草一木一鸟一兽都怀着深情厚谊，依依不舍；而这些草木鸟兽也为她的别离感到悲

哀——"小鹿吐出了满嘴的达梨薄草，孔雀不再舞蹈，/蔓藤甩掉褪了色的叶子，仿佛是把自己的肢体甩掉。"(季羡林译文，下同) 这样一来，弥漫在净修林里的离情别意就更加浓厚起来了。然而，她被丈夫遗忘了。于是，诗人也转而以坚定有力的笔调描写她性格的另外一面——勇敢、坚强。第五幕，沙恭达罗的被拒，具有浓厚的悲剧色彩。她的形象在一种新的光辉照耀之下显示出来了。在这里，王宫的豪华的、冰冷无情的光辉代替了美丽的净修林，前四幕优美动听的音乐骤然停息了，环绕在她周围的是可怕的沉默和孤独。看到豆扇陀一反往常的冷淡态度，她又惊讶，又沮丧，又生气，怒不可遏地骂道："卑鄙无耻的人！你以小人之心度君子之腹。谁还能像你这样披上一件道德的外衣，实在是一口盖着草的井？"沙恭达罗的形象发展到这里，已经完全立了起来：她是一个虽然那么温柔但又异常勇敢，虽然那么天真但又坚决不受欺骗的自由、独立的女性。

按照传统习惯，豆扇陀也是戏剧里的主要角色，是被歌颂的英雄人物；然而，比起沙恭达罗来，他的形象要逊色得多。作为一个出色的国王，他外表英武，说话甜言蜜语，孝顺母亲，容言纳谏，礼敬婆罗门，具有种种美好的品德；他辛勤工作，英勇善战，使得国家繁荣昌盛，人民生活幸福。可是，他也常常表现出专横的一面，喜欢别人奉承，爱猎成癖，常常怠乎职守。他对沙恭达罗的爱情也被诗人描写为真挚的、美好的。他一见沙恭达罗就产生了很热烈的感情。尤其是沙恭达罗被遗弃的第六幕，诗人更着重描写了他对沙恭达罗的思念，写下了许多众口传诵的诗句。他万分悔恨自己遗弃沙恭达罗的过错，为沙恭达罗所受的苦难而感到深深的不安；他竟能借助回忆画出沙恭达罗逼真的肖像和美丽的净修林，这表明他对沙恭达罗的了解更深了。可是，他开始时对沙恭达罗的感情不见得是深刻的。他最初只是欣赏沙恭达罗外貌的美，而不了解她内心的美；他对待爱情常常是行云流水式的，而不是专一的。这样，豆扇陀的爱情就并不那么感动人，而他的形象也就并不那么正直了。①

而《新编简明东方文学》则是这样写的：

《沙恭达罗》中的主要人物是沙恭达罗和豆扇陀。

沙恭达罗是作者运用各种艺术手段精心塑造的近乎完美的女性形象。她原是"王族的仙人"和天女所生，具有半神半人的性质；但从小被父母遗弃，由隐士干婆收养，在净修林中长大，过着净修女的生活。她的外貌几乎是女性美的典范，"下唇像蓓蕾一样鲜艳，两臂像嫩枝一般柔软，魅人的青春洋溢在四肢上，像花朵一般"（季羡林译文，下同）。

她的性格特点是质朴而温柔，热情而勇敢。这种特点既体现在日常生活中，也体现在爱情问题上。

在日常生活中，她穿的是树皮衣服，戴的是荷花须子手镯。她跟女友的关系是平等的、友爱的。她不羡慕豪华的宫殿，而热爱朴素的净修林，对净修林的一草一木一鸟一兽都怀着深情厚谊。所以，当她告别净修林时，草木鸟兽都感到伤心，都对她恋恋不舍。剧本第四幕写道：

小鹿吐出了满嘴的达梨薄草，孔雀不再舞蹈，
蔓藤甩掉褪了色的叶子，仿佛是把自己的肢体甩掉。

那野鸭不理藏在荷花丛里叫唤的母鸭，
它只注视着你，藕从它嘴里掉在地下。

这些描写是生动感人的，体现了作者人与自然合一的美好理想。

在爱情问题上，她是热情而勇敢的，而这种热情和勇敢又是与

---

① 《外国文学讲义·东方文学部分》，第33—34页。

单纯和质朴联系在一起的。她一见到豆扇陀，就被豆扇陀所吸引，并且克服羞怯心理，冲破净修林的清规戒律，自己做主，与豆扇陀成了婚。当发觉自己上当受骗以后，她也敢于在大庭广众之中据理力争，愤怒斥骂豆扇陀："卑鄙无耻的人！你以小人之心度君子之腹。谁还能像你这样披上一件道德的外衣，实在是一口盖着草的井？"

　　豆扇陀的形象比较复杂，可以说具有两重性。一方面，作者通过正面的明写，把他写成了一个有道明君，一个多情的人。净修林的苦行者赞美他是"国王中的明灯"。他既在地上保卫净修林和老百姓，又到天上帮助天神消灭魔鬼。他对沙恭达罗也是有情有义的。当向沙恭达罗求爱时，他表现得很有礼貌，很有节制，并不仗势压人；在失掉对沙恭达罗的记忆后，他仍然有自制力，害怕"抚摩别人的妻子而陷于不义"；当恢复了对沙恭达罗的记忆后，他则整天长吁短叹，甚至有时伤心得昏迷过去。在第六幕里，作者通过侍从的嘴说道："他厌恶享受，也不每天接见大臣，像往常一样。夜里他睡不着觉，在床上辗转反侧一直到天亮。"他自己也说："那一只戒指带回来了我的记忆；／我竟毫无理由把最亲爱的人儿遗弃。／我现在真后悔不迭，我痛哭流涕，／虽然现在正是春光明媚的好天气。"

　　但另一方面，作者又通过侧面的暗写，讽刺和揭露了他的荒淫好色，喜新厌旧，用情不专。丑角的插科打诨和精心安排的细节在这方面起了很大作用。例如第五幕开头，在沙恭达罗即将来到豆扇陀的宫廷之前，作者设置了一个意味深长的插曲——皇后在幕后唱道："蜜蜂啊！你偷吃新蜜曾吻过芒果的花苞，你愉快地呆在荷花心里，为什么把它忘掉？"国王听了说道："哈哈！这歌声情意缠绵。"丑角问他："喂，朋友啊！你从她的歌声里听出了什么意义呢？"国王微笑着回答："这个人以前被我爱过，我受到皇后恒娑婆抵的谴责。朋友摩陀弊耶！请你把我的话告诉皇后恒娑婆抵，'我应该被你谴责'。"皇后含泪的歌声和国王油滑的自白是多么令人失望啊！同时，这个插曲还不能不使我们联想到丑角以前嘲弄豆扇陀的话："啊，正如一个厌恶了枣子的人想得到罗望子一般，万岁爷享受过了后宫的美女，现在又来打她的主意。"这些巧妙曲折的描写，使我们感到豆扇陀也像一般国王那样，也是一个喜新厌旧的人。①

两相比较，可以看出后者是在前者的基础上进一步研究得出的认识，虽然二者在基本观点上是一致的，但后者比前者阐述得更有条理，更加深入。尤其是对豆扇陀的分析，明确指出这个形象具有两重性：一方面，作者通过正面的明写，把他写成了一个有道明君，一个多情的人；另一方面，作者又通过侧面的暗写，讽刺和揭露了他的荒淫好色，喜新厌旧，用情不专。这个观点是笔者经过长时间考虑得出的结果，也是笔者第一篇像样的学术论文——《论〈沙恭达罗〉的主题思想及其意义》（载于《外国文学研究》1979 年第 4 期）所阐述的论点。这篇论文在"文化大革命"前写成，但直到"文化大革命"后才得到发表的机会，前后历经十余年。

关于思想意义，《讲义》是这样写的：

> 《沙恭达罗》的主要情节是描写沙恭达罗和豆扇陀之间的爱情故事，它的主题思想是歌颂爱情。在当时的社会情况下，这种爱情是合乎理想的、无可非议的。豆扇陀基本上是个好国王，沙恭达罗是完美无瑕的女人。沙恭达罗爱自己的丈夫，豆扇陀也爱沙恭达罗。经过了一些意想不到的曲折，最后两个人终于团圆。他们还生下了一个好儿子——婆罗多，他就是印度传说中最伟大的帝王，大史诗《摩诃婆罗多》歌颂的是他的后代的故事，独立后的印度仍沿用历史上传下来的这个称号。因此，印度人对这个故事更有一种特殊的感情。②

---

① 《新编简明东方文学》，第 104—106 页。
② 《外国文学讲义·东方文学部分》，第 33 页。

　　《沙恭达罗》除了描写动人的爱情外，还十分具体生动地反映了奴隶社会的实际情况，虽然剧中的故事来自古老的传说，虽然剧中的主角是古代的半人半神的人物，但是作者却通过这些故事和人物表现了他所生活的时代的现实。首先，他描写了奴隶社会上层统治者的生活情况和思想意识。这些人物在他的笔下都是有血有肉、栩栩如生的。他对国王的态度是复杂的、矛盾的。在一方面，他作为一个宫廷诗人，对国王加以肯定、赞扬、美化，在肯定、赞扬、美化中寄托理想，这是不足怪的；在另一方面，他不是一味歌功颂德的，他对当时上层统治者的所作所为也并不完全赞成，于是就利用丑角的插科打诨和巧妙的安排隐约委婉地对国王加以讽刺、批评，在讽刺、批评中表示不满情绪，这是值得称道的。他褒贬的尺度具有民主性和进步性。他的观点在当时强大的王权有进步作用的条件下是有进步意义的。其次，他描写了奴隶社会下层阶级里的一些人物。他对这些人物，例如渔夫、宫女等是怀有好感的。在古典梵文文学里，描写人民群众生活的非常少。渔夫、猎师等都被认为是最低的阶层，几乎是不齿于人类的。然而在诗人笔下的渔夫却是一个正常的人……诗人把宫女们写得活泼可爱，也写出了她们对美好生活的向往，对一切美的东西的热爱。在有阶级的社会里，被压迫者的这种精神就是斗争和反抗的动力和基础。①

而《新编简明东方文学》则是这样写的：

　　《沙恭达罗》写的是沙恭达罗和豆扇陀悲欢离合的爱情故事，迦梨陀娑对于这个爱情故事的态度是复杂的、矛盾的。因为他是一个宫廷诗人，同时又是一个有良心的艺术家，所以他既要依靠最高统治者，又与最高统治者有一定的矛盾。于是，他便采用含

---

① 《外国文学讲义·东方文学部分》，第34—35页。

蓄、委婉的手法，既有正面的明写，又有侧面的暗写。他用正面的明写，表现既有现实基础又有理想因素的故事，歌颂双方美妙的爱情，表达自己美好的愿望。他用侧面的暗写，揭露现实生活的矛盾，谴责不合理婚姻的罪恶，抒发自己的不满情绪。

从正面明写来看，作者表现的是沙恭达罗和豆扇陀幸福美满的爱情故事，写的是双方自由相爱、自由结合的婚姻，不是男方遗弃女方的爱情悲剧，不是完全合乎当时社会常规的婚姻。

首先，作者写的是沙恭达罗和豆扇陀由相爱而结合，又由思念而重圆的爱情故事，赞美他们热烈的感情和幸福的结合。在当时的社会条件下，他们的爱情是合乎理想的，无可非议的。沙恭达罗是完美的姑娘，作者理想的女性；豆扇陀也是好国王，作者心目中的英雄。因此，作者把他们的故事写得美妙动人。当然，在当时社会的现实生活中，像这样基于热烈真挚爱情之上的美满婚姻，在宫廷内部是非常罕见的。而且上文已经说过，这个故事本来就是一个古老的传说，诗人依据这个传说进行了艺术的再创造，创作了这部全新的剧本。事实上，作者主要是依据历史传说再加上自己的理想和愿望来写的，而不是依据当时宫廷帝王后妃的实际生活来写的。在这个美丽动人的爱情故事中，作者寄托了自己的美好理想和愿望，也在一定程度上体现了人们对幸福爱情生活的热爱和向往。

其次，作者写的是男女双方没有父母之命、媒妁之言而自由相爱、自由结合的故事，这种婚姻方式在印度古代称为"干闼婆式"。印度古代权威法典《摩奴法典》规定了各种婚姻方式。第3章第21条指出有8种结婚方式，即梵天婚、诸神婚、圣仙婚、生主婚、阿修罗婚、干闼婆婚、罗刹婚和毗舍遮婚。第23条指出，婆罗门可以用前6种，刹帝利可以用后4种。第25条指出，在后5种里，前3种为合法，后两种为非法。第26条指出，刹帝利可以用干闼婆婚和罗刹婚。这样看来，干闼婆婚四种姓都可以用，似乎是被承认的了。其实不然。第24条指出，圣人说，婆罗门只适于用前 4 种，刹帝利只适于用罗刹婚，吠舍和首陀罗只适于用阿修罗婚。第 39 条指出，用前 4 种方式结婚生的儿子闪烁着吠陀知识的光辉，为善人所尊敬。第 40 条指出，他们具备美和善的品德，有财富和声名，幸福长乐，可以活 100 年。第 41 条又指出，用其余 4 种该非难的方式结婚生的儿子残酷无情，爱说谎话，厌恶吠陀和圣法。这显然是否定了干闼婆式。可见，沙恭达罗和豆扇陀用这种方式结合是违背当时的婚姻常规的，带有反抗性质。对豆扇陀来说，他是国王，有点越轨行为也不算什么；但对沙恭达罗来说，却是非同小可的。正因为这样，所以她总是顾虑重重。她刚一见到豆扇陀就想："为什么我看到这个人以后，就对他怀着一种好感？这是净修林的清规所不允许的。"她以后又一再对豆扇陀说："我自己做不了主"，"我只怨自己的命"，"我自己不自由"等等；然而，后来她还是以充沛的热情和极大的勇气冲破了障碍，争得了自由。这种大胆叛逆，必然要受到阻挠和惩罚（其实，大仙人达罗婆娑的诅咒就可以说是这种阻挠和惩罚的表现形式，因为大仙人之所以发出那样可怕的诅咒，这个诅咒又发生了那样可怕的作用，就是由沙恭达罗一心思念豆扇陀所致）；只是作者有意把净修林和干婆理想化，不使作品展开正面冲突。

从侧面暗写来看，作者又在这个幸福美满的爱情故事之中隐约地写出豆扇陀的不良和沙恭达罗的不幸，指出现实存在的矛盾和问题。

首先，作者巧妙地揭露了豆扇陀在男女关系方面的隐私，讽刺了他喜新厌旧的态度。这些描写使人感到豆扇陀曾经遗弃过不少女子，他在爱情问题上常常是见异思迁的；同时也让我们不免怀疑，在仙人诅咒下遗弃沙恭达罗的行为，难道不也早已在他的天性里种下了根苗吗？正因为这样，我们总是觉得豆扇陀的所作所为有些毛病，远不如沙恭达罗那样完美。

其次，作者还通过沙恭达罗被遗弃的过程，谴责了一夫多妻制下夫权的残暴无理，指出了妇女的无权地位。当豆扇陀矢口否认沙恭达罗是自己的妻子时，作为一个女子，沙恭达罗完全失去了依靠，完全失去了力量。这事实上已经将她置于死地，她的名誉、地位以至生死存亡，全凭丈夫的认与不认。如果不是作者幻想靠神的力量搭救她，悲剧的结局就是不可避免的了。再有，沙恭达罗被拒绝后，肇事者豆扇陀仅仅思念悔恨一番就算赎清罪孽，好像没有什么错处；而无辜受害者沙恭达罗却要遭受百般折磨，最后才算苦尽甘来。这难道不也是夫权至上的表现吗？总之，作者对豆扇陀给予婉转的讽刺，对沙恭达罗表示无限的同情；对当时婚姻制度的不合理性加以揭露，对男性压迫女性加以批判，这是有进步意义的。①

两相比较，可以看出前者的阐述比较肤浅，并且没有紧紧围绕主题进行；而后者则是在前者的基础上进一步研究得出的认识，比前者阐述得更有条理，更加集中，更加深入（后者也是我在《论〈沙恭达罗〉的主题思想及其意义》一文里所详细阐述过的论点）。

关于艺术特色，《讲义》也进行了一定程度的论述：

《沙恭达罗》的深刻思想内容同优美艺术形式完全和谐地融合在一起，因而构成一部万古常新的不平凡的作品。

迦梨陀娑在艺术形象的创造上所显示出来的卓越的、精炼的技巧向来为人称道。在沙恭达罗形象的创造上，他以细腻、优美的笔触描绘了女性美的典型，表现了他在戏剧艺术方面登峰造极的成功；同时，豆扇陀的形象以及其他次要角色，也都是面貌鲜明的。

这个剧本在艺术风格上也得到很高的评价，被认为是梵文文学中绝顶优美的作品之一。作者既注重戏剧性的安排，又注重诗的情调，并使二者很好地结合起来。在戏剧性的安排上，显示出稀有的练达和力量。剧情发展十分自然，不故作扭捏；可是却具

---

① 《新编简明东方文学》，第106—108页。

有强烈的戏剧力量。全剧显得摇曳多姿，变幻莫测。先是写男女双方爱情的产生和矛盾变化。这个引线和发端处理得合情合理，又起伏不平，颇有峰峦叠嶂之妙。接着写婚后的风波。这个发展安排得更为巧妙、别致，有虚有实，让人一眼看不透。但是，剧本的最大特色还是它的抒情性。通过人物的独白和对话，诗人创造出一系列脍炙人口的抒情诗章。同时，净修林的自然界也成为一个重要角色。自然与人是一种血肉相连的关系。自然的美与人物心灵的美浑然一体，达到了"人情谐自然"的境地。

作者运用的生动、优美的语言也是这部戏剧成功的重要因素。他使用的语言富于和谐的音乐美，又结合着明朗、崇高的风格，十分悦耳动听。他的明捷的比喻是有口皆碑的。他运用的比喻很恰当很形象，同时又很优美很有抒情的力量。[1]

而《新编简明东方文学》又在这个基础上提高了一大步：

《沙恭达罗》在艺术表现方面充分显示了迦梨陀娑的才华，最突出的有以下四点：

第一，结构巧妙，波澜起伏。剧本各幕之间的联系既自然又紧凑。序幕的安排颇有新意，先是舞台监督和女演员登场表演，然后自然而然地引导男主人公豆扇陀上场，过渡到第一幕。从第一幕到第七幕，可以说场场有矛盾，幕幕有冲突，波澜起伏，变化多端，而又环环相扣，一步一步达到高潮。其中最令人感到兴味的是，现实情节与幻想情节的交织，现实因素与浪漫因素的交错，产生了出人意料的效果。这里所谓幻想情节和浪漫因素之一，是指大仙人达罗婆娑对沙恭达罗失礼的诅咒及其神奇效力。不言而喻，在现实生活中，这种诅咒是不可能产生那样的效力的。但诗人却利用这个诅咒展开了以下几幕的戏剧情节，并且利

---

[1]　《外国文学讲义·东方文学部分》，第35页。

用这个诅咒既揭露了豆扇陀的不良品德，又为豆扇陀开脱了罪责。在第五幕里，诗人描绘了沙恭达罗的被遗弃，这是带有浓厚悲剧色彩的。但是，从整个爱情故事的发展来说，它似乎只是一个意想不到的曲折，没有根本改变故事的性质。在第六幕里，诗人又着重表现了豆扇陀对被他拒绝的沙恭达罗的怀念，从而给第七幕的重圆打下了基础。而更加有趣的是，在第四幕里，本来应当把这个诅咒作为主要冲突，并把它放在主要地位，因为正是这个诅咒在第五幕的应验，才使豆扇陀拒不承认沙恭达罗，才使沙恭达罗遇到麻烦，才引出了第六幕和第七幕的剧情发展；可是诗人却有意把这个主要冲突放在次要的地位上，仅仅把它当作一个插曲在幕间简略地加以处理，而把沙恭达罗离别净修林时难分难舍的矛盾心理放在主要的地位上，作为中心内容在舞台上细致地进行表演。从整个剧本来看，它既具有浓厚的悲剧色彩，最后又以大团圆为结局，这在一定程度上体现了印度戏剧甚至东方戏剧的特点，与西方戏剧有所不同。总之，经过以上的处理，这个剧本就显得越发扑朔迷离了，也越发耐人寻味了。

第二，美妙感人，抒情味浓。剧本的描写自始至终充满诗情画意，充分地展示出诗人的艺术才华。如在剧本的前四幕里，诗人用他那支生花之笔描绘了沙恭达罗和豆扇陀邂逅、一见钟情的过程，其中特别以极为细腻而富有诗意的笔调描绘了沙恭达罗对豆扇陀的爱恋和思念。第一幕和第三幕，沙恭达罗那初恋少女不可捉摸的感情矛盾和变化很有诱人的力量。在这里，少女的腼腆和礼法的束缚自然成为她矛盾痛苦的原因，但不可遏止的热情终于使她冲破一切障碍自由做主。第四幕，沙恭达罗别离净修林前去投亲，贯穿着丰富的感情和不可以言语形容的美。沙恭达罗精神世界的美，在这里得到了完美的体现。她非常想念自己的丈夫，希望能早一点见到他；但是要离开长期居住的净修林，心里又十分难过。因此，在她别离净修林的时候，她对净修林的人和物都怀着依依惜别的深情。在人的方面，她与义父干婆以及两个女友的感情最深，如今一旦分手，双方都显得异常痛苦。在物的方面，她热爱净修林的一草一木一鸟一兽，所以在她与净修林告别时，她对这里的一草一木一鸟一兽都无限留恋，她拥抱蔓藤，称蔓藤为"妹妹"，她关心怀孕的母鹿，嘱咐干婆在母鹿生小鹿时一定要向她报喜；而净修林的一草一木一鸟一兽也对她无限留恋，小鹿吐出了草，孔雀不再舞蹈，野鸭不理母鸭，蔓藤甩掉叶子。不但有感情的动物为她而悲伤，就连没有感情的植物也不能不动情了。这真可以称得上是一幅人与自然合一的图画。这样的图画是感人至深的，又是充满浪漫色调的，它最充分地展示了沙恭达罗温柔而质朴的性格魅力。大约也正因为如此吧，所以第四幕历来被认为是全剧最精彩的一幕。印度有一首广为流传的诗歌写道：在所有语言艺术中，戏剧最美；/在所有戏剧中，历史传说剧最美；/在历史传说剧中，《沙恭达罗》最美；/在《沙恭达罗》中，第四幕最美。印度古典梵语戏剧往往富有抒情色彩，富有浓厚诗意，善于将戏剧特性和诗歌特性融合起来，而《沙恭达罗》则最充分地体现了这个特色。

第三，人物形象鲜明生动。在剧本里登场的人物可以说都是有血有肉、栩栩如生的。女主人公沙恭达罗的形象充实、丰满、富有艺术魅力。她的外貌无比美丽。她的性格十分鲜明，并且有矛盾，有发展。前四幕描写她对豆扇陀的爱慕和思念，表现她热情温柔的性格，写得生动感人；第五幕描写她对豆扇陀的愤怒指责，表现她勇于抗争的性格，写得淋漓尽致。两方面结合起来，体现出沙恭达罗性格的全貌，体现出沙恭达罗性格的发展。因此，她成为印度梵语文学史上不朽的女性典型之一，长期以来为印度广大人民所喜爱，为世界各国人民所喜爱（如果把剧本里的沙恭达罗形象和《摩诃婆罗多》里的沙恭达罗形象加以比较，就更能看出迦梨陀娑的高明之处。在《摩诃婆罗多》里，沙恭达罗和豆扇陀的结合被写得直截了当，几乎没有什么诗意可言。豆扇陀向沙恭达罗求婚时，直接以金银服饰和王国地位为诱饵——

"黄金的花鬘，种种衣服，/耳环和金臂钏各有一副，/美人！再加两颗异地所产、/光辉夺目的摩尼宝珠"，"我今天就要把这些献给你，/还有金币之类和许多毛皮；/让整个王国今天都属于你！/你做我的妻子吧，美女"；沙恭达罗起初推却一下，随后便干脆说出自己许身的条件——"我私下里向你所言，/你要对我真心应允：/我的儿子降生以后，/他应做你的继承人"，"他应成为太子，陛下！/你可要对我口吐实话！/倘若是这样，豆扇陀！/你我二人现在就结合"；豆扇陀即刻不假思索地答应一声"就这样"，于是二人便"牵手如仪，共衾成欢"——赵国华译文）。男主人公豆扇陀的复杂性格也得到多方面的表现。此外，沙恭达罗的两个女友，豆扇陀后宫的两个宫女，拾到戒指的渔夫等次要人物，虽然着墨不多，也是神态活现的。

第四，语言流畅，充满活力。《沙恭达罗》是用古典梵语写的，当时的梵语已经成为学者文人的书面语言，不是人民群众的口头语言，所以缺乏活力。但在迦梨陀娑的笔下，梵语却是生动流畅、生气勃勃的，既不像吠陀和史诗那样朴实无华，也不像同时代其他一些文人作品那样过分修饰。作为戏剧来说，人物语言是否切合人物身份，是否能够做到什么人说什么话，是成功与否的关键之一。在这方面，《沙恭达罗》也是值得称道的。举例来说，在第三幕里，男女主人公各作一首诗表达爱情，沙恭达罗的语言是单纯朴实的，没有一丝一毫的做作——"你的心我猜不透，但是狠心的人呀！日里夜里/爱情在剧烈地燃烧着我的四肢，我心里只有你"（季羡林译文，下同）；而豆扇陀的语言却显得有些虚夸，给人以花言巧语之感——"爱情只使你发热，细腰的美人呀！但却在不停地燃烧着我，/白日使夜莲凋萎，但更厉害的却是使月亮的光彩褪落"。①

---

① 《新编简明东方文学》，第108—110页。

　　两相比较，可以看出后者是在前者的基础上进一步加以研究得出的新认识。虽然前者也围绕人物形象、艺术风格和语言等方面进行了论述，但是材料不够充分，还显得有些杂乱；后者的条理更加清晰，材料更加翔实，分析更加贴切，而且也深入多了。

　　值得注意的是，《讲义》在《沙恭达罗》之后还列出三个标题——"迦梨陀娑作品的思想性"、"迦梨陀娑作品的艺术性"、"迦梨陀娑的影响"，而且这三个标题之下的文字还不少。

　　关于"迦梨陀娑作品的思想性"，《讲义》写道：

　　　　迦梨陀娑所生活的时代，社会秩序还比较稳定，社会矛盾尚未达到激化的程度；同时，他本人的社会地位较高，生活比较优越，他的才华一直受到应有的推崇，他的生活经历中优美温暖的一面多于艰难困苦的一面。他一方面深受传统观念的影响，相信世界是一个公正命运支配下的秩序，并且表示对当时的情况完全满意；另一方面，他也看到一些矛盾和丑恶的现象，他透露出了关心他人疾苦的个性。他既没有能力维护某一种东西不许变更，也没有大声疾呼反对什么而要求改革。他的思想的最显著的特点就是肯定现实的生活，希望大家都能生活得更美好更幸福（当然，他所想的"大家"是有现实的限制的，他所想的"美好"和"幸福"是有时代的限制的）。他的这个思想是同婆罗门教的统治思想相矛盾的。印度传统的占统治地位的思想中心是"达摩"（"法"，各种人的职责、道德规范、宗教）和"解脱"两个方面；而诗人的中心思想则是"迦摩"（"欲"）。因此，尽管他承认所有的神，尽管他用了许多吠檀多哲学的词句，尽管他也谈"达摩"和"解脱"，但这些都掩盖不住他的基本思想倾向，也阻碍不了他继承那肯定现实世界、热爱人间幸福生活的非统治思想的传统。他所描写的苦行、舍身不过是达到幸福的手段，他所看重的正是"通过了痛苦的欢乐"。这位表面上肯定一切正统思想的诗人，实际上是根本违反了正统思想的主要方面的诗人。因此，他的所有的作品几乎都贯穿着一种肯定现实世界、热爱幸福生活的积极乐观的精神。他所描写的许多人物都是热爱生活、准备为维护自己的权利而斗争到底的。他所塑造的几个纯洁而又勇敢的女性形象都热烈向往自由幸福的生活，对于未来充满信心，不是像绵羊一样任凭别人摆布的。他的这一思想特色使他的作品在印度古典文学中放射异彩。只有《梨俱吠陀》里有些诗歌和他的作品有类似的情调；史诗、往事书等和他的作品在基本思想上都不相同。在他的同时代或比他更晚的诗人、剧作家、散文家中，没有一个和他同样灿烂地发挥了这种思想。

他的作品，除两部抒情诗外，全部取材于印度的古代传说；但他只是借用传说中故事的躯壳而注入了新的血液。他笔下的神和英雄、帝王，其实并不神秘，而是十分富有人情味的。在他的多种多样的人物画廊中，不但有国王、大臣、妃嫔、隐士、女乐，也有各种职业的老百姓，他们都是有血有肉的，使我们觉得好像什么时候曾经见过他们似的。通过这些人物，他以含蓄不尽、婉而多讽的艺术手段批评了上层统治阶级不正直的行为，揭示了广大人民受欺凌、受压迫的某些不合理的情况，尤其是深刻地反映了广大妇女的悲惨遭遇。

他以美妙的想像和深挚的感情歌咏印度壮丽的大自然。在他的笔下，大自然得到了最生动的表现和最热情的赞美。这些歌咏印度美丽景物的诗篇，激发了人们对于祖国的热爱。

表现在他的作品中的这些思想，就是他的作品之所以在今天还激动着人们的心灵并增加了他们为真理和正义而斗争的勇气和决心的原因，就是这位伟大诗人之所以不朽并为印度人民和世界人民所热爱的原因。[①]

关于"迦梨陀娑作品的艺术性"，《讲义》写道：

---

① 《外国文学讲义·东方文学部分》，第35—36页。

迦梨陀娑的作品在艺术方面也有自己的特点。他的作品历来被誉为古典梵文文学的典范并非偶然。从时代的条件来说，他正好处于印度古代国家强盛和古典文学鼎盛时期，但也是中古封建割据和文化停滞的前夜。当时，复杂的诗学理论正在制订，这些理论总结了前人许多好的艺术创作经验，但也带有很强的教条性质。从个人的条件来说，他是位杰出的天才，他既是古典诗学理论的严格遵循者，又不是前人盲目的模仿者和信奉教条的诗匠。他是很重视艺术形式的，可是又不以形式取胜。思想的崇高和文体的完美的高度统一，在他的作品里得到很好的体现。

首先，在描写现实生活、塑造人物方面，他达到了惊人的真实的程度。从他的作品中我们可以看出他的出色的想像力和敏锐的观察力。他对印度的自然和人情非常熟悉，善于体会当时人的生活和感情，并能用自然和生活结合的形象表达出这种感情。正因为这样，他才能用不平常的情节表现平常人的生活和感情，才能既用当时人才熟悉的材料而有时代色彩，又用印度人才熟悉的材料而有民族风味，同时还能让和他不同时代不同国家的人也欣赏他的作品。他在一千多年前达到的那种真实性，今天仍然令我们钦佩。如果拿当时印度文学一般的水平同他比，他就显得更突出了。他作品里的人物，不管是国王、国师也好，是渔夫、奴隶也好，是天上的神仙也好，都是具体真实、栩栩如生的。他作品的感人力量也不能不让我们钦佩，抒情性是贯穿他全部作品的特色。

其次，他运用梵语的能力极为高超。当时的梵语已经成为学者文人的书面语言，不是人民群众的口头语言，所以缺乏活力。但在迦梨陀娑的笔下，梵语却是生动流畅、生气勃勃的，既不像吠陀和史诗那样朴实无华，也不像同时代其他一些文人作品那样过分修饰。他的辞藻华丽、精炼、繁复，但是并不堆砌。他不堆砌典故和双关语，也不大用很长的复合词。他的作品是明白自然的文体的典范，作到了清新而不斗奇，平易而不落俗。他喜欢用暗示的方法，即善于表现那些超乎用语言所描写的画面之上的、补充的形象和思想感情。印度诗学很重视这种技巧。他注意语言的声音和意义的色调。他喜欢用大量的隐喻和显喻，由于构思新鲜和比拟恰当，不但不显得累赘，反而成为众口传诵的佳句。他的语言具有鲜明的民族特色，由于大量运用印度土生土长的山、川、花、草、鸟、兽等自然物和神话传说的形象，显得丰富多彩而且味道浓厚。

表现在他的作品中的这些艺术形式特色，就是这位伟大诗人之所以不朽并为印度人民和世界人民所热爱的另一原因。①

关于"迦梨陀娑的影响"，《讲义》写道：

迦梨陀娑是古代印度最伟大的民族诗人。在一千五百多年的岁月里，他的作品博得了广大人民的热爱。他的作品以多种版本的梵文原作和许多种语言译本的形式广泛地流传着。他的许多诗句活在人民的口头上。同时，他的作品对印度文学的发展有着广泛而深远的影响。在梵文文学领域里，《云使》成为许多诗人创作的范本，而伐致呵利和阿摩鲁就是他的抒情诗的继承者。在新印度语言文学领域里，他的作品倍受尊重，并被作为探求新文学发展的民族源泉，泰戈尔等人的创作深受其影响。

迦梨陀娑在全世界都享有盛誉。他的作品被译成了东方和西方许多民族的语言，收入了世界文学的宝库。他的作品以《沙恭达罗》的世界影响最大。它传到欧洲时正是资本主义蒸蒸日上和文学界浪漫主义兴起的时代，在许多人神往于东方的气氛中，这部完美的艺术作品获得了极高的评价。特别是歌德和席勒，对它推崇得异乎寻常。歌德还写过几首诗赞美它，据说《浮士德》的序幕也是受了《沙恭达罗》的影响。

中国和印度的文化交流是有悠久的历史的。迦梨陀娑的作品

_____

① 《外国文学讲义·东方文学部分》，第36—37页。

远在七百年前就传入中国。西藏和印度的学者在翻译佛教经典时就把《云使》的藏文译文收入了"丹珠"部。这不能不算是中印古代文化交流中的一个佳话。近年来，他的作品又不断翻译过来。中国人民是十分熟悉他的。因为他的时代虽然离开我们那么远，但是他的作品的浓厚的人间味，他对于忠诚、勇敢的赞美，对于追求理想的大无畏精神的歌颂，却使我们觉得他是这样的亲近，就像是我们同时代的人。我们从他的作品中不但欣赏了古代印度文化的伟大和奇丽，也更加深刻地理解了具有这样悠久灿烂文化传统的印度人民对于和平幸福的热爱和他们追求和平幸福生活的大无畏精神。①

用今天的眼光审视以上三段评述，虽然在有些地方可能会有后人推测和证据不足之嫌，但是大多数地方的评论还是依据作品本身得出的结论，是可信的。不言而喻，编写者当时是参照有关人士的文章写成这几部分的，而写这几部分的目的则是想要更深一步地理解迦梨陀娑及其作品的思想和艺术。日后在编写《新编简明东方文学》等教材时，大多没有保留这几部分，不过在论述《沙恭达罗》的思想和艺术时适当地吸收了其中若干内容。

第二节　东方文学的内容——印度文学(二)

在印度近现代文学部分，《东方文学教学大纲》也存在若干缺陷，而《东方文学讲义》则在它的基础上有了很大的提高。这主要表现在两方面：一方面是初步描绘出一个文学发展脉络，虽然这个脉络还不够充实和完整；另一方面是对于这个时期的重点作家——泰戈尔和普列姆昌德进行了比较全面和深入的论述。

关于近现代文学的发展脉络，《讲义》在"现代文学概况"里

---

① 《外国文学讲义·东方文学部分》，第37—38页。

写道：

　　印度的现代文学是在民族逐渐觉醒并不断开展解放斗争的伟大历史年代发展起来的。虽然由于历史条件复杂，这一时期的文学呈现出倾向分歧、流派众多和变化频繁的特色，但其基本方向是反对殖民统治和封建压迫、要求民族自由和独立，因而发挥了启发民族觉悟、探索民族命运、鼓舞民族斗志的进步作用。

　　现代文学系指用印地语、孟加拉语、乌尔都语、马拉提语、旁遮普语、古扎拉特语、阿萨姆语、奥里萨语、克什米尔语、泰米尔语、泰卢固语、马拉雅兰语和加那拉语等多种语言创作的文学；它们有各自的特点，也有许多共同的因素。

　　印度现代文学开始产生于 19 世纪后半期。这时，印度已完全被英国占领，国内的民族资本主义产生并得到初步发展，资产阶级和无产阶级逐渐形成，一批进步的知识分子出现，而在 1857 至 1859 年又发生了以农民和手工业者为基本动力的反英大起义，此后还不断有农民起义发生，这一切就促进了民族的觉醒，奠定了民族新文学产生的基础。在这种情况下，一些先进的知识分子广泛汲取了各国优秀文学（主要是西欧和俄国文学）的成就，深入研究了本国优良的文学传统，展开了文学领域内的革新运动。在文学作品的主题和题材上，他们不满足于充斥着旧的神话传说和宗教思想的封建文学，极力使文学接近现实生活，反映民族压迫与封建压迫的社会实际，开始流露出热爱祖国的热情；在文学作品的体裁上，他们认为传统的诗歌形式不能传达出社会上种种复杂的问题，因而在报刊上相继出现新体裁的作品，即长篇小说、中篇小说、短篇小说、戏剧、散文、新诗歌以及文学批评、政论、特写等；在文学作品的语言上，他们大力倡导发展祖国语言，力图培养读者对祖国语言的兴趣，展开文学语言的民族化运动，使之同人民口语日益接近。因此，虽然他们这时还来不及创造出杰出的作品，但这些活动却为以后新文学的大发展做了披荆斩棘的工作。

孟加拉是 19 世纪印度经济、文化发展的先进地区，孟加拉的新文学也首先兴起，并促进了印度其他语言文学的发展。麦克尔·马杜苏丹·达特（1824—1843）、第那·般度·米多罗（1829—1874）和般诘摩·昌德拉·查德尔志（1833—1894）等人是孟加拉新文学来临的报信人。诗人麦克尔·马杜苏丹·达特大胆地突破了僵硬的梵文诗学的规则，写下了最初的有爱国思想的新诗。第那·般度·米多罗的剧本《印度的镜子》（1860）勇敢地揭露了英国种植园主对印度工人的残酷剥削。小说家般诘摩·昌德拉·查德尔志的许多部长篇小说和政论性作品（如《古莫拉庚多》、《有毒的树》）都是反对英国殖民者的。他的优秀作品《快乐之乡》，反映了人民的反抗，虽然反抗的形式还是在宗教口号下的旧东西。他在自己的作品中使用流行的民间语言，因而丰富了孟加拉文学语言，并使得他的作品与人民大众非常接近。

稍后于孟加拉，印地语文学也产生了重大的转变。哈利什·昌德拉·帕尔登都（1850—1885）是印地语新文学的启蒙者。他写有 18 个剧本以及许多散文和诗歌。他的优秀剧本《哈利什金德尔王》（1875）、《印度惨状》（1876）都洋溢着爱国激情，赞颂印度过去的伟大，悲叹印度今天的苦难。他的一些散文和诗歌也很有社会意义。他第一个成功地使用现代印地语写作，丰富和提高了印地文学语言。因此，19 世纪下半期的印地文学被称为"帕尔登都时期"。

除孟加拉文学和印地文学外，其他各种语言的新文学也相继诞生，到处都呈现出焕然一新的景象。

印度现代文学的进一步发展是在 19 世纪末和 20 世纪前半期。这是民族进一步觉醒的时期，民族独立运动蓬勃开展的时期。19 世纪末，随着英国进入帝国主义阶段和对印度的加紧剥削，印度国内民族意识日益成长，教派党团纷纷成立。1905 至 1908 年，在第一次俄国革命影响之下，印度民族解放运动开始高涨，形成第一个高潮。这是 19 世纪末和 20 世纪初新文学进一步发展的第一个强大动力。1918 至 1922 年，在十月革命影响之下，开展了规模更为壮阔、斗争更为激烈的民族运动，成为第二个高潮。1928 至 1933 年，由于世界资本主义经济危机的影响，又重新爆发更为强有力的民族解放运动，工农群众发挥了更大的积极性，形成第三个高潮。这是二三十年代新文学进一步发展的两大动力。在这种情况下，新文学在原有的基础之上取得了长足的进展。这一时期的文学，在反映生活的高度和深度上，在思想倾向的鲜明性以及艺术的成熟上，都和前一时期有显著不同，不断涌现出来的优秀作家和优秀作品是其发展的标志。在这个时期内，文学界的流派很多，作家的倾向分歧较大，其间的矛盾和斗争颇为复杂，文学前进的道路崎岖不平；但是，以深入反映现实社会和人民生活为原则的现实主义是最有力的流派，反对帝国主义和封建主义是共同的倾向，文学队伍的不断壮大和文学作品质量的不断提高是发展的总趋势。从 30 年代中期开始，各个流派、各种语言的文学有趋向于统一和团结的情势，从而促进了新文学的高涨。1936 年，在普列姆昌德等人发起之下，成立了印度进步作家协会。同年 4 月，召开了第一次代表大会，普列姆昌德当选为主席。大会号召作家要使文学更加接近生活，成为为人民服务的有力工具。1938 年 9 月，召开了第二次代表大会，泰戈尔当选为大会主席。大会号召作家为反对帝国主义奴役制度和封建残余，为争取人民的美好生活和祖国的进步与繁荣而斗争。

这个时期孟加拉文学最卓越的代表是罗宾德拉纳特·泰戈尔（1861—1941）和沙拉特·昌德拉·查德尔志（1876—1938）。罗宾德拉纳特·泰戈尔是印度近代的伟大作家、诗人、艺术家和社会活动家。他在诗歌（叙事诗、抒情诗、政治抒情诗）、戏剧、小说（长篇小说、中篇小说和短篇小说）和散文（论文、回忆录、游记和书简）方面都有很高的成就。他的以反映社会现实问题的深刻性和表达爱憎感情的鲜明性见长的作品，对于确立和加强孟加拉文学以及全印度文学的反帝反封建的战斗精神和现实主义的进步传统有重大的意义。沙拉特·昌德拉·查德尔志是多产的短篇小说、中篇小说和长篇小说作家。在长篇小说《乡村社会》(1915)、《比拉若－波乌》(1913) 和短篇小说《莫诃什》(1929)里，他描绘了孟加拉农民贫困生活的真实画面，揭露了婆罗门祭司和地主老爷的罪行。在中篇小说《毫无保障的女人》(1926) 和《解脱》(1924) 里，他表现了资本主义侵略下农村经济的破产和村社组织的破坏。在《清算》、《斯里康它》、《没有特色的人》和《被引出的道路》里，他触及爱情、婚姻和道德诸问题，批判了封建的观念。30年代后，社会的和政治的课题在他的作品里获得了越来越强烈的反响。他的长篇小说《道路的探求》即反映了孟加拉的革命恐怖主义者的活动，表现了强烈地反对英国殖民统治的思想。他的作品在以真诚的人道主义精神反映农村生活方面有独到的贡献。以罗宾德拉纳特·泰戈尔和沙拉特·昌德拉·查德尔志为代表的孟加拉进步文学，在二三十年代迅速壮大了队伍。

这个时期印地文学的发展极为迅速，进步作家队伍不断扩大，渐次成为印度新文学的一支强大生力军。它的最卓越的代表是普列姆昌德 (1881—1936)。普列姆昌德是印度现代的伟大作家。他以巨大的艺术概括力反映被压迫人民生活的许多长篇小说和短篇小说，开辟了印地小说的新境界，奠定了印地文学的现实主义基础，并对确立和加强印度文学的反帝反封建的战斗精神和现实主义的进步传统有重大的意义。以普列姆昌德为代表的印地进步文学传统，在二三十年代得到了扩展。在小说方面，许多作家倾向于表现印度社会重大而尖锐的问题，反映印度人民力量的高涨，继承并发扬普列姆昌德的传统。在诗歌方面，存在着两种不同的倾向。有些诗人长于写那些洋溢着公民激情、号召为祖国独立而斗争的爱国诗歌。浪漫派诗人则是作为对当时不合理的社会制度和中世纪诗歌的形式主义残余的抗议而产生的，他们的诗歌虽然只是个人的抗议和模糊的幻想，但也渗透着时代的热情。

除孟加拉文学和印地文学外，这个时期其他语言的文学也得到突飞猛进的发展，涌现出不少优秀的作家和作品。

乌尔都文学的代表是穆罕默德·依克巴尔（1873—1938）。他是闻名印度和巴基斯坦的爱国诗人。他坚决反对"为艺术而艺术"。他的所有作品，不论是哲理诗、政治抒情诗还是爱情诗，都贯穿着对祖国和人民的深沉而真挚的感情。他的作品的最重要的主题，是为摆脱殖民者的奴役和争取人民自由与幸福而斗争的思想。他遗留下 10 部诗集，其中《商队的铃声》（1924）、《加夫里拉的羽翼》（1935）、《莫依雪雅的打击》（1936）和《达尔·希杰查》（1938）流传最广。

马拉提文学的建立者之一是哈利那·拉雅那·阿布得（1861—1919）。他是马拉提第一个有成就的小说家，马拉提长篇小说的奠基者。在一系列历史题材和现实题材的长篇小说里，他提出许多重要的社会问题：彻底改善印度妇女的悲惨状况，在群众中普及教育，实行各种各样的改革。他的作品的另一个重要内容是培养人民的爱国热情，努力唤醒人民参加争取民族独立的斗争。在历史小说里，他描绘了印度和马拉提光辉的历史时期的画面。在二三十年代，他的文学传统得到了新的发展。

古扎拉特文学的名作家之一是拉曼拉尔·瓦桑塔拉鲁·得萨依（1892—1954）。他有多方面的艺术才能，写了 30 部长篇小说、多部短篇小说集、戏剧集和诗集，此外还有哲学、历史和文艺批评的论文。在他的长篇小说里，反映了以甘地的理想和世界观为原则的非暴力运动（《上帝的眼睛》），表现了印度过去的历史（《火焰》、《地平线》），描绘了乡村生活（《乡村的女神》），提出了妇女地位的问题。

阿萨姆文学的代表作家之一是拉克什·密纳特·贝兹巴鲁阿（1868—1938）。他写有诗歌、戏剧、小说、散文等多种作品。在许多长诗和歌词（如《不朽的祖国》、《我的祖国》、《阿萨姆之歌》）里，他歌唱祖国的边疆，赞美祖国的历史和文化。在他的作品里，当代的社会生活被批判地否定地表现出来。他的诗歌、戏剧、长篇小说、文学论文和讽刺小品，对当代阿萨姆文学这些体裁的发展有明显的影响。

奥里萨文学的奠基者是法基利·奥哈那·塞那帕蒂（1843—1918）和拉达那特·拉伊（1848—1908）。法基利·奥哈那·塞那帕蒂是作家、学者和社会活动家。在他的作品里，鲜明地描绘了当代奥里萨普通人的生活。他的社会历史长篇小说《加马那·阿塔球特哈》、《拉其哈马》、《曼苏》、《布拉雅什基塔》和许多短篇小说，直到现在仍然拥有广大的读者。拉达那特·拉伊是奥里萨现代诗歌的创始者之一。在他的诗歌里，虽然还继续使用传统的诗歌题材，但现代的社会问题也占有极其重要的地位。他写作的目的是要培养人们的民族自尊心，唤醒他们的觉悟。在他的诗里，他把殖民地印度的贫穷状况同印度的光辉历史加以对照，揭露了宗教的虚伪、社会的偏见以及其他陋习。他的后继者有很多。

克什米尔文学的代表马赫朱尔（1885—1952）是诗人。他的诗歌创作是和克什米尔新诗发展的整个历程密切相关的。他的诗歌表现了反对封建贵族、争取社会进步的思想。他避开宫廷诗歌传统的形象和手法，而使诗歌转向人民的生活。

泰米尔现代文学的创始者是苏布拉马尼·布哈拉蒂（1882—1921）。他是热情的爱国者和积极的斗士，是泰米尔第一位现代诗人。他反对旧的文学形式，提倡运用人民的语言表现新的内容。在他的诗歌里，他歌颂祖国，赞美祖国的伟大历史，公开反对英国统治者，号召同胞觉醒，正视目前被压迫的地位；同时，他还反对种姓制度，抗议妇女的无权状况，批判社会的贫富不均以及虚伪、欺骗等坏现象。他也写小说，是泰米尔短篇小说的建立者。他的社会活动和文学创作，在泰米尔有很大的社会影响。因此，他所在时期的泰米尔文学被称为"布哈拉蒂时期"。

泰卢固文学的奠基者是维列萨林戛姆。他是作家和社会活动家。他领导了多方面的社会改革运动，认为文学是实现自己理想的斗争武器。他的文学创作是多方面的，有长篇小说、短篇小说、散文、戏剧和论文，其内容涉及社会生活的许多方面。此外，他还写了若干科学著作。

马拉雅兰文学的代表是瓦拉托尔（1878—1958）。他是马拉雅兰新诗歌的缔造者。他一方面利用咏酒的形式和题材写旧诗，以适合一般的读者需要；另一方面又提倡新形式的短诗，以表现新的思想内容。后者涉及当代许多重大的社会问题，诸如民族的命运、阶级的压迫、人民的觉醒等等。他努力引导马拉雅兰文学走上新的发展道路，使之成为生动的、有益于人民的文学。

加那拉文学的代表作家之一是马蒂斯·温卡特什·爱扬卡尔。他写有大量的、多方面的作品，如长篇小说《金那瓦萨瓦·那雅戛》、短篇小说集《一百个故事集》、诗集《阿鲁纳》和《宾那哈》、戏剧和论文等。①

以上所引"现代文学概况"的内容，实际上包括了近代文学和现代文学两个部分。之所以没有分开来写，是因为当时是 20 世纪 60 年代初期，一定要把只有几十年历史的文学明确分为近代和现代两个时期显得有些勉强，而且作为近代文学代表作家的泰戈尔和作为现代文学代表作家的普列姆昌德的生活创作年代相距也不大，泰戈尔虽比普列姆昌德早出生 20 年，但比普列姆昌德晚去世 5 年。

这些材料在当时来说是比较全面的，不易得到的。其分量和涉及面（特别是孟加拉语、印地语、乌尔都语和泰米尔语之外语言的文学）甚至超过了日后编写的一般教材，如《新编简明东方文学》。其材料来源是多方面的：如印地语文学主要依据是刘安武先生的讲课笔记；其他语言文学除参照一般材料外，还根据穆木天先生翻译的苏联学者的文章——《印地语和乌尔都语的诗歌》（柴雷晓夫）、《旁遮普诗选》序言（H. 托尔斯太娅）、《十九世纪二十世纪孟加拉文学》（奥列斯托夫）、《英国影响投入开始以来的孟加拉文学、马拉特文学》（巴兰尼

---

① 《外国文学讲义·东方文学部分》，第 67—71 页。

科夫）等。不过，由于所依据的材料不是对印度近现代文学的全面评论，而是对其中某一方面的评论，还有的是经过辗转翻译的评论，所以《讲义》的论述很有可能不全面，或者不准确。在提法方面不准确的地方，如"1918 至 1922 年，在十月革命影响之下，开展了规模更为壮阔、斗争更为激烈的民族运动，成为第二个高潮"，有过分突出十月革命影响之嫌。在人名和作品名方面不准确的地方更多一些，如小说家般诘摩·昌德拉·查德尔志，现在通行翻译为般吉姆·钱德拉·查特吉，他的作品《古莫拉庚多》可能是指现在通行翻译的中篇小说《柯摩拉康托的日记》，《有毒的树》应该是指长篇小说《毒树》，至于《快乐之乡》，按内容介绍来看，恐怕是指《阿难陀寺院》吧。

《新编简明东方文学》的相关部分则明确划分为近代文学和现代文学两部分。近代文学部分如下：

在南亚地区，印度近代文学是比较发达的，水平比较高的。印度近代文学包括印地语、孟加拉语、乌尔都语、马拉提语、奥里萨语、阿萨姆语、古吉拉特语、旁遮普语、克什米尔语、信德语、泰米尔语、泰卢固语、马拉雅拉姆语等多种语言的文学，此外还有英语文学；但其中最重要的是东印度的孟加拉语文学，北印度的印地语文学，以德里和勒克瑙两地为中心的乌尔都语文学，南印度的泰米尔语文学。

孟加拉既是英国殖民主义和资本主义势力首先侵入的地区，也是印度民族主义意识最早形成的地区。因此，孟加拉语近代文学首先兴起，并且推动了整个印度近代文学的前进步伐。据董友忱先生研究，在 19 世纪中叶以前，孟加拉的先进知识分子，如拉姆·莫罕·拉伊（1772—1833）等人，已经着手组织社团，创办报刊，宣传启蒙主义思想，创作新体散文。到 19 世纪中叶以后，在孟加拉新文坛上陆续出现了一批作家，其中别里钱德·米特罗（1814—1883）、默图苏登·德特（1824—1873）、迪纳本图·米特拉（1829—1874）和达罗科纳特·贡戈巴泰（1843—

1891）等人分别在诗歌、小说和戏剧领域取得了一定的成就。别里钱德·米特罗是小说家和剧作家，他出版于 1858 年的《富贵人家的娇纵之子》是孟加拉近代文学史上第一部描写现实生活的长篇小说。默图苏登·德特是诗人和剧作家，他的剧本《难道这就叫文明》（1859）和《老鹦鹉的羽毛》（1859）对社会弊端进行了辛辣的讽刺，而长诗《因陀罗者的伏诛》虽然依然使用旧题材，但却不乏新意，并且在格律上有所革新。迪纳本图·米特拉是这个时期另一位重要剧作家，他的第一部作品《蓝靛园之镜》（1860）描写英国蓝靛园主残酷剥削和压迫印度工人的故事，搬上舞台后在社会上引起强烈反响；此外他的剧本还有《年轻的女苦行者》和《为婚事而发疯的老汉》等。达罗科纳特·贡戈巴泰的贡献在小说方面，他 1874 年出版的《金藤》，是一部反映孟加拉社会现实生活的长篇小说，问世以后获得广泛好评。不过，在 19 世纪后期取得更多更高成就的小说家当推般吉姆·钱德拉·查特吉（1838—1894）；而代表孟加拉语近代文学以至整个印度近代文学最高水平的作家，则无疑是诗人和作家泰戈尔（详见本章第三节）。

以般吉姆为例。他的创作活动是从诗歌起步的；但后来感到自己的诗歌缺少创新，于是毅然辍笔，专心研读英国小说，不久发表英文小说《拉吉莫汉之妻》。这部作品虽然受到好评，但作者本人并不满足于此。他认为自己是孟加拉人，应当用孟加拉文进行创作，否则便是不尊重自己的民族。在这种思想指导下，他在第二年出版了孟加拉文长篇小说——《要塞统帅的女儿》。这部作品故事情节曲折生动，人物性格富有特色，加上使用民族语言，所以立即赢得了众多的读者。从 19 世纪 70 年代初起，他在文坛上更加活跃起来，既办杂志，又写作品；既写长篇小说，又写中短篇小说。长篇小说《毒树》是他这时出版的重要作品，也是他第一部取材于现实生活的小说。19 世纪 80 年代以后，随着孟加拉民族意识的觉醒和民族运动的发展，作者的思想和创作也发生了相应的变化，表现爱国思想的作品明显增多。他这时名气最大的作品是长篇小说《阿难陀寺院》。小说取材于 18 世纪 70 年代发生在孟加拉的真实事件，围绕东印度公司的税银问题展开故事。此外，长篇历史小说《拉吉辛赫》也是一部很受读者欢迎的作品。总之，般吉姆是在孟加拉以至全印度近代文学史上写下第一批长篇小说和短篇小说的作家，虽然他的小说在观点上还存在若干矛盾，在艺术上还存在若干缺欠，但是他的开拓性功绩却是不可抹杀的。

　　印地语近代文学的产生与北印度地区民族意识的觉醒，即 1857—1859 年反英大起义有密切联系。这次大起义以印度北方印地语地区为中心，激发了该地区民众的爱国热情，促进了该地区新文学的诞生。据刘安武先生研究，印地语新文学的开拓者是帕勒登杜（1850—1885）。帕勒登杜既是诗人，又是作家。他对新文学的主要贡献是在戏剧创作方面。他的剧本用通俗的语言写成，内容也富有新意。他一生翻译和改编了九个剧本，创作了 13 个剧本。六幕剧《印度的惨状》是他的代表作。在这部剧本里，作者采用象征的表现方法，首先表演印度往昔的辉煌，其次展示印度现在的惨状，二者构成强烈的对照，颇有激动人心的力量。如在最后一幕里，"印度的命运"登场，想要叫醒昏睡的"印度"，但"印度"依然昏迷不醒；"印度的命运"感到绝望，再也无法忍受下去，便取出匕首刺进自己胸膛。继帕勒登杜之后登上文坛的作家大多接受了他的影响，主要作家和作品有谢利尼瓦斯·达斯（1850—1887）的剧本《森约基达择婿》和小说《宝贵的教训》，拉塔格利生·达斯（1865—1907）的剧本《大王伯勒达伯》和小说《无依无靠的印度教徒》，巴尔格利森·珀德（1844—1914）的散文等。

　　乌尔都语近代文学的兴起也与 1857—1859 年印度民族大起义有联系。这次起义促使信仰伊斯兰教的知识分子日益觉醒，逐渐掀起了启蒙主义的浪潮；而具有新内容和新形式的新文学，便是在启蒙主义浪潮的推动下出现的。据刘曙雄先生研究，米尔扎·迦利布（1797—1869）是乌尔都语文学从中古到近代转折时期的杰出代表。迦利布的主要贡献是在诗歌领域。他起初主要用乌尔都语写作诗歌，后来主要用波斯语写作诗歌。乌尔都语诗歌大多收入 1841 年出版的《迦利布诗选》，包括诗歌 1796 联，以抒情诗为主；波斯语诗歌大多收入 1867 年出版的《最后的果实》，包括诗歌约 800 联。虽然由于种种条件的限制，他还没有能够完全突破传统的框框，但是他在这条道路上已经前进了一大步，这是难能可贵的。在迦利布的基础上进一步向前走的诗人，有阿尔塔夫·侯赛因·哈利（1837—1914）、希布里·纳玛尼（1857—1914）等人。他们的诗歌不仅在内容上充满爱国热情和改革精神，而且在形式上自觉接受欧洲诗歌影响，进行了一系列的创造革新。在小说方面，应当提及的重要作家作品有纳兹尔·艾赫默德（1836—1912）的《新娘的明镜》、勒登纳特·萨尔夏尔（1846—1902）的《阿扎德的故事》、阿卜杜尔·赫利姆·塞勒尔（1860—1926）的《人间天堂》和米尔扎·鲁斯瓦（1858—1931）的《乌姆拉奥·江·阿达》等。

泰米尔语近代文学的长篇小说创作开始较早，这类作品显然是在英语小说的影响下产生的。据张锡麟先生研究，魏达纳雅格姆·比莱（1826—1889）出版于 1876 年的《比拉达巴·牟达里亚尔传奇》是泰米尔语近代文学史上的第一部长篇小说，之后又有拉贾姆·埃维尔（1872—1898）的《卡玛拉姆巴尔的传记》和艾·马达维亚（1874—1926）的《巴德玛瓦蒂的故事》等长篇小说问世。短篇小说的出现稍晚一些，瓦·魏·苏·艾耶尔（1881—1925）被誉为短篇小说之父。戏剧方面的变革，也是欧洲近代戏剧影响的结果。桑格拉达斯·斯瓦米格尔（1867—1922）、巴利底玛尔·格莱尼亚尔（1870—1903）和桑班达·牟达里亚尔（1873—1964）的创作，代表泰米尔新戏剧的水平。至于泰米尔文学的传统领域——诗歌领域的革新，则在苏比拉马尼亚·巴拉蒂（1882—1921）的身上得到了集中的体现。他的诗歌不仅在内容上增加了热爱祖国和反对压迫等新思想，而且在形式上吸收了西方诗歌的新因素（如十四行诗、自由体诗等）。[1]

现代文学部分如下：

在南亚地区，印度文学的发展比较迅速，取得了令人瞩目的成就。据董友忱、刘安武、李宗华、刘曙雄等先生研究，战前，印度文学的发展过程大致如下：从20世纪初起，印度的新文学开始与民族解放运动紧密联系起来，形成了民族主义文学思潮。这时的文学强调与政治斗争和社会现实结合，强调文学的社会功能。到20年代以后，印度文坛上出现了浪漫主义文学运动。这个运动转而强调文学的个人功能，强调文学应当表现个人的思想感受。进入30年代之后，随着民族解放运动的高涨和西方现实主义文学的影响，以真实反映现实生活为主旨的现实主义文学抬头。其后，这种现实主义文学又进一步演变为甘地主义现实主义、心理现实主义、唯理现实主义、进步现实主义和社会主义现实主义等多种流派。到了40年代，新出现的文学思潮被称为实验主义。这个思潮既与浪漫主义对立，也反对现实主义，它本身又可以分为极端个人主义实验派、民主主义实验派和形式主义实验派。

战后，印度于1947年摆脱英国的殖民统治，赢得国家的独立。独立以后，国内的矛盾斗争仍然相当复杂，各种不同的政治势力和政治观点都在影响着作家，各种不同的文学流派和文学观点也在左右着作家，文学界的情况十分微妙，作家们在探索中前进。60年代以后，印度文学较多地接受了西方现代主义文学和后现代主义文学的影响，意识流小说、心理分析小说和推理小说等广泛流行，使印度文学进一步发生了变化。

---

[1]　《新编简明东方文学》，第150—153页。

　　在印度多种语言文学中，孟加拉语文学、印地语文学和乌尔都语文学的成就较为突出。

　　孟加拉语文学沿着19世纪后期和20世纪初期般吉姆和泰戈尔等人开拓的道路继续前进。萨拉特·钱德拉·查特吉（1876—1938）是这时的重要作家之一。他的主要艺术成就表现在中篇小说和长篇小说创作方面。除萨拉特外，这时用孟加拉语写作的重要作家作品还有小说家维普迪·普尚·班纳吉（1894—1950）的《道路之歌》、达拉辛格尔·班纳吉（1898—1971）的《民神》和玛尼克·班纳吉（1908—1956）的《帕德玛河上的船夫》等。以萨拉特为例。《乡村社会》、《嫁不出去的女儿》、《道德败坏的人》、《秘密组织——道路社》和《斯里甘特》是他在中长篇小说方面的重要作品。如长篇《斯里甘特》通过男主人公斯里甘特的生活展示广阔的社会画面，表现19世纪末和20世纪初数十年间的历史进程，从而提高了作品的思想价值。他以自己的创作实绩充实了孟加拉和印度现代小说的宝库，提高了孟加拉和印度现代小说的水平。

　　印地语文学在这个时期发展较快。除了著名作家普列姆昌德（详见第六章第一节）以外，耶谢巴尔（1903—1976）和介南德尔·古马尔（1905—1988）也被认为是重要的小说家，迈提里谢仑·古伯德（1886—1964）是民族主义诗人的代表，杰耶辛格尔·伯勒萨德（1889—1937）是浪漫主义诗人的代表。此外，苏尔耶冈德·德利巴提·尼拉腊（1896—1961）有"革命诗人"和"叛逆诗人"的称号，苏米德拉南登·本德（1900—1977）也是浪漫主义诗人。以耶谢巴尔为例。他的主要作品有《大哥同志》、《叛国者》、《虚假的事实》、《你我他的故事》和《党员同志》等中长篇小说，短篇小说集《你为什么说我长得美》、《啊！女神》等。在印地语文学界，耶谢巴尔被认为是普列姆昌德的继承者。不过，耶谢巴尔与普列姆昌德也有不同之处：如果说普列姆昌德主要反映的是农村生活，那么耶谢巴尔主要反映的则是城市生活；如果说普列姆昌德主要刻画的是农民，那么耶谢巴尔主要刻画的则是知识分子。

乌尔都语文学在诗歌领域的代表当推穆罕默德·伊克巴尔（1877—1938），在小说领域的代表当推克里山·钱达尔（1914—1977）。另外，阿巴斯（1914—1987）、伊斯玛特·丘格泰依（1915—1991）和拉金德尔·辛格·贝迪（1915—1984）也是颇有名气的小说家。以伊克巴尔为例。他一共写了十部诗集，其中三部用乌尔都文写成，六部用波斯文写成，还有一部则兼用乌尔都文和波斯文。三部乌尔都文诗集是《驼队的铃声》、《杰伯列尔的羽翼》和《格里姆的一击》，六部波斯文诗集是《自我的秘密》、《无我的奥秘》、《东方信息》、《波斯雅歌》、《永生集》和《旅行者，啊，东方民族，我们还应做什么》，乌尔都文诗和波斯文诗合集是《汉志的赠礼》。他的早期创作大多收入《驼队的铃声》之中。这时他首先关心的是祖国印度，是印度教与伊斯兰教的团结。其后，他的眼光逐渐转向伊斯兰教的世界（包括印度以外的伊斯兰教国家），他的诗歌开始专门描写伊斯兰教的生活。他用波斯文写的两部诗集《自我的秘密》和《无我的奥秘》，就是这个转折的起点。此后的几部诗集乃是这些思想的延长和发展。总之，伊克巴尔既是印度诗人，也是巴基斯坦诗人，他以自己丰硕的创作成果丰富了印度诗坛，也为巴基斯坦诗歌的发展开拓了道路。他的诗歌在思想上以哲理性强和宗教味浓为特色，在形式上则继承了印度、巴基斯坦和伊朗古典诗歌的传统。

除孟加拉语文学、印地语文学、乌尔都语文学外，泰米尔语小说家卡尔基（1899—1954）和阿基兰（1922—1988）、英语诗人萨罗季尼·奈都夫人（1879—1949）和小说家穆尔克·拉吉·安纳德（1905—2004）、阿萨姆语作家勒克什米纳特·贝杰伯鲁阿（1867—1938）、马拉提语作家克·帕勒派卡尔（1872—1948）、马拉雅拉姆语诗人瓦拉托尔（1878—1957）、古吉拉特语作家格·莫·孟希（1887—1970）和泰卢固语诗人希里·希里

（1910—　）等人的名字也应当提及。

　　以安纳德为例。他用英语写作，但其小说内容却紧紧结合印度实际，主要反映广大劳动人民，尤其是最受歧视、最受压迫的苦力、贱民、茶园工人、农民和手工艺者的悲惨遭遇和反抗情绪。他战前的主要作品有长篇小说《苦力》、《两叶一芽》、《村庄》、《越过黑水》等。长篇小说《不可接触的贱民》是他于1935 年付梓的一部重要作品，被认为是他战前的代表作之一。战后，作者积极参加世界和平运动，同时继续从事文学创作活动，先后出版了《拖拉机和谷物女神》、《金床上的沉思》等短篇小说集和《七个夏天》、《道路》等长篇小说。[①]

　　两相比较，《讲义》偏重于"面"的叙述，缺乏"点"的叙述，而《新编简明东方文学》则既照顾到一般情况，又注意突出重点部分，即孟加拉语、印地语、乌尔都语和泰米尔语文学；《讲义》的材料是东拼西凑的，有一些不准确的地方，而《新编简明东方文学》则依据有关专门研究该种语言文学学者的文章和著作写成，材料比较准确。另外，《新编简明东方文学》还特意补充了英语文学的成果，特别是安纳德的创作成果，这也是很有必要的。但尽管如此，我们仍然应该承认，《讲义》毕竟已经支起了一个框架，并且为编写《新编简明东方文学》打下了基础。

　　在"现代文学概况"之后，《讲义》重点论述了泰戈尔和普列姆昌德的生平、思想和创作。以下分别予以介绍。

一　泰戈尔

　　关于泰戈尔，《大纲》虽然是作为重点处理的，但具体内容不够充实；而《讲义》则显得充实多了。《讲义》开头有一段概括的介绍和评论：

---

① 《新编简明东方文学》，第 198—203 页。

罗宾德拉纳特·泰戈尔是近代印度杰出的文学家、艺术家和教育家。他的一生是辛勤工作的一生，是在文学艺术创作活动方面丰收的一生。他的作品数量至今还没有一个精确的统计，据现在我们见到的一百多种篇目来看，其中包括 50 多部诗集，12 部长篇小说和中篇小说，100 多篇短篇小说，29 多个剧本，多种有关文学、教育、宗教、哲学、社会等方面的论文和专著，以及许多回忆录、游记和书简等等；此外，他还绘画和作曲。他给印度人民留下了丰富的文艺遗产。他生活的时代，正当印度社会动荡不定的时代。他在他的许多作品中，反映了印度人民反对压迫、反对帝国主义和殖民主义、要求民族独立的愿望，这就使得他的作品为广大的印度人民所热爱。①

这段话在今天看来大体上是正确的，但存在两个问题：一个是作品统计数字不够准确；另一个是对于他的作品思想内容的概括（即"他在他的许多作品中，反映了印度人民反对压迫、反对帝国主义和殖民主义、要求民族独立的愿望，这就使得他的作品为广大的印度人民所热爱"）似乎不够全面，让人觉得有些勉强。

关于作品统计数字，《天竺诗人泰戈尔》（董友忱著）和《泰戈尔画作欣赏》（董友忱主编）的记载如下：泰戈尔一生写了 50 多部诗集、9 部长篇小说、6 篇中篇小说、94 篇短篇小说、60 多部剧本，写了许多回忆录、游记、随笔、书简等文学性散文以及有关文学、语言、历史、教育、政治、宗教、哲学、婚姻、家庭、社会等科学性论文和专著；此外，他还绘画和作曲，共创作了数千幅画，谱写了上千首歌曲。印度出版的孟加拉文版《泰戈尔作品集》共计 33 卷，《泰戈尔书信集》共计 19 卷（歌曲和绘画未收入内）。

关于作品思想内容的概括，笔者以为《新编简明东方文学》的概

---

① 《外国文学讲义·东方文学部分》，第 71 页。

括比较准确："泰戈尔在文学上的成就和贡献是巨大的、多方面的。他堪称近代孟加拉文学以至全印度文学的旗手。他的作品生动地反映了印度人民反对封建势力、反对殖民主义、争取民族独立和争取美好生活的强烈愿望。这是他的作品为广大印度人民和世界各国人民所热爱的根本原因。"① 其中，"争取美好生活"一语似乎可以扩展涵盖面，将他更多的作品，尤其是许多追求"梵我同一"理想的作品和具有神秘色彩的作品包容进来。

然后，《讲义》将泰戈尔的生活和创作分为四个时期加以评述：第一时期的生活和创作（1861—1886），除记述童年和少年生活外，提及的作品有《暮歌集》、《晨歌集》等诗集和剧本《自然的报复》；第二时期的生活和创作（1887—1906），重点评论的作品有短篇小说、故事诗、剧本《花钏女》、长篇小说《小沙子》和《沉船》以及爱国歌曲等；第三时期的生活和创作（1907—1926），重点评论的作品有长篇小说《戈拉》，诗集《吉檀迦利》、《新月集》、《园丁集》和《飞鸟集》，剧本《邮局》、《摩克多塔拉》和《红夹竹桃》等；第四时期的生活的创作（1927—1941），重点评论的作品是政治抒情诗。

而《新编简明东方文学》则将泰戈尔的生活和创作分为五个时期加以评述：第一个时期（19 世纪 60 年代和 90 年代）重点评论的作品有短篇小说和故事诗；第二个时期（20 世纪最初 10 年）重点评论的作品是长篇小说《戈拉》；第三个时期（20 世纪 10 年代）重点评论的作品是诗集《园丁集》和《飞鸟集》、中篇小说《四个人》；第四个时期（20 世纪 20 年代）只有概括介绍，没有重点评论作品；第五个时期（20 世纪 30 年代至 40 年代初）只有概括介绍，没有重点评论作品。此外，另设专题详细评论诗集《吉檀迦利》。

两相比较，从整体来看差别不是很大，只是后者的分期可能更合理一些，评论的作品可能重点更突出一些。

---

① 《新编简明东方文学》，第 177 页。

　　再就重点作品评论来看，《讲义》选择的重点是短篇小说、故事诗、长篇小说《戈拉》、诗集《吉檀迦利》和政治抒情诗；而《新编简明东方文学》增加了诗集《园丁集》和《飞鸟集》、中篇小说《四个人》，但取消了政治抒情诗。

　　关于二者相同的重点作品评论，我们试举故事诗和长篇小说《戈拉》为例予以比较。

　　关于故事诗，《讲义》的评述如下：

　　　　故事诗是泰戈尔这个时期的重要创作之一。从 80 年代到 1900 年，他写了不少故事诗，收入 1900 年编的《故事诗集》里。

　　　　故事诗的题材大体有四个来源：佛教故事、印度教故事、锡克教故事和马拉塔及拉其斯坦英雄故事。佛教故事取自《撰集百缘经》、《菩萨比喻鬘论》和《如意树比喻鬘论》，印度教故事取自《歌赞奥义书》和《敬信鬘》，其余的故事来自民间传说。这些故事都是长期流行在民间，很有感人力量的。但是他并不是为讲故事而写故事诗，而是借古喻今，通过对历史上为人民所喜爱的人物的歌颂来唤起人们的民族自豪感，利用这些现成的故事来抒发自己的感情。

　　　　这些作品大都具有较高的思想性和较强的战斗性，贯穿其中的主要思想是反对封建压迫的民主思想和反对外国侵略的爱国思想。

　　　　他的有些作品对印度封建陋习、宗教偏见、种姓制度和压迫人民的统治者进行了揭露。在《供养女》里，他反对狭隘的宗教偏见，严厉谴责了只准信奉印度教不准信奉佛教的暴君，热情地赞颂了崇信佛教的宫女不畏强暴的勇敢精神。在《丈夫的重获》里，他反对寡妇自焚殉葬的野蛮风俗，歌颂了反对殉葬制度的宗教改革家。在《婆罗门》里，他反对种姓歧视，赞美了漠视种姓尊严的婆罗门的高尚行为。在《比丘尼》里，他直接指责了面对嗷嗷待哺的灾民而无动于衷的珠宝商人、将军和大地主，表扬了勇于承担责任的佛门弟子比丘尼。在《轻微的损害》里，他愤怒地谴责了任意鱼肉人民、为满足一时好奇而烧毁村庄的皇后，表彰了惩罚皇后、体察民情的国王。在《审判官》里，他斥责了胡作非为、蔑视法律的暴君，热烈地赞美了不畏强暴、主持正义的公正审判官。

在这些作品里，他的民主倾向是值得称道的。虽然有些故事原来带有浓厚的宗教色彩，但他赋予了进步的精神；虽然他更多地描绘了佛陀、婆罗门和帝王将相们的正面形象，但他强调的是他们民主的方面和进步的方面。

他的有些作品生动地描绘了印度人民反对外族侵略和压迫的历史故事，塑造了一系列热爱祖国、不畏强敌的英雄形象。《戈宾德·辛格》歌颂了终生与伊斯兰教徒顽强斗争的锡克国王，他虽屡遭失败，但锐气始终不减，随时准备东山再起，把侵略者赶出祖国去。《不屈服的人》歌颂了坚决反抗莫卧儿帝国的国王，他刚强无比，宁死也不肯下跪。《践誓》歌颂了宁死不屈的将军，他坚守誓言，忠诚卫国，终于以身殉职。《被俘的英雄》歌颂了奋起反抗莫卧儿帝国的锡克人民，他们在刽子手的刀下一个个从容就义。

在这些作品里，他的爱国思想是十分可贵的。虽然他更多地描绘了帝王将相们的正面形象，但他强调的是他们爱国的方面、英勇的方面；虽然他更多地歌颂了人们不畏强暴、英勇牺牲的方面，但他也表现了对敌人的愤怒与仇恨，甚至赞美了群众性的暴力反抗斗争。

他的故事诗不是佛经和古圣梵典的翻译，也不是民间故事的抄录，而是自己的艺术创作。这些作品的思想感情是新颖的，词句是他自己的，人物和情节也有很大的变动。在这些诗篇里，他塑造了感人至深、光辉夺目的人物形象，讲述了动人的故事，表现了抒情的才华，描绘了优美的艺术境界，并且运用了生动的口语和民歌的调子，读起来音调铿锵，美不胜收，因而得到广泛的传诵。①

《新编简明东方文学》的评述如下：

《故事诗集》是短篇叙事诗集，收入 25 首诗（如《被俘的英雄》、《婆罗门》和《报答》等）。这些诗歌在孟加拉和印度广为传诵，中小学经常选它作教材，大学文学系也以它为教学和研究的内容之一。故事诗的题材分为印度教故事、佛教故事、锡克教故事、拉其斯坦故事和马拉塔故事等几个方面，都有宗教典籍或民间传说作为依据。但是，泰戈尔的作品并非这些宗教典籍的直接翻译或民间传说的简单记录，而是自己的艺术创作。这些诗歌大都具有较高的思想性和较强的战斗性，贯穿于其中的主要思想是反对异族侵略、封建暴政和宗教陋习，赞美人们的高尚品格。这些诗歌在艺术表现上也颇具特色。首先是故事动人。无论是情节比较简单的，还是情节比较复杂的，都有波澜起伏之妙，结局往往出人意外，产生发人深思的效果。其次是形象生动。尽管作品篇幅有长有短，人物描写有详有略，可是篇篇都有生动的艺术形象。再次是抒情味浓。诗人既善于讲述故事，描绘人物，又善于抒发感情，激动人心。第四是语言优美。生动的口语，民歌的调子，读来明白晓畅，琅琅上口，美不胜收。总之，《故事诗集》可以说篇篇都是珠玉之作。②

两相比较，由于都是参照石真先生的《故事诗·译后记》写成，所以二者的基本内容和观点相同，只是前者的评述更详细一些，而后者的评述则简略一些；同时不难看出，后者是在前者的基础上提炼出

① 《外国文学讲义·东方文学部分》，第74—75页。
② 《新编简明东方文学》，第168页。

来的。另外还要指出的是，在《讲义》的不少地方都出现了对泰戈
尔过分"苛求"的语句，例如"在这些作品里，他的民主倾向是值
得称道的。虽然有些故事原来带有浓厚的宗教色彩，但他赋予了进步
的精神；虽然他更多地描绘了佛陀、婆罗门和帝王将相们的正面形
象，但他强调的是他们民主的方面和进步的方面"，"在这些作品里，
他的爱国思想是十分可贵的。虽然他更多地描绘了帝王将相们的正面
形象，但他强调的是他们爱国的方面、英勇的方面；虽然他更多地歌
颂了人们不畏强暴、英勇牺牲的方面，但他也表现了对敌人的愤怒与
仇恨，甚至赞美了群众性的暴力反抗斗争"，等等，这些话在今天看
来似乎是可以不说的。

关于长篇小说《戈拉》，《讲义》的评述如下：

泰戈尔最优秀的长篇小说《戈拉》，1907 至 1909 年在杂志
上连载，1910 年出版单行本。这部小说被公认为批判现实主义
的作品、社会心理小说的杰作。

这部小说描绘了 19 世纪 70 至 80 年代民族复兴时期孟加拉
的社会生活。当时印度民族运动主要有两大思想体系：一派主张
努力接受欧洲文化，改革印度教，铲除一切封建陋习，通过改革
争取在英国统治体系内获得较大的政治权利。19 世纪初创立的
"梵社"就属于这一派。但在后来出现的"印度梵社"里，许多
人轻视印度民族文化，崇拜西方文明。这部小说里的"梵社"就
属于"印度梵社"。另一派则坚决反对崇拜西方文明，主张发展
民族文化，同时主张复古，提倡遵守印度教的一切传统。这部小
说里的"新印度教"就属于这一派。这部小说写于 20 世纪初，
因而也具有新的时代特征。当时正是铁拉克所领导的极端派在
1905 至 1908 年民族解放运动中起决定作用的时期。他们主张用
暴力推翻殖民者的统治，要求民族的独立解放，但同时也主张复
古，主张保持印度教的一切传统，包括落后传统在内。他们这种
力图使民族运动具有宗教色彩的主张，正是"新印度教"思想的

继续和发展。

在这部小说里，作者广泛而真实地展示了孟加拉的社会生活画面，探索了民族运动的走向问题。他热情地歌颂了先进的正统派新印度教徒炽热的爱国热情和对祖国解放的坚定不移的信念，同时也有力地批判了他们的教派偏见、种姓偏见和盲目缅怀过去的倾向，指出应该面对现实，真正为祖国服务。

戈拉是小说的主人公。他是热爱祖国的知识分子形象，是正统派新印度教徒，印度爱国者协会主席。他的身上集中地体现了当时一批先进知识青年的特点——澎湃的爱国热情，积极的斗争精神，狭隘的宗教观念，缺乏明确的斗争方向和办法。他热爱自己的祖国，随时准备为她献出自己的财富和生命、血液和骨髓、天空和光明。他对祖国必然会获得自由抱有坚定的信心。他说："我的祖国不管受到什么创伤，不论伤得多么厉害，都有治疗的办法——而且治疗的办法就操在我自己的手里。"（黄星圻译文，下同）他的思想偏见也是严重的。他严格遵守印度教的一切规章制度，小心保护自己种姓的纯洁，并非出于浓厚的宗教感情，而是因为想把印度教当作团结人民、接近人民的工具。但实际生活迫使他放弃这些落后的观点。他最后终于觉醒过来，决心抛弃一切束缚，怀着巨大的热情为真正的、现实存在的祖国服务了。他说："现在我真的有权利为她效劳了，因为真正的劳动园地已经呈现在我面前——这并不是我的假想的创造物——这是给三万万印度儿女谋福利的真实的园地！"

与戈拉相对立的人物是买办洋奴哈伦。他是梵社的把持者。他除了肤色以外，完全英国化了。他认为印度民族是没有出息的。他把英国教科书上侮辱印度人的句子背得烂熟，以高等印度人自居。

代表作者自己观点的人物是帕勒席先生。他是一个具有自由主义思想的资产阶级知识分子。他有高尚的人格和清醒的头脑。他反对新印度教的复古，也不赞成梵社的宗派主义；他尊重个人自由，也争取社会改良；他支持真理，但也能容忍；他有理想，但没有热情和实际行动。在这个形象身上，既反映了作者的民主主义方面，也反映了他的改良主义方面。

这部小说在 20 世纪初问世，具有很大的现实意义。它鼓舞了印度民族运动，批评了极端派的功过，帮助了印度人民探求出路。

这部小说具有很高的艺术成就。它塑造了一系列生动的艺术形象，特别是爱国知识分子的典型形象，多方面地描绘了现实社会生活画面，提高了印度长篇小说的艺术水平。①

《新编简明东方文学》的评述如下：

《戈拉》是泰戈尔长篇小说方面的代表作品之一，也是他所写的篇幅最长的小说。它写的是 19 世纪 70 和 80 年代的故事，但也具有 20 世纪初叶作者写作当时的时代特征。这部小说以正统派新印度教徒戈拉的家庭和梵社姑娘苏查丽妲的家庭为主要舞台，以戈拉和苏查丽妲的恋爱为主要线索，讴歌印度爱国青年救民族于水火的热情，批判宗教教派的偏见，揭露殖民主义的罪恶，号召人民群众联合起来，为了民族解放事业贡献力量。小说的主人公戈拉是正统派新印度教徒，印度爱国者协会主席。他的身上集中地体现了当时一批先进知识青年的特点——澎湃的爱国热情，积极的斗争精神，狭隘的宗教观念，缺乏明确的斗争方向和办法。在一方面，他无限热爱印度，无限关心印度，准备为她献出自己的一切；但在另一方面，他的思想偏见也是相当严重的，他严格遵守印度教所有的清规戒律，小心保护婆罗门种姓的纯洁。小说通过以下几个方面描写了戈拉克服自己思想偏见的过程：首先，他耳闻目睹的社会现实和他的思想偏见发生了冲突。

---

① 《外国文学讲义·东方文学部分》，第 77—78 页。

他到农村后发现，宗教根本不能给人们以力量、生命和幸福，种姓在人们来往的路上到处设下障碍。其次，他与苏查丽妲的恋爱也和他的思想偏见发生了冲突。由于苏查丽妲是梵社成员，与他分属不同教派，所以他千方百计地压制自己的感情。这种努力是违心的。爱情和偏见使他的内心冲突达到了空前剧烈的程度。最后，他从养父母那里知道了自己的出生秘密——他不是印度人，而是爱尔兰人。这个惊人的消息终于使他获得了精神解放，克服了思想偏见，成长为头脑清醒的爱国者。

这部小说通过个人之间和家族亲友之间的复杂关系，着重表现当时社会和政治方面的问题，这些问题都是确实存在过的。它广泛、真实地展现了孟加拉社会生活的画面，深入、细致地探索了印度民族命运的课题。它刻画了众多的人物形象，其中的主要人物形象是鲜明的、丰满的、有血有肉的，不少次要人物也具有明显的个性特征，从他们身上可以清楚地看出时代的风貌。由于这些因素，这部小说具有史诗一般的性质，给人以宏伟壮观的感觉。

《戈拉》在艺术表现上也有鲜明的特点。首先是论辩性。这部小说主要通过人物之间的对话和论辩推动故事情节的发展，表现人物性格的特点。无论是在父母子女之间、兄弟姐妹之间、情人之间和朋友之间，还是在不同教派、不同观点的人们之间都要进行论辩，并且这些论辩往往涉及祖国、民族、社会、政治、宗教、种姓等当时印度人所密切关注的课题。这是因为小说的主题和题材具有社会性和争议性，小说的主要人物又是知识分子，他们处于开始觉醒阶段，需要探讨许多认识问题，而实际行动常常跟不上去。这种论辩性对于加强小说思想内容的广度和深度发挥了积极的作用，但若就艺术表现的生动性和多样性而言却带来了某些不良的影响。其次是它的抒情性。泰戈尔是抒情诗人，他写小说也经常带有浓郁的抒情味道。在这部小说里，作者无论是在描绘景物、布置环境时，还是在叙述事件、刻画人物时，都怀着满腔的热情，读者仿佛能够从中感觉到他那颗火热的爱国之心在剧烈地跳动；尤其是戈拉由于知道自己出生秘密而抛掉思想偏见后所发表的大段抒情独白，更把小说的感情推上了高潮，颇有激动人心的力量。①

两相比较，由于都是参照黄星圻先生的译文和译本序写成的，所以二者的基本内容和观点相同，只是前者的评述偏重于思想内容，而后者的评述则兼顾思想内容和艺术表现两个方面；同时也不难看出，后者是在前者的基础上提炼出来的，提法比前者更准确，论述比前者更全面、更深入。例如，关于促使戈拉思想转变的因素，前者只是说"但实际生活迫使他放弃这些落后的观点"，而后者则从社会实际、爱情和出身三个方面加以论述，显然更加符合作品实际，也更加具有说服力。此外，前者关于帕勒席的论述带有简单化的"阶级论"色彩。首先，认定这个人物是作者观点的代表，就不免含有武断的成分；因为尽管可以从字里行间看出作者对这个人物的欣赏态度，但也难以将两人完全等同起来。其次，由此推断出"在这个形象身上，既反映了作者的民主主义方面，也反映了他的改良主义方面"的结论，当然也就不免含有武断的成分。

通过以上的简要介绍，我们可以大体上了解《讲义》对泰戈尔生活和创作评述的内容。用今天的眼光来审视，可以得出两点结论：一是《讲义》对泰戈尔生活和创作的介绍基本上是准确的，评论基本上是正确的；二是《讲义》对泰戈尔生活和创作的介绍还有若干不准确的地方，评论也有若干不准确的地方。

此外，我们还有必要谈谈政治抒情诗。在"第四时期的生活和创作"里，《讲义》用了相当多的文字详细评述泰戈尔的政治抒情诗。所谓"政治抒情诗"并不是诗人设定的名称，而是编写者设定的名称，实际上是指泰戈尔在这个时期发表的几部诗集中政治色彩比较浓厚的诗歌。这个部分的原文如下：

① 《新编简明东方文学》，第169—170页。

在这个时期里，泰戈尔的创作活动又达到了新的高潮。他所写的大量的多种形式的作品，特别是政治抒情诗，鲜明地反映了他世界观的新变化。

政治抒情诗是他很有价值的创作，也是他对孟加拉文学的重要贡献。这些诗歌以现实社会生活和斗争为题材，对当代各种重大问题都有强烈的反响；并以高度的现实性和强烈的战斗性为特色，字里行间充满了作者的义愤，突出表现了他横眉怒目之一面。这些诗歌开辟了孟加拉文学的新领域，成为孟加拉政治抒情诗的范例。

在这些诗里，他以一个真正的战士的姿态出现。反动派的滔天罪行和人民群众的悲惨遭遇给他以深刻的教育，迫使他丢掉幻想走向战斗。他在题名《问》(1932) 一诗中写道："我的神，一次又一次，你曾派遣使者来到/这无情的世界；/他们教导我们：'饶恕一切人'/他们教导我们：'爱所有的人——/从心底拔掉仇恨的毒根'。/他们值得崇拜，值得怀念，/但是在这不幸的日子里，/我却把他们赶出门外，/丢一个虚伪的敬礼给他们。"(石真译文，下同)

在这些诗里，他对德、意、日法西斯势力做了最尖锐最严厉的谴责。他的祖国长期地被践踏于英帝国主义者的铁蹄之下，因此他对于被侵略的民族有着深厚的同情，对于帝国主义集团有着切齿的痛恨。《边沿集》第 18 首诗 (1937) 写道："群蛇蠕动着喷吐毒焰/污染了四周的空气。/'平和'的柔婉词句/听来仿佛是无用的讽嘲。/因此，在我离去之前/我要向每一个家庭呼吁——/准备战斗吧，反抗那披着人皮的野兽！"

《非洲》(1937) 一诗谴责帝国主义对非洲人民的野蛮奴役。《敬礼佛陀的人》(1937) 一诗讽刺日本帝国主义者在佛寺中祈祷侵华战争得到胜利。《忏悔》(1938) 一诗说出作者对于帝国主义分赃的慕尼黑条约的反感。《号召》(1939) 一诗献给加拿大人民，号召他们起来保卫国家的自由。

　　在这些诗里，他还表达了依据自己长期观察和研究得出来的
有关历史发展问题的重要结论。《劳动者》（1941）一诗回顾了
印度苦难的历史，得出了一个结论：侵略者必将失败，印度劳动
人民是不可征服的。作者先是叙述侵略印度的骄傲的帕坦人和莫
卧儿人的失败，并坚信强悍的英国人也将被"时光"的洪流卷
走；接着指出只有人民是永在的，只有劳动是永远与日月同辉
的："他们，永远地／打着桨，掌着舵；／他们，在田地里，／播
种，收割。／他们不停地劳动着。／……／亿万的雷霆般嘈杂的声
音／日夜交织在一起，／形成这伟大世界生活的共鸣／……／在千百
个帝国的废墟上，／他们不停地劳动着。"（谢冰心译文）《生辰
集》第 10 首诗（1941）则明确指出了人民是历史的主人，表达
了作者接近劳动人民的美好愿望："农民在田间挥锄，／纺织工人
在纺织机上织布，／渔民在撒网——／他们形形色色的劳动散布在
四方，／是他们推进整个世界在前进。／从我上等社会地位的祭坛
上，／从我荣誉的永久流放所的窄小窗口／我并不能全部看到他
们。／有时我也曾走近他们住所的围墙，／却没有那种勇气跨进他
们的院子。／如果一位诗人不能走进他们的生活，／他的诗歌的篮
子里装的全是无用的假货。／因此，我必须羞愧地接受这种责
难——／我的诗歌的旋律有着缺陷。"（石真译文）①

　　现在看来，这个部分仍然是必要的，但在分量上和内容上有些需
要修正的地方。就分量而言，有比重过大之嫌，即引用例子过多过
长。就内容而言，一是这个时期的创作其实还不仅限于这些诗歌，至
少还有两篇中篇小说需要提及；二是这些所谓"政治抒情诗"其实
是从多部诗集里选出来的，因此这些诗集的基本倾向似乎不应该忽
视。之所以出现这些问题，首先是由于资料缺乏，笔者当时只能看到
少量的零星的中译文，并不了解这些诗集的全部内容，更无法归纳这

---

　　①　《外国文学讲义·东方文学部分》，第81—82页。

些诗集的基本倾向；其次是由于笔者认为应当特别强调这方面的内容。按照现在的认识，《新编简明东方文学》将这一部分概括表述如下：

20 世纪 30 年代和 40 年代初是泰戈尔生活和创作的第五个时期。进入 30 年代以后，印度国内国外的政治形势都发生了急剧的变化。在印度国内，人民大众和殖民当局的矛盾更加激化，民族解放运动的规模越来越大；在印度国外，德、意、日三个法西斯国家酝酿并发动了第二次世界大战，世界各国人民处于水深火热之中。这种形势促使泰戈尔的政治观点发生变化，使他逐渐抛弃了改良主义，而接近于革命民主主义了。他这个时期除了出版中篇小说《两姊妹》(1933)、《人生四幕》(1934) 以外，还发表了许多诗集，比较重要的有《再次集》 (1932)、《叶盘集》(1936)、《边沿集》 (1937)、《康复集》(1941)、《生辰集》(1941) 等。其中有些诗歌既充分展示出诗人新的思想境界，也充分显示出诗人新的艺术风格，值得我们予以重视。兹举《问》和《生辰集》第 10 首为例。《问》是对改良主义观点的彻底批判和否定。"饶恕一切人"、"爱所有的人"，是泰戈尔原来一直信奉的思想。可是，在 1932 年所写的题为《问》的诗里，他却对这种观点进行了彻底的批判和否定。这首诗的第一节如下："我的神，一次又一次，你曾派遣使者来到/这无情的世界；/他们教导我们：'饶恕一切人'/他们教导我们：'爱所有的人——/从心底拔掉仇恨的毒根'。/他们值得崇拜，值得怀念，/但是在这不幸的日子里，/我却把他们赶出门外，/丢一个虚伪的敬礼给他们。"（石真译文，下同）这是一个觉醒者的声音，具有震撼乾坤的伟大力量。《生辰集》第 10 首是对诗人自己和印度劳动人民关系的深刻总结。这首诗是泰戈尔在自己生命的最后一年，即 1941 年 1 月 21 日口述的，可以看作是他对自己一生创作的总结。在诗里，他回顾了自己 60 多年的创作生涯。他并没有满足于已有的成绩，陶醉于既

得的荣誉，而是承认自己对于世界缺乏了解，最不了解的是人们
的心灵，尤其是劳动人民的心灵。诗里写道："从我上等社会地位
的祭坛上，/从我荣誉的永久流放所的窄小窗口/我并不能全部看
到他们。/有时我也曾走近他们住所的围墙，/却没有那种勇气跨
进他们的院子。/如果一位诗人不能走进他们的生活，/他的诗歌
的篮子里装的全是无用的假货。/因此，我必须羞愧地接受这种责
难——/我的诗歌的旋律有着缺陷。"这里需要我们注意的是，他
出身于上层社会家庭，受的是上层社会教育；而且在写这首诗时，
已达 80 高龄，又已获得崇高声誉。在这种情况下，他能够这样明
确地承认自己诗歌存在的缺陷，确实是难能可贵的。①

两相比较，前者存在上述缺欠，而后者尽力加以弥补，即在分量
上有所减少，在内容上也较为准确，使用"其中有些诗歌既充分展示
出诗人新的思想境界，也充分显示出诗人新的艺术风格，值得我们予
以重视"等语可以避免片面性。因此，这种处理方法大体上是恰
当的。

就总体而言，尽管存在上述种种问题，但是《讲义》对泰戈尔的
介绍和评论还是基本正确的，在当时来说已经达到了一定的水平。这
首先是因为当时有关泰戈尔的翻译资料和研究资料比较多；其次是因
为编写者一直认为泰戈尔是东方文学的重点作家，甚至可以说是最大
的重点作家，所以花费的时间和精力也比较多。

二　普列姆昌德

关于普列姆昌德，《大纲》没有将他列为重点作家，《讲义》则
将他列为重点作家，并且作为现代文学的代表。《讲义》开头有一段
概括的评语："普列姆昌德是现代印度的伟大作家，印地和乌尔都现
实主义文学的奠基人。他一生辛勤的创作活动，为后世留下 12 部长

---

① 《新编简明东方文学》，第 172 页。

篇小说和中篇小说，近 300 篇短篇小说，此外还有剧本、电影故事、散文、评论以及儿童文学作品。他的作品以印度广大人民喜闻乐见的形式表现具有重大社会意义和现实意义的题材，充满强烈的反帝反封建的斗争精神，因而受到印度人民的热爱。"① 这段话大体上是站得住脚的。因为从具体材料来说，当时主要依据的是我国印地语文学研究家刘安武先生的讲义和我的听课笔记；从评价观点上说，普列姆昌德作为印地语现代文学的代表作家是无可置疑的，作为印度现代文学的代表作家也是无可置疑。比起《大纲》所提出的其他重点作家（如穆尔克·拉吉·安纳德、克里山·钱达尔、赫林德拉纳特·查托巴迪亚和马克登·莫哈丁等），显然更具有代表性。

然后，《讲义》分两个部分进行评述：一是"普列姆昌德的生平和创作道路"，二是他的代表作《戈丹》。

在第一部分里，《讲义》将他的创作过程分为三个时期予以评述：1918 年以前为早期，1918 年至 1928 年为中期，1928 年至 1936 年为晚期。这个分期方法也是正确的，后来编写的教材一直沿用这种分期方法。其实不仅是分期方法，而且每个时期的具体内容也都是依据刘安武先生的讲义，我自己的工作则是对这些资料重新加以组织、编排和归纳。因此，这些内容是可靠的，后来编写的教材也没有很大的改动。试以早期创作为例。

《讲义》写道：

> 普列姆昌德的文学创作活动很早就开始了，起初用乌尔都文写作。在当时，印地文和乌尔都文的小说多半是些神怪离奇的浪漫故事和庸俗的艳情故事，人物则往往是王公贵族和才子佳人，与人民大众的生活没有什么联系。他的创作却走着与此不同的道路。他在师范学校读书的时候，就写过一篇中篇小说《誓言》，描写寡妇的痛苦生活，主张寡妇改嫁。后来他把这篇作品送给

---

① 《外国文学讲义·东方文学部分》，第 84 页。

《时代》杂志主编看，深受嘉许。这对他是很大的鼓励和帮助。1905 年，民族解放运动开始高涨。在群众爱国运动的鼓舞下，他的第一个短篇小说《世界上的无价之宝》发表，其中把为祖国抛洒热血比做世界上的无价之宝。1907 年，他的第一个短篇小说集《热爱祖国》署真实姓名出版。这个集子里的五个短篇都洋溢着炽热的爱国主义热情。该书出版后，立即被英国政府下令禁止，并把尚未售出的 500 本公开焚毁，还警告作者不得再写类似的作品。但这并没有吓倒他，此后他便改用"普列姆昌德"的笔名继续战斗。与此同时，他还写了中篇小说《恩赐》。1908 至1914 年间，他为响应国大党左派领导人铁拉克重写印度光荣历史的号召，先后发表了历史题材的短篇小说《哈尔道尔王》和《沙伦塔王后》以及中篇小说《生气的王后》。1914 年后，他改用印地文写作，以使更多的读者能够阅读自己的作品。这一年，他的第一部长篇小说《救济院》问世。小说的故事讲道：有一个正直而善良的姑娘苏门，因为父母置办不起嫁妆，被迫嫁给一个丧妻的老人，后因家庭纠纷被赶出家门，终于沦为妓女。小说的结局有调和主义色彩：苏门的丈夫后来悔悟，并建立一座救济院收留了走投无路的妻子。这部小说真实地反映了当时的社会现实和妇女的悲惨命运，塑造了印地文学史上第一个富有斗争性和反抗性的妇女形象，从而确立了作者创作的现实主义方向。这部小说受到读者的普遍赞扬，被认为是印地现代文学中第一部优秀的长篇小说。印度学者金达尔在《印地文文学史》中写道：《救济院》是一部真正具有行动文学风格的小说，人物刻画非常鲜明，并且用一种很有趣的旁敲侧击的方法，触及我们社会生活和家庭生活方面的许多问题。在这些年代里，他还写了不少以农民生活为题材的短篇小说。这些作品标志着他在不断探求民主主义和现实主义文学方向过程中所取得的成就。①

---

① 《外国文学讲义·东方文学部分》，第 84—85 页。

与此相关的内容，《新编简明东方文学》里是这样写的：

普列姆昌德的创作活动始于 20 世纪初。他起初用乌尔都语写作，后来为了扩大读者范围，改用印地语写作。他的处女作——中篇小说《圣地的奥秘》（未完）发表于 1903 至 1905 年间，第一篇完整的中篇小说《伯勒玛》发表于 1906 年。1908 年，他的第一部短篇小说集《祖国的痛楚》问世，但不久便因其中的一篇小说——《世界上的无价之宝》被检查机关认定具有"蛊惑人心的煽动性言论"而遭到查禁。其后，又相继发表了《沙伦塔夫人》、《五大神》、《伟大的朝圣》等短篇小说。1918 年，他的第一部长篇小说《服务院》付梓，这表明他在小说创作领域已经一步一步走向成熟。这部作品以表现印度下层妇女——妓女的不幸命运为主题。女主人公苏曼为生活所迫，不幸沦为妓女；后来被人救出火坑，住进了寡妇院。当苏曼得知妹妹也因为自己当过妓女受到连累而住进寡妇院时，便想投入恒河了结自己的一生，幸而被人劝阻。其后，苏曼被迫离开寡妇院，暂时寄居在妹妹家里。但过了不久，苏曼又不得不从妹妹家里出走（因为她当过妓女，妹妹觉得她是累赘，妹夫也觉得她是累赘），在茫茫的黑夜里走向服务院，到那里去教育妓女所生的女孩子。①

两相比较，除小说译名有些变化外，主要不同之处是对这部长篇小说（前者译为《救济院》，后者译为《服务院》）内容的评述。如今看来，应当说前者的评述有些生硬的地方（如认为"小说的结局有调和主义色彩"，似乎缺乏说服力），后者的评述比较客观，大体上是正确的。

在第二部分里，《讲义》评论的是长篇小说《戈丹》。这个部分

---

① 《新编简明东方文学》，第 241 页。

也参考了刘安武先生在讲课中所介绍的背景资料，不过主要是编写者自己反复阅读小说中译本过程中所得到的认识和体会。记得当时为了更深入地分析这部作品，编写者还看了不少有关文学理论方面的参考书，可以说下了一定的功夫。正因为如此，关于这部小说的故事梗概介绍和人物形象分析部分，在40余年后出版的《新编简明东方文学》里仍然基本上沿用了《讲义》的原稿，只有个别地方在文字上有改动。其内容如下：

> 《戈丹》的故事情节有两条线索：一条是柏拉里村的农民生活，以何利一家为中心，这是主线；另一条是勒克瑙城地主、资本家、知识分子的生活，这是辅线。作者安排这样两条线索并使之互相交错起来，目的在于从更广阔的社会背景上展示农民的命运，从更多的方面探索农民的出路以至民族的出路。
>
> 农民何利一家的生活是小说内容的核心。这是一个贫穷的五口之家。他们住的是茅舍，吃的是粗茶淡饭，穿的是补丁摞补丁的衣服，一年到头起早贪黑不停地干活。他们"最美丽的梦想，最崇高的愿望"（严绍端译文，下同），就是自己养一头母牛；因为在印度，母牛既能产奶，又是吉祥的象征，甚至还是膜拜的对象。但是，这样一个极其普通的心愿却像海市蜃楼一样，始终不能实现。有一次，何利好不容易从牧牛人手里赊来一头母牛，但不久就被自己的弟弟毒死了，他还因此吃了一场官司。从此以后，一连串的灾祸接踵而至：因为他的儿子和一个寡妇恋爱，他家被长老会和地主罚没了全年的收成，连房子也抵押了出去；牧牛人来讨母牛钱，强行拉走他家一对公牛，迫使他们成了雇工；为了出嫁大女儿，他家负上了新的债务；高利贷者肆意敲诈勒索，拍卖了他家地里的甘蔗，逼得他家债台高筑，每况愈下。于是，何利不得不违背自己的生活信条，采用变相出卖小女儿的办法，企图保住仅有的几亩地。最后，何利终于累死在为了还债和买牛而奋斗的苦役里，他卖命挣来的几个钱也被婆罗门祭司以

"献奶牛礼"（戈丹）的名义搜刮走了。

在这部小说里，作者刻画了以何利及其妻子丹妮娅为代表的农民形象，同时也刻画了莱易老爷等上层人物形象。这是两组处于尖锐对立地位的形象。小说正是通过他们之间的关系，揭示了农民的悲剧及其根源。

何利是处在社会最底层的贫苦农民，属于深受强权压迫剥削和传统观念毒害的人物之列。自年轻的时候起，他就从死去的父亲手里接过了沉重的生活担子；在小说里登场的时候，他已经成为一个经过长期磨练的中年人了。在这条坎坷不平的人生道路上，他有着自己的生活理想和奋斗目标：一个贫苦农民最起码的生活条件，即穿点粗布衣服，吃点粗茶淡饭，规规矩矩地过日子；一个家长制农民所向往的和睦家庭。他一生都在为了这些不屈不挠地奋斗着。他的性格里错综地交织着劳动人民忠厚、善良、富于同情心等高贵品质和因长期受摧残、受奴役而产生的软弱性以至麻木心理。"何利是一个性情温和的人，走起路来总是低着头，对什么事情也能够容忍"——这是他的性格特色。

何利的本性是极其厚道的。他对自己的妻子儿女怀着深厚的感情。他和妻子丹妮娅之间有着真挚的、感人的爱情。这是他在灾难之海里的惟一依靠。小说对他俩爱情的描绘，犹如在他们光辉的形象上涂了一层迷人的色彩。他爱自己的儿女，不忍责骂他们一句。儿子戈巴尔和寡妇裘妮娅的恋爱事件，给他带来了塌天大祸；但事情发生后，他只是担心不知下落的儿子的安全，并用充满爱抚的声调安慰走投无路的裘妮娅。他也非常希望和弟弟维持友好关系，甚至弟弟希拉毒死他的母牛，他也能够宽大为怀。后来希拉向他承认错误，使他异常激动，"他觉得人生的一切厄难、一切失意的事情都跟他无缘了"。不仅如此，对于其他劳动者，他也一律以诚相待，不肯乘人之危。例如：为了从牧牛人薄拉手里得到一头母牛，他曾随口答应替薄拉说亲，因而达到了自己的目的；但当他听说薄拉是因为没有草才卖牛时，他的态度马上改变，不仅把牛还给薄拉，还甘愿送给他草。正如小说里所说的："何利是一个庄稼人，别人家的房子着火了，要他去站在旁边伸着两手烤火，这样的事他是学也没有学过的。"

但是，何利又是没有觉醒的农民。他的处世态度带有很大的落后性。他确实是有韧性的，可是他从事活动的手段和应付事变的方式是消极无力的。"住在水里要跟鳄鱼作对，那是呆子"——这是他的座右铭。对于生活中的一切苦难，他都是逆来顺受的；对于社会上的一切强权，他也是畏惧顺从的。他无条件地承认现存社会秩序，认为人一生下来就是不平等的，一切都是老天爷预先安排好的，财产也是前世修来的。他误把地主当成好人，不惜巴结地主，帮助地主收节礼，还以能在地主家上演的戏里扮个小角色为荣。用他自己的话说就是："别人的脚踩在自己身上，只得放聪明点，在那脚底板上抓抓痒。"他对政府和巡官感到畏惧。母牛被害以后，他因为怕见官，怕打官司，甘愿吃哑巴亏，还下手毒打妻子，并用儿子的生命起假誓。巡官把他传来，"他战战兢兢，仿佛他会被绞死似的"；巡官下令搜查他弟弟的家，他惊恐万状，甘心借债贿赂巡官，以便躲过这场横祸。同时，他又是教族的牺牲品。对于教族的权威，他更是五体投地的，远甚于对地主和政府的畏惧。村里的长老会要用他儿子的恋爱事件欺诈他，这是显而易见的阴谋；但他竟然不顾一切，把一年的收成全部交出去了，"教族的威风多大啊，他得把粮食扛在自己的头上一袋一袋地搬去，仿佛是在用自己的手掘自己的坟墓一样"，因为他认为"长老会是有神灵做主的"。

在严酷的现实面前，在一次又一次失败的过程中，他的性格是有发展有变化的。在破产以前，他是积极的，顽强的，坚持按照自己的处世准则去奋斗的；但经济上的破产也带来了精神上的破产，使他渐渐失去勇气，最后不得不承认自己彻底失败了。这时，他终于发出了不平之鸣："乡亲们，可怜可怜我吧！我冒着3月的热风，冒着11月的大雨干了一辈子！你们剖开我的身体，瞧瞧我的心上有多少伤疤啊！你们问问我的身体，它是不是清闲过，是不是在树阴下歇过凉？我受了这么些苦，今天却落得这样丢人！"这是他接过卖小女儿的钱时，声嘶力竭的控诉。但是，他仍然坚持沿着自己失败的道路走下去，他的意志越来越软弱了。

何利是老一代的农民。长期以来，他的生活被限制在相当闭塞而又落后的农村里，因而他的思想也受到严格的束缚。在这个环境里，统治者所施加的残酷的政治压迫和经济剥削，迫使农民日趋贫困和破产，这是何利产生看不见出路的悲观主义思想的社会根源；统治者所进行的反动思想宣传又从精神上麻醉和毒害农民，这是何利产生宿命观念和采取顺从现实态度的思想根源。

丹妮娅则完全是另一种类型的人。这是因为，丹妮娅和何利除了个性不同之外，两人的社会地位和家庭地位也有所不同。作为一个妇女，她有丈夫作为依靠，她没有丈夫那么深的社会阅历和"教养"，也就不像丈夫那样世故。虽然她也像丈夫那样忠厚、善良、富有同情心，但是却不像丈夫那样软弱。何利是柔顺的，她却是刚强的；何利是息事宁人、逆来顺受的，她却是争强好胜、不甘示弱的。她的这种性格的光辉没有被苦难的生活磨掉，仍然在放射着耀眼的光彩。

如果说何利的忠厚本性常常直接表现出来的话，那么丹妮娅的忠厚本性则常常同她那好强的虚荣心奇妙地结合在一起。"她说话刻薄，心肠却软得像一团蜡"——这是她的性格特点。毫无疑问，她也爱自己的亲属，也敢于出来为被欺凌者打抱不平，甘愿自我牺牲；但是，她又决不容忍对方以怨报德的行为。当裘妮娅无路可走而来到她家时，她起先是在盛怒之下又打又骂，但接着便被裘妮娅的哀求所打动，再也抑制不住怜悯的激情，转而安慰起伤心的裘妮娅来了。

丹妮娅的反抗性和斗争性带有强烈的吸引力。虽然生活使她碰了不少钉子，但她从不肯认输。她的眼光比何利犀利得多，态度比何利勇敢得多。在巡官调查毒死母牛事件时，何利一味委曲求全，丹妮娅当众据理力争。当巡官竟然污蔑她自己毒死自家的牛时，她忍无可忍，两手叉腰说道："是啊，是我毒死的！我自己的牛，我把它害死了，还有啥说的呢？干吗我不害死别家的牛呢？你的调查既然是这个样子，那你照样写上好了。先给我戴上手铐吧。你的公道，你的是非，我都看透了。掐穷人的脖子是一回事，分个水是水，奶是奶，又是一回事。"她也不像何利那样顺从教族的摆布。当长老会借戈巴尔和裘妮娅事件敲诈她家时，她断然拒绝交纳粮食和罚款，并且一针见血地指出："他们哪是长老，他们是魔鬼，地道的魔鬼。"丹妮娅的这些表现，使她的性格跃然纸上。

何利一家是在当地政府和地主、资本家、高利贷者、婆罗门祭司等的压榨下破产的。小说生动地勾勒了这群吸血鬼的丑恶嘴脸。

地主莱易老爷是一个野心勃勃的政客，当地农村最大的吸血鬼。他依仗权势，任意巧取豪夺。如他沿袭奴隶制剥削方式，强迫农民送节礼，出劳工，缴罚款；利用农民雨后抢种的时机，迫使他们借债缴租等。与此同时，他又善于伪装，欺骗农民。如在民族运动中，他假意抛弃议员职务，利用自己蹲过一段监狱的经历沽名钓誉，摇身一变而成为爱国者；还花言巧语地替自己的剥削行为辩护，说什么地主不愿搜刮农民，希望目前这个不合理的社会制度快快结束，并虚情假意地拿出一块草地供农民放牧牲口，把自己打扮成慈善家的样子，让农民感恩戴德。莱易老爷是靠吸吮农民鲜血养活自己的。在小说最后，何利一家破产了，村里其他许多农民也破产了，莱易老爷却更加飞黄腾达，当上了省里的内政部长，掌握了指挥警察的大权。作者对何利这样的农民是无限同情的，而对莱易老爷这类骑在农民头上作威作福的人物是没有好感的，认为他们是民族的败类、人民的对头，所以毫不留情地加以鞭挞和讽刺。

高利贷者也是依靠吸吮农民血汗过活的。小说通过金古里·辛的形象给他们以有力的一击。金古里·辛是城里大高利贷者的代理人,村里的小高利贷者。他身体矮胖,秃头,长鼻子,肤色黝黑,蓄着浓密的胡子,样子活像一个小丑。他平时总是嬉皮笑脸的,但在银钱往来的事务上,却丝毫不讲情面。他放债的利息很高,而且还要索取礼物、佣金和手续费,此外还得预先扣除一年的利息。在村里演出的一个小闹剧里,作者淋漓尽致地勾勒出了他的贪婪相。他明明答应借给人 10 个卢比,实际却只给人 5 个卢比,因为其余的钱都被他以种种名目预先扣掉了。

在印度农村,婆罗门祭司仍然占有很高的地位,拥有很大的特权。达塔丁就是如此。他表面上敬神念经,小心保持饮食用具的洁净;暗地里却放荡得很,专门干些亵渎宗教教规的勾当。"随便到哪一家人的门口站一站,总可以捞到点东西。生了人也捞,死了人也捞,办喜事也捞,办丧事也捞,又种田,又放债,又做中人,要是有谁犯了点错,就罚他出钱,抢劫他的家产。"——这些话的确是一针见血的。[1]

要说编写者后来又有了进步,则体现在评述小说的思想意义、艺术特点和普列姆昌德在文学上的贡献等部分。在这些部分,《新编简明东方文学》的内容比《讲义》的内容更确切了,更全面了,也更深入了。

关于小说的思想意义,《讲义》写道:

《戈丹》是 30 年代印度农村生活的一部史诗。它极为广泛、深刻地反映了当时印度农村日趋破产的历史进程和社会的复杂矛盾,猛烈地抨击了殖民地的、半封建的剥削制度和殖民政府、地主、资本家、高利贷者、婆罗门等的罪恶,真实地表现了挣扎在

---

[1] 《外国文学讲义·东方文学部分》,第87—91 页。

死亡线上、为谋生存而斗争的农民的生活和思想感情。①

对于农民的出路问题，小说没有能够给予圆满的解答。在农民方面，何利的道路失败了，丹妮娅等人也没有找到真正的道路；在工人方面，生活是凄惨的，罢工是散乱的。此外，还有两个知识分子：梅达和玛尔蒂。梅达是哲学教授，他从唯心论和唯物论的研究中得到真理：生命的意义在于为他人服务。玛尔蒂本来是个摩登小姐，后来受到梅达的影响，复活了内心的牺牲精神。他们两人竟然变成农民的知心朋友和启蒙者，给人以渺茫的希望。对工农革命力量估计不足，对调和民族矛盾和阶级矛盾的某些幻想，这是小说的局限所在。②

《新编简明东方文学》的相关部分则是这样写的：

这部小说反映的是 20 世纪 30 年代的印度社会生活。在 1928 年至 1933 年的民族解放运动第三次高潮中，广大人民群众奋起反抗，争取独立解放，但是没有获得成功。当时的领导者害怕群众运动的巨大威力，极力想把它限制在非暴力的范围内；当他们借助群众力量达到自己所设定的目标以后，便下令停止斗争。运动失败后，英国殖民当局勾结印度封建势力和大资产阶级，更加残酷地压榨广大人民，工农群众处于水深火热之中。

《戈丹》被誉为印度农村生活的史诗，它广泛、深刻地反映了 30 年代初民族解放运动高潮过去后，印度社会极其复杂的矛盾和农村日趋破产的进程，抨击了地主、资本家、高利贷者、婆罗门祭司等的罪恶，表现了挣扎在死亡线上的贫苦农民的生活状况和思想感情。

---

① 《外国文学讲义·东方文学部分》，第 87 页。
② 同上书，第 91 页。

小说通过具体生动的社会生活画面表明,印度的民族解放运动使某些政客捞取了更多的政治资本,而给何利这样的农民带来的却是更加可怕的贫困。这是多么令人痛心的事实啊!何利应该说是最勤劳、最善良、最正直的农民了,但在当时的社会条件下却只能落得一个悲惨的结局。他的悲剧说明,英国殖民当局和印度上层阶级奴役农民的心肠是多么狠毒,手段是多么阴险;在他们的奴役下,印度农民已经失去充当安分守己、忍饥耐寒的奴隶的资格,已经不能再做"体面"的奴隶了。显而易见,何利一家的悲剧并不只是个别农民家庭的悲剧,而是全体农民的悲剧。小说写道:何利一家是和全村农民一起走上破产道路的,当何利一家面临绝境时,村里其他农民也在遭受同样的灾难,"没有一个人不是愁眉苦脸的","他们的未来一片漆黑,看不出什么路径"。

由于种种条件的限制,作者虽然一向深切同情农民的悲惨命运,但却不能为农民指出一条明确的出路。如果说在以前的小说(如《博爱新村》)里,他常常为农民安排一个理想化的结局(他称之为"理想主义者的现实主义"),那么在《戈丹》里,他则抛弃了这种理想化的结局,用何利的惨死作为整个故事的收场,这是当时客观实际的正确反映,可以说是现实主义的胜利。但与此同时,我们还可以看到作者仍然努力在为农民探索出路,这主要体现在何利的儿子戈巴尔以及另外两个知识分子——梅达和玛尔蒂的身上。作为一个青年,戈巴尔本来具有一定的反抗意识,可是后来没有得到充分发展,最后成了玛尔蒂的家庭佣人;梅达从哲学研究中懂得了生命的意义在于为他人服务的真理,玛尔蒂也追随其后复活了内心的牺牲精神,于是两人双双成为农民的知心朋友。看来作者或许是想通过戈巴尔所走的道路,通过梅达和玛尔蒂的行动,为农民安排一条出路。然而,这种安排并不能给人以踏实之感。①

---

① 《新编简明东方文学》,第247—248页。

　　两相比较，基本观点和内容是一致的；但前者的一些提法（特别是"对工农革命力量估计不足，对调和民族矛盾和阶级矛盾的某些幻想，这是小说的局限所在"等语）给人以生硬之感，而后者的一些提法［例如："如果说在以前的小说（如《博爱新村》）里，他常常为农民安排一个理想化的结局（他称之为'理想主义者的现实主义'），那么在《戈丹》里，他则抛弃了这种理想化的结局，用何利的惨死作为整个故事的收场，这是当时客观实际的正确反映，可以说是现实主义的胜利"，"看来作者或许是想通过戈巴尔所走的道路，通过梅达和玛尔蒂的行动，为农民安排一条出路。然而，这种安排并不能给人以踏实之感"等语］更加贴近作品实际内容，因而也更加具有说服人的力量。

　　关于小说的艺术特点，《讲义》写道：

　　　　《戈丹》在艺术表现方面很有特色。

　　　　小说真实地描绘了农村生活的画面，生动地刻画了农民的形象，随处皆是色彩鲜明、形象逼真的艺术画面，闪耀着现实主义的光辉。小说里农民的性格是充实的，丰富的。他们的高贵的一面和软弱的一面，欢乐和痛苦，理想和失望，爱和恨常常错综地交织在一起，并且不断产生微妙的变化，显得真实而又动人。作者善于通过多种多样的日常生活场景展示人物性格的各个方面。如何利对妻子的关怀和体贴，对儿子的爱护和忍让，对地主的奉承和轻信，对祭司的尊敬和服从等，使得这个人物有血有肉。作者又善于通过尖锐的矛盾冲突事件集中地表现人物性格最重要、最本质的特性。如在母牛被毒死事件中，何利的胆小怕事和丹妮娅的泼辣大胆；在儿子恋爱事件中，何利和丹妮娅起初在收留儿媳问题上的一致和后来在对待长老会态度上的矛盾，对比地写出了两人的性格差异。作者还善于深入细致地描绘人物丰富多彩的内心世界。如何利由想从牧牛人手里骗取母牛到自愿放弃母牛并赠送牛草的转变，丹妮娅由坚决反对送牛草到主张大量送牛草的变化，都写得惟妙惟肖，颇为动人。

小说从农民利益出发来描写剥削阶级的形象，所以对他们的讽刺是最尖锐的，对他们的揭露是最深刻的。小说讽刺和揭露的力量在于尖锐地戳穿他们本质的反动性，讽刺和揭露的基础在于他们的漂亮言辞和丑恶行为之间的深刻矛盾。在表现他们的性格时，有时通过巧妙的诙谐的叙述点破他们的丑恶本性，有时通过他们"崇高"的言论和渺小的行为的对比证实其伪善面目，这些都产生了极好的艺术效果。

小说的语言朴素而生动，有浓厚的生活气息。小说里各种人物的用语都有鲜明的个性特征，有声有色，多传神之笔。[1]

《新编简明东方文学》的相关部分则是这样写的：

这部小说在艺术表现方面也具有鲜明的特点，取得了相当高的成就。

首先，小说真实地描绘了农村生活的画面，生动地刻画了农民的形象，闪耀着现实主义的光辉。小说里农民的性格是充实的，丰富的。他们的高贵的一面和软弱的一面，欢乐和痛苦，理想和失望，爱和恨常常错综地交织在一起，并且不断产生微妙的变化，显得真实而又动人。作者善于通过多种多样的日常生活场景展示人物性格的各个方面。如何利对妻子的关怀和体贴，对儿子的爱护和忍让，对地主的奉承和轻信，对祭司的尊敬和服从等，使得这个人物有血有肉。作者又善于通过尖锐的矛盾冲突事件集中地表现人物性格最重要、最本质的特性。如在母牛被毒死事件中，何利的胆小怕事和丹妮娅的泼辣大胆；在儿子恋爱事件中，何利和丹妮娅起初在收留儿媳问题上的一致和后来在对待长老会态度

---

[1] 《外国文学讲义·东方文学部分》，第91页。

上的矛盾，对比地写出了两人的性格差异。作者还善于深入细致地描绘人物丰富多彩的内心世界。如何利由想从牧牛人手里骗取母牛到自愿放弃母牛并赠送牛草的转变，丹妮娅由坚决反对送牛草到主张大量送牛草的变化，都写得惟妙惟肖，颇为动人。除此之外，小说对于几个上层人物的描写也很出色。作者是从农民的角度观察和描写他们的，所以对他们的讽刺是最尖锐的，对他们的揭露是最深刻的。小说讽刺和揭露的力量在于尖锐地戳穿他们本质的反动性，讽刺和揭露的基础在于他们的漂亮言辞和丑恶行为之间的深刻矛盾。在表现他们的性格时，有时通过巧妙的诙谐的叙述点破他们的丑恶本性，有时通过他们"崇高"的言论和渺小的行为的对比证实其伪善面目，这些都产生了极好的艺术效果。

其次，小说的语言是朴素而优美的。农民的语言是朴素的、生动的，作者十分熟悉他们的语言，并且能够灵活运用他们的语言，所以在描写农民日常生活和农村社会生活方面，显示出特殊的艺术魅力。与此同时，作者还善于使用形象的、美妙的比喻和象征，使作品充满诗情画意。例如，何利家里断了炊，多亏希拉的妻子送来一些粮食，一家人才重新活跃起来。于是，索娜走去生火，卢巴提起水桶去打水，"家里的生活像一度停下的车子，现在又往前开动了。本来因为受到阻塞而产生漩涡、泡沫，并且喧嚷奔腾的流水，在阻塞的东西被清除以后，又发出了柔和、甜蜜的声音，平静而悠缓，像一泓油汁似的流去"。又如，小说对何利和丹妮娅感情生活变化的描写——"在结婚生活的黎明时分，爱恋的感情带着玫瑰的色彩和沉醉的姿态涌上来，以它那绚丽的金光渲染着心的天庭。接着，日午的酷热来到，转眼间卷起一阵飓风，大地都给吹得颤抖起来，爱恋的金色帷幕消失了，呈现在眼前的是赤裸裸的现实。那以后，是憩息的黄昏，凉爽而又宁静，我们就像困倦的旅人一样，互相诉说着一天旅行中的种种际遇，我们显得那么漠不关心，仿佛已经爬到一个高山的峰顶，下面喧嚷嘈杂的人声不会传到我们的耳里了。"作者在通篇朴实无华的叙述和描写之中，穿插进这样一些形象的比喻和抒情诗式的句子，使语言产生变化，显得婀娜多姿，格外引人注目，从而增强了语言的表现力，使读者获得美的感受，得到情的感染。①

两相比较，基本观点和内容是一致的；但前者的第一点写得比较充分，所以后者几乎全部予以保留；前者的第二点写得过分简略，没有举出实例加以说明，而后者则举出实例加以说明，显得更加充实。总之，后者的论述更加妥当和完整，显然在前者的基础上又前进了一步。

关于普列姆昌德在文学上的贡献，《讲义》写道：

普列姆昌德以自己的创作实践为印地语和乌尔都语文学开辟出一条为民族独立运动和为被压迫人民服务的现实主义道路。他反对当时文坛上存在的消极浪漫主义和神秘主义倾向，认为文学的基础是生活，文学必须关心国家和民族的利益，必须反映现实存在的矛盾和斗争。他是印度第一个深入反映穷苦人民生活、密切关心劳动人民命运的作家。他的作品多半以农村生活为背景，以农民为主角。他对农民有深刻的了解，他描绘了农民的贫困生活，抒发了他们的思想感情，也表现了他们力图摆脱压迫剥削的愿望和对于幸福未来的憧憬；同时，也忠实地指出了他们的弱点：偏见、迷信、守旧。马屯在《近代印地文学史》中写道：他是第一个真挚赤诚地对待农民和小资产阶级的人。他研究他们，并不是像一个高高在上的观察者那样，而是作为他们中间的一个。事实的确如此，在这些作品中，他深切地爱和同情被压迫人民，强烈地反对英国殖民者，反对种姓制度，反对封建地主，反对婆罗门祭司。

普列姆昌德在文学作品的艺术表现方面也有许多创造和贡献。在印地语和乌尔都语文学史上，他第一个摒弃了追求离奇故事情节的旧式小说，创造了着力刻画人物性格的现代小说。他既是中篇小

---

① 《新编简明东方文学》，第248—249页。

说和长篇小说的巨匠，也是短篇小说的大师。他的小说具有鲜明的形象、生动的情节、朴素优美的语言和平易近人的风格。①

《新编简明东方文学》的相关部分则是这样写的：

由于长期积劳成疾，普列姆昌德于 1936 年 10 月 8 日逝世，年仅 56 岁。他一生辛勤劳作，共计写下了 15 部中篇小说和长篇小说（其中有两部是未完稿），300 篇左右的短篇小说，此外还有许多剧本、儿童文学作品、论文和译文等。他给印度人民留下的文学遗产是丰富的。他以自己的创作实践为印地语和乌尔都语文学开辟出一条为民族独立运动和为被压迫人民服务的道路。他反对当时文坛上存在的颓废倾向和神秘倾向，坚持现实主义方向，认为文学的基础是生活，文学必须关心国家和民族的利益，必须反映现实存在的矛盾和斗争。他是印地语和乌尔都语文坛上第一个深入反映穷苦人民生活、密切关心劳动人民命运的作家。他的目光经常向着农村。他有许多作品以农村为背景，以农民为主角。他对农民有深刻的了解，他描绘了农民的贫困生活，抒发了他们的思想感情，也表现了他们力图摆脱压迫剥削的愿望和对于幸福未来的憧憬。反之，对于奴役印度民族的英国殖民者，对于骑在人民头上的印度反动派，他则予以无情的鞭挞和辛辣的讽刺。普列姆昌德在文学作品的艺术表现方面也有许多创造和贡献。在印地语和乌尔都语文学史上，他第一个摒弃了追求离奇故事情节的旧式小说，创造了着力刻画人物性格的现代小说。他既是中篇小说和长篇小说的巨匠，也是短篇小说的大师，因而获得了"小说之王"的美称。他的小说具有鲜明的形象、生动的情节、朴素优美的语言和平易近人的风格。②

---

① 《外国文学讲义·东方文学部分》，第 92 页。
② 《新编简明东方文学》，第 250 页。

两相比较，基本观点和内容是一致的；但后者比前者在提法上更加准确一些、稳妥一些。例如：前者说"他是印度第一个深入反映穷苦人民生活、密切关心劳动人民命运的作家"，或许有些武断，因为"印度"的范围太大，没有经过全面调查不能轻易下结论，因此后者改为"他是印地语和乌尔都语文坛上第一个深入反映穷苦人民生活、密切关心劳动人民命运的作家"，这种提法应该没有什么问题；前者说"他反对当时文坛上存在的消极浪漫主义和神秘主义倾向"，或许不够贴切，因此后者改为"他反对当时文坛上存在的颓废倾向和神秘倾向"；等等。

就总体而言，尽管存在上述种种问题，但是《讲义》对普列姆昌德的介绍和评论还是基本正确的，在当时来说已经达到了一定的水平。这首先是因为关于普列姆昌德的翻译资料和研究资料比较多（特别是刘安武先生的研究资料比较准确），其次是因为编写者一直认为普列姆昌德是印度现代文学的代表作家，所以花费的时间和精力也比较多。

第三节　东方文学的内容——阿拉伯文学

如上所述，由于缺乏资料和认识错误，在《东方文学教学大纲》里虽然列出"阿拉伯古代文学"这个标题，但在这个标题下古代部分写的却是埃及古代文学的内容，中古部分只有《一千零一夜》而没有其他内容。这无疑是一个严重的失误。其后，笔者通过学习和研究认识到这个失误，并在编写《东方文学讲义》时，在"亚非古典文学"一章里，单独设立"阿拉伯文学"一节，该节分为两个部分：第一部分是"古代和中古文学概况"，第二部分是"重点作品《一千零一夜》"。

第一部分　古代和中古文学概况

第一段是对阿拉伯古代和中古文学的概括介绍，主要内容如下：

　　阿拉伯是古代和中古世界上最重要的文化地区之一，阿拉伯古典文学在世界文学史上占有重要的地位。

　　古代和中古阿拉伯文学是一种非常复杂和多方面的文学。许多世纪以来，这种文学吸收了亚洲、非洲和欧洲各民族的文学遗产。一般研究者都根据伊斯兰教产生的前后，把阿拉伯古典文学分为三个时期：从蒙昧时期到公元 7 世纪属于第一个时期，即国家产生时期的文学；从公元 7 世纪统一的伊斯兰教国家的成立到公元 16 世纪土耳其阿拉伯属于第二个时期，即封建帝国时期的文学。前者为原始公社崩溃和奴隶制社会的文学，后者为封建社会的文学。从公元 16 世纪到 19 世纪中叶属于第三个时期，也被称为停滞时期。①

　　今天看来，这段概括介绍基本上是正确的；只不过后来我国的阿拉伯文学研究者又做了更加科学的分期，将其划分为四个时期：伊斯兰教兴起之前时期、伊斯兰教形成时期、阿拔斯王朝时期和奥斯曼统治时期，即将《讲义》所说的第二个时期划分为伊斯兰教形成时期和阿拔斯王朝时期两个时期。

　　关于第一个时期的文学，《讲义》分为诗歌和散文两个方面加以评述：

　　　　这个时期的文学已经取得了初步的成就。诗歌是主要文学形式。最早流传在口头上的诗歌，只有一小部分保存在后来收集的集子里，如拉比·哈马德（？—722）记录的《摩阿拉集》（《串珠集》）、阿布·台曼和布赫土利（9 世纪）的《英灵集》、阿布·里·法拉支（10 世纪）的《诗经》等。这时期的诗歌多方面地反映了当时的社会生活，反映了阶级社会以前游牧部落的牧民和战士们的生活和思想感情，洋溢着浓厚的生活气息。当时，

---

　　① 《外国文学讲义·东方文学部分》，第 46 页。

阶级社会尚未完全形成，阶级对立还不十分明显，诗人与自己的部落有着密切的联系，他们是最熟悉自己部落历史和宗教信仰的人，是最有知识的人（阿拉伯语"诗人"的原意是学者、智者的意思），他们受到部落的敬重，他们的诗歌也深深地植根于广大人民之中。诗歌的主题首先就是赞美自己的部落，描写对敌人的报复；其次是描写自己的生活，赞美那滋润了大地并给人们带来绿意和生命的春雨，描绘他们浪游中的给食者和旅伴——骆驼和马匹，描绘沙漠上的动物——鸵鸟、狼、鬣狗、野山羊；此外，爱情抒情诗在古诗人的创作中也占有重要地位。这时期有名的诗人有：伊姆鲁尔凯沙、达拉法、香法拉、哈蒂姆等。他们的创作证明，阿拉伯诗歌已经历了一个相当长久的发展道路，已经从口头诗歌脱胎出来了。早在这个时期，阿拉伯诗歌的一些基本体裁便已形成：主要诗体是卡色达——这是按照一定的极其严格的结构写成的诗，此外有颂歌、哀悼歌、复仇歌、战歌、酒歌、讽刺诗等。同时，它们也具有自己的艺术风格：观察细致，比拟和比喻确切，描写鲜明、生动，能以丰富的表现力感动人。①

以上这段是对诗歌的评述。可以说评述相当细致，但是由于材料来源比较复杂（除公开发表的材料外，还有穆木天先生翻译苏联学者的文章，如斯马利可夫、贝利耶夫作《阿拉伯文学》等），经过多种语言转译，所以在译名方面存在不少问题，需要进一步考查。例如，其中提到的著名诗人"伊姆鲁尔凯沙"可能就是现在通行翻译的"乌鲁姆勒·盖斯"（500—540），"达拉法"可能就是现在通行翻译的"塔拉法"（543—569），"香法拉"可能就是现在通行翻译的"尚法拉"（？—525），"哈蒂姆"可能就是现在通行翻译的"哈帖姆"（？—605）。其中，乌鲁姆勒·盖斯和塔拉法是著名的《悬诗》诗人，尚法拉属于"侠寇诗人"，而哈帖姆则以为人慷慨著称。如果

---

① 《外国文学讲义·东方文学部分》，第46—47页。

这个推断不错的话，我们可以认定这段评述是基本上可靠的。

> 诗歌以外，散文文学也发展起来。这时期最著名的作品是童话集《阿拉伯人的日子》和民间故事集《安塔拉传奇》，其中生动地反映了阶级社会产生时期人民大众的思想情绪。《阿拉伯人的日子》是关于阿拉伯半岛上各个游牧民族生活的重大故事。根据这些故事，我们可以追溯到部族生活时期的种种详情细节，体会出由于贵族将原来属于部族所有的牧场据为己有，而引起平民的幼稚而天真的不满和愤怒情绪。《安塔拉传奇》的主人公安塔拉是受到阿拉伯人民普遍爱戴的神话式人物，他为保卫部落不受外族侵略而英勇战斗，他是弱者和受辱者的保护人。[①]

以上这段是对散文的评述。材料来源同样比较复杂（除上文提到的《阿拉伯文学》一文外，还有穆木天先生翻译 A. 杜林尼娜作《阿拉伯散文作品选·序文》等），同样经过多种语言转译。其中主要提到两部作品：一是《阿拉伯人的日子》，其内容和评论大体上是准确的。二是《安塔拉传奇》，其内容和评论基本上准确；只是作为一部民间故事集，它的产生虽然可以上溯到这个时期，但是整理成书应该是在 10 世纪，而最后定型则要推到 14 世纪，所以一般文学史并不把这部作品放在这个时期论述。这是需要说明的。

关于第二个时期的文学，《讲义》首先对它的发展情况进行了概述：

> 从 7 世纪起，阿拉伯文学的发展进入了第二个时期。这是阿拉伯古典文学取得辉煌成就的时期。一种新的世界性宗教——伊斯兰教的诞生，阿拉伯帝国向东方和西方的扩张，他们与被征服地区较高文化的接触，这些都有助于扩大他们的眼界和提高他们

---

① 《外国文学讲义·东方文学部分》，第 47 页。

的文化水平。阿拉伯文学在这个时期广泛地吸收了波斯文学、阿塞拜疆文学、塔吉克文学、印度文学以至中国文学、希腊文学、罗马文学的成就。

　　这个时期文学的发展显然有两种不同的趋势：一方面是在人民群众中流传的人民口头的创作，一方面是逐渐集中于宫廷的作家的创作。一般说来，宫廷文学充满色情的享乐主义、美酒与爱情和对专制君主歌功颂德的作品；但是，对于这些宫廷诗人的创作也不能一笔抹杀。他们之中有许多人虽然不得不依附于帝王将相的门下，不得不写些投合统治者口味的作品，却仍然持有自己的观点和节操，不完全满意统治者的所作所为，并以曲折隐晦的方式表达自己的观点，甚至因此丧命于帝王和权贵的刀剑之下。①

这段概述的内容，在今天看来也可以说是正确的。它既分析了阿拉伯文学的发展与吸收外国文化的关系，也指出了阿拉伯文学内部形成的两种不同的趋势，并对后一种趋势进行了具体的分析。

《讲义》接着对这个时期阿拉伯文学的两种体裁，即诗歌和散文，分别进行了评述。关于诗歌，首先介绍其概况：

　　在伊斯兰教国家建立的初期，文学还没有发生重大的变化。倭玛亚王朝时期，文学才开始迅速发展起来。这时最著名的诗人是麦加的奥玛尔·伊本·阿布·拉比亚（643—719），他也是整个中世纪阿拉伯文学中最杰出的诗人之一。阿拔斯王朝时期（750—1055），特别是 10 世纪，是古典文学发扬光大的时期。这时各种文学形式都逐渐发展起来，并且达到了高度完美的境界。在各种文学形式中，诗歌占有重要地位。②

---

① 《外国文学讲义·东方文学部分》，第 47 页。
② 同上。

这一段概述了倭玛亚（即伍麦叶）和阿拔斯两个王朝时期的文学，特别是诗歌。其基本内容是正确的。但其中所谓"这时最著名的诗人是麦加的奥玛尔·伊本·阿布·拉比亚（643—719），他也是整个中世纪阿拉伯文学中最杰出的诗人之一"等语，似乎把这位诗人评得过高了。奥玛尔·伊本·阿布·拉比亚现在通行翻译为欧麦尔·本·艾比·赖比阿，是"艳情诗"的代表诗人之一；不过他恐怕不能称为"最著名的诗人"，也不能认为是"整个中世纪阿拉伯文学中最杰出的诗人之一"。

然后重点介绍阿拔斯王朝时期的三位诗人：阿布·诺瓦斯（即艾布·努瓦斯）、穆坦纳比（即穆太奈比）和阿布·里·阿里亚·阿里·马利（即麦阿里）。

关于阿布·诺瓦斯，《讲义》写道：

> 阿布·诺瓦斯（8世纪中叶—814）是阿拔斯王朝时期最早的一位著名诗人。他出身贫寒，度过一段流浪的生活，后来受到拉西德王的眷顾。可是，王朝中的一个贵人对他的大胆的讽刺诗恼羞成怒，竟下令将他痛加杖责致死。他的抒情诗虽然描写美酒与享乐，但其中常常流露出对现实社会矛盾的深刻感受和借酒浇愁的辛酸情调——"啊！一杯酒斟满了它，告诉我，这是酒。/如果我能在光明处饮酒，我决不到黑暗处去喝；/当我醒时，每一个时刻都是诅咒和痛苦，/当我醉得东倒西歪时，我却是富人。"他的诗力图革新，打破了盲目模仿前期诗歌的框子，表现了深深地激动同时代人的新主题。他的诗歌的特点是质朴易懂，具有独创性和深厚、真挚的感情。他在《酒之歌》里表现了卓越的技巧。他的悼亡歌和哀歌凄婉动人，讽刺诗却写得不留余地。因此，一般认为，他是最杰出的一位阿拉伯诗人。①

---

① 《外国文学讲义·东方文学部分》，第47—48页。

这段对阿布·诺瓦斯的评介基本上是正确的，但是由于材料来源比较复杂，有些地方可能不够准确，如生活年代，现在一般推断为762年至813年。

关于穆坦纳比，《讲义》写道：

> 穆坦纳比（915—965）是一位典型的行吟诗人。传说他是一个挑水夫的儿子，早年在外乡求学，后来假借宗教外衣传播不利于封建统治的思想。他时而在叙利亚和埃及，时而在伊朗，向不同的统治者献上颂歌，但不久又和他们争吵起来。他的讽刺诗才真正表露出他的自由思想和对哈里发统治的社会的深刻观察——"那些与世界熟悉了很久的人，／当他转向周围一看时，／他乃看见，外表是那么美丽的，其实是多么虚伪啊！"①

这段对穆坦纳比的评介基本上是正确的，但是由于材料来源比较复杂，有些地方可能不够准确，如生平活动等。

关于阿布·里·阿里亚·阿里·马利，《讲义》写道：

> 阿布·里·阿里亚·阿里·马利（973—1057）是一位远离宫廷的天才的盲诗人。他生活于战争连绵不断、经济衰退日益严重、人民生活不断恶化的时代。他的哲理诗表现了对生活的深刻理解，他的悲观主义是人民大众对封建压迫消极抗议的反映。他的许多《献诗》都是极其精妙的讽刺，但一直没有受到当时人的彻底理解。在《关于天使的献诗》里，他尖锐地嘲笑了宗教的一切基本原理。他最享盛名的诗集是《无须履行的义务》，特点是独特的形式和深刻的内容。②

———————————

① 《外国文学讲义·东方文学部分》，第48页。
② 同上。

这段对阿布·里·阿里亚·阿里·马利的评介基本上是正确的，但有些地方可能不够准确，如生活经历、诗集名称等。

总之，《讲义》以上述三位诗人为代表大体上是合适的。除了这三位诗人之外，艾布·阿塔希叶（748—825）也是一位大约与艾布·努瓦斯同时代的有代表性的诗人，似乎不应该遗漏。

关于散文，《讲义》也作了概括性的介绍，内容如下：

> 这个时期不仅产生了光辉的诗歌典范，艺术性散文也同时繁荣起来。这时翻译作品的风气盛行并取得很大成就，其中最有名的是伊本·阿里·穆加发于750年左右从波斯文转译的《五卷书》的译本——《卡里来与迪木乃》。译者在翻译过程中加入了一些新东西，所以它不纯粹是个译本。这部作品文字优美，成为阿拉伯古典散文的典范，并在阿拉伯文学史上占有一席重要地位。这时还出现了一种新的文学体裁——玛卡梅。这是一些类似成套的短篇小说的东西，讲述流浪者的各种冒险奇遇。这种体裁具有群众化的特点，为阿拉伯人民所酷爱。玛卡梅的奠基人是哈玛丹尼·阿地·阿兹·乍曼（？—1008），代表作家是阿里·哈利利（？—1122）。[①]

这段内容大体上也可以说是正确的，如对《卡里来与迪木乃》和玛卡梅的介绍等；但还存在若干缺欠。一是在材料上有一些不准确的地方，如玛卡梅的两位代表作家——哈玛丹尼（即赫迈扎尼）·阿地·阿兹·乍曼的生卒年应该是969—1007年，阿里·哈利利（即哈里里）的生卒年应该是1054—1122年。二是在内容上忽略了伊斯兰教经典《古兰经》的文学价值。后者可以说是一个比较严重的缺欠。之所以被忽略，显然与当时对于宗教的看法有关，即较多地看到宗教的消极面，较少地看到宗教的积极面。正因为如此，《古兰经》和其

---

① 《外国文学讲义·东方文学部分》，第48页。

他许多宗教经典都未能受到应有的重视。

关于第三个时期的文学，《讲义》只用几行字略加评述：

> 从 16 世纪到 19 世纪中叶是阿拉伯文学史的停滞时期。外族的连续入侵严重地破坏了文学艺术的发展。这时阿拉伯语虽然并未失去其作为宗教与科学语言的意义，但文学上则少有杰出的创作。不过民间文学创作仍在继续发展，世界著名民间故事集《一千零一夜》的创作延续到这个时期，就是一个很好的证明。①

这个时期是指在土耳其奥斯曼帝国统治之下的阿拉伯及其以后的历史。就文学而言，这个时期的文学的确处于全面衰落状态。

总起来说，《讲义》对于阿拉伯古典文学进行了比较全面的介绍，弥补了《大纲》的缺失。这是一个很大的进步。但是由于当时可供参考的资料有限，而且其中含有许多不准确的地方，再加上笔者理解能力和思想观点的局限，所以《讲义》仍然存在不少漏洞。

那么，我们今天应该如何认识阿拉伯古典文学呢？在《新编简明东方文学》中对阿拉伯古典文学的概括介绍如下：

> 阿拉伯中古文学，按历史发展来说，可以分为伊斯兰教兴起之前时期、伊斯兰教形成时期、阿拔斯王朝时期和奥斯曼统治时期等四个时期；按文学体裁来说，则可以分为诗歌、散文和故事三大类。
>
> 阿拉伯人自古以来就喜欢诗歌，诗歌是阿拉伯文学（特别是古典文学）的主要表现形式。据仲跻昆先生研究，最古老的诗歌称为《悬诗》，一般认为是指七位诗人（乌鲁姆勒·盖斯、塔拉法、祖海尔、安塔拉、阿慕鲁·本·库勒苏姆、哈雷斯·本·希里宰和莱比德）的七首诗歌，但也有人认为是指 10 位诗人（再

---

① 《外国文学讲义·东方文学部分》，第 48 页。

加上纳比额·祖卜雅尼、大艾阿沙和阿比德·本·艾卜赖斯）的
10 首诗歌。乌姆鲁勒·盖斯（500—540）是最有名的"悬诗"
诗人。他生于纳季德，祖籍也门，祖先代代担任铿德部族盟主。
他青少年时代过着放荡不羁的生活，饮酒，行乐，狩猎，赋诗。
后来，他的父亲被异族人杀死。消息传到时，他正在饮酒作乐，
当即发誓戒酒报仇；但可惜始终未能如愿，最后死于寻求救援的
路上。他的诗歌创作也大致以其父遇害为界分为前后两个时期，
前期主要描绘放荡的生活，抒发风流的情绪，富于浓厚的浪漫色
彩；后期主要描绘坎坷的经历，抒发报仇的心愿，具有浓郁的悲
凉情调。《悬诗》一首是他前期的代表作品。这首诗共计 80 余
行，前半首着重抒情，抒发他对堂妹欧奈扎以及其他女人的爱慕
之情；后半首着重写景，描绘骏马、狩猎和沙漠等的壮美景物，
并将抒情和写景融合起来，达到情景交融的艺术效果。描写大
胆，感情炽热，语言直率，韵律优美，是这首诗的显著特色。

阿拉伯帝国建立之后，多数诗人进入宫廷生活。到阿拔斯王
朝时期，由于哈里发的奖励和提倡，诗歌得到迅速发展，逐渐形
成繁荣局面，先后出现了不少有才华的诗人，如艾布·努瓦斯
（762—813）、艾布·阿塔希叶（748—825）、艾布·泰马姆
（788—846）、布赫图里（820—897）、伊本·鲁米（836—896）、
穆太奈比（915—965）、麦阿里（973—1057）和伊本·法里德
（1182—1234）等，其中以艾布·努瓦斯、艾布·阿塔希叶、穆
太奈比和麦阿里的名声最大，成就最高。

艾布·努瓦斯生于伊朗的阿瓦士，后来迁居阿拉伯的巴士
拉。他勤奋好学，广泛涉猎文学、语言和宗教等方面的学问。从
30 岁左右起，他开始进入阿拔斯王朝宫廷，受到哈里发艾敏的
赏识，但也曾经受牢狱之灾。他写了 12000 余首诗，包括颂诗、
挽诗、情诗、咏酒诗、讽刺诗、劝世诗、狩猎诗等，其中以《咏
酒诗》最为出色。在诗歌创作上，他主张创立新风，提倡自由顺
畅。这首诗就是这种观点的具体体现。

艾布·阿塔希叶生于伊拉克安巴尔附近一个贫苦家庭。他从小就喜爱诗歌，据说能够出口成诗。长大成人后进入阿拔斯王朝宫廷，受到哈里发的赏识，过着奢侈享乐的生活。796 年左右，他的观念发生巨大转变，决心抛弃以前的奢华生活，毅然换上苦行僧的衣着，出家修行。他的诗歌创作也以 796 年为界分为前后两个时期。前期写了许多颂诗、饮酒诗和爱情诗，后期最引人注目的是一系列的劝世诗。如《为民请命》一诗直言不讳地表达了人民大众的心愿，风格朴实，语言通畅，不愧为难得的佳作。

穆太奈比生于库法，祖籍也门。他早年过了很长时间的流浪生活，后来进入宫廷，得到不少王公贵族的赏识。从 948 年到 957 年，他在阿勒颇的哈姆丹王赛弗·道莱的宫廷里服务，诗歌创作达到鼎盛时期。他的诗集收入 3000 余首诗。颂诗，特别是歌颂赛弗·道莱的诗，被认为是他写得最好的诗。他的哲理诗也有不少佳作，其中包含许多言简意赅、意境深远、耐人寻味的名言和警句。

麦阿里生于叙利亚一个贵族家庭，童年时代因患天花而双目失明。尽管如此，他仍然依靠天资聪慧和勤奋好学而获得了丰富的知识。据说他的著作多达 70 余部，流传至今的只是其中的一部分。他的诗歌主要汇集在两部诗集中，即《燧火集》和《鲁祖米亚特》。前者收入 3000 余行诗，是诗人青少年时代的作品；后者收入 11000 余行诗，是诗人中老年时代的作品。他的诗歌以思想深邃、富有哲理而闻名于世，他也因此获得"诗人中的哲人，哲人中的诗人"的美誉。

但是后来诗歌渐渐走向形式主义，过分讲究辞藻，过分注重形式，只有 13 世纪蒲绥里 (1212—1296) 的长诗《斗篷颂》显示出若干亮色。除阿拉伯本土外，"安达卢西亚"地区 (今西班牙和葡萄牙地区) 的诗歌也很值得注意。这里由于地理环境和风土人情的差异，形成特色鲜明的"安达卢西亚"文学，出现了伊本·宰敦 (1003—1071)、穆阿台米德·本·阿巴德 (1040—

1095）和伊本·海法捷（1058—1138）等一批成绩不凡的诗人。此外，产生于当地的"彩诗"和"俚谣"也应当提及。"彩诗"和"俚谣"由民歌演化而来，形式多样，格律自由，据说对后来欧洲的骑士行吟诗歌和十四行诗产生了一定的影响。

中古阿拉伯散文的成就也不可忽视。伊斯兰教经典《古兰经》（7世纪）和与《古兰经》同类性质的《圣训》（8—10世纪）是阿拉伯的早期散文著作。伊本·穆格法（724—759）、贾希兹（775—868）和麦阿里是有名的散文家。贾希兹的《动物书》、《吝人传》和《修辞达意书》等堪称佳作，其特点是文笔简洁，知识广博，情趣盎然。麦阿里既是诗人，也是散文家，他的《章节书》、《宽恕书》是出色的散文作品。此外，安达卢西亚的散文作品有伊本·阿卜迪·拉比（860—940）的《罕世璎珞》、伊本·舒海德（992—1034）的《精灵与魔鬼》、伊本·哈兹姆（994—1064）的《鹁鸽的项圈》和伊本·图菲勒（1100—1185）的《哈伊·本·耶格赞的故事》等。在这一系列作品中，《古兰经》和伊本·穆格法的《卡里来和迪木乃》值得特别关注。

《古兰经》是由穆罕默德后继者主持编定的。它不仅是伊斯兰教的根本经典，也是阿拉伯的第一部大型散文著作，在阿拉伯散文发展史上占有重要地位。《古兰经》共有114章。研究者把这部经典的主要内容分为以下六个方面：一是伊斯兰教与多神教和"有经人"（指犹太教徒和基督教徒）的斗争。二是伊斯兰教的信仰纲领，如信仰安拉，信仰天使，信仰先知，信仰安拉的启示，信仰末日的报应等。三是伊斯兰教的宗教义务和社会义务。四是伊斯兰教的伦理道德。五是伊斯兰教的法制，如无息借贷法、遗嘱继承法、婚姻法和刑律等。六是传说人物故事。作为一部文学作品，《古兰经》的价值主要体现在以下几点上：在内容上，它收入了许多当时流传于阿拉伯半岛的古代阿拉伯人和犹太教、基督教的神话、传说、故事、格言和谚语，记述了许多历史和传说中的人物，这些作品以宣扬教义和颂扬安拉为主旨，但也具有一定的美学意义，不乏想象丰富、形象优美和描绘生动的篇章，广泛地反映了当时阿拉伯的社会、政治、经济和文化等诸多领域的面貌，为后世文学创作提供了丰富的思想和题材。在文体上，它是阿拉伯有史以来第一部优秀的散文作品，并为后世散文文学的发展奠定了牢固的基石。其文体特点是既非格律严谨的传统韵文，又非毫无节奏的普通散文，而是一种韵律宽松、音乐感强、富于变化的特殊散文。在语言上，它对阿拉伯语加以精心提炼，使之典雅流畅且通俗易懂，风格富于变化，同时重视修辞，广泛运用排比、对照、夸张、比拟等多种手段，从而成为阿拉伯人通用的标准语言，为统一、保存和发展阿拉伯语做出了巨大的贡献。

伊本·穆格法祖籍伊朗，生长在阿拉伯的巴士拉。他学识渊博，精通波斯文和阿拉伯文。他的主要作品是寓言故事集《卡里来和迪木乃》。这部寓言故事集是根据印度梵文的寓言故事集《五卷书》编译的。《五卷书》约于6世纪中叶由梵文译为伊朗的巴列维文，而伊本·穆格法又于750年左右将它由巴列维文译为阿拉伯文，并在翻译过程中加以较大的增删和修改，使之成为一部汇集印度、伊朗、阿拉伯等国家和地区寓言故事的新作品。这部作品包括约70个故事，以在第一个故事中登场的两只豺狗的名字命名。作者写作这部书的目的很明确，即通过生动有趣的故事和凝练流畅的语言，劝诫执掌大权的国王，教育广大的人民群众，以便达到改良社会的目的。在阿拉伯，《卡里来和迪木乃》是第一部寓言作品，对散文文学的发展产生了广泛的影响；在世界各地，《卡里来和迪木乃》不胫而走，它的故事不仅在民间广为流传，而且大量进入许多寓言、童话、故事集中。除《卡里来和迪木乃》外，伊本·穆格法的箴言集《大礼集》和《小礼集》也是具有一定价值的重要作品。

阿拉伯人还特别喜欢故事，他们创作的民间故事可谓丰富多彩，除了获得世界声誉的《一千零一夜》（详见第三章第五节）之外，还有长篇传奇故事《安塔拉传奇》和"玛卡梅"体韵文故事等。前者采用散韵结合的文体，描述骑士诗人安塔拉（《悬诗》诗人之一）的浪漫生活，颂扬他的勇敢和正直，歌唱他与堂妹阿卜莱的悲欢离合，具有浓郁的英雄史诗的味道。后者是阿拉伯故事的体裁之一，其代表作品有两部，一部是赫迈扎尼（969—1007）的《玛卡梅集》，收入 51 篇（或 52 篇）玛卡梅体故事，有的揭露上层人物的劣迹，有的表现下层人民的境遇，因而具有一定的思想价值；另一部是哈里里（1054—1122）的《玛卡梅集》，收入 50 篇玛卡梅体故事，特点是结构更加完整，故事更加生动，语言更加幽默。①

两相比较，《讲义》虽然已经提及阿拉伯古典文学的各个方面，但是由于参考资料所限，有些地方不够完整，有些地方不够准确；而《新编简明东方文学》则依据新的研究资料，在这个基础上加以充实、修改和提高，其中所述不仅从年代、人名、书名等细枝末节到评论语言都更加准确，并且还有艾布·阿塔希叶、《古兰经》和"安达卢西亚"文学等重要内容补充进来。

第二部分　重点作品《一千零一夜》

如上所述，《大纲》关于《一千零一夜》的内容十分简略，《讲义》则是根据当时所能找到的各种资料，尤其是纳训先生翻译的《一千零一夜》三卷本，进行比较深入研究的结果。

《讲义》的第一段是对《一千零一夜》地位的界定：

> 《一千零一夜》是阿拉伯古典文学中最享有世界声誉的作品，也是中世纪世界文学史上最优秀的作品之一。②

---

① 《新编简明东方文学》，第 64—68 页。
② 《外国文学讲义·东方文学部分》，第 48—49 页。

　　《讲义》的第二段是介绍《一千零一夜》的故事来源和形成过程：

　　　　《一千零一夜》是一部民间故事集，它的故事来源是多方面的：有阿拉伯的，有印度的，有波斯的，还有希腊的。有的学者认为，《一千零一夜》的原型是一本波斯故事集，叫做《一千个故事》。这个故事集最初可能来自印度，由梵文译成波斯文，再由波斯文译成阿拉伯文的。《一千个故事》提供了《一千零一夜》的主要情节和主要人物名字；后来又随着时代的变化，不断加进新的内容。因此，《一千零一夜》的故事大概可以分成三部分：第一部分是从波斯故事集《一千个故事》译成阿拉伯文的，这是全书的核心；第二部分是在伊拉克编写的，讲的是黑衣大食的故事；第三部分是在埃及编写的，讲的是埃及的故事。据考证，全书经过 8 世纪至 16 世纪数百年的演变才成为今天我们看到的样子。所以，《一千零一夜》应该说是阿拉伯以及东方许多民族的人民长期劳作的结晶。《一千零一夜》的创作者是封建社会里的人民大众；但由于长期的流传、修改、加工、编订的结果，也渗入了其他阶级和阶层的观点和材料，应当进行分析研究。①

　　这段介绍大体上是正确的；但个别地方的提法可能不够准确（例如，说该书的故事来源"还有希腊的"，不记得根据何在），又加入了比较生硬的所谓阶级分析，反而显得概念不清。后来，参照学者们的研究成果，笔者在《新编简明东方文学》里，将相关内容归纳如下：

　　　　《一千零一夜》的故事来源颇为复杂，学者们的看法至今仍然存在分歧。不过，根据多数学者的认识，可以将它的故事来源归纳为以下三个方面：一是印度和伊朗的故事，即收入《一千零

---

　　① 《外国文学讲义·东方文学部分》，第 49 页。

一夜》的故事有些来源于伊朗故事集《一千个故事》，而《一千个故事》原来又出自印度，这些故事先由印度的梵文译为伊朗的波斯文，再由波斯文译为阿拉伯文。梵文和波斯文的《一千个故事》原书都没有保存下来，但它的故事似乎早已在阿拉伯流传，据推测大概于850年前后译成阿拉伯文。二是以巴格达为中心的阿拔斯王朝（750—1258）故事。三是以开罗为中心的埃及故事。现在我们所看到的《一千零一夜》，是在《一千个故事》的基础上经过反复修改和加工，并且逐渐增加许多阿拉伯的故事，特别是巴格达和开罗的故事，最终形成的一部庞大故事集。在这个意义上说，《一千零一夜》是印度、伊朗和阿拉伯文化结合的产物。

《一千零一夜》编辑成书似乎经过许多人的努力，并且经过相当长的岁月。学者们（如英国学者巴顿等）经过研究认为，其中最古老的故事（如《国王太子和将相妃嫔的故事》、《国王赭理尔德和太子瓦尔德·汗的故事》等）大约产生于8世纪，核心的故事（共有13个，即《国王山鲁亚尔及其兄弟的故事》、《商人和魔鬼的故事》、《渔翁的故事》、《脚夫和巴格达三个女人的故事》、《三个苹果的故事》、《努伦丁和白迪伦丁的故事》、《驼背的故事》、《努伦丁·阿里和艾尼西·张丽丝的故事》、《窝尼睦和姑图·谷鲁彼的故事》、《阿里宾·巴卡尔和夏目丝·纳哈尔的故事》；《戛梅禄太子和白都伦公主的故事》、《乌木马的故事》和《白第鲁·巴西睦太子和赵赫兰公主的故事》等）大约形成于10世纪，最晚出的故事（如《陜麦伦·宰曼的故事》、《补鞋匠马尔鲁夫的故事》等）大约出现于16世纪，而全书基本成型则大约在13世纪。

总起来说，《一千零一夜》是在长期过程中不断发展不断扩大的民间故事集，今天我们所见到的样子乃是不同版本和抄本互相对照和补充的结果，今后随着新材料的发现还会得到进一步的补充和完善。①

---

① 《新编简明东方文学》，第131—132页。

两相比较，比起《讲义》来，《新编简明东方文学》的说法更准确一些，也更实在一些，尤其是关于这部故事集形成过程的介绍。这是因为《新编简明东方文学》是依据巴顿等众多学者大量的、实在的研究成果归纳出来的。

《讲义》的第三段是介绍《一千零一夜》的故事梗概和故事类型：

> 这本故事集里的所有故事都组织在一个核心故事之中。相传在古代印度和中国的海岛上，有一个萨桑国。国王山鲁亚尔生性嫉妒残暴，每夜娶一王后，次晨即行杀害。百姓受此威胁，感到十分恐怖，纷纷携儿带女逃亡，城中十室九空。于是，宰相的女儿山鲁佐德自告奋勇进宫，愿意牺牲自己以拯救千千万万姐妹的生命。她设法引动了国王听故事的兴趣，夜里给他讲述一个有趣的故事，天明时因故事未完而未遭杀戮。此后，她每夜继续讲下去，故事一个接着一个，一个故事又套着一个故事，一直讲了一千零一个夜晚。最后国王终于悔悟，与山鲁佐德白首偕老。这一千零一夜所讲的故事，内容包罗万象，极为丰富多彩。其中格言、谚语、寓言、童话、恋爱故事、冒险故事、名人轶事应有尽有。每一回叫做一夜，两夜相接的地方是故事最有趣之处。整部故事集极为生动、真切地反映了中世纪西南亚国家的社会状况和风土人情。①

这段介绍大体上也是正确的；但有些地方由于当时缺乏必要的材料，所以没有能够交待清楚，如故事的数量、故事的结局、故事的类型等。后来，根据新发现的外国学者的研究成果，我们对于这些问题才有了新的认识。在《新编简明东方文学》里，笔者把这个方面的内

---

① 《外国文学讲义·东方文学部分》，第49页。

容整理如下：

　　《一千零一夜》的规模相当庞大，共计收入 300 多个故事。这些故事几乎全部（也有一些故事例外，作为"补遗"）采用故事套故事的方法组织起来，所有这些故事几乎都套在第一个故事——《国王山鲁亚尔及其兄弟的故事》里。这个故事说：山鲁亚尔是一个暴君。有一次，他发现王后背着自己与宫女、奴仆一起玩乐，便下令杀死王后及宫女、奴仆，并决心从此以后对普天下的妇女进行报复，即每天娶一个少女，第二天早晨就把她杀害。宰相的女儿山鲁佐德听说以后，决心为拯救天下的无辜妇女，自愿嫁给国王。山鲁佐德进宫以后，首先设法引起国王听故事的兴趣，然后开始讲《商人和魔鬼的故事》。当故事讲到关键之处，天色已明，国王需要上朝理事，山鲁佐德也就住口不讲下去。国王想继续听完这个故事，便决定破例暂不杀她。自此以后，山鲁佐德一夜接着一夜，一个故事接着一个故事地讲下去，一直讲了一千零一个夜晚。在这期间，山鲁佐德先后生下三个男孩儿。当她把故事全部讲完后，便领着孩子来见国王，恳求免去自己一死。国王大为感动，下令赦免山鲁佐德，并且正式立她为王后，还传令史官记下她在一千零一夜里讲过的所有故事。

　　《一千零一夜》的故事是多种多样的，人物也是形形色色的。这些故事和人物构成了一幅幅色彩斑斓的图画，形象地表现了中古时代阿拉伯国家以及周边国家的社会面貌和风土人情。

　　《一千零一夜》中的作品大致可以分为三类，即寓言，童话和故事，史话和名人逸话。

　　寓言是《一千零一夜》中产生最早的作品。不过，收入这部书里的寓言大多属于中古时期的产物，与古代寓言有所不同。主要不同在于，古代寓言比较简单，往往是一篇寓言讲述一个事件，表示一个寓意；而中古寓言则比较复杂，常常是一篇寓言包含多个事件，表示多个寓意，并且一面表现出复杂的寓意性，一面保持着故事的趣味性。特别值得注意的是，其中所描写的事件经常具有社会的或政治的色彩，有些作品还表露出对于独裁和专制的不满和反抗。这是由于当时人们被剥夺了自由，失去了批评的权利，所以只有借助于寓言形式和动物之口加以讽刺，于是便在作品中夹杂着悲痛和诙谐的成分。《一千零一夜》包括两个寓言群：第一个寓言群有 10 篇作品，自《鸟兽和木匠的故事》起，至《小麻雀和孔雀的故事》止；第二个寓言群有 8 篇作品，与其他若干插话一起插入《国王赭理尔德和太子瓦尔德·汗的故事》之中。从全书的编排来看，这两个群体都夹在许多长篇作品之间，目的可能是为了防止连续不断的长篇过分单调，增加一些变化，使读者和听众在经历紧张得手心出汗的高潮之后，能够得到适当的休息。在这些寓言中，当然有不少颇有趣味的寓意深刻的好作品，但也有些作品不能令人称道。

童话和故事在《一千零一夜》中占有重要地位。在童话和故事里，有些是属于早期的作品，不过也收入若干较晚的作品。有些童话和故事的内容丰富多彩，其中有的描写现实生活，有的描写幻想世界，二者互相配合互相补充，从而显得更加引人入胜。这些童话和故事的想象充满奇光异彩，表现形式也是多种多样，令人目不暇接。正因为如此，所以这些作品能使几乎所有时代、所有阶层、所有年龄的人们都感到快乐。

史话和名人逸话所产生的时代千差万别：有的与阿拉伯开国初期的历代哈里发（当时阿拉伯国家的首脑称为"哈里发"，意思是真主使者的继承人）有关系，也有的是 16 世纪的作品，但大部分与阿拔斯王朝所谓"何鲁纳·拉施德（786—809 年在位）梦幻时代"联系在一起。何鲁纳·拉施德被认为是旷古未有的阿拉伯帝国的中心人物，许多诗人和作家不断地为他唱赞歌。据说他是皮肤白皙的美男子，通晓科学、历史和文学，喜爱马球和箭术，虔诚信仰宗教，每日祈祷百次，每日施舍钱财。从某些记载来看，他似乎并不十分暴虐，但也曾杀害过不少人。在《一千零一夜》中，他有时被写成固执、横暴的专制君主，有时又被写成风趣、幽默的开明帝王；而按照当时的观念来说，这些好像并不矛盾，二者共同构成所谓王者风范。①

两相比较，《新编简明东方文学》参照更多资料，对这部故事集的故事数量、故事结局和故事类型都有具体的论述，并有明确的结论，其内容显然要比《讲义》详细多了，充实多了，丰富多了。

随后，《讲义》用大量篇幅评述《一千零一夜》的思想内容。在这个部分，编写者将这些故事分为两类，一类是劳动人民的创作，一类是商人的创作。

第一类是劳动人民的创作——"《一千零一夜》里最有价值的故事是劳动人民的创作。这些故事反映了封建社会里劳动人民的生活和思想感情。"② 在这一类里，《讲义》又细分为以下四小类：

第一小类的故事如下：

这些故事反映了封建社会的阶级矛盾，揭露了统治阶级压迫和剥削劳动人民的罪行，表现了劳动人民的不满和抗议。这些故事的主人公主要是城市的小生产者和手工业者，如渔夫、理发匠、补鞋匠、裁缝、脚夫等等。他们终日辛勤劳碌、奔波，仍然不得温饱。《渔翁的故事》里的渔翁所吟的诗，就概括了这种贫富悬殊的社会面貌："主宰呀，/我赞美你！/你给这个人享受，/教那个人向隅；/你教这个人辛勤打渔，/让那个人坐享其成！"（纳训译文，下同）《驼背的故事》里所套的理发匠所讲的五兄弟的故事，则深刻地揭露了在贪官污吏支持下富人对乞丐、穷裁缝、屠户等被压迫群众的无耻迫害，其中充满悲剧的气氛和心酸的味道，表达了人民群众的沉痛心情。还有的故事更直接更尖锐

① 《新编简明东方文学》，第132—133 页。
② 《外国文学讲义·东方文学部分》，第49 页。

地反映了劳动人民对残酷压迫和剥削的不可遏止的愤怒，对封建统治者的刻骨仇恨，幻想借助于死神、地狱和命运来惩罚阶级敌人。如在《死神的故事》里，死神成为人民意志的执行者，把骄傲、横征暴敛和暴虐成性的国王一个个打入地狱，他们的权势和财富丝毫不能挽救这个可悲的下场，给人以痛快淋漓之感。但是，这些故事里缺乏直接描写人民反抗斗争的。事实上，当时的人民起义此起彼伏，必然在文学上有所反映；只是由于客观条件限制，没有被记载和收集在其中而已。[①]

第二小类的故事如下：

这些故事反映了劳动人民对于美好生活的理想。在封建社会里，劳动人民过着悲惨的、被奴役的生活，统治阶级还把王权和社会秩序神圣化；但是劳动人民却从未失望过，他们对未来总是抱有信心的。在人民的理想中，他们自己的力量压倒了统治阶级，他们获得了富裕、平等的新生活。《阿拉丁和神灯》、《朱德尔和他两个哥哥的故事》、《补鞋匠马尔鲁夫的故事》都表现了这个思想。《阿拉丁和神灯》里的主人公是穷裁缝的儿子，他决心要娶公主为妻，而且终于如愿以偿。一个低贱的百姓要娶高贵的公主，这在统治阶级看来是绝顶荒谬的事；但是他蔑视国王的权威，无视社会的等级界限，经过各种斗争而取得胜利。《朱德尔和他两个哥哥的故事》里的朱德尔，依靠魔戒指的帮助，故意与国王对峙。他修建了一座气势凌驾于王宫之上的巍峨大厦；他迫使国王甘拜下风到他家里来赴宴；他义正词严地斥责国王道："像你们这样的人物，我认为不该随便虐待百姓，更不应该随便没收别人的财物才对。"国王只得点头称是。朱德尔后来娶了公主，成为救济贫苦人民的好国王。《补鞋匠马尔鲁夫的故事》里

[①] 《外国文学讲义·东方文学部分》，第50页。

的马尔鲁夫，先是以智慧骗取商人和国王的钱财分给穷人，后来自己当上国王，立农民的女儿为皇后，任命农民为宰相。这些故事真实地表现了封建社会小生产者的社会理想。他们痛恨现实的社会，相信未来的社会是好的，统治阶级的气焰会被压倒，人民的生活会得到改善。这些反映了人民迫切的政治要求，不仅给人以大快人心之感，还有巨大的鼓舞力量。但这些同时也反映了小生产者世界观的局限性。他们没有提出根本摧毁封建剥削制度的任务，幻想在不消灭阶级对立的情况下实现人人平等，以为有一个好统治者或劳动人民出身的统治者就可以带来全体人民的幸福，以个人幸福的实现代替集体幸福的实现。他们对于未来社会理想的描绘也是不清楚的、模棱两可的。在这些故事中往往出现许多神物和法宝（如神灯、戒指、飞毯等），成为人民实现理想的不可或缺的助手，帮助他们克服力不胜任的困难。这是因为当时的人民并没有实现理想的现实条件，于是他们就依据自己的愿望和理想，利用自己所熟悉的具体形象，创造出许多神物和法宝。因此，这些东西本身就有积极的意义。而且，这些东西只是人民进行斗争的工具，它们并非有意识地帮助人民，它们到敌人手里也帮助敌人；人民要想获得它们、保护它们必须有勇气有智慧，人民要想使用它们也必须有勇气有智慧。所以，这些东西并没有使人完全陶醉于幻想之中，而是鼓励人去英勇斗争。①

这段分析有一定的深度，包括对小生产者理想积极性和局限性的分析，对神物和法宝积极意义的分析等，都有一定的深度。不过需要指出的是，在当时的历史条件下，作为小生产者也只能产生这种带有局限性的理想，也只能"幻想在不消灭阶级对立的情况下实现人人平等，以为有一个好统治者或劳动人民出身的统治者就可以带来全体人民的幸福，以个人幸福的实现代替集体幸福的实现"，也只能具有这

① 《外国文学讲义·东方文学部分》，第 50 页。

种"不清楚的、模棱两可的"理想，不能要求他们"提出根本摧毁封建剥削制度的任务"。

第三小类的故事如下：

> 这些故事颂扬了青年男女纯洁、坚贞的爱情。在《一千零一夜》里，描写爱情的故事很多，但性质有所不同。其中属于劳动人民创作的故事都表现了他们淳朴的道德观念和热爱生活、积极乐观、勇敢向上的生活态度，颇有打动人心的力量。《巴士拉银匠哈桑的故事》里的银匠哈桑，爱上了具有无上权威的神王的女儿，由于他们之间地位悬殊，遭到了几乎无可逾越的自然障碍的阻隔和以女王、鬼神为代表的封建恶势力的疯狂反对。但哈桑始终英勇不屈，坚贞不二的爱情促使他勇往直前，忍受了巨大的牺牲，发挥了惊人的毅力，克服了许许多多难以想像的困难，终于达到了目的。[1]

第四小类的故事如下：

> 这些故事表扬了劳动人民以智慧和勇气战胜邪恶势力的斗争精神，歌颂了他们淳朴的道德风尚，记录了他们丰富的生活经验。在《渔翁的故事》里，渔翁无意中从胆瓶里放出了魔鬼，魔鬼反而以怨报德想要杀害他。渔翁并不畏惧魔鬼，他认为："它是个魔鬼，而我是堂堂的人类……我的计谋和理智必然会压倒它的诡计和妖气的。"于是用计把魔鬼重新禁闭在瓶中。《阿里巴巴和四十个强盗》生动地描写了助善惩恶的女仆茉佳娜的形象，赞扬了她的机智和勇气。《白侯图的故事》则描写了以自己的聪明才智报复主人的奴隶，在笑声中表达了人民对阶级社会的抗议。这些表现人民智慧和勇气的故事，说明尽管人民处在被奴役被践

---

[1]　《外国文学讲义·东方文学部分》，第51页。

踏的无权地位，却始终没有丧失对于自己力量的信念。《驼背的故事》通过滑稽、幽默而又离奇有趣的笑话，歌颂了人民群众公正无私、互相救助的好品质，歌颂了不同宗教信仰的人们友爱合作的精神。《洗染匠和理发匠的故事》、《朱德尔和他两个哥哥的故事》等都赞扬那些热爱劳动、待人厚道的好人，批判那些游手好闲、损人利己的坏人，结局总是善战胜恶，善有善报，恶有恶报。这些表现人民道德品质的故事说明，尽管人民处在被侮辱、被损害的悲惨地位，却始终具有高尚的人格。《廉洁者和项珠的故事》、《一个鸽子的故事》等寓言式的小故事，则以沉重的笔调描述了不仔细调查研究而轻易下判断所带来的惨痛后果。这些表现人民生活经验的故事很有教育意义。①

第二类是商人的创作——"《一千零一夜》里还有许多故事是从商人阶层产生的作品。阿拉伯自古就是国际贸易的要道，阿拉伯人自古就善于经商。在哈里发统治时代，国家的统一和领土的开拓更利于商业的发展。阿拉伯商人向北深入到伏尔加河和波罗的海，向东经常到印度、中国和东南亚，在阿拉伯附近地区则更为活跃。在阿拉伯，有许多重要的商业中心，商人们经济力量异常雄厚。这些故事就反映了商业城市的生活和商人的思想感情。"② 然后指出，这些故事一方面反映了商人们的政治态度，"如《聂尔曼和诺尔美的故事》、《睡着的人和醒着的人的故事》等都描写了商人们和统治者的关系。他们笔下的帝王将相并不是威严神圣的，而是活生生的。他们有时是公正无私的，有时是下察民情的，有时是荒淫无度的，有时是喜怒无常的。这是因为当时的商人们还必须依靠君王和贵族，必须为他们服务。他们彼此之间没有形成十分尖锐的矛盾冲突；但同时当时的商人们还只有一定的经济力量，却没有相应的政治地位，因而又对统治者怀有畏

---

① 《外国文学讲义·东方文学部分》，第51页。
② 同上。

惧和戒备心理"。另一方面描述了商人们的经商活动，描写他们"到各地经商，虽然遇到各种危险终于一本万利归来的事迹，表现了他们相信从自己经商中可以获得富裕生活的思想"。①

在第二类故事中，重点分析的是《辛伯达航海旅行的故事》：

> 《辛伯达航海旅行的故事》是这些故事里最优秀的一个。这个冒险故事主要说明，商人们相信只有从千辛万苦、惊险艰难的奋斗中才能获得幸福。这个故事的主人公辛伯达是一个商人和勇敢的航海家，他曾经七次出海远航经商，到过各种奇怪的地方，有一次还到了中国海边，即阿拉伯人所谓的海洋的极端。他看到过体大如小岛的鱼，被人误认为是白色建筑物的大神鹰蛋，可怕的巨蟒聚集的山谷，食人的黑色巨人，男女互相殉葬的野蛮制度，致人死命的海老人，等等。他每一次都碰到危险的境域，虎口余生，冒险生还。他具有商人的自私自利的思想：他出外的目的是为了赚一笔比原来更大的钱，他在九死一生之际都不忘捞些财物回来，他不惜用残忍的手段来获取钱财。但他又具有航海家的丰富的精神世界：他不安于现状，如饥似渴地探求新知识；又有丰富的生活经验和聪明的头脑，遇到困难时总是抱着希望，想尽办法逃出险境，决不坐以待毙。例如在第六次航海时，他被飓风刮到一个荒岛上，已经没有活命的希望；然而看见一条河渠，他就想到河流必有起源和尽头，顺流而下一定会到有人烟的地方，于是自己做了一只小船顺流而去。他吟道："去吧，/离开危险地区，/勇往直前。/宁可撇下屋宇，/让建筑者凭吊、哀怜。/宇宙间到处有你栖身之地，/可是你的身体只有一个。别为一夜间的事变而忧心，/任何灾难总有个尽头。"②

---

① 《外国文学讲义·东方文学部分》，第51—52页。
② 同上书，第52页。

这个故事的主人公——辛伯达的性格具有一定的复杂性和矛盾性。《讲义》对他的性格进行了剖析，可以说也有一定的深度。

总之，《讲义》对《一千零一夜》思想内容的分析是有一定成绩的。这表现为以下几点：一是将故事按照内容进行了初步分类，这个分类成为后来分类的基础；二是选择的代表故事大都比较恰当，这个选择也成为后来选择的基础；三是有些地方的分析比较深入，这些分析也成为后来分析的基础。不过，这段文字仍然存在不少问题，仍然需要加以更进一步的研究，尤其是这种按阶级分类的方法（即将所有的故事分为劳动人民的创作和商人的创作两大类）显然有武断的嫌疑，显然是生硬的阶级论的产物。因为实际情况颇为复杂，恐怕是不能如此断然地划分开的。下引《新编简明东方文学》的相关内容，是笔者后来经过反复研究得出的新结果：

> 《一千零一夜》的思想内容是丰富多彩的，大致说来主要包括以下四个方面：
>
> 有些故事反映当时社会的矛盾，揭露剥削压迫的罪恶，表现人民大众的不幸。根据史书记载，由于不断对外进行侵略扩张耗费大量资金，加上统治阶层长期过着骄奢淫逸的生活，阿拉伯社会的阶级矛盾颇为尖锐，贫富悬殊，广大劳动群众处于水深火热之中。
>
> 在《一千零一夜》里，有些故事（如《渔翁的故事》、《死神的故事》、《驼背的故事》等）直接或者间接地描写了哈里发、王公大臣以至土豪劣绅压迫和剥削劳动人民的罪行，同时也在不同程度上抒发了人民大众对于这种现状的不满甚至愤慨情绪。
>
> 如《死神的故事》，写了三个不同类型的坏国王，结果都没有得到好下场。第一个国王"骄傲自满，好大喜功"（纳训译文，下同）；但当他正在自夸"世间有谁能和我比高下"时，死神突然出现，"从容拿走了他的灵魂，让他的尸体僵然倒在地上"。第二个国王"横征暴敛，刮削民脂民膏"；但当他正在大

摆宴席准备吃喝时，死神突然出现，于是"国王坐在宝座上，望着席上的珍馐美味，还来不及吃喝……死神就毫不犹豫，拿走了他的灵魂，让他的尸体僵然倒在地上"。第三个国王"非常权威非常暴虐"；但当他正在威风凛凛地发号施令时，死神突然出现，不容分说立即拿走他的灵魂，让他到地狱里去受苦。这个故事把矛头对准封建社会的最高统治者，对于他们的罪恶行径表示无比愤恨；而死神则成为人民愿望的体现者和人民意志的执行者，他的语言代表了人民群众的心声，他的行动体现了人民群众的力量。

有些故事赞美人民大众依靠自己的智慧和勇气战胜邪恶势力和反动势力的斗争精神。正必压邪，善必胜恶，这是《一千零一夜》的重要思想之一。尽管人民大众在现实生活中困难重重，但是他们始终没有失去信心，一直坚决相信依靠自己的智慧和勇气能够战胜一切邪恶势力和反动势力。正因为如此，体现这种积极思想的故事（如《渔翁的故事》、《白侯图的故事》、《阿里巴巴和四十大盗的故事》等）便应运而生，并且受到欢迎。

如《白侯图的故事》，写一个奴隶用说谎的办法报复主人的经过。白侯图在奴隶市场上被出卖时，卖主已经声明他是有缺点的，其缺点是好说谎话，欺骗主人；不过多了不说，每年只说一次。有个商人自以为是，花钱把他买了下来。白侯图在商人家里惟命是从，小心伺候主人，辛辛苦苦忙忙碌碌。可是，有一天当商人在城外大摆宴席，让白侯图回家去取东西时，他却乘机撒起谎来。他先跑回去对太太说："老爷和他的朋友们坐在一堵古墙下面吃喝、谈笑，那堵古墙突然倒了下来，把他们都压死啦！"急得太太把自己的家砸得乱七八糟；然后他又跑回来对商人说："堂屋的墙壁塌了下来，压在太太和少爷的身上了！"急得商人死去活来。最后商人和太太两方面一对证，才知道上当受骗了。商人勃然大怒，要严惩白侯图；白侯图却不慌不忙地说道："老爷，您不能惩罚我，因为这是我的缺点，当初买我的时候，这是其中的一个条件，经纪人证明过的。您是知道的，我每年要说一次谎话，这次不过说了一半，待年终我再说一半，这才成为一次呢。"商人理屈词穷，只好宣布给予白侯图自由。这个故事通过笑话的形式反映现实的问题。我们不难看出，这里讲的虽是笑话，其中却充满奴隶的血泪；白侯图说谎骗人，并不是品行不端，也不是一般的恶作剧，而是奴隶仇恨和反抗主人的表现；白侯图的智慧胜过他的主人，既作弄了他，又让他有苦难言，可见说谎实际上变成了白侯图的斗争武器。

有些故事描绘了人民大众对于幸福生活和美满爱情的憧憬。人民大众既然相信依靠自己的智慧和勇气能够战胜一切邪恶势力和反动势力，自然就对自己的前途充满希望，希望获得幸福的生活和美满的爱情；虽然现实环境是严酷的，现实条件是困难的，他们也没有失去信心。《巴士拉银匠哈桑的故事》、《朱德尔和两个哥哥的故事》、《补鞋匠马尔鲁夫的故事》和《阿拉丁和神灯的故事》等都是这类具有积极进取精神的作品。

如《阿拉丁和神灯的故事》，写一个穷裁缝的儿子依靠自己的顽强意志和"神灯"的大力帮助，经过种种艰难曲折，终于娶到了公主，并且继承了皇位的过程。这个故事的积极意义在于：在王权神圣的社会和等级森严的时代，一个普普通通的百姓竟然不怕皇帝的强大权势，不顾等级的巨大差异，大胆追求身份高贵的公主，并且最终获得成功，这体现了人民大众追求美好幸福生活的远大理想，表现了他们要求改变黑暗现状的强烈愿望，因而具有鼓舞人心的力量。这个故事及其同类故事，往往还有一样必不可少的东西——法宝。阿拉丁的神灯就是这样的法宝。这盏神灯表面看来又旧又脏，很不起眼；可是它的神通广大，主人吩咐的任何事情都能马上办到，主人表示的任何愿望都能立刻满足。正是在它的帮助下，阿拉丁给公主建造了豪华的官殿，为皇帝送去了贵重的彩礼，最后让自己获得了幸福。事实证明，法宝成为故事主人公实现美好理想必不可少的助手，帮助他们克服力不胜任的困难。这是因为，当时的人们还没有实现美好理想的实际条件和实际能力，于是只好借助想象，创造出各种法宝来。所以，这些法宝本身就具有积极意义。此外，还有一点值得注意，即这些法宝只是工具，它们并不是有意识地帮助谁，而是到谁手里就为谁服务；人们要想得到它们使用它们，必须经过自己的努力，必须有勇气有智慧。因此，这些法宝不是让人们消极等待，而是引导人们积极行动，鼓舞人们勇敢斗争，这就更有积极意义了。

有些故事描写了商人和航海家的经商航海活动。按照史书记载，阿拔斯王朝建都巴格达后，这个城市便成为阿拉伯帝国的政治中心和经济中心，在物质的繁华富庶方面是当时世界上屈指可数的几大名城之一。阿拉伯商人和航海家以这里为中心，从事活跃的国内贸易和国外贸易活动。他们的商船向东到达中国以及朝鲜和日本，向南抵达马达加斯加，向西向北远航瑞典。巴格达城里则设有各种手工作坊，街上商店林立，生意兴隆，出售世界各地的产品，甚至还有专卖中国商品的市场。《商人和魔鬼的故事》、《脚夫和巴格达三个女人的故事》、《哈里发哈克睦和富商的故事》和《辛伯达航海旅行的故事》等描写商人和航海家经商航海活动的故事都是在这种社会背景下产生的。

如《辛伯达航海旅行的故事》写辛伯达 7 次经商航海旅行的非凡经历。从地域上说，他先后到达过世界许多地方，有一次还到达了中国海岸。从时间上说，他前后经过了几十个年头，有一次竟在外国生活了 27 年。这个故事的动人之处，首先在于它刻画了辛伯达这个阿拉伯航海商人有血有肉、栩栩如生的艺术形象。他一次次出海冒险，一方面是为了赚钱，所以无论处在什么情况之下都不忘记一个"钱"字，甚至处在虎口余生之际也不忘记捞一把，有时还会干些损人利己的勾当；另一方面是为了求知探险，即从不满足现状，总是如饥似渴地探求新生活和新知识，而且还具有聪明的头脑、丰富的经验和顽强的精神，所以能够度过千难万险，一次再一次地平安返航。这个故事的动人之处，其次在于它描绘了阿拉伯航海商人五花八门、瑰丽多彩的海外见闻，表现了他们强烈的好奇心和丰富的想象力。其中既有对海外动植物庞大形体的夸张描写，对大自然伟大创造力的热烈赞叹；也有对海外毒蛇猛兽的夸大描述，对土著民族的夸大描述。

以上所述主要限于《一千零一夜》的优秀故事和积极思想。不言而喻，这部作品的思想也是复杂多样的，也有不很健康的内容，如专门为统治者歌功颂德的，歧视和辱骂妇女的，宣扬消极的宿命论的，近乎色情的描写（不过，正如有的学者所指出的那样，该书的色情描写其实也是一种风俗描写，与当时阿拉伯人朴素的爱情观有联系，大都具有自然的、天真烂漫的性质，并不是以煽动情欲为目的，与现代某些色情文学有所不同），等等。

如果与世界其他许多国家和民族的民间故事加以比较，那么《一千零一夜》在思想内容上还具有另外两个明显的特点：一个是《一千零一夜》的故事大多数以城市为舞台，以城市居民，特别是手工业者、贫民和商人为主角。再一个是《一千零一夜》的故事大多数含有浓厚的宗教色彩，即伊斯兰教色彩。这是因为伊斯兰教在阿拉伯当地已经深入人心，可以说已经化为人们的灵魂和血肉了。他们日常生活的各个方面，直到细枝末节，几乎都渗透着伊斯兰教的信仰，时时处处都要赞颂安拉，时时处处都要向安拉发誓。总之，这些特点都是阿拉伯社会生活状况的反映。①

两相比较，可以看出《新编简明东方文学》的分析在《讲义》的基础上又有了进一步的提高。一是分类更加科学，提法更加准确，避免了生硬的"阶级论"的痕迹，即不是先分为劳动人民的创作和商人的创作两大类，再将劳动人民的创作分为四小类；而是直接按照内容分为四类，其中前三类是反映人民大众生活的，后一类是专门反映商人和航海家生活的，这种分类方法显得比较自然。二是举例更加

---

① 《新编简明东方文学》，第133—136页。

集中，分析更加透彻，论述更加全面，如指出《辛伯达航海旅行的故事》的动人之处不仅在于"刻画了辛伯达这个阿拉伯航海商人有血有肉、栩栩如生的艺术形象"，而且在于"描绘了阿拉伯航海商人五花八门、瑰丽多彩的海外见闻，表现了他们强烈的好奇心和丰富的想象力"，又如通过《一千零一夜》与世界其他国家和民族民间故事的比较，指出它的整体特点，等等。

在思想内容之后，《讲义》又对《一千零一夜》的艺术特色加以评述，指出了以下四点。

（一）五彩缤纷的风格——"《一千零一夜》的风格是五彩缤纷的。它像一座百花争艳的大花园，香味、颜色、形状千差万别，各有千秋。这里有幽默、诙谐、令人哑然失笑的笑话，也有充满悲剧色彩的现实生活的写照；有短小精炼、寓意深刻的格言，也有浪漫色调的恋爱故事和冒险故事。这里的人物也是五花八门的，从最低贱的乞丐、奴隶直到最高统治者哈里发都登了场。其中有的形象还具有鲜明、生动的性格特征，如坚韧而富有进取心的阿拉丁，勇敢、机智而且永不满足现状的辛伯达，钟情的勇士哈桑等。"①

（二）美妙而丰富的幻想——"《一千零一夜》最主要的艺术特色之一是美妙而丰富的幻想。在这些故事里，幻想的因素和现实的因素绝妙地交织在一起，而幻想和虚构则给故事带来强大的生命力。在这些故事里，离奇的变幻莫测的情节变化给人以无穷的趣味，惩恶扬善、困难必能克服、被压迫者定能获得幸福等美满的故事结局是令人欣慰的，一夜之间盖起一座宏伟宫殿的神灯、伸手就能拿到食物的鞍袋、能看到千里远的象牙管、嗅一嗅就可以除百病的苹果等神物和法宝是令人鼓舞的。这些幻想表现了人民丰富的想像力和预知未来的惊人才能，反映了人民对未来生活的美好愿望。这些人类早期的天真性格是具有不朽的艺术魅力的。"

（三）巧妙的结构——"《一千零一夜》的结构极为巧妙。这本

---

① 《外国文学讲义·东方文学部分》，第52页。

故事集的 264 个故事都用故事套故事的方法组织在一个体系里，层出不穷，引人入胜。"①

（四）明白流畅的语言——"《一千零一夜》的语言是一种明白流畅的文学语言。其中的诗歌是生动的抒情诗，直到今天还活在阿拉伯人的口头上。"②

以上四点无疑都是这部故事集的艺术特色。不过，用今天的眼光来审视，这段文字材料还不够充实，论述还不够深入，有待于进一步开掘。笔者后来又在这个基础上下了一定的功夫，寻找到不少新的研究资料，也进行了更加深入的思考，《新编简明东方文学》的相关部分便是其成果的概要：

> 《一千零一夜》之所以能够传遍世界并且经久不衰，一方面是因为它的思想内容丰富，另一方面是因为它在艺术表现上具有鲜明的特点和明显的长处，把民间故事这种体裁的水平提高了一大步。
>
> 第一，《一千零一夜》在结构上采用故事套故事的形式。全书几乎所有的故事（除几个作为"补遗"的故事外）都被套在开篇故事——《国王山鲁亚尔及其兄弟的故事》之中。这个开篇故事起着穿针引线的作用，把 300 多个故事串联起来。这种结构形式至少有两个好处：一是增加故事集的吸引力，让人一夜接一夜地读下去，一个故事接一个故事地听下去。因为一个故事套着一个故事，你如果不读或不听套着的故事就不知道原来故事的结局如何；而且一夜接着一夜，两夜衔接的地方往往又是故事的紧张之处，这有点像我国的章回小说，即所谓"欲知后事如何，且听下回分解"。二是使这样一部规模庞大的作品得以完整地保存下来。因为一夜接一夜，一个故事接一个故事，丢了一夜或一个故事马

---

① 《外国文学讲义·东方文学部分》，第 53 页。
② 同上。

上就会接不下去。其他许多民族的民间故事由于没有采取这种方法，所以渐渐地散失了。因此，有人说：没有"夜"，便没有《一千零一夜》。这话是有道理的。当然，目前各国流行的版本不同，对"夜"的处理也有很大差异。如巴顿的英译本从第一夜一直排到一千零一夜，另有补遗故事若干；而纳训的中译本则只在《商人和魔鬼的故事》中分为三夜，以下不再分夜，也没有结局。《一千零一夜》之所以采用这种结构形式，首先恐怕与它产生的最早源头之一——印度的《一千个故事》有密切关系。虽然由于种种复杂的原因，《一千个故事》已经散失，我们难以知道它的具体面貌了；但是印度另一部寓言故事集《五卷书》，却可以帮助我们解决这个难题。简而言之，印度人发明了这种结构形式，印度人喜欢用这种结构形式，《五卷书》采用的是这种结构形式，《一千个故事》采用的也可能是这种结构形式。《一千零一夜》之所以采用这种结构形式，其次恐怕与当时阿拉伯的专业说书人有密切关系。这些专业说书人是《一千零一夜》的创作者、修订者和编辑者。为了吸引听众，他们喜欢采用这种故事套故事的结构形式，把一个一个故事串联起来，把一夜一夜连接起来，以便在紧要时刻"卖关子"，即当有趣的冒险故事达到最紧张状态时，当听众的期待达到最高潮时，说书人便突然停住不说，然后迅速离开，迫使听众不得不在第二天继续来听下面的故事。

第二，《一千零一夜》所使用的语言是明白流畅的阿拉伯语。它以当时阿拉伯人日常的、通俗的语言为主，甚至包括不少方言土语，尤其是伊拉克、埃及和叙利亚的方言土语。这些方言土语能够巧妙地表现出地方特色。一般来说，该书的语言是朴素的，并不加以过分的修饰，也不显得过分的华丽，只要能传达出作者所要表现的思想就满足了；同时该书的语言又是多变化的，有时采用极其庄重、严肃的语言（如《国王赭理尔德和太子瓦尔德·汗的故事》中，大臣向国王致贺词的语言即为一例——"赞美安拉，因为是他创造我们的；也是他把权力、领土赏赐那班公正、廉明的君主，并借他们的手恩顾庶民而使庶民能生存的。尤其是我们的这位大国王，在君主中是首屈一指的，他既复兴我们的国土，又使我们得过丰衣足食的太平盛世……"），有时又使用十分简洁、鲜明的语言（如《哈西补·克里曼丁的故事》中，描绘战争场景的语言便是一例——"两支大军排列在阵前，人山人海，战场上人满为患，拥挤不堪，双方鼓号齐鸣，人喊马嘶，吼声震野，烟尘弥漫空中，彼此杀伐，从早交锋鏖战，越杀越起劲，越杀越勇猛，直至太阳落山，才收兵各回营地……"）。不过，《一千零一夜》的语言也存在一些缺欠，其中最明显的一个缺欠是经常使用一成不变的套语，如用"从黑暗下界升起的太阳"形容美少年，用"与太阳争辉的月亮"形容美少女，用"珍珠"形容美人的眼泪和牙齿，用"满月"形容美人秀丽的面颊，用"夜晚"比喻美人黑色的头发，用"柳枝"比喻美人细瘦的腰身等。这些套语固然可以体现阿拉伯人的审美特点，但是使用过多不免给人以千篇一律之感。

第三，《一千零一夜》在文体方面的特点是散文和诗歌互相配合，诗文并茂。该书主要采用散文体，但在不少地方穿插进诗歌，据统计其总数达一千四百余首，一万五千余行。这些诗歌大部分是现成的（但有时有所修改，有时经过增删），即阿拉伯各个历史时期著名诗人创作的广泛流传的作品。这些作品按其产生年代可以分为三类：一是伊斯兰教兴起之前的诗歌（如从"悬诗"中引用的诗歌），二是阿拔斯王朝时期的诗歌（从艾布·努瓦斯起，至伊本·法里德止），三是阿拉伯近古诗歌（12—16世纪的诗歌）。这些诗歌为阿拉伯人所熟知和热爱，所以他们读起来或听起来感到格外亲切。这些诗歌不仅起到调节作用，使文章不会过于单调；而且还辅助表现故事的思想内容，如有时作为说明某种道理的依据，有时作为抒发人物内心感情的手段等，从而成为故事的有机组成部分。例如，在《渔翁的故事》里，当那个渔翁打鱼不顺利时，他吟道："黑夜里在死亡线上奔波的人呀，／

你别过分辛勤；/因为衣食不是专靠劳力换来的。/难道你不曾看见，/在星辰交辉的海空下面，/渔夫直立在汹涌的海滨；/他涉到水里，/定睛凝视网头，/任波浪冲刷他的脸？/夜里他守着挂在铁钩上的大鱼，/愉快地酣睡一夜，/次日清晨，/大鱼却被通宵不受寒风侵袭的人买去。/主宰呀，我赞美你，/你给这个人享受，/教那个人向隅；/你教这个人打鱼，/让那个人坐享其成。"这首诗放在这里是适当的，通过它进一步表达了渔翁苦恼不堪的心境，加强了故事的感染力。当然，也有一些诗歌安排不够妥当，诗歌所抒发的感情与登场人物的身份不大符合，诗歌所表现的思想与当时的情景不大一致，因而不免给读者以不伦不类的感觉；尤其对于外国读者来说，往往会觉得有些诗歌做作、繁杂，甚至滑稽可笑。比如，还是在《渔翁的故事》里，当渔翁第一网打上一头死驴，第二网打上一口瓦缸，第三网又打上一堆骨片、玻璃和贝壳时，他已经愤怒到极点，忍不住伤心哭泣起来，于是吟道："这便是衣食，/它不受你的约束，/也不让你有生存的地步。/学问不会给你衣服蔽身，/书法不能供你饮食果腹……/我注定做贫困的学者，/逐步走向穷途末路，/这没有什么可以惊奇之处。"这首诗显然抒发的是一个穷诗人、穷学者、穷知识分子对不合理世道的不满情绪，而不是一个穷渔翁对不合理世道的不满情绪，可是故事的作者却把它硬放在这里了。但我们应当考虑到，对于阿拉伯读者来说，对于阿拉伯这个具有热爱诗歌传统的民族来说，情况却有所不同。这是因为，这些诗歌是他们所熟悉和喜爱的，是与他们的生活浑然融为一体的，是他们不可缺少的生活要素，犹如唐诗在中国。因此，我们可以说，诗歌是《一千零一夜》不可缺少的因素；有人甚至认为，没有诗歌的《一千零一夜》，犹如没有太阳的白昼。

第四，《一千零一夜》的故事既有长的，也有短的。长故事（最长的达 30 多万字）洋洋洒洒，短故事（最短的只有 200 多字）简洁明快。尤其值得称道的是它的长故事。这些长故事往往具有场面广阔、人物众多、情节曲折的特点，所以大大地扩大了故事的容量（包括广度和深度），提高了故事反映生活的能力。如《巴士拉银匠哈桑的故事》，长达 7 万多字，重要登场人物有十几个，他们的活动舞台从人间社会到鬼神世界，从热闹的都市到荒凉的旷野，故事的发展起伏不定，曲折多变，令人难以预测。与世界其他民族的同一类型故事相比，这个故事在内容丰富方面是极其突出的。《一千零一夜》将这些长故事和短故事穿插组织在一起，构成一部完整的大作品，既不使人觉得杂乱，又不使人感到单调。

第五，《一千零一夜》的故事既有丰富瑰丽的想象，又有具体精细的写实，二者巧妙地交织在一起。阿拉伯人是非常富有想象力的。所以，在他们创作的作品里，人们的思想可以自由驰骋，可以随意翱翔，从而幻化出奇奇怪怪的图景来。诸如一夜之间拔地而起的辉煌官殿，用鼻子一闻就能治愈百病的苹果，一块毯子能带着人到处飞翔，身体大如海岛一般的大鱼，展开翅膀能够遮天蔽日的巨鸟等等。非但如此，该书的写实因素也很突出。一般民间故事在写实上往往比较概括，《一千零一夜》中有些优秀作品的写实则是具体精细的，有的甚至已经接近近代写实小说对环境、人物和细节描写的水平了。如《阿拉丁和神灯的故事》，对于"阿拉丁官殿"就有十分精细的描绘。当灯神引导阿拉丁参观这座官殿时，故事写道："阿拉丁举目观看那巍峨壮丽的建筑物，使他非常满意。整幢官殿都是用碧玉、雪花石和云石等名贵材料，经过精雕细凿建成的。他们随灯神进入官殿，仔细观看每一部分的装饰和陈设。"随后，故事又用三四百字细致地描写了贮藏室、餐厅、厨房、寝室、马房和马具室等的装饰和陈设。

第六，《一千零一夜》的故事不仅以故事情节取胜，而且注重描写人物形象，刻画人物性格。一般民间故事往往仅仅注重故事情节，人物形象描写比较概括，人物性格刻画比较粗糙，很少进行心理活动描绘。《一千零一夜》中有些优秀作品则加强了对人物形象的描写和人物性格的刻画，有时还对心理活动加以描绘，在一些关键时刻利用诗歌形式抒发内心感受，从而丰富了故事的内容，深化了故事的思想。如《辛伯达航海旅行的故事》所描写的主人公辛伯达的形象就是成功的一例，这个故事比较充分地表现了他的性格的复杂性，并且达到了一定的深度。①

两相比较，不难看出，比起《讲义》来，《新编简明东方文学》关于《一千零一夜》艺术特色的分析，材料更加充实，提法更加准确，论述也更加透彻。另外还要说明一点：《讲义》说《一千零一夜》有 264 个故事，而《新编简明东方文学》说《一千零一夜》有 300 多个故事，究竟哪个说法正确呢？因为这部故事集有许多版本，收入故事数量出入很大，恐怕很难说出一个精确的数字，根据一些收入故事比较全的版本判断，后一种说法应该更可靠一些。

就总体而言，尽管《讲义》对于阿拉伯古典文学概况和《一千零一夜》的介绍和评论还存在许许多多问题，但是它的内容仍然可以说基本上是正确的，在当时来说已经达到了一定的水平，并且为日后编写《新编简明东方文学》等教材打下了基础。这一方面是因为当时可以找到比较多的有关参考资料，也已经有若干种《一千零一夜》的译本问世，特别是纳训先生直接译自阿拉伯文的《一千零一夜》三卷本；另一方面是因为编写者已经认识到阿拉伯古典文学和《一千零一夜》在东方文学中的重要地位，因此花费的时间和精力也比较多的关系。

关于阿拉伯现代文学，《讲义》在第二章第一节"东方现代文学概论"里有一段概括的介绍：

　　　　阿拉伯新文学运动首先发生在埃及以及叙利亚和黎巴嫩，第二次世界大战后伊拉克也作为一个有力的因素出现，近年来阿尔

---

① 《新编简明东方文学》，第 136—139 页。

及利亚和突尼斯也有蓬勃的发展。阿拉伯民族复兴肇始于 19 世
纪中叶。19 世纪末和 20 世纪头几十年，新文学已有发展，并逐
渐达到繁荣时期。这一代诗人和作家的贡献，不仅在于促进了民
族的觉醒，鼓舞了各国反帝爱国运动，并且也大大提高了阿拉伯
文学的水平，为以后的进一步发展准备了条件。第二次世界大战
后，阿拉伯各国人民的民族觉悟更加提高，解放斗争日益加强，
新文学也获得了强大的生命力，具有较为丰富的思想内容的现实
主义文学作品不断涌现出来，进步作家的队伍空前壮大，并形成
了统一的文学组织。1954 年、1956 年和 1957 年，先后召开了三
次作家代表大会，高举反殖民主义的大旗。当前进步文学界所共
同遵守的现实主义艺术原则是：文学必须忠实于人民，维护人民
的利益；文学必须忠实于生活，反映现实生活斗争。在这个原则
之下，不同的作家具体倾向有所不同。

　　阿拉伯的重要作家有迈哈穆德·台木尔（1894—　）、阿卜
杜·拉赫曼·舍尔卡维（1920—　）和穆罕默德·贾瓦希里
（1905—　）等。埃及老一代的小说家迈哈穆德·台木尔是在 20
世纪头几十年开始创作活动的。他是一个为真正的现实主义文学
奋斗的战士，埃及短篇小说创立者之一。他的作品以当代埃及的
普通人为主人公，提出了一些切合时势的主题，并巧妙地予以解
决。在有些作品（如《旅行者》、《我为什么没有去牛津》）里，
他极其有力地抨击了统治阶级的愚昧和无用。在有些作品（如
《萨比哈》、《族长谢伊德》、《纳德日雅》）里，他则提出了具有重
大社会意义的尖锐问题：农民的被奴役、被损害的地位，妇女的
悲惨命运。阿卜杜·拉赫曼·舍尔卡维是埃及当代有声望的作家
之一。他写小说、诗歌和论文。在长诗《一个埃及的父亲致杜鲁
门总统》里，他抗议杜鲁门发动侵略战争。在长篇小说《土地》
里，他描写了 30 年代中期埃及一个农村的生活，反映了农民反对
地主霸占公共灌溉渠道的斗争。这部小说内容丰富，形象生动，
语言简洁，被认为是阿拉伯小说发展新阶段的作品。在短篇小说

集《斗争的国土》里，他表现了一个基本思想：人民是不能征服的。这部集子描写了从 18 世纪至 20 世纪 20 年代民族运动兴起这一历史时期的故事。在每一篇作品里，反对各种压迫形式的斗争，总是与反对剥削、反对捐税和饥饿的斗争连接在一起。他的作品的战斗性较强，在埃及当代文学中占有重要地位。穆罕默德·贾瓦希里是伊拉克有名的民主主义诗人。就内容而言，他的诗歌可谓伊拉克现代史的诗歌体日记，反映了 20 世纪伊拉克人民争取独立、反抗土耳其压迫、反对英国殖民者、反对民族主义反动派的斗争。他还写了关于苏联卫国战争的诗歌，歌颂苏联人民的英勇。1940 年出版了他的第一部诗集，使他荣获人民诗人的称号。1949 年和 1950 年，他又出版了另外两部诗集。①

这段评介主要是根据当时报刊上发表的编译资料和穆木天先生译苏联学者的文章（如斯马利可夫、贝利耶夫作《阿拉伯文学》和 A. 杜林尼娜作《阿拉伯散文作品选·序文》等）写成的。但是，这些资料和译文往往不是全面的论述，而是就某一个方面或者某一个问题进行的论述，并且有些资料主要是为了配合当时的政治需要编译的。因此，《讲义》的评介也不可能是系统的、全面的，只能是有什么材料介绍什么材料。笔者后来在《新编简明东方文学》的相关部分里写道：

在西亚地区，阿拉伯国家从 17 和 18 世纪以后相继成为西欧列强蚕食的对象，逐渐沦为殖民地和半殖民地。在这种形势下，阿拉伯文学开始了从传统向近代的转折过程，这个过程被称为阿拉伯文学复兴运动。据仲跻昆先生研究，在阿拉伯文学复兴运动中，由于地理位置等方面的原因，走在前列的是黎巴嫩、叙利亚和埃及。黎巴嫩和叙利亚位于地中海东岸，比较靠近欧洲；再加

---

① 《外国文学讲义·东方文学部分》，第 65—66 页。

上当地有不少基督教徒，在信仰上与欧洲人相通。因此，这两个地区最早接受了欧洲文化和欧洲文学，成为文学复兴运动的前哨阵地。随后，位于地中海南岸的埃及，在 1798 年遭到法国军队的入侵，同时也使埃及人第一次接触了欧洲近代文明。埃及领导人采取提倡吸取欧洲文化和文学的政策，并且接纳了许多黎巴嫩和叙利亚地区受到迫害的知识分子，有力地促进了埃及文学的复兴运动，使埃及成为这个运动的重要基地之一。

　　诗歌是阿拉伯文学具有悠久历史的传统体裁，但在 19 世纪这种体裁却发生了深刻的变化。在这个变化过程中，首先出现的一派诗人被称为"复兴派"（或称"传统派"、"新古典派"）。他们一方面主张以古代诗人为榜样，在题材上和方法上基本遵循古典传统，以便恢复被土耳其奥斯曼帝国摧残的民族诗歌传统；另一方面则认为诗歌复兴应与民族复兴的任务联系起来。可是，虽然同是属于这一派的诗人，在实际创作上却有很大差异。有的人在题材上有很大的扩展，在方法上有很多的创新，在内容上也与现实联系得很紧密。事实证明，这一派诗人对阿拉伯诗歌复兴起了相当大的作用。埃及的迈哈穆德·萨米·巴鲁迪（1838—1904）是复兴派的代表诗人之一。除巴鲁迪外，埃及的伊斯梅尔·萨布里（1854—1923）、黎巴嫩的纳绥夫·雅齐吉（1800—1871）和易卜拉辛·雅齐吉（1847—1906）、叙利亚的艾迪布·伊斯哈格（1856—1885）和杰卜拉伊勒·德拉勒（1836—1892）、伊拉克的阿卜杜·盖法尔·艾赫赖斯（1805—1872）和阿卜杜·厄尼·贾米勒（1780—1863）、阿尔及利亚的阿卜杜·卡迪尔·杰扎伊里（1808—1883）、苏丹的穆罕默德·欧麦尔·班纳（1848—1919）等，也是复兴派的著名诗人。

　　小说对于阿拉伯人来说并不是完全陌生的东西。在那些古老的年代，阿拉伯人曾经创造了各种形式的故事文学，这些故事文学可以说是阿拉伯新小说产生的基础；而欧洲新小说的传入，则是阿拉伯新小说形成的催化剂。阿拉伯新小说是在 19 世纪后期开始出现的，起初的小说大致可以分为以下几种情况：一种是对欧洲小说的改写或缩写，使之阿拉伯化；一种是参照欧洲小说创作的玛卡梅体故事小说；一种是模仿欧洲小说创作的消遣小说、历史小说和艺术小说。黎巴嫩作家赛里姆·布斯塔尼（1848—1884）和杰尔吉·宰丹（1861—1914）的历史题材小说、埃及作家穆罕默德·穆维利希（1868—1930）的长篇小说《伊萨·本·希沙姆叙事录》等，是这个时期的重要收获。

　　近代戏剧也在阿拉伯文学复兴运动中产生并得到一定的发展。不言而喻，这种文学形式也是随着欧洲戏剧的大量传入而产生的，是欧洲戏剧刺激和影响的结果。在这个领域，黎巴嫩作家马龙·奈卡什（1817—1855）的主要功绩是翻译并演出莫里哀的喜剧《悭吝人》；叙利亚戏剧家艾布·海利勒·格巴尼（1833—1902）将民间故事改编为剧本演出获得成功；埃及戏剧家雅古布·赛努尔（1839—1912）翻译和编写剧本30余部。

　　以巴鲁迪为例。他一生的经历是崎岖不平的，而他的诗歌创作则是这种崎岖不平经历的形象反映。在青年时期，他的生活很平静，所以这个时期的诗歌以爱情、景物和饮酒为主要内容；到了中年时期，随着爱国热情的高涨，他的诗歌创作也改弦易辙，歌颂民族起义成为主旋律，长诗《巴鲁迪鼓动革命》是这时的硕果；起义失败以后，他被流放监禁长达17年之久，因而对于妻子、家乡和祖国的思念变成诗歌的中心内容，《思乡》和《悼亡妻》等是这时的产物。巴鲁迪既是传统的诗人，又是革新的诗人。说他是传统的诗人，是因为他有意效仿古典诗人，在诗歌形式方面严格遵守古典诗歌的格律，在诗歌风格方面认真继承古典诗歌质朴、洗练的特色，在诗歌题材方面也大量采用赞颂、爱情、战斗等传统内容。说他是革新的诗人，是因为他认识到诗歌是负有时代使命的和表现时代精神的，诗歌是要体现诗人个性特征的，所以他效仿古典诗人和诗歌，但却不肯完全受古典诗人和诗歌的束缚，而是努力用自己的诗歌唱出时代的声音，抒发民族的感情和自己的感情。①

　　阿拉伯现代文学的发展也比较迅速。战前文学已经取得了很大的成就。从 20 世纪初到 10 年代中期是阿拉伯新文学的起步阶段，这时的诗歌以复兴派为主，第一部长篇小说也刚刚问世。从 10 年代中期到 30 年代中期是新文学的繁荣阶段，这时的诗歌、小说、戏剧和散文蓬勃发展。从 30 年代中期到 50 年代初期是新文学的转折阶段，这时的文学思潮和创作方法不断转换，同时新老作家也在进行交替。

　　在诗歌领域，产生于近代的复兴派，这个时期继续在诗坛活动。该派在思想上主张把诗歌和民族复兴运动联系起来，在创作上主张基本遵循古典诗歌传统。属于复兴派的重要诗人有埃及的艾哈迈德·邵基（1868—1932）和哈菲兹·易卜拉欣（1871—1932），黎巴嫩的哈利勒·穆特朗（1872—1949），伊拉克的鲁萨菲（1875—1945）和宰哈维（1863—1936）等。浪漫派是在对复兴派怀疑和否定的基础上产生的，是在西方浪漫主义诗歌的影响下产生的。属于浪漫派的流派包括埃及的笛旺诗社派和阿波罗诗社派，前者的诗人有阿卜杜·拉赫曼·舒克里（1886—1958）等，后者的诗人有艾布·沙迪（1892—1955）等；还包括突尼斯诗人沙比（1909—1934），黎巴嫩诗人艾布·舍伯凯（1903—1947），叙利亚诗人艾布·雷沙（1910—1990）等。旅美派是由侨居美洲的阿拉伯作家组成的，其中包括北美派和南美派两部分。该派的基本倾向与浪漫派大体相同，只是更多地接受了欧美文学的影响。黎巴嫩诗人纪伯伦·哈利勒·纪伯伦（详见第六章第二节）是这一派最杰出的代表。

　　进入 20 世纪以后，新小说也进一步发达和兴旺起来。在阿拉伯各国中，埃及和黎巴嫩的小说成绩较大，叙利亚和伊拉克也

---

① 《新编简明东方文学》，第 153—155 页。

取得了一定的成绩，其他国家则相对滞后。埃及作家穆罕默德·海卡尔（1888—1956）的《泽娜布》（1912）被认为是埃及以至阿拉伯现代小说史上第一部真正的长篇小说，描写女主人公——穷苦的农村姑娘泽娜布不幸的爱情婚姻生活。这个时期小说方面的主要流派，一是旅美派，二是埃及现代派。在黎巴嫩小说家中，旅美派的创作引人注目，尤其是纪伯伦的小说；此外努埃曼（1889—1988）和艾敏·雷哈尼（1876—1940）的小说，也取得一定成就。埃及现代派的代表作家和作品有塔哈·侯赛因（1889—1973）的长篇小说《日子》、陶菲格·哈基姆（1898—1987）的长篇小说《乡村检查官手记》和迈哈穆德·台木尔（1894—1973）的短篇小说等。

阿拉伯战后文学是战前文学的继续和发展，是各国人民经过多年奋斗，挣脱殖民主义枷锁，获得民族独立的艺术反映。诗歌和小说仍是战后文学的主要形式。

阿拉伯的诗歌经过古典主义和浪漫主义等几个阶段的变革，破除传统格律的束缚，提倡自由的诗体，已经成为大势所趋；到了四五十年代，终于形成一场更加自觉的自由诗体改革运动。在这个运动中，伊拉克诗人走在最前列。女诗人娜齐克·梅拉伊卡（1923—2007）发表于1947年的自由体诗《霍乱病》，标志着这个运动的开始。1957年，在第二次阿拉伯文学家大会上，又对诗歌改革运动作了进一步的肯定。从此以后，自由体新诗便在阿拉伯国家站稳了脚跟。不言而喻，新诗与旧诗的不同，不仅在于体裁方面，而且涉及诗歌观念和诗歌形式的各个方面。当今阿拉伯各国诗坛的特点之一是各种形式、各种流派、各种风格的诗歌竞相发展，既有格律体诗，也有自由体诗，既有现实主义诗歌和浪漫主义诗歌，也有现代主义诗歌和后现代主义诗歌。比较重要的诗人有伊拉克的沙基尔·赛亚卜（1926—1964）、阿卜杜·沃哈尔·白雅帖（1926—1999），埃及的阿卜杜·萨布尔（1931—1981）、艾哈迈德·希贾齐（1935—　　），叙利亚的尼扎尔·格巴尼（1923—1998），黎巴嫩的艾杜尼斯（1930—　）等。

　　阿拉伯战后小说的变化比诗歌的变化更为明显。多种文学流派的形成，众多优秀作品的问世，表明阿拉伯新小说在战后已经步入自己的成熟时期。在令人眼花缭乱的流派之中，新浪漫主义小说、现实主义小说、各种现代主义小说和社会主义现实主义小说特别令人瞩目。活跃在小说领域的重要作家如下：在埃及，纳吉布·迈哈福兹（详见第六章第三节）是诺贝尔文学奖得主，阿卜杜·拉赫曼·舍尔卡维（1920—1987）和尤素福·伊德里斯（1927—1991）是现实主义作家，尤素福·西巴伊（1917—1978）、阿卜杜·库杜斯（1919—1990）和阿卜杜·哈里姆·阿卜杜拉（1913—1970）采用浪漫主义方法，杰马勒·黑塔尼（1945—　）是新起作家的代表之一；在黎巴嫩，陶菲格·阿瓦德（1911—1989）用社会主义现实主义方法进行创作，苏海勒·伊德里斯（1922—　）接受存在主义的影响；在叙利亚，哈纳·米纳（1924—　）的现实主义小说《蓝灯》驰名海外，阿卜杜·赛拉姆·欧杰里（1917—　）在短篇小说创作方面成绩卓著；在伊拉克，祖·努·阿尤布（1908—1988）用现实主义方法写了许多作品，阿伊卜·塔阿迈·法尔曼（1928—1990）的小说以紧密结合现实社会为特色；在阿尔及利亚，穆罕默德·狄布（1920—2003）以《阿尔及利亚三部曲》（《大房子》、《火灾》和《织布机》）蜚声文坛；此外，其他阿拉伯国家的著名作家还有苏丹的塔伊布·萨利赫（1929—　），巴勒斯坦的格桑·卡纳法尼（1936—1972），约旦的台伊希尔·苏布勒（1943—1973），也门的穆罕默德·阿卜杜·瓦利（1940—1973），摩洛哥的阿卜杜·麦吉德·本·加伦（1918—1981），突尼斯的迈哈穆德·迈斯阿迪（1911—　）等。

　　总之，从阿拉伯现代文学的发展趋势来看，原来以诗歌为中心的格局逐渐演变为诗歌和小说并驾齐驱的格局，原来以埃及和黎巴嫩等国为中心的格局逐渐演变为许多国家共同繁荣的格局。

　　以塔哈·侯赛因为例。他虽然自幼双目失明，但是一生勤于笔耕，著作甚丰。自传体长篇小说《日子》是他的代表作。全书分为三部，通过主人公的成长过程，从一个侧面展示了19世纪末和20世纪初埃及社会的复杂状况及其变迁过程，描绘了一代知识分子争取民主、科学和进步所走过的崎岖道路。由于作者采用的是写实的方法，叙述的是亲身的经历，所以具有感情真挚的特点，颇有震撼人心的力量，被誉为埃及现代文学的杰作。①

这段评介是依据我国阿拉伯文学研究者的系统研究成果——《阿拉伯现代文学史》归纳概括出来的，所以不仅内容比较可靠，而且也充实多了，并且系统化了。

　　两相比较，可以看出《讲义》的成绩有两点：一是描绘出现代文学发展的粗略轮廓；二是举出三个作家为例予以介绍。《讲义》的缺点也有两点。一是《讲义》几乎没有提及近代文学，而《新编简明东方文学》则明确地分为近代文学和现代文学两个阶段加以评介。二是《讲义》所举作家作品不具有明显的代表性，显得过于零散，巴鲁迪、纪伯伦、塔哈·侯赛因和纳吉布·迈哈福兹等重要作家都未曾提及；而《新编简明东方文学》所举作家作品则具有明显的代表性（不仅简要介绍巴鲁迪和塔哈·侯赛因，而且还设立专节详细讲解最有代表性的两位作家——纪伯伦和纳吉布·迈哈福兹），并且顾及不同国家、不同流派和不同倾向。

---

　　① 《新编简明东方文学》，第204—207页。

第五章

关于《东方文学讲义》(下)

第一节　东方文学的内容——伊朗文学

如上所述，由于缺乏资料和认识错误，《东方文学教学大纲》里根本没有伊朗古典文学的内容。这无疑是一个严重的失误。其后，笔者通过学习和研究认识到这个失误，并在编写《东方文学讲义》时，在"亚非古典文学"一章里，单独设立"伊朗文学"一节，该节重点评述伊朗中古时期的诗歌成就。这一节虽然在形式上没有分为文学史和重点作家——萨迪两部分，但在实际上还是分为两部分的。以下分别论述。

第一部分　伊朗文学史

关于伊朗古典文学的总体评价，《讲义》在开头一段写道："伊朗有悠久的文化传统。中世纪的伊朗诗歌是世界文学史上极为珍贵的瑰宝，以其深刻的思想、凝练的语言和优美的格律著称于世。"[①] 这段评语应该说基本上是准确的。

在评述伊朗古典文学的成就时，《讲义》首先对古代文学进行了简要介绍：

---

① 《外国文学讲义·东方文学部分》，第53页。

伊朗文学产生很早。远在公元前三四千年，伊朗就有了原始文化；但最古的文学没有保存下来。用古波斯文和早期中世纪波斯文写成的作品有丰富的宗教经典和各部落的叙事长诗（《赫瓦达—那马克》、《阿尔达西尔·巴巴干行传》等），证明早期诗歌已有发展。①

根据我国现代学者的研究，这个时期伊朗的主要文学成就应该是索罗亚斯德教的经典《阿维斯塔》，但《讲义》只是提到"有丰富的宗教经典"，应该是指《阿维斯塔》，却并没有突出介绍这部经典，这是明显的不足之处。至于所谓"各部落的叙事长诗"，其实不必进行很多介绍。在《新编简明东方文学》一书里，这个部分的主要内容是对《阿维斯塔》的评介：

古代伊朗的历史主要由三大王朝组成：阿契美尼德王朝（公元前550—前331）、阿什康尼（安息）王朝（公元前250—公元224）和萨珊王朝（公元224—651）。据张鸿年、元文琪先生研究，阿契美尼德王朝是幅员辽阔的奴隶制大帝国，当时索罗亚斯德教（又称祆教、火祆教、拜火教）已在伊朗传播。《阿维斯塔》是索罗亚斯德教的经典，也是伊朗古代神话传说的总汇。阿什康尼王朝时期的文献典籍流传下来的很少，只有几种铭文和少数地契文书。萨珊王朝时期是伊朗古代文化和文学创作的高峰时期，虽然后来遭到毁坏，但是仍有不少科学、宗教、历史和文学著作保存下来。此外，还有不少文学作品已经失传，可是有足够材料证明它们确实存在过。

《阿维斯塔》是索罗亚斯德教的正式经典，也是伊朗古代社会百科全书式的作品。一般认为，该书并非该教创始人索罗亚斯

---

① 《外国文学讲义·东方文学部分》，第53页。

德一人所作，而是经过多人之手完成，并且吸收大量民间创作在内。据说萨珊王朝时期整理出来的《阿维斯塔》约有 34 万字，但现存的本子只有 8 万多字。全书可分为五个部分：一、《亚斯纳》，主要内容是歌颂天神阿胡拉玛兹达及其助神；二、《亚什特》，主要内容是歌颂天神的助神；三、《万迪达德》，主要内容是宗教的法典和规则；四、《维斯帕拉德》，主要内容是颂词；五、《小阿维斯塔》，主要内容是后人编写的《阿维斯塔》普及本。《阿维斯塔》不仅对研究古代伊朗的社会状况和伊朗人的宗教信仰具有十分重要的意义，而且对研究伊朗的文学发展也具有相当重要的价值，如中古时期菲尔多西在创作《列王纪》的过程中，就以《阿维斯塔》为重要依据之一。[①]

在简要介绍古代文学之后，《讲义》重点评述的是伊朗中古文学。关于后者，《讲义》有一段概括性的话："9 世纪末到 15 世纪的数百年是伊朗文学的黄金时代。虽然伊朗曾被阿拉伯人、阿富汗人和蒙古人侵入，然而她的诗的天才，这时却发展到登峰造极的地步。闻名世界的大诗人鲁达基、菲尔多西、萨迪和哈菲兹等都产生在这时。"[②] 这段评述大体上是正确的。其中列举的四位大诗人，鲁达基虽然在成就上不如后面三位，但是作为中古诗歌的奠基人特别提出，也是可以接受的；至于菲尔多西、萨迪和哈菲兹则是当之无愧的大诗人。当然，关于哪几位大诗人可以代表这个时期伊朗诗歌的最高成就，在伊朗评论界还有其他各种不同的提法，然而无论哪种提法似乎都不能没有这三位大诗人。

在这段概括评述之后，《讲义》分为五个时期评述各个时期有代表性的诗人。即 10 世纪的鲁达基，10—11 世纪的菲尔多西，11—12 世纪的海亚姆，13 世纪的莫拉维和萨迪，14 世纪的哈菲兹。具体内

---

① 《新编简明东方文学》，第 19—20 页。
② 《外国文学讲义·东方文学部分》，第 53 页。

容如下：

第一个时期——"伊朗文学的新兴是与 9 世纪末、10 世纪初蓬勃发展起来的反对阿拉伯帝国统治的民族解放运动密切联系着的。10世纪初，随着人民力量的壮大和波斯封建主势力的强盛，在伊朗和中亚建立了几个事实上独立的封建国家，其中最强大的是萨马尼（875—999）。萨马尼是一个进步的大国，它促进了伊朗经济和文化的发展。在萨马尼国内，诗歌达到了高度发展的水平，其中具有代表性的优秀作家和作品充分反映了民族的先进思想和时代精神。"[1] 这里所谓具有代表性的优秀作家和作品，主要是指拥有"伊朗诗歌之父"称号的鲁达基和他的诗歌。关于鲁达基，《讲义》写道：

> 鲁达基（全名是阿布都尔达拉赫·加法尔·伊本·穆罕默德·鲁达基，一般简称为阿布尔哈桑·鲁达基）是萨马尼时期最有名的诗人。他是塔吉克文学的始祖，塔吉克和波斯古典诗歌的奠基人，被尊称为"诗歌之父"。他大约在 9 世纪 50 年代至 60年代之间诞生于现今苏联塔吉克共和国列宁纳巴德州彭治肯特区的一个名叫潘治·鲁达克的小山村里。他出身自耕农家庭，幼年时就非常聪慧，8 岁开始写诗，成为善弹琵琶的歌手，名声传遍各地。不久，被国王召入宫廷，成了宫廷诗人。但他的家庭生活并不幸福，晚年又被逐出宫廷，贫病交加，914 年死在他的故乡。他一生的诗歌创作据说是异常丰富的，有人说他在 60 年里共写了 130 多万首双行诗，但今天遗留下来的只有 1000 多首双行诗。在这些诗中，最普通的形式是颂歌、哀歌、哲理诗、抒情诗、讽刺诗、四行诗和双行诗。据说他还写了 8 部长诗，今天遗留下来的只有根据《五卷书》改写的长诗《卡里来和迪木乃》的片断。他的最大功绩乃是创立了新的诗歌传统，为古典诗歌的发展打下了基础。

---

[1] 《外国文学讲义·东方文学部分》，第53—54 页。

　　他是个乐观主义者和自由思想家。他的诗歌的最可贵之处在于反映了那个时代的某些先进思想。作为一个宫廷诗人，他不得不为帝王及其周围的高官显宦吟诗操琴，写下不少歌功颂德的作品。然而，他毕竟是有骨气的人，他的创作态度是严肃的（他说过：为了下贱的肉体安逸，我不能使灵魂屈辱）。他曾希望通过劝戒使统治阶级弃恶扬善，结果失败了——"我见过高官显宦可不少，并辨认出不止一个/有伪装的慈善与包藏起来的劣迹。/我深藏着一颗心愿：要给他们做出榜样。/不料，上帝却拿绝望来奖赏我。"（潘庆舲译，下同）因而，他有时就用严厉得多的调子斥责权贵们——"手中的剑不是为强暴和杀戮而灼灼闪光；/上帝忘不了罪恶将以百倍来报偿"，"每天你总是耸耳谛听甜蜜的歌声，/而被压迫者的呻吟你却不愿意听"。他甚至对贫富悬殊的社会表示强烈的抗议——"这些人桌上摆满了肴肉和精制的杏仁糕，/那些人却饥肠辘辘，连大麦饼也难弄到。"他生活着，像是一个战士。这首四行诗就像是他的座右铭——"啊，鲁达基，不要像其他的人一样，你要生活得自由而坚强！/你要像所有的圣哲，让理智的心灵都闪烁着光芒！/你不要以为世界上大家都很幸福，只有你一个人不幸，/要晓得：世界上有数不尽的不幸，而你生活着正是为了幸福的时光！"他的诗歌以诚挚赞美生活和大自然为特色。此外，他还歌唱理智，颂扬教育、文化和科学的作用。

　　他的诗歌表现了以朴实无华著称的波斯和塔吉克古典诗歌高度发展的艺术形式。他使波斯和塔吉克诗歌中的一切基本形式臻于尽善尽美的境界，因而被誉为"多种歌喉的夜莺"。他的诗歌的独特风格被称为"鲁达基文体"，特点是形象鲜明，朴实明快，具有民间诗歌的素朴性和琅琅上口的音乐性。他对当时波斯人和塔吉克人共同的语言——法尔斯语进行加工并使之定型。

　　鲁达基的创作对他同时代和以后的波斯与塔吉克诗人——菲尔多西、纳西尔、库思老、尼扎米和哈菲兹等人都有影响。他的那些颇似警句和箴言的双行诗流传了数百年，而且早已成为人民生活中的语言。阿布尔法兹尔·巴拉米曾给予他很高的评价："在诗歌领域里，鲁达基在他同时代人中是首屈一指的，无论在阿拉伯人当中，无论在波斯人当中，都找不到和他媲美的人。"①

这段对于鲁达基的评介基本内容是正确的，但在文字数量上似乎过多了些，在提法上也有过分褒奖之处，如"他使波斯和塔吉克诗歌中的一切基本形式臻于尽善尽美的境界"等语便是其例。

第二个时期——"10 世纪末，强盛一时的萨马尼国走向衰落。统治阶级对农民和城市劳动者剥削的加紧与各封建主之间的纷争破坏了社会生产。阿富汗人马穆德·加斯尼王朝乘机而入，建立了加斯尼国。在马穆德·加斯尼王朝统治时期，封建主的巧取豪夺把波斯人民害得倾家荡产。"② 这个时期的代表诗人是菲尔多西。关于菲尔多西，《讲义》写道：

　　菲尔多西（934—约 1020）就生活在这个新旧王朝交替的混乱时期。他不仅是这个时期最有名的诗人，也是波斯文学史上的三大诗人之一。他的作品对波斯与塔吉克的口头文学和书面文学的进一步发展产生了巨大影响，这种影响还远远达到国界以外。关于他的生平，我们知道得很少。他出身于并不富裕的地主家庭，一生都过着穷苦的日子。他在自己那个偏僻的山村里顽强地工作了 30 年，终于完成了那部 60 万首双行诗的巨著《列王纪》。生活的贫困迫使他把作品献给马穆德·加斯尼，却遭到冷遇。他在失望、愤怒之中写了讽刺诗作为回敬。因此，他不得不亡命他乡。许多年以后，他重新回到故乡，度过晚年，于 1020 至 1026 年间去世。他的尸体不能葬在穆斯林的墓地里，因为他是以"极

---

① 《外国文学讲义·东方文学部分》，第 54—55 页。
② 同上书，第 55 页。

不体面的异教徒"而闻名的。

史诗《列王纪》描写从神话传说中的王朝直到阿拉伯人侵入前25个王朝的历史。诗人着手写《列王纪》，正当萨马尼国家统治时期；等到他完成这部作品时，寿命不长的萨马尼王朝已经崩溃了。因而有两种感情贯穿在他的诗篇里：一种是爱国的感情，热烈希望民族团结，反对外族侵略；一种是悲痛的感情，看到民族团结已不可能，帝王昏庸无能，国家将落入外人之手，觉得无比痛心。他描写了一系列的帝王，其中有暴君，也有救世主。他始终认为，国家统治权永远应该属于"代天治民"的合法帝王；他也相信，从这些合法帝王中必然产生理想的人物。但是，他对帝王褒贬的标准具有民主性和进步性。他歌颂理想的帝王，认为帝王的职责是关心人民利益，保卫祖国——"就在于使饥饿者心里快乐，/就在于为高尚的目的而生活。/就在于追求真理和善行，/而不在于追求珠宝和金银。/不管战士怎样勇敢有力，/只是到那时才对他有敬意：/就是当他参加正义战争，/去保卫祖国，赶走敌人。"（穆木天译，下同）他谴责出卖祖国、压迫人民的暴君——"你们身穿锁子甲，头戴王冠，/你们用外国财富装饰着官殿。/而这些装饰和陈设，却表证着横暴和压迫。"不过，他笔下的帝王形象并不十分动人，他们往往只是历史进程的标志；真正有力的却是那些正直、勇敢、反对压迫、反对侵略的民间英雄形象：如挺身而出号召人民揭竿而起的铁匠科瓦，为国家为人民立下丰功伟绩的勇士鲁斯塔姆，威名远扬的人民起义领导者马士达克等。在这里，他的阶级立场的局限（他并不赞成人民起义）和他的某些进步观点（反对暴君，同情人民）形成明显的矛盾。例如："于是，各地人民都向马士达克集凑，/离开了正路，选择了邪路。/马士达克向人民宣告：'大老爷和穷人一律平等。/要消灭囤积和奢侈，/穷人、富人同是一种丝绒织成。/这个世界上必须有正义，/财产我们要自己管理。'"

《列王纪》从表面上看是一部帝王的朝代纪，但实际上是一

部以反对封建暴政、反对外族侵略为主旨的英雄史诗。因此，这
部作品深受欢迎，它的雄浑壮丽而又清楚明白的诗句在波斯和塔
吉克人民中间广泛流传，被认为是这个时期波斯诗歌的最高成
就。不仅如此，这部作品还流传到亚洲和欧洲许多国家，被认为
是世界文学名著之一。①

这段对于菲尔多西及其《列王纪》的评介虽然不能说很全面、很系
统，但却明确地指出了该作品的重要思想意义。这种认识并不是笔者
阅读作品得出的结论，而是借助于穆木天先生翻译的苏联学者的研究
成果——《费尔多西的故事》（一）和《费尔多西的故事》（二）以
及其他有关资料。不言而喻，没有这些依据，笔者是不可能写出上述
内容的。

第三个时期——"11 世纪中叶，马穆德·加斯尼王朝崩溃，土
库曼人的塞尔柱帝国建立起来。在这个帝国的强盛时期（11 世纪
末），文化又一度繁荣起来。海亚姆是这时最有名的诗人。"② 关于海
亚姆，《讲义》写道：

　　海亚姆（1048—1122）是诗人，也是数学家和天文学家。他
留下来的主要作品是鲁拜诗集。他的前半生（1092 年前）是在幅
员广阔的塞尔柱国家比较稳定的环境中度过的；而从 12 世纪起，
国内的骚乱便开始了。因此，在诗人的创作中有着复杂的和自相
矛盾的时代烙印：他对于世界和不公正现象的不满、对于暴力和
压迫的抗议以及个性受到压制的愤怒情绪等，在他的诗中时而以
反抗的形式，时而以极端悲观主义的形式表现出来。他的自由思
想和对现存制度所抱的批判态度鼓舞了那些持有反对派观点的人
们。他的鲁拜诗风格朴实，语言简洁，富有哲理性和思想性。③

---

① 《外国文学讲义·东方文学部分》，第 55—57 页。
② 同上书，第 57 页。
③ 同上。

这段对于海亚姆及其诗歌的评介文字不多，但基本内容是正确的。

第四个时期——"13世纪初，蒙古人侵入伊朗和中亚。蒙古游牧民族的大规模破坏性兼掠夺性的侵袭及其确立下来的野蛮统治，加之各封建王公的横征暴敛，严重地破坏了社会生活和文化；只是在遭受破坏较小的地方，文学的发展取得了有利的条件。但也正因为这样，那些进步的文学作品就更鲜明有力地反映了社会黑暗和人民群众的愤怒抗议。这时期最重要的诗人是莫拉维和萨迪。"①

关于莫拉维，《讲义》写道：

> 莫拉维（1207—1273）被誉为"冥想生活的夜莺"，他的抒情诗达到了苏菲派诗歌的顶峰。不过，他的诗歌的历史艺术价值并不局限于苏菲派的范围，他还善于利用苏菲派的寓意和象征特点来表达自己爱好自由的观点。他的作品有一部抒情诗集《沙姆斯集》和被认为是苏菲派百科全书的《玛斯纳维全集》，以及其他哲学著作多种。他的许多诗歌都是用来宣传教义的，带有浓厚的神化色彩；但包含在《玛斯纳维全集》里的不少箴言诗却很有价值。在这部作品里，诗人广泛地采用了西南亚各民族民间传说和《卡里来和迪木乃》的故事情节，加以创造和想像，充满了处世的智慧和对现实冷静批判的思想。如在《受惊的市民》里对昏聩横暴国王的嬉笑怒骂，在《戎哈和孩子》里对生活在地狱般环境中人民的深切同情，在《被偷的驴子的故事》里对僧侣的伪善虚假的嘲笑等，都是现实生活的深刻写照，表现了诗人纯朴的人道主义思想；它如对脱离实际的经院式学术（《语法学家和舵手之争》）、违反实际情况的主观主义（《聋子探望病邻》、《小商人和倒翻店里油瓶的鹦鹉》）等现象的辛辣讽刺也很有教益。②

---

① 《外国文学讲义·东方文学部分》，第57页。
② 同上。

这段评介是根据当时仅有的中文译本——《鲁米诗选》（宋兆霖译）提供的片断资料写成的，当然不可能说是全面的、系统的分析，但也抓住了一部分要点，因而具有一定的价值。此外，由于材料来源的限制，有些地方没有交待清楚，有些提法可能不够准确。前者如《玛斯纳维全集》的全貌，后者如他所写的其他诗集的名称等。

关于萨迪，将在第二部分里专门论述。

第五个时期——"十四五世纪，伊朗和中亚仍被蒙古人所占领，统治阶级争战不已，人民处于水深火热之中。在文学上，还不断产生一些优秀的诗人，其中最有名的是哈菲兹。"① 关于哈菲兹，《讲义》写道：

> 哈菲兹（真名是穆罕默德·沙姆思·阿丁）是波斯文学史上的三大诗人之一，也是闻名世界的抒情诗人。他出身于破产的商人家庭，早年丧父，童年生活很贫困，后来却受到良好的教育。他早年曾写有献给波斯统治者的颂歌，但出名的却是抒情诗集《歌曲集》。

> 他是个具有自由思想和叛逆性格的人，对国内外统治者所建立的黑暗社会秩序和伪善的僧侣所把持的正统伊斯兰教深为不满，对自由幸福的生活极为向往。他特别关切生死问题，努力探求人生沉浮不定和自然不可理解的根源。他以为一切的罪恶都是命运的作用。不过，尽管他的思想里有悲观因素，但他对人类的未来还是抱有希望，对生活还是怀有信心。

> 他的抒情诗乃是对黑暗现实的独特形式的抗议，是以个人反抗的形式来表现的人民群众的抗议。他赞美酒，是对宗教的清规戒律的反抗；赞美爱情，是对正统宗教信仰的叛逆；提倡为爱人服务，是对为国王服务的抵触。他以有力的诗句鞭挞强暴的统治者、伪善的僧侣和他们的爪牙。他肯定的正面人物是自由的流浪

---

① 《外国文学讲义·东方文学部分》，第61页。

汉。这些流浪汉摆脱了正统宗教的伦理和教义的枷锁。他们信仰上帝，却反对虚伪的宗教仪式，以酒馆代替教堂。他们忠诚、聪慧而热情，同虚伪的教士相对立。他们的身上显示着诗人的个性。

哈菲兹的抒情诗感情充沛，形式完美，风格独特，堪称波斯抒情诗歌的典范。他的诗已成为波斯民族的珍贵财富，知识分子必读他的歌曲集，农民也会吟诵他的诗句。他的诗还在国外广泛流传，歌德曾写过不少仿他而作的抒情诗。①

这段评介虽然有些提法未必准确（如说他的抒情诗"是以个人反抗的形式来表现的人民群众的抗议"），有些地方不够深入（如艺术特点、风格特点等），但基本思想是正确的，如说"他是个具有自由思想和叛逆性格的人，对国内外统治者所建立的黑暗社会秩序和伪善的僧侣所把持的正统伊斯兰教深为不满，对自由幸福的生活极为向往"，"他的抒情诗乃是对黑暗现实的独特形式的抗议"，等等。

从上述内容不难看出，这个分期主要的依据是社会政治状况和时间发展顺序，似乎没有充分考虑文学本身的发展情况和发展规律。后来，我国伊朗文学研究者张鸿年先生综合各个方面的情况，将其分为三个时期，应当是更合理的。

另外还要说明的是，上列名单是比较全的，但是缺少了内扎米和贾米的名字。贾米的名字略而不记，不能算是很大的漏洞；内扎米的名字是无论如何也不应该略而不记的。如上所述，这可能是因为内扎米的故乡是阿塞拜疆的甘哲的关系吧。当时我们参照了许多苏联的资料，而苏联的评论家往往将内扎米看作阿塞拜疆的诗人，并不认为他是伊朗诗人。

总起来说，《讲义》对于伊朗古典文学进行了比较全面的介绍，弥补了《大纲》的缺失。这是一个很大的进步。但是由于当时可供

---

① 《外国文学讲义·东方文学部分》，第61页。

参考的资料有限，而且其中含有许多不准确的地方，再加上笔者理解能力和思想观点的局限，所以仍然存在着不少漏洞。

实际上，无论从东方文学史还是世界文学史（外国文学史）的角度来考虑，伊朗古典文学只以萨迪一个作家作为重点都是不够的，所以后来编写的这类教材往往还要加上菲尔多西和哈菲兹作为重点作家。如果由于篇幅有限实在不能增加重点作家的数量，只能以萨迪一人作为重点的话，那么对于伊朗中古诗歌发展史的介绍可以归纳如下：

中古伊朗的诗歌得到充分发展，诗歌成就远远高于散文文学，从 9 世纪到 14 世纪形成诗歌的黄金时代，先后涌现一批著名诗人。据张鸿年先生研究，这时的伊朗诗歌使用的是近代波斯语——达里波斯语，它随着王朝的更迭和文化中心的转移，可以分为三个时期。

早期文化中心位于东部霍拉桑地区，代表诗人有鲁达基（850—940）、菲尔多西（940—1020）和海亚姆（1048—1122）。鲁达基是伊朗中古诗歌的奠基者。菲尔多西的主要成就是巨型史诗《列王纪》。海亚姆是哲理诗人。

鲁达基拥有"伊朗诗歌之父"的美称。有人说他先天失明，有人说他后天失明，总之后来人们称他为盲诗人。他自幼聪慧过人，据说八岁时就能默诵《古兰经》，吟咏诗歌，演唱民歌，声音婉转嘹亮，所到之处大受欢迎。早在萨曼王朝第一任国王在位时，他就被召入宫廷。这时他的生活是富裕的、豪华的。可惜好景不长，后来由于宫廷衰败，他被迫离开那里，重新回到故乡，并在贫困潦倒中结束了自己的生命。相传他一生创作不停，运用各种诗体，写出许多作品（有人说他的诗集有 100 卷，有人说他的诗有 130 万联句，但流传至今的只有 2000 行左右），并且使这些诗体逐步达到定型和完善的地步，从而为中古伊朗诗歌的发展打下坚实的基础。他使用的诗体包括抒情诗、四行诗、颂诗、叙事诗等。抒情诗（卡扎尔）由 2 至 12 个联句组成。他的抒情诗以形式多样、题材广泛、意境深远、语言简练为特色。四行诗（鲁拜）每首四行。他的四行诗的特点是节奏鲜明，感情充沛，内容充实。爱情是他最喜欢歌咏的主题之一，不少作品具有感人肺腑的力量。颂诗（卡斯台）由 15 个以上联句组成。《老年怨》是他颂诗的代表作品之一。这首诗写得哀切动人，既为我们提供了关于诗人生活的宝贵资料，又可以作为颇有教益的诗歌供读者鉴赏。叙事诗（玛斯纳维）的行数不限。他在这方面的杰作是《卡里来和迪木乃》。

菲尔多西一生的创作可能很多，但是流传至今的只有长篇史诗《列王纪》。这部史诗共约 12 万行（6 万联），可以分为三大部分：神话传说，勇士故事，历史故事。神话传说部分采用略写的方法，约有 8 千余行，不到全书的十分之一。勇士故事部分是全书的核心，采用详写的方法，约有 5 万余行，占全书的近一半。历史故事部分也占很大比重，约有 5 万余行。史诗的精彩故事共有 20 个左右，其中有四个故事可以称为真正的悲剧，即伊拉治的悲剧、苏赫拉布的悲剧、夏沃什的悲剧和埃斯凡迪亚尔的悲剧。史诗的基本思想可以概括如下：弘扬伊朗民族的悠久历史传统，歌颂为伊朗民族做出重大贡献的国王和勇士等英雄，谴责损害伊朗民族利益的国王。史诗使用的是近代波斯语，即达里波斯语。这种语言是由中古波斯语，即巴列维语演化而来的。达里波斯语兴起于 9 世纪，以鲁达基为代表的一代诗人的创作是这种语言结出的第一批硕果。但是他们的创作大多属于短篇作品，还不能充分体现达里波斯语的巨大表现力。在这种情况下，菲尔多西以准确而又质朴的达里波斯语写出了长篇巨著，为这种民族语言的最终确立做出了历史性的贡献。总之，这部史诗在伊朗中古文学史上占有重要地位，具有重要意义。它是伊朗中古诗歌创作史上的第一部巨著。在这部史诗之前，伊朗尚未出现过大规模的叙事诗，只有若干神话传说、勇士故事和历史故事保留在有关文献和人民口头创作中，这些都成为菲尔多西创作的素材。在这部史诗之后，伊朗许多诗人创作叙事诗时都从菲尔多西笔下吸取营养，不仅从他这里获得材料，而且在形象、构思、手法和语言上接受他的影响。

海亚姆是伊朗塞尔柱王朝时期的诗人。他生于霍拉桑的内沙浦尔，从小聪慧好学，广泛涉猎各种知识。其后在数学、医学、天文学和哲学等方面取得了很高的成就，成为当时的著名科学家。他的哲学思想既在他所撰写的哲学论文中有所阐释，也在他所创作的诗篇里得到艺术体现。后者使他的诗歌充满哲理味道，使他成为伊朗有史以来最负盛名的哲理诗人。他主要采用四行诗，即鲁拜的形式从事创作，所以他的诗集称为《鲁拜集》。这种短小精悍的诗体并非由他创立（鲁达基已经使用过），但在他的手里达到了完善的地步。他的四行诗以语言流畅、旋律优美、比喻巧妙、风格自然为艺术表现特色；不过更加令人瞩目的却是其中所包容的广阔思想、新颖见地和深刻哲理。有的诗对于传统的宗教观念表示怀疑，勇敢地、大胆地探索宇宙的奥秘和人生的意义；有的诗否定地狱和天堂之类的说教，认为与其焦虑彼世，不如立足现世；有的诗揭露世道不公，谴责压迫仇恨；有的诗表示诗人不愿追求利禄、不肯随人俯仰的意志；还有的诗则表现了人生时间短暂、应当及时行乐的思想。海亚姆的四行诗思想深邃，言简意赅，对于后世伊朗国内外诗歌的发展产生了广泛的影响。

其后伊朗文化中心西移，形成"伊拉克体"诗歌时期。内扎米（1141—1209）是这时的代表诗人之一。与此同时，苏菲派诗人也用诗歌的形式阐释自己的教义，出现了萨纳伊（1080—1140）、阿塔尔（1145—1212）和莫拉维（1207—1273）等一批杰出的诗人。

内扎米的诗歌数量十分可观，其中包括194首抒情诗，68首四行诗，17首颂诗；但他的主要作品还不是这些诗歌，而是使他名扬千古的《五卷诗》。《五卷诗》是由五部长篇叙事诗组成的，这五部长诗是《秘密宝库》（1176）、《霍斯陆与西琳》（1181）、《蕾莉与马杰农》（1188）、《七美人》（又称《七美图》，1197）和《亚历山大故事》（1200）。这些长诗都是用叙事诗（玛斯纳维）写成的，共约24500联句。《秘密宝库》收入50余个故事，用以表现具有哲理性和训诫性的内容，颂扬勤劳、勇敢和正义，谴责懒惰、怯懦和残暴。《霍斯陆与西琳》取材于萨珊王朝霍斯陆国王与亚美尼亚公主西琳的恋爱故事。《蕾莉与马杰农》约有5100联句，是五卷诗中最出色的一部。它写的是一对青年男女感人至深的恋爱故事。蕾莉与马杰农是同学，两人互相爱慕，情投意合。蕾莉的父亲得知这个消息大为恼火，勒令女儿退学，并将她禁闭在家。马杰农因为见不到蕾莉，终日疯疯癫癫，流落荒野。马杰农的父亲向蕾莉的父亲求婚，遭到拒绝。蕾莉的父亲还将女儿强行嫁给另外一个男人。蕾莉日夜思念马杰农，郁郁寡欢，终于病死。噩耗传来，马杰农五内俱焚。他直奔蕾莉的墓地，哭天抢地，直到精力耗尽，一命归西。人们同情蕾莉与马杰农的不幸遭遇，纷纷动手掘开蕾莉的坟墓，将他们二人合葬一处。这部长诗不仅有感人的故事，还有诗人生花之笔的点染，如情景交融的笔法和生动丰富的语言等，越发显得美妙动人。《七美人》取材于萨珊王朝的宫廷生活，描写巴赫拉姆国王的爱情故事，其中包括他与妃子法特涅的悲欢离合等。《亚历山大故事》分为上下两篇。上篇是"光荣篇"，主要讴歌亚历山大的武功。下篇是"幸福篇"，着重颂扬亚历山大的文治。内扎米的《五卷诗》产生了广泛的影响。

莫拉维（又译鲁米）是苏菲诗歌之集大成者。他生于巴尔赫（今阿富汗境内），父亲是苏菲派长老。他的作品有《沙姆斯集》、《四行诗集》、《书信集》、《隐言集》和《玛斯纳维全集》等，其中以《玛斯纳维全集》最为重要。《玛斯纳维全集》共计六卷，约有25000联句，被誉为波斯语的《古兰经》。在这部诗集中，诗人通过许多大大小小的故事（这些故事采用大故事套小故事的方法联系起来）宣传苏菲派的思想。这些故事有的来自民间传说，有的来自历史典故，有的来自《古兰经》和《圣训》。一般是先讲故事，再从故事中得出结论，归结为苏菲派的思想主张。

13 世纪以后，伊朗的文化中心向南方迁移，于是产生了伊朗诗坛的双星——萨迪（1208—1292）和哈菲兹（1327—1390），他们的诗作都带有一定的苏菲派色彩。

哈菲兹是抒情诗人，也是伊朗中古文学史上著名的诗人之一。他不仅通晓伊朗文学，而且通晓阿拉伯文学，因而获得了"神舌"、"神学家"、"设拉子学者"、"设拉子夜莺"等称号。据说在伊朗，他的诗集的发行量仅次于《古兰经》。哈菲兹一生写了多种体裁的诗歌，还写了不少关于伊斯兰教和《古兰经》的文章，但他的主要贡献是在抒情诗的创作方面，是在用"卡扎尔"诗体创作的抒情诗方面。诵读他的诗歌，我们首先便会强烈地感受到诗人无限热爱现实世界、无限热爱人间生活的精神。因此，他认为美酒和爱情是至关重要的，没有美酒和爱情，世界将会黯然失色；为了美酒和爱情，诗人愿把这个世界抛弃——"对于爱情的乞求，/这是主宰世界的真谛；/为了爱情和美酒，/我将把这浮世抛弃。"（邢秉顺译文，下同）对于我们今天的读者来说，也许会觉得这样的诗歌有些极端；但是，如果我们想到诗人所生活的那个充满黑暗、压迫和剥削的可怕时代，想到诗人胸中埋藏的万丈怒火，想到诗人争取自由和幸福的迫切要求，便不难理解这些诗歌所包含的真正意义了——"我胸中埋藏着一座火山，/那火焰已把苍天点燃；/太阳射出的万道金光，/仅仅是这火势的一闪。"他的诗歌在风格上形成了自己的鲜明特点：一是放荡不羁，二是感情炽热，三是语言丰富、生动和多变化。哈菲兹的抒情诗流传很广，影响很大，并且获得了崇高的评价。在伊朗国内，他的诗歌称得上是家喻户晓，人人皆知；人们爱用他的诗句占卜，以寄托对于未来的希望。在伊朗国外，他的诗歌被译成多种文字大量出版。恩格斯在一封信里称赞他的诗歌时写道：读放荡不羁的老哈菲兹的音调十分优美的原作是令人十分快意的。德国诗人歌德特别推崇哈菲兹，甚至说过这样的话："哈菲兹啊，除非丧失了理智，我才会把自己和你相提并论。你是一艘鼓满风帆劈波斩浪的大船，而我只不过是在海浪里上下颠簸的一叶小舟。"（张鸿年译文）

贾米（1414—1492）是伊朗中古诗坛最后一位杰出的诗人，他的主要作品是《七宝座》和《春园》。①

第二部分　重点作家——萨迪

在所有这些诗人中，《讲义》关于萨迪的评论使用的字数最多，占全文的二分之一弱。这一方面是因为萨迪是伊朗三大诗人之一，另一方面是因为当时恰逢萨迪被作为世界文化名人来纪念，与之配合我国翻译出版了他的主要代表作《蔷薇园》，还发表了一系列有关的介绍和评论文章。因此，《讲义》实际上是把萨迪作为重点作家对待的，所以对萨迪及其代表作品《蔷薇园》的评述分外详细。

关于萨迪的地位和生平，《讲义》写道：

萨迪是13世纪伊朗最有名的诗人，也是伊朗文学史上的三大诗人之一。他大约在1203年至1208年间诞生于当时伊朗的文化、政治、商业中心——设拉子城。他的家世贫寒，父亲是一个穷苦的小传道士。他的前半生主要是过着流浪漂泊的行脚僧生活。他到过亚洲和非洲的广大地区，如大马士革、的黎波里、波尔克、阿勒颇等城市。他的游踪，西边到过埃及和埃塞俄比亚，东边到过阿富汗、印度和中国的喀什噶尔城。直到13世纪50年

---

① 参照《新编简明东方文学》，第68—72页。

代，他才回到故乡，专心进行写作。1292 年逝世。①

这段评述基本上是准确的。这只要与《新编简明东方文学》一书里的相关部分加以对照，便不难看出来：

> 萨迪是伊朗中古时期的著名诗人之一，1208 年诞生在伊朗南方名城设拉子。他的全名是谢赫·穆斯列赫丁·阿卜杜拉·萨迪·设拉子依。据张鸿年先生研究，他出生在一个下层宗教人士家庭里，幼年是在贫困和孤苦的环境中度过的。由于父母早亡，他只好寄人篱下。正像他在一首诗里所写的那样：我明白孩子们的忧伤，因为自幼我就失去了爹娘。
>
> 萨迪早年在设拉子求学，后来转到巴格达的最高学府——内扎米耶学院深造。他不但精通波斯文，而且精通阿拉伯文。大约在 30 岁左右，他结束了自己的学业，过起长期的流浪生活，成为伊斯兰教的游方者。他的足迹遍及亚非两大洲的广大地区，往西到过埃及和埃塞俄比亚，往东到过阿富汗和印度，甚至还到过我国新疆的喀什噶尔。他的生活是艰苦的，经常徒步旅行，还当过十字军的俘虏。他的传教布道并非都受欢迎，有时大遭冷遇。他在《蔷薇园》里就曾发过这样的牢骚："有一次我在巴尔倍克的总礼拜堂，向一群冷漠的听众演说，给予劝导。他们冥顽不灵，丝毫无动于心。我发现，我的话不能使他们感动，我心中的烈火不能点燃他们心中的湿柴。"（水建馥译文）。
>
> 他在国外旅居了 30 余年，直到 1257 年才回到自己的祖国伊朗，定居在故乡设拉子。他的晚年生活似乎比较平静，没有发生什么重大事件。1292 年，他在设拉子去世。他的坟墓保存至今，成为当地的重要古迹。②

---

① 《外国文学讲义·东方文学部分》，第 57—58 页。
② 《新编简明东方文学》，第 117 页。

两相比较，除了详略程度和个别细节有些出入之外，内容基本上相同。不过，后者的提法更加可靠，因为它是依据我国伊朗文学研究者的研究成果所得出的结论。

关于萨迪的思想和创作，《讲义》写道：

> 萨迪是一位伟大的人道主义者。尽管他看世界各阶级不是黑白分明的，而是色彩缤纷的，但实际生活给他以深刻的教育。他在一首诗里就揭露出社会的不平等："苍穹和空中闪烁的群星啊，/它们晓得什么人间的秘密？/这一个是奴隶，那一个端坐在宝座上；/这一个要被审讯，那一个头戴王冠。/这一个欢天喜地，那一个愁眉苦脸。/这一个何等幸福，而那一个让命运把背压弯。/这一个住着茅棚，而那一个高居在官殿。/一个是破衣烂衫，另一个满身绸缎。/一个是可怜的乞丐，另一个十分有钱。/一个是贫困无依，另一个在压迫穷汉。"（译者不详）他本人属于中世纪封建城市的中层阶级，他鲜明地表达出这个阶级的理想和思想感情。他特别表同情于城市里的手工业劳动者和商人们，对于农民也有特殊的感情。他的生活态度和创作态度是严肃的、一丝不苟的。他的诗就是他的宣言："萨迪，你的言词无畏惧，/既然你把剑举起，就向胜利走去。/暴露出全部真理，揭露出你知道的一切，/丢开自私的言词及其虚伪的把戏。"（郑振铎译文）
>
> 萨迪认为，一个人应当经历两段生活：第一阶段进行探索，自然会犯一些错误，同时也就积累一定经验。第二阶段则根据这些经历，总结出若干经验教训。他自己就是这样做的。他前半生走过许多地方，接触了各种各样的人，取得了相当丰富的经验。他后半生的创作便是这些经验教训的艺术结晶，所以内容极其充实。
>
> 萨迪在少年时代已经开始创作诗歌了。不过这些早期诗歌没有保留下来。我们现在所能得到的最早的诗歌，是他30至40年代住在巴格达和流浪时期所写的。这些诗主要是抒情的，数量很

多（超过《果园》和《蔷薇园》），后来都收集在他的《台依巴集》（香诗集）、《巴达集》（奇雅诗集）、《哈塞里集》（抒情诗集）及《古里雅》里。他是伊朗纯抒情诗的奠基人。在他之前，并不是没有人写过优美的抒情诗，但他使抒情诗的风格达到最高的成熟阶段；在他之后，抒情诗在文坛上有了重要的地位。他的抒情诗语言通俗，没有过多的隐语和装饰，形象鲜明而淳朴，感情自然，而且具有和谐的音乐性。它们的内容是深刻的，形式是美丽的。此外，他还写过具有训诫意义的颂歌、说教诗、阿拉伯诗、挽歌、哀歌、叠句、格言、警语、四行诗和对句等。但他的主要作品还不是这些诗篇，而是两部更为重要的著作：《果园》和《蔷薇园》。

1255 年，他在家乡动手写《果园》，1257 年完成了这部作品。《果园》是以 10 章组成的长诗，用双韵的诗句写成。每一章都包含着若干故事和诗人的短小精悍的哲学插话。所有这些故事都是用来说明诗人的警世之心的。这部作品获得了很大的成功，引起了广泛的重视。第二年（1258 年），他的另一部流传更广的杰作《蔷薇园》问世了。正如诗人自己预言的那样，这部作品给他带来了不朽的名誉："为了读者的浏览和这园中游客的观赏，我要写一本《蔷薇园》，它的绿叶不会被秋风的手夺去，它的新春不会被时序的循环变为岁暮的残景。"（水建馥译文）这部《蔷薇园》不仅成为波斯文学的奇珍，而且也成为世界文学的瑰宝。①

这段评述所依据的主要是水建馥先生翻译的《蔷薇园》和有关评论文章，内容基本上是准确的。这只要与《新编简明东方文学》一书的相关部分加以对照，便不难看出来：

---

① 《外国文学讲义·东方文学部分》，第 58—59 页。

　　萨迪认为，一个人应当经历两段生活：第一阶段进行探索，自然会犯一些错误，同时也就积累一定经验。第二阶段则根据这些经历，总结出若干经验教训。他自己就是这样做的。他前半生走过许多地方，接触了各种各样的人，取得了相当丰富的经验。他后半生的创作便是这些经验教训的艺术结晶，所以内容极其充实。

　　他的作品很多，不过有些已经散失。保存下来的作品可以分为三个部分：《果园》、《蔷薇园》、其他诗歌。诗集《果园》和诗文集《蔷薇园》是他的主要作品，其他诗歌则包括颂体诗、四行诗和抒情诗在内，其中又以抒情诗成就更高。

　　《果园》完成于 1257 年，即他长期侨居国外之后，回到祖国和故乡的第一年。这部作品全部采用诗体，是他多年旅游的收获，是他带给故乡的礼物，而目的则在于训诫育人。全书除序诗外，由 160 个故事组成。这 160 个故事分为 10 章：第 1 章　正义和治世的道理；第 2 章　善行；第 3 章　真正的爱、陶醉与激情；第 4 章　谦虚；第 5 章　乐天知命；第 6 章　知足常乐；第 7 章　论教育；第 8 章　感恩；第 9 章　悔过与正道；第 10 章　向主祈祷与结束语。评论者常常将《果园》与《蔷薇园》进行比较研究。有的学者认为，前者表现的主要是诗人对理想世界的向往；后者表现的主要是诗人对现实世界的认识。这种看法不无道理。如拉兹姆米在《果园》的"前言"中写道："《蔷薇园》是一幅现实世界的图画。在这部作品中，人的精神与道德面貌是什么样子，就被圆熟地表现成什么样子……而《果园》则是萨迪对理想世界向往的产物。这部书中充满善良、纯洁、理想和赤诚。"（张鸿年译文，下同）关于《果园》的内容，兹举例介绍如下：

　　在《果园》第 1 章里，萨迪着重阐述的是作为一国之主的帝王应当如何治理国家，诸如关怀贫苦百姓，不可任用坏人，尽心款待客商，尊重身边旧臣，待人慷慨大度，敬重先辈伟人等等。

这是他对帝王的希望。其中特别值得注意的是，他把帝王与百姓的关系放在最重要的地位，反复强调帝王要时刻想到穷人的饥寒，不要一味贪图自己的安逸；要体恤缺衣少食的贫民，不要一心追求个人的舒适；不可凶残暴虐杀戮平民，不可为非作歹专横无理。因为在他看来，帝王与百姓的关系犹如树木与树根的关系——"国王犹如树木，农夫好像树根；/树要高大挺拔，树根要植得深。/为政万万不可刺伤平民百姓的心；/欺压百姓就是在掘自家的根。"不言而喻，对于生活在13世纪的诗人来说，这种认识应当说是相当深刻的。其后，萨迪又通过一系列的故事，从不同的侧面说明帝王治世的道理。如故事2——《达拉国王和他的马夫》，通过马夫的嘴告诫国王："如若一国之君分不清敌我，/那可是行事卤莽于理不合。/为王之道就是要体察下情，/了解每一个臣下有什么本领。"并且直言不讳地指出："如若国王的聪明智慧不如马夫，/这样的国家怎么不一塌糊涂？"这个故事批评了国王的不分敌我和傲慢自大，赞扬了马夫的智慧和勇气。又如故事4——《劝阻国王退位》，诗人提出为王者应当心地纯洁和为民效力，若能如此则胜过退位修行。故事写道："你尽可主宰社稷，南面称王，/但要心地纯洁如同修士一样。/要恭谨为民效力意笃心诚，/不要口出狂言，也不用动辄与人论争。"这体现了他对于帝王的愿望和理想。再如故事16——《一个直言不讳的人不怕失掉舌头》，描写一个修士因敢于直言而触犯国王，国王将他监禁，他不肯屈服；国王宣布将他终身监禁，他仍不肯屈服；国王下令抽出他的舌头，他还不肯屈服。在这个故事里，诗人对滥施淫威的国王加以严厉谴责，而对仗义执言的修士则表示无限崇敬，可谓憎爱分明。

在《果园》第2章里，萨迪强调人生在世必须多多行善，特别注意帮助贫苦无助的穷人和无父无母的孤儿。作为一个伊斯兰教徒，他提倡善行自然是与他的宗教信仰有关，所以他说"要凭自己的善行渐渐积累功德，/幸福地辞世而去修成正果"，"你要为贫苦无衣之人筹措寒衣，/真主才会于末日降恩于你"，等等。这是不足怪的。更为难能可贵的是，他甚至认为多多行善胜过礼拜祈祷——"若能以善行解脱一颗心的痛苦，/胜似每步把千句经文诵读。"（故事24——《一个朝觐者险些误入歧途》）

在《果园》第4章里，萨迪提倡谦虚谨慎，反对骄傲自满。如故事63——《长老吩咐一人打扫清真寺的垃圾》，写一个年轻人听说长老分配他打扫清真寺的垃圾，便起身走开不知去向；因为在他看来，"那清真寺中没有垃圾与灰尘，/那块净土只有我这个不洁之人。/因此，我才动身离开了那里，/使清真寺名副其实成为清真之地"。又如故事75——《库什亚尔和骄傲的弟子》，写一个趾高气扬的人向库什亚尔求教，库什亚尔既不看他一眼，也不跟他说话，最后才开口讲话："你自以为已是才高智广，/满溢之器再灌水岂不向外流淌？/你空手而归只因你自命不凡，/如若虚怀若谷便能学成而返。"

在《果园》第6章里，萨迪倡导知足常乐。其中有的有宗教色彩，也有的没有宗教色彩。前者如本章开篇的两句"谁若不满意自己的命运和口粮，/便是不识真主不把主的教谕记在心上"。后者如故事108——《人应自食其力》，写一个穷人不肯到阔人家的宴席上去讨吃喝，甘愿只靠大饼和大葱维持生命的故事，因为在他看来，"自家凭劳力换来的粗茶淡饭，/强似善人宴席上的佳肴美餐"。这个故事主张人应当自食其力，不应当依靠别人施舍。①

两相比较，《讲义》关于萨迪思想观点和两部主要作品（《果园》和《蔷薇园》）以外作品的评述似乎更详细些。这是根据当时能够找到的材料写成的，其中不免有些不够准确的地方。但是关于《果园》，《讲义》显然写得比较简略，而《新编简明东方文学》

---

① 《新编简明东方文学》，第117—119页。

则写得比较详细，这是编写《讲义》时还没有出版该书中文译本的缘故。

关于《蔷薇园》，《讲义》大体上分为作品梗概、艺术形式和思想内容三个部分予以评述。

(一)《蔷薇园》的作品梗概如下：

> 《蔷薇园》共有8卷：第1卷　记帝王言行；第2卷　记僧侣言行；第3卷　论知足常乐；第4卷　论寡言；第5卷　论青春与爱情；第6卷　论老年昏愚；第7卷　论教育的功效；第8卷　论交往之道。前7卷共有186个故事，后1卷共有120条格言。此外还包括赞颂真主和先主的引言、给皇家的献语和尾语。①

这段是根据作品中文译本介绍的，应该没有什么问题。

(二)《蔷薇园》的艺术形式如下：

> 萨迪说："我用美丽词采的长线串着箴言的明珠，我用欢笑的蜜糖调着忠言的苦药，免得枯燥无味，使人错过了从中获益的机会。"（水建馥译，下同）他用许多故事来帮助说明他的哲理和教训。前七卷的每一卷都包括若干则以散文写的故事和作为结语的短诗。看起来仿佛全篇故事都是用来说明那短诗的，其实那短诗恰恰像画龙点睛似的阐明了故事的意义。故事都非常生动活泼，故事里的人物都栩栩如生。题材是多种多样的，变化多端，意趣横生，有的富于幻想，有的十分现实地表现着当时的社会生活，有的是奇谈怪异的故事，有的则是日常生活的琐谈；有的很幽默，有的则是讽刺，甚至是攻击当权者。语言丰富多彩，名言佳句层出不穷，有生动的比喻，有绝妙的讽刺，有机智喜人的妙

---

① 《外国文学讲义·东方文学部分》，第59页。

语，有寓意深刻的格言。①

这段话是对于作品艺术形式特点的概括评述，是根据作品并参照有关评论文章写成的，因此其内容基本上是可信的；后来编写者在编写《新编简明东方文学》时，又在进一步钻研作品的基础上将这段评述加以修改和充实，使之更加明确。《新编简明东方文学》的相关地方如下：

> 这部诗文集在艺术形式上颇有特色。它虽属于教诲性的作品，但却不是干巴巴的说教，而是采用形象生动的形式深入浅出地阐述道理。即如萨迪所说的："我用美丽词采的长线串着箴言的明珠，我用欢笑的蜜糖调着忠言的苦药，免得枯燥无味，使人错过了从中获益的机会。"
>
> 首先是它的文体别致。它既不是纯粹的散文，又不是纯粹的韵文，而是散文和韵文的结合（如果再进一步分析，可以发现韵文部分实际上又包括韵文和诗歌两种文体，前者合辙压韵，后者更加严谨规整）。这种文体据说在伊朗古已有之，不能说是他的独创；但到他的手里才发展成为独立的体裁，并且达到了完美的地步。他常常先用散文描述一个生动有趣的故事，刻画一些栩栩如生的形象，然后再以寓意深刻的哲理式的或格言式的短诗加以概括，从而做到了形象性和哲理性的统一，显得既生动又深刻。故事和短诗互相配合，可以说故事是为了细腻入微地说明短诗的，也可以说短诗是为了简明扼要地注解故事的。例如，第 7 卷第 13 节的故事说，有一个人眼睛生病，不去找医生，却去找兽医，上了治疗牲口眼病的药，结果眼睛瞎了。他去告状，法官认为他不能得到赔偿。"因为，"法官说，"这人如果不是驴子，决不会去找兽医。"这故事的教训是：谁如果把一件重任委托给毫无经验的人，定会吃亏，而且还会被聪明人把他看作比畜生还不

---

① 《外国文学讲义·东方文学部分》，第 59 页。

如。又题诗一首："那人若是聪明谨慎，/决不把重任交给庸人；/他若知道某人编织草席，/决不托他纺织绸衣。"

其次是笔法浅易而多变化。他的语言十分朴实、自然，好像日常说话一般；但又极其简练、深刻，决非轻易可以写出。有的伊朗评论家说得好：读者读到萨迪的诗时，甚至有一种跃跃欲试的感觉，似乎自己也可以写出这样简易的诗篇；然而，应当指出，直到现在伊朗也没有一个诗人和作家达到萨迪那样炉火纯青的地步。萨迪的文笔又很富于变化。有的是绝妙无比的讽刺。如第 2 卷第 22 节，讽刺贪吃的圣徒。故事说：有一个圣徒，一夜之间要吃 3 斤粮食，到早晨才把《古兰经》念完一遍。另有一个圣徒听见这件事，说道："他只吃半个馒头，多睡些觉，要比这好得多。"这个故事的题诗是："假如你把肚子填得太饱，/真主的光辉怎能见到？/假如你的食物满到鼻孔，/你的头脑怎能运用？"有的是机智惊人的妙语。如第 5 卷第 2 节的故事说，有一天晚上，萨迪的一个心爱的友人走进房里来，萨迪急于欢迎他，从座位上站起来的时候，袖子把灯盏扑灭了。友人坐下来以后，便责问萨迪说："你看见我进来，为什么要把灯盏扑灭呢？"萨迪当即答道："我以为太阳进来了。"此外，短小精悍、言简意赅的格言就更不胜枚举了。这些不同风格的文字融合在一起，显得丰富多彩。

这部作品在艺术表现方面的成功，充分地显示了萨迪的艺术创造力。他自己说过："我自始至终都没有像一般诗人那样袭取前人的章句。与其借用别人的服装，不如缝补自己的旧裳。"那么，他是怎样进行创造的呢？一方面，他从人民中间吸取养分。无数事实证明，他比同时代的任何伊朗诗人都更注意人民口头创作和人民口头语言。从他足迹所及的各个地方的人民群众的嘴里，他听到了许多生动有趣、寓意深刻的民歌、民谣、谚语、格言和故事。另一方面他又从书本上吸取养料，尤其是从伊斯兰教经典《古兰经》里吸取养料。他的文风有些近似《古兰经》，不过仍有许多独创。他把这些融化在自己智慧的头脑里，再经过提炼加工，从而创造出了光照千古的著作。①

两相比较，后者的优点有三个：一是条理更加清楚；二是引用实例说明，更有说服力；三是进一步指出了诗人获得成功的原因。

（三）《蔷薇园》的思想内容如下：

> 萨迪在《蔷薇园》里所表现的思想感情，是对于劳动人民的同情和热爱，对于残暴的侵略者和封建帝王及官僚们的憎恨与斥责。他用大量篇幅来描写帝王。在他的笔下，绝大多数帝王都是祸国殃民的暴君，他们的性格特点是自私自利、残暴、喜怒无常、好战成性、专横、高傲、不明事理。他对这样的帝王是完全否定的——"暴君决不可以为王，豺狼决不可以牧羊。"他对这样的帝王是恨之入骨的——"烈火焚烧柴木，一时不会烧光；/人民痛恨暴君，转眼叫他灭亡。"他也写了个别的有道明君，他们的性格特点则是大公无私、仁慈宽厚、关心人民。他对这样的帝王是肯定的、赞扬的。因此，虽然他采取劝戒统治者、维护王权的态度，但他对暴君的最严厉不过的谴责确乎是广大人民愤恨情绪的直接反映，他对个别有道明君的颂扬也是广大人民群众幻想和愿望的曲折表现。他还广泛地描写了官吏、富人和僧侣。在他的笔下，官吏有正直的，但许多官吏则是帝王压迫人民的帮凶和爪牙，是被斥责的。例如："所有的人的牙齿都怕酸的，/法官的牙齿却是最受不得甜的。"在他的笔下，穷人里有坏人，富人里也有好人，但许多富人都是贪婪、吝啬、骄傲的典型，是被嘲弄的。例如："没有穷人闻见过他家里菜饭的香气，/没有麻雀吃过他桌子上掉下来的东西。"在他的笔下，僧侣有道德高尚的，但也有的僧侣是披着宗教外衣的伪善者，是被批判的。例如：

---

① 《新编简明东方文学》，第120—121页。

"过去他们衣冠散乱，内心清静；／如今衣冠整齐，神不守舍。"因此，他虽然含有阶级偏见，但他对危害社会、危害人民的官僚、富人和僧侣的谴责也确乎是广大人民群众愤恨情绪的直接反映。此外，他还在《蔷薇园》里记录下丰富的哲理和处世为人的生活经验。这些都是他吸取人民的智慧和经验，并经过自己深思熟虑的结果。其中有许多道理，直到今天仍然可以改造利用。有的主张爱憎分明、嫉恶如仇。例如："对锋利牙齿的老虎宽仁，／就是对善良的羊群凶狠。"有的提倡优良的品德和作风。例如："若想到达终点，不要拼命奔跑；／你应坚持，并听取我的劝告：／疾驰的快马往往只跑两个驿亭，／从容的驴子才能日夜前进。"有的讲知识和教育的作用。例如："有了知识而不利用，／如同一个农民耕耘而不播种。"有的讲正确的思想方法。例如："并不是每一个外表美好的人都有完美的心灵，／因为品德在于内心不在于外表。"但其中也有不能用于今天的。有的只适用于当时而不适用于今天，有的则是错误的宿命论。总之，在这部作品里，萨迪深刻而现实地反映了他那个苦难深重时代的波斯和东方穆斯林世界的人民生活和时代精神。①

这段话是对于作品思想内容的概括评述。现在看来，大体上是正确的。后来，笔者又在进一步钻研作品的基础上加以修改和充实，其结果就是《新编简明东方文学》的相关部分：

> 但是，《蔷薇园》受到读者欢迎的更重要的原因在于，它鲜明地反映出当时（13 世纪）伊朗以及中亚、西亚和北非伊斯兰教各国社会生活的许多方面，强烈地表现出诗人同情和热爱受苦受难的人民，嫌恶和憎恨残暴贪婪的帝王、官吏以及富人等的思想感情，并且还含有许多实用的、智慧的经验教训。

———————————

① 《外国文学讲义·东方文学部分》，第59—61 页。

在伊朗的中古时代，帝王具有无上的权威。他们专横残暴，动不动就杀人。一般诗人都争相为他们歌功颂德，并以加入宫廷诗人的行列为荣。萨迪却与众不同。他傲慢地拒绝了当权者阿布·伯克尔·本·萨德·本·詹吉的邀请，不肯参加宫廷诗人的行列，尽管这部作品名义上是献给他的；萨迪看到历史上和现实中的帝王绝大部分是坏的，于是便用他那支锋利无比的笔批判他们。

在他的笔下，多数帝王是祸国殃民的暴君。他们的性格特点是自私、高傲、贪婪、凶残好战、喜怒无常，归根到底是残酷压迫人民。萨迪指出，这样的帝王必将遭到覆灭的下场。第 1 卷第 6 节借用一个帝王的经历阐明了这个不可抗拒的规律。故事说：有个伊朗国王，横征暴敛，残害人民。人民在他的暴政压迫之下，贫穷困苦，纷纷逃亡。宰相告诉他说，天下的得失在于民心的向背，国王应当大公无私、仁慈宽厚。然而宰相的诤谏，不合国王的心意。他命人将宰相捆绑起来，下在狱里。不久，国王的几个兄弟起兵作乱，人民纷纷投奔他们，为他们出力，从他手上夺取了天下。这个故事的题诗说得很明确：

暴君决不可为王，

豺狼决不可牧羊。

国王对人民任意榨取，

正是削弱国家的根基。

对于这种危害人民的暴君，萨迪是万分痛恨的。第 1 卷第 11 节表达的就是这种感情。这个故事说，有一个暴君请一位圣徒替他祈祷。圣徒说："主啊！取走他的生命吧。"暴君问道："天啊！这算是最好的祝愿吗？"圣徒说："对于你和对于全体穆斯林，这个祝愿就是最好不过的了。"题诗是："暴君，暴君，你是人民的灾难，／你应立即关闭你的市廛！／王权对你有害无益，／你的死胜于你的暴力。"萨迪称暴君为"国家的敌人"，"天下最大的恶人"，主张对于他们不可心慈手软，因为"你对毒蛇如果怜悯惋惜，就是对亚当的子孙残暴"。这真可谓憎爱分明了。第1卷第20节的题诗说得最为干脆："烈火焚烧柴木，一时不会烧光。／人民痛恨暴君，转眼叫他灭亡。"这些足以说明，萨迪对于暴君是否定的，他有时讽刺，有时挖苦，有时则加以攻击，情绪是激烈的。

不过，萨迪虽否定暴君，却并不彻底否定王权。由于时代和阶级的局限，他认为帝王还是要有的。但是，在他的心目中，帝王和人民的关系应当是保护和被保护的关系，而不应当是压迫和被压迫的关系。在第1卷第28节里，诗人借一个托钵僧的口表达了这种观点。他说："国王是保护百姓的，不是百姓应当伺候国王。常言说：国王虽然拥有天下的财富，／应是保护人民的民牧。／不是羊群应当照顾牧人，／而是牧人应当保护羊群。"这是民贵君轻的思想。在当时的社会里，这种思想无疑具有一定的民主性和进步性，不过并未脱出旧秩序的框框。既然如此，他就只好把希望寄托在理想帝王的身上。虽然他也知道这样的帝王是极为罕见的，在现实生活中几乎是不存在的；可是他还不甘心，在现实社会上没有，就到历史传说中去寻找，终于发现了一个努什旺王，于是便不厌其烦地对他加以颂扬，以寄托自己的理想。

他笔下的好帝王有什么特点呢？他们是仁慈宽厚的、关心人民的。努什旺王就是这样。第1卷第19节的故事说：有一次努什旺王出外打猎，仆人为他烹调一只野味，可是找不到盐。他们正要派一个仆人到村子里去取的时候，努什旺王说道："你拿百姓家的盐，不要忘了付钱，假如坏了规矩，这座村子就要破产了。"仆人们说道："讨一点盐有什么要紧的呢？"努什旺王回答："一切的罪恶最初都是微不足道，由于相习成风，最后便不可收拾了。"萨迪认为，像这样的好帝王是值得赞扬的，死后可以升入天堂。正如第2卷第26节的故事所说的那样：一个国王在天国，一个圣徒却在地狱。为什么呢？"这位国王因为爱护穷人，所以进了天国；那个圣徒因为常在帝王门前奔走，所以坠入地狱。"

由此可见，萨迪主要是以对待人民的态度为尺度去评判帝王的：暴君有许多坏品质，归根到底是欺压人民；明君有许多好品质，归根到底是不欺压人民。他否定前者，肯定后者，并且想用二者的对照，来给当代帝王指出一条正路。他的目的是劝诫他们，警告他们；但并非一般的劝诫，一般的警告，而是十分严厉的劝诫，十分严重的警告。虽然他采取的不是否定王权而是维护王权的态度，不是否定封建秩序而是维护封建秩序的态度，可是他对暴君最严厉不过的谴责确乎是广大人民群众愤怒情绪的直接反映，他对明君的颂扬也是广大人民群众理想和愿望的曲折表现。在700多年前王权神圣的时代，他敢于这样鲜明地提出自己的观点，实在是难能可贵的。

既然萨迪否定暴君，现实社会中的帝王又多是暴君，所以萨迪对在他们手下服务的官吏也很少怀有好感。在萨迪的笔下，诚然也有刚正的官吏，可多数官吏则是暴君压迫人民的爪牙和帮凶。他们是贪婪的，专门以搜刮民脂民膏为己任。第8卷第103节所写的法官就是如此——"所有的人的牙齿都怕酸的，法官的牙齿却是最受不得甜的。你把五条胡瓜送给法官，他会判给你10处瓜田。"他们又是横暴的，专门以欺压人民为能事。第8卷第104节所写的巡官就是这样——"妓女衰老以后，巡官退休以后，还能怎样呢？前者只能发誓不再卖淫，后者只能发誓不再横暴。"这是他对这帮家伙的辛辣讽刺。

一般说来，萨迪对于官吏没有什么好的印象，认为他们远远不如自食其力的劳动者。第1卷第36节所表现的正是这样一种观点。这个故事说：有兄弟二人，一个在苏丹那里做官，一个靠双手劳动，自食其力。有一次，那有钱的兄弟对那贫穷的说："你何不也来伺候苏丹，摆脱这苦重的劳动？"对方回答："你若摆脱你这伺候人的可耻地位，岂不更好？圣人说：'与其腰束金带，服侍别人，不如坐在地上，自食其力。'"这个故事的题诗是："与其抱手而立伺候权贵，/不如动手操劳搅拌泥灰。"对于那些帮助暴君欺压人民的贪官污吏，萨迪更是深恶痛绝。第 1 卷第 20 节写了一个税吏为了充实苏丹的府库，不惜使百姓家破人亡。诗人借圣人的话给他以严厉谴责："谁若欺压真主的百姓以讨好一人，真主将发动百姓将他诛灭。"

　　萨迪对于富人的态度是复杂的、矛盾的。为当时时代和自身所属阶级所限制，他不可能用阶级观点看问题，不善于从剥削被剥削和压迫被压迫的关系分析社会各集团的性质，因而笼统地认为善不属于一个社会集团，恶也不属于一个社会集团，富人中也有好人，穷人中也有坏人。然而在现实生活中，他又不能不看到极端严重的贫富悬殊的现象，不能不看到无所不在的剥削和被剥削、压迫和被压迫的事实，因而又不能不发现富人的许多劣迹，不能不把同情放在穷人一边。所以，在他的笔下，富人里固然也有好人，但多数富人是贪婪、吝啬的，是被嘲弄的对象。他特别喜欢挖苦那些吝啬鬼。第 6 卷第 7 节就是一个很好的例子。这个故事说：有个富翁，极为悭客。他的独生子患病，朋友都劝他："或是念一卷《古兰经》，或是祭献一头家畜，求主保佑你儿子的病早好。"他想了一想，说道："我念《古兰经》吧。我的《古兰经》在手边，我的羊群都放到远地去了。"有个圣徒听见这件事，说道："他选择《古兰经》，只是因为经句可以从他的舌尖上毫不费力地溜出来，钱财却要挖取他的心。"这个故事的题诗是："要他祈祷倒还好办，/要他布施就很为难。/要他拿出一个金币，他像一只驴，/固执得怎么也不肯走出泥地。/可是要他把《古兰经》念一卷，/念100遍他也心甘情愿。"当亲眼看见富人压迫穷人，主人虐待仆人时，萨迪就不能不站出来公开谴责前者而维护后者了。第 7 卷第 15 节的题诗表明了这样的态度："对于服侍你的奴仆，/不要任意加以打骂；/在那最后的审判日里，/你将懊悔戴上枷锁，/他却不受任何惩罚。"

　　应当指出，萨迪对富人的态度是同他对帝王的态度密切相关的。一方面，他并未希图彻底改变人压迫人、人剥削人的现存社会秩序，所以他并不否定帝王的统治，只是盼望英明的帝王出现；也不否定富人的剥削，只是盼望慈善的富人增多。另一方面，他又对一部分人作威作福，另一部分人当牛做马的社会现象非常不满，所以他既严厉谴责暴虐不仁的帝王，也严厉谴责为富不仁的富人。

萨迪还大量记下了宗教人士的言行。他本人是个伊斯兰教徒，因而他在很多地方赞美伊斯兰教，赞美真主，赞美宗教人士。在他的笔下，不少圣徒道德高尚，学识渊博，真理往往掌握在他们手中。这是不足怪的。但是，他也并不认为圣徒个个都是合乎理想的。因为他看重的是实质，不是名义；是品德，不是外表。正如第 2 卷第 47 节所说的那样："圣徒的生活应当是思念和感谢；敬拜和顺从（真主）；施与和满足；认一和信赖；驯顺和坚忍。谁有这样的品德，就是真正的信徒，尽管身上穿的是华贵的袍子。假如一个人华而不实，不做祷告，贪求饱暖，纵情逸乐，从早到晚穷奢极欲，从早到晚昏睡不醒，大吃大喝，信口开河，他就是一个浪子，尽管他披着托钵僧的外衣。"用这个标准来衡量现实生活中的圣徒，他发现其中有不少人是披着宗教外衣的伪善者。于是，他常常很尖锐地揭露他们中的伪君子。他对那些奉承帝王，在权势者面前奔走的宗教人士特别反感。他那锋利的笔往往指向他们。第 2 卷第 6 节里那个在国王面前饭吃得比平日格外少、祈祷得比平时格外长的人，第 2 卷第 18 节里那个为了让国王看着消瘦些而服毒丧命的人，就是萨迪所勾画的这类人的丑恶形象。"这人穿了一件圣徒的衣裳，等于把天房的幔子披在驴子身上。"（第 2 卷第 5 节）——诗人对这帮宗教败类的愤怒溢于言表。

除了以上内容之外，萨迪还用相当多的篇幅记载了有关认识问题和待人处世之类的经验教训。这是他吸取别人的智慧，加上自己的实际体验，并且经过深思熟虑的结果。其中有不少是真理，直到今天仍然可以加以利用。有的是提倡坚韧、谦虚等优良品德和作风的，如"事业常成于坚忍，毁于急躁"（第8卷第35节），又如"凡是你不知道的事，都应向人请教"（第8卷第77节）。有的是讲知识和实践的关系的，如"有了知识而不运用，如同一个农民耕耘而不播种"（第8卷第40节）。有的是谈正确的思想方法的，如"并不是每一个外表美好的人都有完美的心灵；因为品德在于内心，不在于外表"（第8卷第44节）。但是，其中也有不少不能照搬到今天来。有的是宣扬消极的宿命论的，如"不是命中注定的，不会到手；若是命中注定的，我们逃不掉"（第8卷第67节）。有的是轻视妇女的，如"和女人商量最坏事，对恶人宽容便是犯罪"（第8卷第53节）。

总而言之，《蔷薇园》的思想内容是相当丰富的，有的观点还是相当深刻、相当激进的。在与萨迪同时代的伊朗诗人中，没有人像他这样经历了如此长期的、艰苦的流浪生活，没有人像他这样如此广泛地接触了社会各个阶层的人，尤其是下层人民。因之，萨迪的作品就比同时代的伊朗诗人更全面、更深入地描绘了当时的社会面貌和社会矛盾，更直接、更有力地表达了人民大众的情绪和愿望。不过，由于历史的前进和时代的推移，其中有些东西已经显得陈旧。所以，我们应当采取分析的态度，吸取那些对于我们有益的东西，扬弃那些对于我们有害的东西。①

两相比较，后者显然比前者提高了一大步。后者的优点主要体现在以下两方面：一是观点更加明确，提法更加准确，开掘更加深入，论证更加有力；二是引用更多的实例，使之更有说服力。这是因为在相当长的一段时间里，笔者一直将萨迪作为伊朗古典文学的主要代表作家，所以在他的身上，特别是在《蔷薇园》上花费了不少精力。其中关于《蔷薇园》的论述，是笔者有关研究论文（如《〈蔷薇园〉

_____

① 《新编简明东方文学》，第121—125页。

思想艺术简论》，载于《国外文学》1991 年第 1 期）内容的概括。

关于伊朗近代和现代文学，《讲义》没有提及。其原因有二：一是由于当时缺乏资料，难以成篇；二是由于当时《讲义》编写突出重点，不求全面。在后来编写的《新编简明东方文学》等教材里，则适当地补充了这方面的内容，使之更加完整。

第二节　东方文学的内容——日本文学

在东方文学中，日本也是一个文学大国，日本文学在东方文学史乃至世界文学史上都应该占有一定的地位。在《东方文学教学大纲》中，日本文学虽然所占课时最多，但是其中古典文学的比重很小，现代文学，主要是无产阶级文学的比重很大。在编写《东方文学讲义》时，考虑到各方面的情况，仍然想用重点突出日本无产阶级文学及其代表作家小林多喜二的方法，适当保持无产阶级文学在整个东方现代文学中的地位（因为相对而言，在东方各国现代文学中，日本无产阶级文学的成就是比较高的）。既然如此，再根据整部《讲义》遵循的"突出重点、不求全面"的原则，就只好压缩日本古典文学和近现代无产阶级文学以外的内容了。

关于日本古典文学，《讲义》只有如下一段概括评述：

日本有《万叶集》和紫式部的《源氏物语》。《万叶集》是日本古代诗歌的总集，收入长短各种体裁的古歌 4400 余首。这部作品虽然在公元 8 世纪才编成，但其中却包括了从上古时代的口头诗歌直到编辑时代的作品。其中诗歌的性质和作者也很复杂。既有民间的诗歌，也有许多诗人的作品；作者有皇室男女、高官、文士、兵卒、僧侣、游女，遍及各个阶层和各个地域。柿本人麻吕和山部赤人是万叶的代表诗人，并称歌圣。柿本人麻吕领导万叶的盛期，他讲究修炼词句，创造格律，多作富丽堂皇的抒情长歌。山部赤人长于短歌，词炼气雄，以写自然杰出。此外，山上忆良、大伴旅人、大伴家持等也享有盛名；其中山上忆良是最大的讽刺诗人，被推为"社会诗人"，他的诗着重描写现实社会状况。女作家紫式部（约978—1016）的《源氏物语》约在1014年写成，共54回，是日本最古最大的长篇小说，也是世界最早的长篇小说之一。这部小说写的是贵族公子光源氏和他周围许多女性的种种悲欢离合的故事。全书从光源氏出生写起，一直写到他死后的余事，历4朝70多年，人物有440余人之多。作者以批判的态度描绘了贵族的生活和感情，反映了当时统治阶级内部争权夺利的历史现实；同时也简洁生动地描写了平民和劳动者的生活。这部小说用当时典雅的口语写成，行文细腻，布局精巧。《万叶集》是日本和歌（韵文）的源泉，《源氏物语》是日本物语（散文）的典范。①

　　用现在的眼光看来，这段评述有些不够准确的地方（例如，说"《万叶集》是日本古代诗歌的总集"不准确，应该说是"日本古代和歌的总集"；说《源氏物语》是"日本最古最大的长篇小说"不准确，应该说是"日本最古老的长篇小说"或"日本第一部长篇小说"；说《源氏物语》写"贵族公子光源氏和他周围许多女性的种种悲欢离合的故事"不全面，贵族公子还应该包括薰君在内；等等），不过基本上是准确的。但主要问题在于，只给日本古典文学这么一点篇幅是远远不够的，《万叶集》和《源氏物语》都是可以列为重点作品的内容，而且除此之外还有许多应该讲到的重要内容和作家作品根本没有提及。实际上，在东方古典文学史上，日本古典文学的地位大体上应该仅次于印度古典文学，而与阿拉伯古典文学和伊朗古典文学相当。如果这样看待日本古典文学的地位，那么日本古典文学也应当设一个大致相当于阿拉伯古典文学和伊朗古典文学的"概述"，再设一个（《源氏物语》）或两个重点作家作品（《万叶集》和《源氏物语》）。笔者日后

---

　　① 《外国文学讲义·东方文学部分》，第7页。

在《新编简明东方文学》里就采用了后一种方法，即设一个"概述"和《万叶集》、《源氏物语》两个重点。至于《讲义》为什么这样处理，并不是因为当时编写者没有认识到日本古典文学的重要性，也不是没有足够的参考材料和写作能力，主要是因为考虑到《讲义》的篇幅有限，不能面面俱到，只能编写课堂上所讲授的内容，所以就把日本文学的重心放在无产阶级文学上了。在当时看来，这样处理或许不失为一种办法；但是如今回顾起来，就觉得很不妥当了。

关于日本近代和现代文学，《讲义》评述的分量比较多一些。共设两个标题，一是"现代文学概况"，二是"小林多喜二"。

在第一个标题"现代文学概况"下，《讲义》分为资产阶级文学和无产阶级文学两部分，分别评述了二者的发展过程。

首先是资产阶级文学，《讲义》写道：

日本从 1868 年明治维新以后，开始走上了近代资本主义的道路，给资产阶级进步文学的产生和发展创造了经济的和社会的基础。从 19 世纪 80 年代到第一次世界大战的短短几十年中，资产阶级文学运动急速地通过了兴起、确立和衰落等阶段，各种流派的作品竞相展示，打开了日本文学的新局面。

明治维新和随后进行的资产阶级民主革命（称为"自由民权运动"），直接推动了 1880 年开始的文学改良运动。这个改良从学习欧洲新诗开始，渐次及于小说、散文、戏剧等方面。1885年，坪内逍遥（1859—1935）发表的理论著作《小说神髓》，提出以写实方法描写社会的新主张，促进了近代现实主义文学的产生。1887 年，二叶亭四迷（1864—1909）发表了长篇小说《浮云》。小说的主人公内海文三是明治社会里的小人物、小知识分子。他胸无大志和奢望，只想安分守己地生活，把老母接来奉养，和心爱的姑娘阿势结婚，建立一个幸福的小家庭。但他这一点点微小的愿望也被社会粉碎了。因为他始终对明治社会持有微弱的批判态度，不肯出卖自己的灵魂去逢迎上司，看不惯小市民庸俗的生活情调。小说所描写的是"自由民权运动"彻底失败、天皇专制政权确立和稳固的时期，它暴露了专制制度和黑暗势力对个性的摧残，反映了小资产阶级知识分子既找不到变革现实的方向又不屑向现实妥协的那种迟疑、苦闷、怅惘、愤懑的情绪。小说以现实主义的艺术方法刻画人物性格和心理，成功地塑造了被天皇专制主义排挤出去的知识分子——"多余人"的形象。《浮云》乃是日本近代文学的先驱，批判现实主义文学的奠基作品，同时又是白话文学的最初实践。

19世纪80年代末至90年代，日本走上军国主义道路，发动了侵略中国的战争。文学中浪漫主义方向的产生和现实主义方向的继续发展，正是对这种现象的反动。在小说领域里，各种不同倾向的作家和作品争相涌现。浪漫主义的小说在文坛上活跃一时，尾崎红叶（1867—1903）、山田美妙（1868—1910）和幸田露伴（1867—1947）是这一倾向的代表作家。现实主义的小说也在继续创作，女作家樋口一叶（1872—1896）的《青梅竹马》和《浊江》，德富芦花（1868—1927）的《不如归》等，都是以写实的方法表现现实生活的作品。此外，重理性思维的所谓"观念小说"（泉镜花、川上眉山的作品）和长于写悲惨现象的所谓"悲惨小说"（广津柳浪的作品），虽然不采用写实的艺术方法，却也倾向于揭示社会黑暗面。在诗歌领域里，北村透谷（1868—1894）、岛崎藤村（1872—1943）、与谢野宽（1862—1935）、正冈子规（1867—1902）和女诗人与谢野晶子（1878—1942）占主导地位。他们使日本的抒情诗达到很高的境界，并使传统的短歌和俳句具有新的内容和新的形象。

19世纪末至20世纪初，日本资产阶级文学出现了繁荣时期。工人运动和社会主义运动的高涨，促使尚处于朦胧状态的"社会主义"小说和诗歌出现。德富芦花批判政府官员的长篇小说《黑潮》、木下尚江（1869—1937）的反战小说《火柱》和儿玉花外（1874—1943）的《社会主义诗集》是这一倾向的代表作品。

1898 年开始产生的自然主义文学运动，标志着日本近代文学的确立。日本的自然主义文学，实质上是交织着现实主义和自然主义两个因素的。岛崎藤村（1872—1943）是自然主义文学的杰出代表，他的长篇小说《破戒》（1906）乃是批判现实主义文学的高峰。小说的主人公濑川丑松是贱民出身的小知识分子。他从父亲那里听来的贱民处世秘诀就是隐瞒自己的身份。他在学校工作时，受到社会沉重的压力，展开了两种思想的严重斗争：一是英勇地站起来抗争，一是隐瞒下去以求苟且偷生的机会。最后，他破除了父亲的戒语，向学生公开了自己出身的秘密，并决心到美洲去开辟一个新天地。作者在小说里提出了同样是人而不被看作人，即贱民的问题，这确实是同明治时代的封建制度关系极为密切的主题。小说相当深刻地揭发和批判了明治社会的封建性：地方议员的地主阶级分子对农民贪得无厌的剥削，封建余孽的校长和地主集团的阴谋勾结，无耻政客在地方上的为非作歹，貌似高尚实则贪财好色的寺院僧侣的罪恶行径等。小说还相当强烈地表现了反抗精神，即冲破苛酷的命运而坚强活下去的意志。这就使得《破戒》在自然主义文学中独树一帜。他还写有《春》（1908）、《天明之前》（1929—1935）等。自然主义文学其他的重要作家作品有：由浪漫主义转向现实主义的国木田独步（1871—1908）的《穷死》，田山花袋（1871—1930）的自然主义作品《棉被》、反战小说《一个兵士》和表现知识分子生活的《乡村教师》，长冢节（1879—1915）反映农民悲惨生活的长篇小说《土》。此外，还有许多不属于自然主义文学的重要作家和作品：二叶亭四迷的《面影》和《平凡》，夏目漱石（1867—1916）早期具有强烈讽刺和批判力量的现实主义作品《我是猫》和《哥儿》，森鸥外（1862—1922）具有自然主义色彩的作品《雁》和《青年》，以及高举文学的革命旗帜、奠定日本诗歌现实主义基础的石川啄木（1885—1911）的优秀作品。

1910 年以后，日本走上帝国主义阶段，资产阶级文学也在反自然主义的口号下分裂，走上脱离现实主义的道路。在这个期间，虽然也出现了不少有才华的作家和多样化的作品，但是总的形势是走下坡路的。有强调描写官能享乐美的新浪漫主义，有以人道主义探求个性出路的调和型新理想主义，有站在个人主义立场分析问题的新现实主义，等等。他们始终未能克服自然主义文学所遭遇的黑暗现实的墙壁，反而走向与现实妥协或回避的道路。①

这段评述是根据当时掌握的有关资料写成的，可以说基本上描绘出了日本近代文学的发展脉络。但是，由于编写者观点的局限，极力想用所谓阶级分析的方法研究和分析文学现象，因而出现不少武断的地方、生硬的地方和不符合实际的地方。例如：断定这个时期的日本文学都是资产阶级文学就是一个问题，如果一定要给文学划分阶级，难道没有小资产阶级文学吗？事实上，这种硬性划分阶级性的方法本身就是不科学的，有些作家作品其实是很难断定阶级属性的。再如：断定"1910 年以后，日本走上帝国主义阶段，资产阶级文学也在反自然主义的口号下分裂，走上脱离现实主义的道路。在这个期间，虽然也出现了不少有才华的作家和多样化的作品，但是总的形势是走下坡路的"，并且在以下评述现代文学时不再提及资产阶级文学，言外之意，资产阶级文学已经不值一提。这显然也是十分武断的，缺乏具体分析，不符合历史事实。

其次是无产阶级文学，《讲义》写道：

1918 年左右高涨起来的工人运动和社会革命运动，直接推动了工人文学的出现。工人出身的作家宫岛资夫、宫地嘉六等，写出了第一批表现工人生活和斗争的作品，形成了无产阶级文学历史的开端。1921 年创刊的进步思想杂志《播种人》，团结了不同倾向的作家，提出了无产阶级文学的口号，为无产阶级文学的发

① 《外国文学讲义·东方文学部分》，第 92—94 页。

展立下了第一块基石。1922 年成立的日本共产党是无产阶级文学运动的舵手。在此后的几年里，开始了无产阶级文学运动的组织化和划清思想界限的过程，最后于 1928 年正式组成具有明确的思想纲领和完整的组织体系的"全日本无产者艺术联盟"（简称"纳普"），开启了无产阶级文学的全新时代。在这个组织的刊物《战旗》上，藏原惟人等人提出无产阶级现实主义和建设共产主义艺术诸问题，对文学创作有指导意义。这个时期最优秀的无产阶级作家是小林多喜二（1903—1933），他的作品《1928 年 3 月 15 日》、《蟹工船》和《为党生活的人》是无产阶级文学的宝贵成果。其他的重要作家作品有：叶山嘉树（1894—1945）表现海员悲惨生活和自发斗争的中篇小说《生活在海上的人们》，德永直（1899—1958）描绘东京工人运动广阔画面的中篇小说《没有太阳的街》，女作家宫本百合子（1899—1951）描写日本帝国主义发动侵华战争期间无产者托儿所在警察迫害下不断进行斗争的小说《乳房》，中野重治（1902—　　）的小说《初春的风》和《铁的话》，女作家佐多稻子（1904—　　）的长篇小说《糖果工厂》，黑岛传治（1898—1945）的反战小说等。

1933 年以后，日本帝国主义者为了发动更大规模的侵略战争，对革命运动和革命作家加紧进行迫害，无产阶级文艺运动的组织被迫解散，许多作家被杀害或被关入狱中。第二次世界大战期间，统治者的镇压变本加厉，造成日本文学的黑暗时期。但是反抗的火种并没有灭绝，新的高涨正在孕育中。

第二次世界大战后，日本成为美国半占领的附属国。随着日本人民争取独立、民主、和平、中立斗争的广泛开展，以无产阶级文学为核心的民主主义文学运动也迅速高涨起来。1945 年，真正给战后社会带来新气息的民主主义文学运动的母体——"新日本文学会"诞生了。它初期曾是一个广泛的统一战线的文学组织，以建设一种属于工人、农民以及其他人民群众的民主文学为目标。朝鲜战争爆发以后，广大作家明确认识到美帝国主义的反

动面目，加强了反帝、反战和反殖民地化的斗争。近年来，作家
们同日本人民一起，为反对日美安全条约和其他反动措施进行了
百折不回的斗争。战后最先取得重大成就的作家是宫本百合子。
她连续写了两篇以战后新变化为题材的中篇小说《播州平野》和
《知风草》。在这两篇小说里，她生动地描写了在狱中进行长期斗
争的共产党员获得释放和日本共产党重建的过程以及日本人民重
新高涨起来的斗争，控诉了侵略战争带给人民的苦难，同时还指
出了美帝国主义奴役日本人民的野心。她接着又写了两部以知识
分子成长为题材的长篇小说《两个院子》和《路标》。在这两部
小说里，她细腻地表现了进步知识妇女所走的艰苦历程，并使之
与时代和社会的阶级关系结合起来，从而展示出时代和社会的面
貌。德永直是战后另一个值得注意的作家。他的长篇小说《静静
的群山》大规模地表现了战后工人、农民觉醒和斗争的过程。在
第一部里，他描写了共产党的领导和组织的发展，共产党和工
人、农民日益紧密的联系。在第二部里，他揭露了地主和资本家
的丑恶面目，揭露了美帝国主义占领日本的罪恶目的。宫本百合
子和德永直的创作实绩，显示了日本文学在社会主义现实主义文
学道路上的新进展。①

这段评述仅限于无产阶级文学，基本上没有提及资产阶级文学和其他
阶级文学。关于无产阶级文学，可以说划出了一个大致的脉络，评论
也是符合当时的标准的；但在今天看来，自然也有一些不合适的提
法。而更主要的问题是，把1918年以后的日本文学说成是无产阶级
文学的一统天下，显然是不符合历史事实的。笔者后来在《新编简明
东方文学》的相关地方，对日本近代和现代文学的发展概况重新进行
了评述，其内容如下：

---

① 《外国文学讲义·东方文学部分》，第94—95页。

与其他东方国家相比，这个时期的日本文学是比较发达的，同时又是比较特殊的。日本资本主义发展的特点是时间短，速度快。从"明治维新"到第一次世界大战，日本的近代历史只有半个世纪左右，但这半个世纪却走过了西方资本主义国家将近三个世纪所走过的道路。与此相关，日本近代文学的发展也有时间短和速度快的特点。日本近代文学在 19 世纪末和 20 世纪初的发展可以分为启蒙、诞生和确立三个时期。

从 1868 年到 1886 年是启蒙时期。这个时期一方面出现了启蒙主义思潮，一方面出现了启蒙主义文学，为近代文学的诞生和发展作了各种准备。日本的启蒙主义思潮在 1868 年"明治维新"以前已经出现，但更有组织、更有目的的启蒙主义运动则发生在"明治维新"以后。"明治维新"的确是一场资产阶级革命，使日本从此进入了近代社会；但"明治维新"又是一场很不彻底的资产阶级革命，在"明治维新"后，日本仍然处于封建主义与资本主义、落后与进步、保守与革新、旧与新的尖锐斗争之中。在这种情况下，率先起来给人们指出前进方向，号召人们抛弃旧思想、接受新思想的是明六社。明六社是 1873 年（明治六年）成立的启蒙团体，福泽谕吉（1834—1901）是明六社最有代表性的启蒙主义思想家和教育家。1874 年至 1887 年爆发的自由民权运动，是"明治维新"以后规模更大、影响更广的启蒙主义运动。这场运动以反对中央政府专制统治、争取资产阶级民主自由权利为主要目标，内容包括要求开设国会，制定宪法，减轻地税，确立地方自治，修改与西方列强签订的不平等条约等。它的影响不仅限于政治领域，而且涉及思想领域和文学领域，政治小说和翻译小说的繁荣就是它的影响在文学领域的具体表现。

从 1887 年到 1904 年是诞生时期。在启蒙主义思潮和启蒙主义文学的基础上，在坪内逍遥的文学评论《小说神髓》（1885—1886）所提倡的写实主义理论的推动下，日本近代文学终于诞生了。二叶亭四迷（1864—1909）和森鸥外（1862—1922）是这个时期的代表作家。

二叶亭四迷是日本近代文学的奠基者之一。他出生在一个武士家庭。1886 年，他发表了一篇著名的文学论文《小说总论》，系统地阐述了自己的文艺观点。这是一篇以别林斯基的艺术论为基础的写实小说论，批判了仅仅注重外形描写的写实论。第二年，具体体现他的文艺观点的长篇小说《浮云》便问世了。小说的主人公内海文三是一个青年知识分子的形象。他的理想应该说是卑微的、渺小的，只不过是正直地为人，勤恳地工作，将来能和堂妹阿势结婚，再把寡母从乡下接到东京，建立一个幸福的小家庭，从此美满地生活下去。然而，在当时的社会条件下，他这点可怜的理想也受到沉重的打击，最后遭到彻底的失败。这是因为他在官场上刚正不阿，既不肯卑躬屈膝巴结上司，也不愿同流合污讨好同事；在家庭中拙口笨舌，优柔寡断，既不会奉承婶母，又不会笼络堂妹。小说正是通过他被官僚政权机构排挤出来这个事实，反映了有良心的知识分子与官僚政权机构的矛盾，揭露了这个政权机构的黑暗和腐朽；通过他与周围人物的矛盾，表现了这类知识分子与种种社会势力的冲突，暴露了明治时代的许多弊病和缺陷；通过他自身的弱点，批判了这些知识分子在矛盾和困难面前的软弱无力。《浮云》的人物是作者依据现实主义典型化的方法创造出来的。他们并不是偶然的产物，而是作者长期观察分析社会生活所得出的认识的形象化，具有广泛的代表性和鲜明的时代性。由于这部小说反映现实具有相当的深度，由于它塑造了现实主义的典型，由于它采用了言文一致的语言，所以现在日本文学史家几乎一致认为，日本近代现实主义文学是从《浮云》的问世起步的。

森鸥外的短篇小说《舞女》(1890) 是他根据自己在德国留学时的亲身经历和体验写成的，描写的是一个日本青年和一个德国穷舞女的恋爱故事。故事的结局是悲剧性的。从艺术风格和艺术方法来说，这篇作品充满浪漫情调，为日本近代浪漫主义文学开拓了道路。

从 1905 年到 1911 年是确立时期。这个时期最引人注目的是自然主义派作家的创作活动和日本近代文学杰出代表之一夏目漱石的创作活动（详见本章第二节）。日本的自然主义文学是在西方自然主义文学，尤其是以左拉为代表的法国自然主义文学的影响下产生的。自然主义文学是这个时期人数最多、影响最大的流派，一度支配了日本文坛。他们主张真实地观察人生，如实地描写人生。属于自然主义派的重要作家有国木田独步（1871—1908）、田山花袋（1871—1930）、德田秋声（1871—1943）、岛崎藤村（1872—1943）和正宗白鸟（1879—1962）等，其中以岛崎藤村的成就最高。

岛崎藤村的文学活动是从诗歌起步的，其后转入小说。这个转折与他受到自然主义思潮的洗礼有关，而长篇小说《破戒》的问世则标志着他在小说界确立了牢固的地位。1920 年以后，他一度远离长篇小说，集中创作短篇小说、随感和童话等短小作品。短篇小说集《风暴》是其成果。1929 年以后，他的创作进入晚期，主要从事长篇历史小说的创作。如《黎明前》堪称一部巨著，主人公以作者的父亲为模特儿，描绘明治维新前后的动荡时代，画面广阔，表现生动，被誉为日本历史小说中屈指可数的名作之一。他的代表作《破戒》是自然主义派一部划时代的作品，也是日本近代文学的硕果之一。这部小说以小学教师濑川丑松为主人公，描写他从隐瞒贱民身份到公开贱民身份的艰难思想斗争过程。《破戒》的揭露性和批判性很强，它的基本倾向是批判日本近代社会的阴暗现实，揭发身份差别制度的罪恶，追求自由平等的民主理想。从这个意义上说，它虽然被说成是自然主义的代表作品，其实并未陷入一般自然主义作品专门描写个人生活琐事的泥淖，具有鲜明的现实主义倾向。这部作品一发表，立即在文坛上引起强烈反响，夏目漱石称之为"明治最初的小说"。[1]

---

[1] 《新编简明东方文学》，第 145—148 页。

日本现代文学所取得的成就也颇为引人注目。作为亚洲惟一走上资本主义道路的国家，进入 20 世纪以后，日本的文学继续沿着自己的方向发展。在 20 世纪前半期，它经历了分化时期、对立时期和黑暗时期等三个时期。

20 世纪 10 年代是分化时期。在夏目漱石、森鸥外进行创作和自然主义文学运动的后期，文坛上相继出现了三个新的文学流派，即唯美派、白桦派和新思潮派，三者都具有一定的反自然主义派的倾向。它们的出现表明，近代文坛为自然主义派所支配的局面被打破了。唯美派又称新浪漫派，该派作家大多接受西方唯美主义文学，尤其是法国唯美主义文学的影响，所写作品往往充满唯美主义色彩和享乐主义情调。唯美派的首创者是永井荷风（1879—1959），但获得更高成就的作家当推谷崎润一郎（1886—1965）。谷崎润一郎的重要作品有《文身》、《痴人之爱》、《春琴抄》和《细雪》等。他的创作以表现美，尤其是女性美为主旨。他写了一些思想比较健康、情调比较高尚的作品，但也写了不少追求病态享受和变态心理，具有相当浓厚颓废色调的作品。他的小说技巧圆熟，文笔生动，语言优美，所以颇有感染力量。白桦派是以 1910 年创办的《白桦》杂志为中心的青年作家流派。他们主张尊重自然的意志和人类的意志，努力探讨人应当如何生活，提倡尊重人的个性，强调理想主义精神，富有人道主义色彩，所以他们的文学又有新理想主义文学和人道主义文学之称。武者小路实笃（1885—1976）被认为是白桦派的领导者，有岛武郎（1878—1923）是白桦派代表作家之一，而志贺直哉（1883—1971）则是白桦派中影响最大的作家。志贺直哉的主要作品有《一个早晨》、《到网走去》、《正义派》、《清兵卫和葫芦》、《在城崎》、《灰色的月亮》等短篇小说，《和解》等中篇小说和长篇小说《暗夜行路》。他的小说大多取材于与自己有直接关系的生活。善于描述日常生活的细枝末节，善于描绘人物内心的细微活动，感情真挚，技巧精湛，语言优美，风格清新，富于艺术感染力。新思潮派因杂志《新思潮》而得名，又称新现实主义派、新技巧派。他们力图将自然主义文学所提倡的"真"、白桦派文学所提倡的"善"和唯美派文学所提倡的"美"融为一体，强调题材多样，讲究写作技巧，注重形式完美。菊池宽（1888—1948）和芥川龙之介（1892—1927）堪称新思潮派的两大代表作家。以芥川龙之介为例。他的创作以中短篇小说为主，短篇有《罗生门》、《鼻子》、《戏作三昧》和《地狱图》等，中篇有《信教人之死》和《河童》等。他的一生是短暂的。由于家庭生活的重负、自身思想的矛盾和社会剧烈的动荡，他感到难以承受，终于在1927年服毒自杀，结束了年轻的生命。

从20世纪10年代末到30年代初是对立时期。这里所说的对立，主要是指无产阶级文学和现代主义文学的对立。无产阶级文学的产生可以上溯到第一次世界大战后，当时出现了以反映工人和其他劳动人民不幸遭遇和愤怒情绪为主题的"工人文学"。20年代初，文艺杂志《播种人》和《文艺战线》先后创刊，日本无产阶级文艺联盟组成，奠定了无产阶级文学的基石。到20年代末，经过一段分裂之后，无产阶级文学运动重新得到统一，并将无产阶级文学推上了全盛阶段。1933年以后，由于反动当局的疯狂镇压，无产阶级文学被迫走向低潮。小林多喜二（1903—1933）、中野重治（1902—1979）和德永直（1899—1958）等是无产阶级文学的重要作家。以小林多喜二为例。他的主要成果是三篇中篇小说——《1928年3月15日》、《蟹工船》和《为党生活的人》。他的创作的主要特征，乃是直接表现当时最尖锐的社会课题，反映阶级斗争发展变化的新形势。现代主义文学包括新感觉派文学、新兴艺术派文学和新心理主义文学等，其中以新感觉派文学最引人注目。新感觉派文学以《文艺时代》杂志（1924—1927）为阵地，接受西方多种现代主义文学流派影响，主张根据主观感受认识客观世界，通过主观感觉表现现代生活。横光利一（1898—1947）是新感觉派最有代表性的作家，他所写的短篇小说《头与腹》、《春天乘着马车来》和长篇小说《上海》等都被认为是典型的新感觉派作品。川端康成的创作（详见本章第二节）也是从新感觉派文学运动起步的。

进入 30 年代以后，法西斯势力日益猖獗，作家失去自由，文学创作活动被置于侵略战争的阴影之下，日本文学陷入黑暗时期。

20 世纪后半期，日本社会发展和文学发展都进入了一个新阶段。日本文学的发展历程可分为战后初期和战后后期两个时期。

在战后初期（1945—1960），由于战争时期的严厉思想统治体制破产，长期受到沉重压抑的各种思潮兴起，文学方面也呈现出多种流派和倾向并立的景象。"民主主义文学"以新日本文学会为中心，该会是以无产阶级作家为核心的统一战线组织。女作家宫本百合子（1889—1951）是其重要代表之一，她的主要作品有中篇小说《播州平原》和《知风草》、长篇小说《两个院子》等。适应战后新形势而初登文坛的一批新作家被称为"战后派"。该派主张艺术至上，反对政治干预文学，在思想内容上既重视表现社会，又强调表现自我；在艺术形式上则力图突破传统的方法，广泛吸收现代派方法。主要作家有野间宏（1915—1991）、梅崎春生（1915—1965）、椎名麟三（1911—1973）、武田泰淳（1912—1976）、大冈升平（1909—1988）、三岛由纪夫（1925—1970）和安部公房（1924—1993）等。以野间宏为例。他的第一篇作品——中篇小说《阴暗的图画》被誉为战后派文学出现的先声。继之，他又接连发表了《两个肉体》、《脸上的红月亮》、《地狱篇第 28 歌》、《残像》和《崩溃感觉》等中短篇小说，从各个角度挖掘人们的青春、爱情、个性和幸福是怎样被这场罪恶战争所扼杀和破坏的。此外还有《真空地带》、《骰子的天空》、《我的塔耸立在那里》和《青年之环》等长篇小说。当 50 年代第一批和第二批战后派开始从文坛第一线退却时，所谓"第三批新人"随之登场。他们不像战后派作家那样具有明确的目的意识性和丰富的社会思想性，而是着重描写日常生活，逐步与私小说接近起来。安冈章太郎（1920—2013）和吉行淳之介（1924—1994）等是第三批新人的代表。"无赖派"是在战后混乱不堪的社会背景下产生的文学流派。这派作家对于传统和权威抱着强烈的反抗意识，具有明显的颓废倾向，同时努力革新创作方法。坂口安吾（1906—1955）、太宰治（1909—1948）、织田作之助（1913—1947）等人的作品，可以体现无赖派文学的特色。以太宰治为例。他先后发表了《维荣的妻子》、《斜阳》和《丧失人格》等中短篇小说。短篇《维荣的妻子》成功地刻画了无赖派的艺术形象，使他一跃成为无赖派的代表作家之一。接着，他的第二篇重要作品——中篇《斜阳》出版。这篇小说的材料据说是由一个和他相好的女人提供的，主要描写一个没落贵族家庭的故事。由于作者塑造了几个典型的无赖派，所以获得文坛好评。小说在杂志上连载时就受到广大读者欢迎，单行本一出版便成为畅销书，甚至于出现了"斜阳族"这个流行名词。中篇《丧失人格》被认为是作者战后发表的第三篇重要作品，也可以说是他一生最重要的作品。小说生动地描绘了主人公大庭叶藏27年的生涯，叙述了他从一个体弱多病的孩子变成一个精神失常的狂人，从而彻底丧失人格的历程。"私小说"（日本特有的一种小说形式，即作家一面叙述自己生活经历和体验，一面描绘自己心境的小说），在战后初期得到重新发展。当战后派那些新鲜的、费解的作品风靡文坛时，另一方面也有不少优秀的私小说作家产生出来，赢得了不少读者。尾崎一雄（1899—1983）、外村繁（1902—1961）和檀一雄（1912—1979）等堪称代表。此外，以丹羽文雄（1904—2005）、舟桥圣一（1904—1976）和石坂洋次郎（1900—1986）等为代表的风俗小说的流行，石川达三（1905—1985）、井上靖（1907—1991）和大江健三郎（详见本章第三节）等人的小说创作，荒原派（鲇川信夫、田村隆一等）的诗歌创作，评论家

（本多秋五、江藤淳、山本健吉、中村光夫等）的研究著作等，也是这个时期的重要收获。以井上靖为例。他的作品大致可以分为报纸小说、历史小说和随笔小说三类。报纸小说主要有《明天来的人》、《冰壁》、《夜声》和《榉树》等，历史小说主要有《天平之甍》、《敦煌》、《额田女王》和《孔子》等，随笔小说主要有《孤猿》、《桃李记》和《我的母亲》等。其中，《天平之甍》是他历史小说方面的代表作品之一，也是他所写的第一部长篇历史小说，主要叙述中国鉴真和尚东渡日本传教的故事。他的小说往往写得生动有趣，故事性比较强，为大众所爱读。[①]

这里的评述引到 20 世纪 50 年代末为止，60 年代以后的评述不再引用，这是为了与《讲义》评述的起讫时间一致，以便更好地进行对比。两相比较，不难看出二者的异同。在近代文学部分，二者的区别不是很大，前者也大体上包含了后者的基本内容，只是有些地方显得简略一些。在现代文学部分，二者的区别很大，因为前者只有无产阶级文学没有其他文学，而后者则将无产阶级文学作为一个内容，同时又补充了大量其他阶级、流派和倾向文学的内容。不言而喻，后者的安排更符合历史事实。此外，与前者比较起来，后者对于无产阶级文学以外的文学采取具体分析和实事求是的态度，既充分肯定其该肯定的部分，也适当指出其存在的问题，并不使用"一棍子打死"的办法。这一点也是一个明显的变化。

在第二个标题"小林多喜二"下，《讲义》重点评述了他的生活、思想和创作。

开头一段是对这个作家的总评语："小林多喜二是日本优秀的无产阶级作家，日本无产阶级文学的奠基者。在不足 30 年的短短一生中，他就在共产党的领导下，担负起指导日本 20 年代末和 30 年代初无产阶级文艺运动的重任，并且给我们留下了《1928 年 3 月 15 日》、

---

① 《新编简明东方文学》，第 184—193 页。

《蟹工船》和《为党生活的人》等出色作品，为日本的现代文学开辟了一条崭新的道路，奠定了牢固的基础。"① 这段评语基本正确。

然后，《讲义》按照时间顺序分别评述了他的初期（1920—1927）、中期（1927—1930）和晚期（1930—1933）创作。

关于初期创作，《讲义》写道："他的初期创作虽然篇幅不长，艺术上也不成熟，但作为批判现实主义作品应该得到相当的评价。在日本近代文学停滞时期，他却能不断地前进，仍然关怀社会的苦难，寻求新的方向，推进现实主义文学的进一步发展。"② 这个评语基本上是正确的；但所谓"近代文学停滞时期"应该是"现代文学停滞时期"之误，因为 20 年代早已不是近代文学时期了。它实际上是指"资产阶级文学停滞时期"，而"资产阶级文学停滞时期"也不能说是很准确的提法，比较准确的提法应该说是"对立时期"，即无产阶级文学和现代主义文学的对立时期，作为无产阶级文学之对立面，包括新感觉派文学在内的现代主义文学仍然存在。

关于中期创作，《讲义》着重评析了他的两篇中篇小说《1928 年 3 月 15 日》和《蟹工船》。关于《1928 年 3 月 15 日》，首先指出这篇小说"是在革命形势发生新的变化和作者清算自己过去的写作态度后创作的"，然后指出这篇小说"一方面暴露了天皇警察迫害革命者的野蛮行为，有力地打击了反动的国家政权机构；一方面描绘了被捕者的形象，热情地讴歌了坚定的革命战士的战斗意志和乐观精神"。关于《蟹工船》，首先指出这篇小说"描写在一条同天皇海军勾结、偷渡苏联领海捕蟹的船上，工人们忍受不住资本家的奴役，由怠工发展成为罢工的故事"，然后指出这篇小说有三个特点，一是"它的主题具有重大社会意义"，二是对于"工人集体形象的生动描写"，三是"在大众化方面的努力"。最后，编写者得出的结论是："《1928 年 3 月 15 日》、《蟹工船》在作者自己的创作发展史和日本无产阶级文

---

① 《外国文学讲义·东方文学部分》，第 95 页。
② 同上书，第 96 页。

学史上都具有重要意义。这两篇作品不仅确立了作者作为无产阶级作家的地位和方向，而且代表了日本无产阶级文学的发展方向。"① 这段评述基本上是准确的。

关于后期创作，《讲义》着重评析了他的代表作品，即中篇小说《为党生活的人》，其中主要包括故事梗概介绍和人物形象分析两个部分。第一部分的最后写道："总之，这部作品在把握客观局势的深度和正确性方面，是过去的无产阶级文学作品所不能比拟的；在表现客观局势的形象化、简洁和感人方面，也是作者创作上的新进展。"第二部分是写作的重点所在，内容如下：

> 小说的中心人物是佐佐木安治——"我"。作者通过第一人称的叙述方法，以感人至深的笔调，形象地描绘了他的声音笑貌，深刻地揭示了他的精神世界，成功地塑造了一个共产党人的光辉形象。这个"我"的自我改造过程是在特定的历史环境中进行的，是同仓田工厂和社会上的反战斗争密切联系的；"我"的全部性格、行动和热情都在斗争中集中起来。
>
> "我"是在艰苦的斗争中成长起来的。"我"是贫农的儿子，在革命队伍里不断克服一些朦胧的好名思想以及其他资产阶级意识，终于成为一个自觉的阶级战士。"我"性格的最主要特征是无论何时都把阶级的事业放在第一位的高度的阶级自觉性。这也是小说动人力量之所在。
>
> 在小说开头时，"我"已经是一个职业革命家，被派到仓田工厂进行革命工作，处于随时被特务警察追捕的危险景况中。这种特定的环境对"我"提出特别严格的要求：抛弃一切个人的私生活，"使个人的生活同时也成为阶级的生活"（卞立强译文，下同）。起初，"我"还在工厂做工，进行"合法"的活动。这是为了同工厂保持密切联系而冒着生命危险的。后来，由于敌人

---

① 《外国文学讲义·东方文学部分》，第97—100页。

追捕的加紧和叛徒的出卖，"我"不得不完全转到地下去。这种生活同拘留所或单身牢房里同志的生活没有什么区别，甚至更难受一些。在开始时，"曾经像小时候跟同伴们比赛谁能把头伸进水盆里最久一样，感到过窒息一般的痛苦"，可是不久后，就很自然地适应新环境了。在这种情势下，"我"的全部身心力量都投入革命工作，以"一天工作二十八小时"的精神工作着，精心研究党的政策和工人情况，以全部的感情爱自己的同志、恨革命的叛徒，并且为避免一切暴露身份的可能，必须断绝与所有亲属的往来，也包括年老体弱的母亲在内。"我"母亲原来是乡下的贫苦农民，现在已经 60 岁，50 多年的生活都是在贫困的深渊里度过来的。母亲经过痛苦的内心斗争，才逐渐与儿子接近起来。当母亲让"我"回家时，"我"只得托人告诉母亲：我不能回家，因为警察不让我回去；"不要恨我，要恨这不合理的社会！"事实正如"我"所说的那样："我连一点点的个人生活也没有剩下了。甚至，春夏秋冬都成为党的生活的一部分。连四季的花草、风景、天空、雨，这类东西都成了不是独立的东西。天一下雨我就高兴。因为出去联络的时候可以打伞，人家就不容易看到我的脸……""我"的顽强意志是建立在阶级的感情和革命的理想之上的。"我"认为："如果说是牺牲，那么，我几乎是把全部生活都牺牲了……但这样的牺牲比之千百万工人和贫农在每天的生活里的牺牲，又算得了什么呢？我从我自己父母当了 20 多年贫农的痛苦生活中，是完全能够了解的。我知道我自己的牺牲，是为了解放这几百万人的大牺牲所不可缺少的一种牺牲。"

在这篇小说里，作者着意于刻画人物的个性，表现了共产党人的成长过程，创造了从事秘密斗争的革命战士的典型形象。在日本文学史上，这种典型形象是由"我"首先创造出来的。正如藏原惟人在《关于〈单身牢房〉和〈为党生活的人〉》一文里所写的那样："小林多喜二选取革命运动最典型的地点和最典型的形象来表现社会主义的新人，这是这个作品作为新文学的意义。

在这个意义上，《为党生活的人》一方面存在各种缺点，一方面也可以说是新的社会主义现实主义文学建设中的一个重要的基石，是划时代的作品。"①

这段文字是对主人公形象的分析。用现在的眼光看来，可以说达到了一定的水平，但还是给人以不够深入之感。后来，笔者又在这个基础上进一步予以开掘，写成一篇学术论文——《谈〈为党生活的人〉的典型塑造》（载于《承德师专学报》1989 年第 2 期），其要点在有关东方文学教材里归纳如下：

> 小说的主人公是佐佐木安治。安治的形象是小说思想内容的核心，也是小说艺术成就的集中体现。
> 安治是一个完完全全为党生活的人。他从事地下工作，在号称世界最完备的警察网追捕下进行斗争。这种特定的环境对他提出了特别严格的要求：非但要彻底抛弃个人主义思想，而且要完全牺牲在正常环境下许可存在的个人利益、个人生活，把个人的全部精力以及全部感情都毫无保留地献给党的事业。无疑，这是对一个革命者最严格的考验。安治自觉自愿地接受了这个考验，并且毫不含糊地经受住了这个考验。对于党的工作，他竭尽全力，拼命去干。要求自己一天过 24 小时的政治生活还不满足，又提出"一天工作 28 小时"的特高标准。这是什么意思呢？他说："最初我不太理解一天工作 28 小时这句话，可是当我一天不得不进行十二三次的联络时，我才懂得了这句话的含意——个人的生活，同时也是阶级的生活。起码从我的本心来说，我是愿意接近这样的生活的。"（卞立强译文，下同）可见所谓"一天工作 28 小时"，就是为了党的事业拼死拼活、不遗余力的意思。为了党的工作，他把个人的一切全部置之度外，自觉地断绝了所有

---

① 《外国文学讲义·东方文学部分》，第 102—103 页。

妨碍工作的私人关系，自己的身体一天天坏下去也毫不介意。的确如他所说的那样："在我的身上，一丝一毫的个人生活都没有了。现在就连各个季节也成了我为党而生活的一部分。四季的花草、风景、蓝天和阴雨，在我看来都不是孤立的。天一下雨，我就高兴。因为出去联络可以打伞，人家就不容易看到我的脸。我希望夏天快快地过去，倒并不是我讨厌夏天，而是因为夏天一来，衣服穿得少了，我那有特征的身段（让这种特征喂狗去吧！）会一下子让人家识别出来。冬天一到，我就想：'好啊！又多活了一年，又可以干工作啦！'只是东京的冬天过于明朗，对工作不方便——自从转入这样的工作以来，我对季节不是不关心，反而非常敏感起来，敏感到几乎过去根本没有想像过。"这公而忘私的精神是何等崇高！

对自己的同志，他用"整个生命的感情"去热爱。听说"胡子"被捕，他感到心头极为沉重，以至走起路来膝盖发软，呼吸十分费力。与之相反，对革命的叛徒，他则用"整个生命的感情"去憎恶。这是因为他是没有所谓退路的。在这种情况下，遇到出卖组织和同志的叛变行为，就会使他整个身心愤怒起来。这爱憎分明的感情又是何等强烈！

安治达到这样的思想高度是经过一段内心斗争的。像小说里所写的那样，他并不是一开始就这么成熟。在他被警察搜捕以前，虽然也全力去工作，但是毕竟还有点朦胧的好名思想，仍有不少"个人"生活。转入地下之后，由于环境的要求，再加上主观的努力，才把凡不属于党的生活的个人欲望全部抑制下去了。这个过程是颇为艰苦的，"最初开始过这种新的生活的时候，就好像小时候跟人比赛谁能钻到水里时间最长那样，也曾经感到过一种难以忍受的、说不出滋味的憋气"。看来，作者没有把问题简单化，没有采取回避矛盾的态度，而是按照事物本来面目去描写，既敢于充分揭示矛盾，表现个人利益、个人感情和革命事业的冲突，又善于正确处理矛盾，表现个人利益、个人感情服从革命事业需要的过程。这样，人物精神境界的美才揭示得更深刻，更加令人信服。这在安治和母亲关系的描写上，表现最为明显。安治对母亲的感情是非常深的。这不但因为母亲年老体弱，而且因为母亲原是贫农，50 多年的生活都是在贫困的深渊里度过来的，如今又极力想要理解儿子的工作，为了准备儿子再次入狱时能够亲笔给他写信，竟然戴上老花眼镜开始学起字母来了。这样的母亲当然会使安治格外敬佩。可是，安治这次突然离家转入地下，连母亲也没有告诉。因此，母亲不能理解他为什么要这样做，一心盼望他早日回家，至少也要见他一面。然而当时的环境又决不允许他回家。尖锐的矛盾就在这里产生了，安治的痛苦也就在这里产生了。怎样解决这个难题呢？安治认为，自己决不能从革命立场上后退一步，只能引导母亲向革命方向靠拢。于是，他一面明白告诉母亲，自己不能回家，甚至母亲临死也不能去送终；一面对母亲反复说明，自己这样做是不得已的，是统治阶级逼出来的，不要恨我们，要恨这不合理的社会。由于作了这些说服动员工作，母亲最后终于表示：知道自己死时儿子回家很危险，所以到时候一定不让儿子知道。安治则深有感触地说道："从此以后，我把过去留下来的个人生活的最后的退路——和亲生母亲的关系彻底切断了。在今后多少年内，只要新的世界不到来（我们正在为着这个新世界的到来而战斗），我跟母亲将不能生活在一起了！"

　　毋庸讳言，安治形象的塑造并不是完美无缺的。以安治和笠原关系的描写而论，就存在某些不足之处。但是瑕不掩瑜，个别缺点不能掩盖整个形象的光辉。

　　总的来说，这篇小说成功地刻画了安治的性格，塑造了安治的形象。作者选取了当时日本社会上阶级矛盾最集中、最尖锐的场面，描绘了站在阶级斗争最前线、处境最艰险、战斗最英勇的人物。安治身上具有极其鲜明而强烈的无产阶级战士的特征，同时他的性格又是完全个性化了的，是以自己独有的方式表现出来的。在这样一篇规模不大的作品中，作者能够集中笔墨，多方面地、较充分地塑造出一个光辉的共产党人的艺术典型，的确是不易做到的。1932 年 8 月，作者在给《中央公论》杂志编辑的信里写道："在这篇作品里，我采取了和《蟹工船》、《工厂支部》等以往作品不同的写法，进行了冒险的尝试。"又写道："这是力图摆脱过去无产阶级小说框框的作品。从我过去的一系列作品来看，我也特别注意这篇作品的成果。我是不怕失败地写出来的。"可见《为党生活的人》是作者抱着相当大的自信写成的，是他企图超越自己以往的作品，是他向前跃进一步的大胆尝试。那么，究竟什么是他所说的无产阶级小说的框框呢？他又在这篇作品里作了哪些新的尝试呢？要回答这些问题，必须把他这篇小说同他过去的一系列作品联系起来加以考察。简而言之，他过去的创作有一段时间产生过公式化、概念化的倾向，随后又有一段时间出现过专门描写日常琐事的倾向；他认为这些倾向都是不正确的，都没有能够写出"活生生的、具有阶级性倾向的人物"。在这篇作品里，他既要克服公式化概念化的倾向，又要避免专门描写日常生活琐事的倾向，而要用艺术概括的方法塑造一个"活生生的、具有阶级性倾向的人物"。这个人物就是安治。从这方面来说，这篇小说的确如作者所说的那样，摆脱了过去许多作品的框框，进行了不少大胆的尝试，取得了相当大的成功。

　　从表现方法来说，它的主要特点在于采用主人公自述的方式，着力探索人物的精神世界，描绘人物的内心感受，展示人物的思想矛盾。例如，安治和母亲会面的场面就写得很出色。从开始"我一见母亲穿着出门的最好衣服，心里产生了一种说不出的感情"，到最后母亲说出临死时也不让儿子知道的决心，"使我万分地感动。我默默地说不出一句话。我除了沉默又能说什么呢"，话虽不多，却包含着极其丰富的内容和极其充沛的感情。起初，母亲把这次会面看成一件大事，懂得它来之不易，更明白以后不可多得，所以这样郑重其事地打扮起来。安治深深地体会到母亲内心的激动，对于母亲经历的艰难又痛苦的思想斗争也颇为理解，因之自己心里自然不能平静。后来，母亲经过儿子的反复教育，又通过会面的实地感受，终于由急于要求见面变成今后决心不再见面。这个变化实在太大了，太快了，连和母亲心心相印的安治也觉得出乎意外。他对母亲思想上的迅速成长感到无限惊喜，也对母亲内心所经历的痛苦斗争感到无限激动，以至于无言以对。这就造成了所谓"此时无声胜有声"的艺术境界，产生了感人至深的艺术效果。①

最后，《讲义》用一段话总结小林多喜二文学创作的特征和意义，其要点如下：小林多喜二是日本战前无产阶级文学的杰出代表。他的创作标志着当时日本无产阶级文学所取得的最高成就。他积极进行活动的1925—1933年，正是日本国内阶级斗争非常激烈的时代。他的创作的主要思想特征，乃是直接表现当时最尖锐的社会课题，反映阶级斗争发展变化的新形势。第一，他的创作深刻地触及日本社会的本质和主要矛盾。第二，他的创作充分地表达了工农群众反抗现实的坚强意志，描绘了他们奋起抗争的生动画面。第三，他的成功的创作都具有丰富的现实生活材料。他的创作的主要艺术特征，乃是善于通过生动的艺术形象展示主题。他的创作成功地塑造了一系列革命工农分子、革命知识分子和无产阶级先锋战士的光辉形象，表现了他们鲜明的阶级感情和顽强的革命意志。他们是当时最先进的人物，他们的革命行动和革命精神在这里第一次得到最充分、最完善的表现。因此，他的成功的创作，既具有急进的思想倾向，又不像当时所常见的作品那样概念化和缺乏艺术性，可以说是达到了思想和艺术的统一的。

当时为了写好《讲义》里"小林多喜二"这一节，编写者的确下了一定的功夫，广泛搜集资料，仔细钻研作品。因为那时认为，这

———————————

① 陈应祥等主编：《外国文学》，高等教育出版社2009年版，第706—709页。

一节不仅是日本无产阶级文学的代表，也是整个东方无产阶级文学的
代表；如果写不好这一节，就难以体现《大纲》中一再重申的重视
无产阶级文学的思想。也正是因为如此，所以虽然觉得他的有些作品
有公式化、概念化的毛病，其他一些比较好的作品也不免给人以不够
宏伟壮阔的感觉，但还是要千方百计地把它们的所有优点都充分发掘
出来。这一节就是怀着这样的心情写成的。不过，用今天的眼光看
来，按思想性和艺术性统一的标准来要求，《讲义》将小林多喜二作
为日本现代文学的惟一重点作家毕竟是不妥当的。

第三节　东方文学的内容——其他国家和地区文学

在《东方文学教学大纲》里，除了印度、阿拉伯和日本等国文学
以外，还包括朝鲜、越南、蒙古和土耳其等国的文学；而在《东方文
学讲义》里，对于印度、阿拉伯、伊朗和日本四国文学以外其他东方
国家和地区的文学则采用概述的方式，分别在第一部分的第一节"东
方古典文学概论"和第二部分的第一节"东方现代文学概论"里予
以介绍，其中没有提及蒙古和土耳其文学，但却涉及其他更多国家和
地区的文学。

在第一部分第一节"东方古典文学概论"的标题下，分为四个方
面，即四大文明古国——埃及、巴比伦、印度和中国的文学、西南亚
的巴勒斯坦（以色列和犹太）和阿拉伯的文学、伊朗以及西亚和中
亚的亚美尼亚、阿塞拜疆、格鲁吉亚和乌兹别克的文学、东亚和东南
亚的日本、朝鲜和越南的文学。

一　四大文明古国——埃及、巴比伦、印度和中国的文学

在这个标题下，概括地介绍了埃及文学和巴比伦文学。

关于埃及文学，《讲义》写道：

古代埃及保存下来大量的民谣、谚语、神话、诗歌（包括宗教诗、赞美诗、世俗诗和哲理诗）、训言、故事等多种多样的文学作品。这些作品证明了这一古代文学发展的高度水平，证明了埃及人艺术创造力之巨大。规模最大而且流传最广的一部宗教诗集是《亡灵书》。这是人类遗留至今的最早的作品之一。按照埃及人的宗教传统说，这部作品早在公元前 2000 多年前就编成了；据考证，写在长卷纸草上的善本也不能迟于公元前 16—前 14 世纪。这部作品是写在纸草上或刻绘在石棺、墓室中，供死人的灵魂阅读的。据说它可以保护亡灵经过 12 个危险的国土，平安地到达"真理的殿堂"，经过审判合格，便会在那五谷长得比人还高、不断有凉风吹拂的上界与神同住，甚至可能与大神一样再生。这部作品包罗了古埃及人的主要信仰和各种细节，其中确实有许多阴暗的、宗教味很浓的诗句，但也有不少表现埃及人民健康乐观的思想情绪的诗歌。他们以一种近乎暴烈的强度来爱好生命的欢乐；一切亡灵的祭典之所以被描写成那么阴郁，其实际目的是要延长那不愿抛弃的快乐的生命。这在野蛮的奴隶制压迫下的古代，是十分可贵的。《亡灵书》是颂歌的高级表现形式，显示出古埃及人的写诗技巧。①

这段话是根据当时仅有的译文和评论资料写成的。《新编简明东方文学》的相关部分如下：

古代埃及是世界上最古老的国家之一，古代埃及文学是世界上最古老的文学之一。据仲跻昆等先生研究，古代埃及文学经历了漫长的发展过程。在古朴时期和古王国时期（公元前 3200—前 2181），首先产生了神话、歌谣、诗歌、故事和箴言等。到第一中间期和中王国时期（公元前 2181—前 1786），文学有了很大

---

① 《外国文学讲义·东方文学部分》，第 4 页。

发展，被认为是古代埃及文学史上最辉煌的阶段，有些作品在表达、描绘、修辞等方面成为后来文学创作的典范。第二中间期和新王国时期（公元前 1786—前 1085）比较突出的文学体裁是旅行记和颂歌。在此之后，埃及国力日益衰退，先后沦为伊朗、马其顿和罗马人的占领地，文学发展被迫中断。古代埃及文学在艺术上取得了一定的成就。但是，由于年代久远，难以保存下来，许多作品已经散失，流传至今的只是极少一部分。

古代埃及神话是古代埃及人宗教信仰的反映。古代埃及人信奉多种神灵，围绕这些神灵则形成许多神话。关于开天辟地的神话，关于拯救人类的神话，关于太阳神"拉"的神话，关于奥西里斯和伊希斯的神话等，都是古代埃及人思想观念的艺术体现。

古代埃及诗歌可以分为世俗诗和宗教诗两类。世俗诗包括劳动歌谣和爱情歌谣。劳动歌谣直接表现劳动的场面和劳动者的心声，是我们今天能够见到的人类最古老的劳动歌谣。它们是用象形文字刻在墓壁上的，据说记录的时间约在公元前 16 世纪，产生的时间还要早得多。如《庄稼人的歌谣》描写奴隶看见王爷前来视察时的紧张心理，要工头领着大伙儿快快干；《搬谷人的歌谣》描绘搬谷人辛勤劳作的情景，抒发了他们的愤懑情绪。这两首歌谣都很质朴有力，生动感人。爱情歌谣常常有音乐伴奏，有时还采用男女对唱的形式，表达彼此互相爱慕的纯真感情，虽然朴实无华，但也不乏诱人的魅力。在宗教诗（包括赞美诗）方面，有歌颂太阳神的，如《阿通太阳神颂诗》，因为法老宣布太阳神为全国崇拜的最高神；有赞颂尼罗河的，如《尼罗河颂》，因为尼罗河是埃及人的母亲河，埃及人对尼罗河充满了热爱与崇敬之情；还有赞美法老的，如关于第 19 王朝法老拉美西斯二世的颂歌，其中的法老也往往被神化。

古代埃及故事也是多种多样的，有的以写实为主，有的以虚构为主，有的比较朴素，有的加工较多。如第九王朝时期创作的《乡民与雇工》（又译《能说会道的农夫的故事》），通过农民赛克赫提依靠自己的智慧和口才战胜王室总管及其爪牙的故事，反映了当时的社会矛盾，揭露了权势者的专横，赞颂了劳动者的斗争。又如第 12 王朝时期创作的《遭难水手的故事》，描写一个水手航海遇难，流落荒岛，历经艰险的故事，其中充满惊险的场面和曲折的情节，显示了古埃及人丰富的想象力和创造力。此外，古代埃及的故事还有《赛努西的故事》、《注定要死的王子的故事》、《昂普、瓦塔两兄弟》、《魔法师的故事》、《预言的故事》、《幽灵的故事》等。

　　诗文集《亡灵书》（又译《死者之书》）堪称埃及古代文学的汇编，埃及古代最有代表性的文学作品。古代埃及人相信，人死后的亡灵要先经历一段冥国的生活，那里有 12 块国土，处处充满艰难险阻，亡灵必须通过这些艰难险阻，来到"真理的殿堂"，接受冥王奥西里斯的审判，最终决定自己的命运，或者登上天国，或者葬身怪兽之口。《亡灵书》实际上是放在死者坟墓中的陪葬文件，是亡灵到下界去的行动指南，保护他在下界经受各种各样的考验，应付一次一次的审判。《亡灵书》的文字（包括诗歌、神话、符箓、宗教仪礼文等）大多写在纸草上面，并且附有彩色插图，其内容混杂，多数来自《金字塔文》（《金字塔文》是古埃及的宗教文献，因发现于金字塔内法老墓室和过道的墙壁上而得名）和《棺文》（《棺文》是古埃及的葬仪文集，大多由《金字塔文》演化而来，《金字塔文》为法老所专用，《棺文》则用于贵族和平民），可以归纳为 100 余章，各章长短不同。有的是对神的歌颂和对魔的诅咒；有的是对心灵的叮嘱；有的教导亡灵通过审判的技巧；还有的反复说明亡灵生前没有做过任何坏事，目的是让他逃脱责罚。所以，从《亡灵书》里，我们可以清晰地看到古埃及人的种种思想信仰，特别是他们的生死观念。[1]

---

① 《新编简明东方文学》，第 9—11 页。

两相比较可以看出，前者为了节省篇幅主要突出《亡灵书》，而后者则对神话、诗歌和故事也分别加以介绍，材料更加丰富，内容更加充实，提法更加准确；前者对于《亡灵书》的介绍大体上是正确的，但有些地方可能不够准确，如《亡灵书》不是诗集，而是诗文集，等等。

关于巴比伦文学，《讲义》写道：

> 古代巴比伦文学也很丰富，其中最重要的是一系列史诗作品。《吉尔伽美什》是最有名的史诗。它是人类遗留至今的最古老的史诗之一。其原型形成于公元前 2000 多年，最后编成也应在公元前 1000 多年。这部作品的规模宏伟，思想精深，艺术成就也很高，可以列入世界史诗之林。它的主要故事说：英雄吉尔伽美什做过许多有益于人类的事业，后来被"人必然要死"的问题所苦恼，便不顾神和人们的劝阻，到世界各地寻找不老的仙草，可是当他把找到的仙草带回以和人们共享时，又被蛇偷去了。在史诗里，古巴比伦人关于人类想要认识大地法则和生死秘密的愿望，获得了高度艺术的表现。①

这段话也是根据当时仅有的译文和评论资料写成的。《新编简明东方文学》的相关部分如下：

> 古代巴比伦也是世界上最古老的国家之一，古代巴比伦文学也是世界上最古老的文学之一。据孙承熙、叶舒宪等先生研究，古代巴比伦文学是在苏美尔和阿卡德文学的基础上形成的。所谓巴比伦文学，主要是指古巴比伦王国时期（约公元前 2017—前 1595）的文学，即古代幼发拉底河和底格里斯河流域文化繁荣时期的文学。

---

① 《外国文学讲义·东方文学部分》，第 4—5 页。

　　古代巴比伦文学作品是用楔形文字记在泥板上的。保留至今的文学作品有神话、史诗、歌谣、寓言、赞歌、箴言和祈祷文等多种样式。例如：《埃努玛·埃立什》（又译《七块创世泥板》）是一篇流传颇广的创世神话，公元前 15 世纪基本定型，刻在七块泥板上，约有 1000 行诗。内容是描述天地星辰、宇宙万物和人类的创造过程，表现古巴比伦人对世界来源的认识；同时也歌颂巴比伦人信奉的主神——马尔杜亥的伟大力量和功绩。《伊什妲尔下降冥府》描写爱情和生命女神伊什妲尔与种子和植物之神坦姆兹的故事，表现了当时人对年年岁岁季节循环变换的理解。叙事诗《咏正直受难者的诗》写的是一个正直老实的人却不断遭受各种苦难的经过，因此他对神灵的公正和宗教的教义表示了大胆的怀疑。《主人和奴隶的对话》通过主人和奴隶的一连串问答，表达了奴隶对主人的不满和反抗情绪。

　　《吉尔伽美什》是在苏美尔有关史诗的基础上创作的，代表古代巴比伦文学的最高成就。这部史诗长期在口头流传，编辑完成大约是在公元前 19 世纪至前 16 世纪，比印度两大史诗和希腊两大史诗都要早得多，是迄今所知人类最早编定的长篇史诗。全诗共有 3000 余行，用楔形文字分别刻在 12 块泥板上。其主要内容如下：吉尔伽美什是乌鲁克城的统治者，他本是大神阿鲁鲁所创造，又受到众神的恩赐，他三分之二是神，三分之一是人，身高体壮如同野牛，手执武器气概非凡。他和半人半兽的勇士恩启都经过一番苦战之后成为好友，两人一同出外为民除害，先后战胜沙漠中的狮子，打败杉树林里的恶人芬巴巴，又杀死残害乌鲁克居民的天牛。狮子、芬巴巴和天牛等都是暴力的象征，而吉尔伽美什和恩启都的行为则反映了人类战胜暴力的斗争精神，也表现了他们敢于违抗神的意志的反抗精神。但是由于触怒神灵，后来恩启都不幸死去。恩启都死后，悲痛不已的吉尔伽美什怀着探索人生奥秘的强烈愿望，决定四处寻找救治恩启都的药物，探求人类永生的方法。他跋山涉水，历尽千辛万苦，设法找到始祖。

始祖向他讲述大洪水的故事和自己得以生存下来的秘密，并告诉他如何才能获得长生仙草。他不惧艰险，终于在深海里取到了仙草。但不幸的是，在归途中仙草被蛇吞食，他的努力和希望全部落空。他不得不怀着无限悲伤的心情回到乌鲁克城。最后，恩启都的亡灵又向他诉说了阴曹地府的可怕故事。通过这番艰苦奋斗，通过与恩启都亡灵的对话，吉尔伽美什才明白人是不能永生的。

由于长期流传和多次编辑，这部史诗的思想内容显得十分复杂，有的地方甚至是矛盾的；但其中心思想乃是反映当时人类与自然灾害的尖锐矛盾，表现当时人类企图战胜自然灾害和死亡威胁的迫切愿望。这部史诗在艺术风格上的特点则以浓郁的浪漫色彩和深邃的哲理性质最为突出。《吉尔伽美什》在古代世界文学中占着特殊的地位。它对古代西亚、中亚各民族文学以至古代希腊、罗马文学都产生了深刻的影响，并通过这些地区和国家的文学辗转地影响了后世文学的创作。最明显的例子可以在希伯来的《圣经·旧约》中找到，如创造世界的神话、大洪水的故事等便是。①

两相比较可以看出，前者为了节省篇幅主要突出《吉尔伽美什》，而后者则对神话、史诗、歌谣、寓言、赞歌、箴言和祈祷文等多种样式都分别加以介绍，材料更加丰富，内容更加充实，提法更加准确；前者对于《吉尔伽美什》的介绍大体上是正确的，但是不如后者的介绍详细和深入，而且有些地方不够准确，如史诗的成书时间，有些应该说明的问题没有说明，如史诗的长短和所使用的文字等。

二　西南亚的巴勒斯坦（以色列和犹太）和阿拉伯的文学

在这个标题下，《讲义》首先概括地介绍了以色列和犹太文学，

---

① 《新编简明东方文学》，第11—13页。

其中写道:

> 古代以色列和犹太文学作品主要保存在《圣经》里。《圣经》分为《旧约》和《新约》两部分,《旧约》是犹太教和基督教共有的经典,《新约》只是基督教的经典。《旧约》用希伯来文写成,包括了近千年的古文献,它的基本部分"摩西五经"约在公元前5世纪就已经汇集起来,经过整理成为现在的样子;其余的"圣卷"和"先知书"约在公元前3—前2世纪整理完成。《新约》用希腊文写成,基本上形成于公元2世纪。《圣经》乃是古代希伯来和犹太人的一些文学作品以及法学、宗教仪式和历史著作的汇编,其中包括相当丰富的神话、传说、民歌、故事、谚语、宗教赞美歌、爱情和婚礼赞歌等有价值的文学作品,生动地反映了当地的社会生活。它对欧洲文化颇有影响,为欧洲文化提供了不少题材和形象,对欧洲文学的发展也有一定的作用。[①]

这段对古代以色列和犹太文学的介绍和评价大体上是正确的。不过,关于《旧约》和《新约》的形成时间有许多种不同的说法,这里的说法只是其中之一。按照《圣经》,特别是《旧约》(《旧约》用希伯来文写成,是纯粹的东方文学;《新约》用希腊文写成,不是纯粹的东方文学)的艺术价值来说,应该是有资格列为重点作品的。但是,由于当时似乎有一种不成文的规定,即属于宗教经典性质的作品,具有浓厚宗教色彩的作品,一般是不能成为教学的重点对象的。因此,在《讲义》本来就不能列出很多重点作品的情况下,《圣经·旧约》就被排除了。"文化大革命"以后,各种东方文学教材普遍将《圣经·旧约》列入重点作品,设立专节讲述,笔者编写的《新编简明东方文学》也不例外。

---

① 《外国文学讲义·东方文学部分》,第5—6页。

三　伊朗以及西亚和中亚的亚美尼亚、阿塞拜疆、格鲁吉亚和乌兹别克的文学

在这个标题下，《讲义》概括地介绍了亚美尼亚、阿塞拜疆、格鲁吉亚和乌兹别克的文学。

关于亚美尼亚的《沙逊的大卫》，《讲义》写道：

> 亚美尼亚的民族史诗《沙逊的大卫》乃是该民族民间文学创作的最高峰。它的内容是描写 8—12 世纪亚美尼亚人民反抗阿拉伯帝国残酷压迫的伟大斗争，表现了人民的崇高理想和爱好自由的精神，以及对真理和公平合理生活的美好愿望。史诗在艺术方面的特色则是文字淳朴、叙事完整、形象庄严。①

这段对《沙逊的大卫》的评介大体上是正确的。在《新编简明东方文学》里也只是提到这部作品，并未进行评介。《中国大百科全书·外国文学卷》在"亚美尼亚文学"条目下，对它的介绍是："9 至 10 世纪出现的史诗《沙逊的大卫》被认为是古代亚美尼亚民间文学创作的高峰，它描绘了亚美尼亚人民反对阿拉伯哈里发压迫的斗争。"②（孙玮执笔）两相比较，出入不是很大。

关于阿塞拜疆的内扎米，《讲义》写道：

> 阿塞拜疆的尼扎米（即内扎米）是天才的诗人和思想家。他一共写有 6 万则俳句，即 12 万行诗；使他成为世界不朽诗人的是他的 5 部长诗《秘密宝库》、《霍斯陆与西琳》、《蕾莉与马杰农》、《七美图》和《亚历山大故事》。他在这些作品里，谴责暴君，批评时政，赞美精心治国和关怀人民的英明帝王，歌颂劳动，歌颂青年男女纯洁的爱情。《蕾莉与马杰农》流传最广，也

---

① 《外国文学讲义·东方文学部分》，第 6 页。
② 《中国大百科全书·外国文学卷》，中国大百科全书出版社 1982 年版，第 1163 页。

被认为是他登峰造极的作品。它描写一对不幸青年的恋爱悲剧。据说他完成这部作品后，自己先读了一遍，然后说道："不管什么铁石心肠的人，读了它都会燃起热情之火。"他逝世后，有人将他的各自独立的 5 部长诗合在一起，称为《五卷诗》，后来许多诗人都仿照这种形式。①

如上所述，在《新编简明东方文学》里，笔者将内扎米放在伊朗文学里予以评介。两相比较，可以看出《讲义》的评介虽然简略，但大体上是正确的；而《新编简明东方文学》的评介则更加详细一些。

关于格鲁吉亚的卢斯塔维里，《讲义》写道：

> 格鲁吉亚大诗人卢斯塔维里是民族文学的中心柱石。他生活于 12 世纪后半至 13 世纪前半，他的代表作是长诗《虎皮武士》。这部作品歌颂两种崇高的感情：坚贞的爱情和忠诚的友谊。"爱情和友谊的交响乐现着虹的异彩在他的诗中闪耀"——确是恰当的评语。这个思想与当时压制人们感情的宗教思想正相反，因而有进步意义。这也就难怪诗人被迫害，作品被认为是异端邪说了。卢斯塔维里对于格鲁吉亚文学影响很深。他被尊为司文艺的女神，他的诗被称为永远结果的树。《虎皮武士》是格鲁吉亚儿童必读的课本，新婚妇女必备的陪嫁。②

在《新编简明东方文学》里，也是一段概括的评介，其内容如下：

> 以卢斯塔维里为例。据王家骧先生研究，相传他写了许多作品，但流传至今的只有《虎皮武士》。这部长诗通过三个不同国

---

① 《外国文学讲义·东方文学部分》，第 6 页。
② 同上书，第 6—7 页。

家的武士的英雄冒险故事，歌颂了忠贞不渝的爱情和助人为乐的
友谊，宣扬了为友谊和爱情而勇敢献身的自我牺牲精神，同时还
强调了个性解放的思想，表现了爱祖国的思想和各民族互助合作
的愿望。这就使它的思想境界高于同时代其他许多英雄叙事诗。
从艺术表现方面来说，它巧妙地将写实成分和浪漫色彩融合起
来，而且情节生动，描写细腻，韵律优美，语言流畅。这部长诗
自问世以来，在七百多年的时间里，对格鲁吉亚的文学创作和人
民生活产生了异常深刻的影响。①

两相比较，内容大致相同，只是后者表述得更全面、更明确
一些。

关于乌兹别克的纳沃依，《讲义》写道：

乌兹别克的纳沃依是诗人和学者，又是政治活动家和启蒙运
动家。他是乌兹别克民族文学的创建者和乌兹别克语言的奠基
者。他写了几千行抒情诗，名为《四诗集》；还写了五部叙事长
诗，名为《五诗集》；此外，还有一部《百鸟朝凤》。他的《五
诗集》采用了与尼扎米类似的题材，名为《正直者的不安》、
《蕾莉与马杰农》、《法尔哈德和西琳》、《七星图》、《伊斯坎德
尔城堡》。他在自己的作品里反对封建内讧，显示人道主义思想，
谴责暴政和不公正行为。他的诗歌思想湛深，艺术高超。在《五
诗集》里，他不仅继承和发扬了尼扎米的传统，而且放射出自己
独特的光彩。②

在《新编简明东方文学》里，也是一段概括的评介，其内容
如下：

---

① 《新编简明东方文学》，第 72—73 页。
② 《外国文学讲义·东方文学部分》，第 7 页。

以纳沃依为例。据王家骧先生研究，他的五部叙事诗——《五诗集》的影响很大。《五诗集》共有 53000 余行，由五部独立的叙事诗组成，即《正直者的不安》、《蕾莉与马杰农》、《法尔哈德和西琳》、《七星图》、《伊斯坎德尔城堡》。除第一部外，其他四部都取材于西亚、中亚地区人们所熟知的历史传说和民间故事，与伊朗诗人内扎米的《五卷诗》内容基本相同。其中以《法尔哈德和希琳》写得最为出色。它虽然也取材于西亚、中亚流传甚广的民间传说，但诗人却根据自己的理解和需要加以改写，使其内容和思想有所创新，使其更充分地体现出乌兹别克民族的新发展和文学的新变化。此外，他还写了一部题为《百鸟朝凤》的长篇叙事诗。①

两相比较，内容大致相同，只是后者表述得更全面、更明确一些。

四 东亚和东南亚的日本、朝鲜和越南的文学

在这个标题下，《讲义》概括地介绍了朝鲜和越南的文学。

关于朝鲜文学，《讲义》写道：

朝鲜有作家朴趾源和《春香传》。二者都产生于十八九世纪，代表朝鲜古典文学繁荣时期的最高成就。朴趾源是天才的文学家和出色的思想家。他的著作有小说、诗歌、论文、序文、跋文、祭文、行状文、疏文等多种。在这些作品里，他表示憎恨当时黑暗的社会，不遗余力地揭露贵族的暴虐、残忍、丑恶和腐朽的行为，热爱而且尊敬受压迫的普通人民。他创造出一系列栩栩如生的艺术形象：《两班传》里的两班——不劳而食的寄生虫，被迫出卖贵族头衔的没落贵族的典型；《许生传》里的丞相李浣——

① 《新编简明东方文学》，第 73 页。

无能的封建官僚的典型；《虎叱》里的北郭先生——读破万卷儒
书的伪善者的典型等。虽然他有很多著作是用汉文写的，但是却
运用了朝鲜丰富的俗语、俚谚、民谣和格言等，因而富有民族特
色。《春香传》是以人民口传故事为基础写成的小说。它写的是
春香和李梦龙自由恋爱的故事。春香出身贫贱，母亲是从良的艺
妓；而李梦龙则是簪缨世家的公子。由于身份悬殊，他们的爱情
受到封建家庭礼教和以贪官卞学道为代表的社会黑暗势力的干
涉。这部小说通过青年男女争取婚姻自由的故事，反映了人民追
求自由、反抗暴力的意志，揭露了封建官僚的暴虐统治和封建制
度的罪恶。①

这段评介只限于朴趾源和《春香传》两个点，没有全面评介朝鲜古
典文学的发展历史；而《新编简明东方文学》则有所不同：

朝鲜文学史的开端可以上溯到公元 1 世纪以前。据韦旭升先
生研究，当时的主要形式是口口相传的神话、传说、祷词、歌谣
等。进入三国时期（约 1 世纪—9 世纪）以后，汉字传入朝鲜，
书面文学随之产生，有的直接采用汉文文学形式，有的则用汉字
记载朝语。汉文文学方面以崔致远（857—?）所取得的成就最
大，但他的作品散失很多，只有《桂苑笔耕》20 卷和收在《东
文选》等书中的少量诗歌保存下来。

高丽时期（10 世纪初—14 世纪末）文坛的主流是汉文文学，
尤其是汉诗。其中以李奎报和李齐贤最负盛名，被誉为高丽文学
的双璧。李奎报（1169—1241）一生写过近万首诗，可是保存下
来的只有 2000 余首，收入《东国李相国集》中，名篇有《东明
王篇》、《闻达旦入江南》、《孀妪叹》、《新谷行》、《代农夫吟》
和《读李白诗》等。李齐贤（1288—1367）写有大量诗和词，

---

① 《外国文学讲义·东方文学部分》，第 8 页。

并在写景方面自成一格，备受后人推崇，名篇有《金刚山二绝——普德窟》、《山中雪夜》、《江神子·七夕冒雨到九店作》和《巫山一段云词·松都八景》等。与此同时，国语文学的形式则呈现出多样化的趋势，民间歌谣（高丽歌谣）、文人诗歌（翰林别曲、时调）、传记文学（如金富轼的《三国史记》）、传说（如一然的《三国遗事》）、小品文、杂录和诗话等都取得了一定成果。

1444 年朝鲜文字"训民正音"的创制，是李朝时期（14 世纪末—19 世纪）文化生活中的一件大事，为国语文学的发展开辟了广阔的道路。国语诗歌的主要形式有时调和歌辞。时调最初产生于高丽末期，李朝时期逐渐构成一种定型诗体。尹善道（1587—1671）堪称时调名家，著有《孤山遗稿》，其中所收《山中新曲》18 首和《渔夫四时词》40 章堪称代表作。歌辞受到时调影响，形式较为自由，长短可随内容而定。郑澈（1536—1593）和朴仁老（1561—1642）是歌辞的代表作家。郑澈擅长写景和抒情，有歌辞五篇，以《关东别曲》、《思美人曲》和《续思美人曲》最有名。朴仁老是爱国爱民诗人，著有《芦溪先生文集》，其中收入八首歌辞，以《太平词》、《船上叹》和《陋巷词》最有名。国语小说也取得一定成就。许筠（1569—1618）是国语小说的第一位重要作家，他的主要业绩是模仿中国的《水浒传》写出一部体现自己社会理想的长篇小说《洪吉童传》；金万重（1637—1692）进而将国语小说推向成熟，他的主要业绩是两部长篇小说《九云梦》和《谢氏南征记》。18 世纪以后，国语小说更加繁荣兴旺，《兴夫传》、《沈清传》和《春香传》等都是在民间创作基础之上加工而成的。《兴夫传》以倡导兄弟和睦为主旨，《沈清传》以倡导孝敬父母为主旨，而《春香传》则位于三传之首，无论在思想上还是艺术上都不愧为国语小说的代表作（详见本章第四节）。

李朝时期的汉文文学仍然为文人所重视。其中，汉诗的内容结合现实更加紧密，反映现实更加深刻。特别值得提出的是，18世纪前后进步文学流派——实学派兴起，该派代表作家朴趾源（1737—1805）的成就主要是在小说和散文方面，丁若镛（1762—1836）的贡献则主要是在诗歌领域。朴趾源出身没落贵族，喜欢游览名胜古迹，考察风土民情，并曾一度隐居山野，从事农业耕作。1780年，他随使团来中国祝贺乾隆皇帝诞辰，先到北京，后抵承德，所著《热河日记》便是这次旅行的记录。他流传下来的小说共有九篇，数量不多，篇幅不长；但篇篇均为佳作，思想深邃，言简意赅，耐人寻味。有的以揭露封建士大夫的腐朽无能为主旨。如《两班传》，写一个不事生产、专读死书的两班，因无力偿还多达千石的欠粮，决定将两班头衔和特权卖给财主；但财主得知两班种种特权以后，终于悟出这将使自己为盗，于是"掉头而走，终身不复言两班事"。有的歌颂劳动大众的辛勤劳作和高尚品质。如《秽德先生》，刻画一个粪夫的形象，因终日与粪接触故曰"秽"，又因品德高尚故曰"德"，再加上"先生"二字以表示景仰之意。作者认为"其处身也至鄙污，而其守义也至抗高"，最后得出"洁者有不洁，而秽者不秽耳"的结论。还有的表现作者对于未来社会的美好理想。如《许生传》，描写一个经商致富的儒生在一座荒岛上建设乐土的故事，在他的指导下，人们"伐树为屋，编竹为篱。地气既全，百种硕茂。不菑不畬，一茎九穗"。他的散文以长达26卷的《热河日记》为代表作品。该书被誉为朝鲜古典文学史上最优秀的旅行记，内容包括哲学、政治、经济、天文、地理、风俗、制度、古迹、文物等各个方面，观察细腻，描述精确，文笔生动，语言流畅。其中心思想则是，为了朝鲜的繁荣富强，必须尽快学习中国先进文化和西方先进文化。在这个意义上说，《热河日记》乃是作者实学派思想的艺术结晶。丁若镛的诗歌是他的思想观点的艺术体现，其突出特点是憎恨残暴的统治者，同情受苦的劳动者。《奉旨廉察到积城村舍作》和《饥民诗》等都充分地表现了这种特点。

此外，他还模仿杜甫的"三吏"写了自己的"三吏"，即《波池吏》、《龙山吏》和《海南吏》。①

两相比较，《讲义》的写法是为了与其他同等国家文学的写法一致，是为了适合贴近教学的需要，并不是没有更详细的资料，因为当时笔者已经听完韦旭升先生的朝鲜文学史课，并有详细的笔记；而《新编简明东方文学》的写法则是系统评介朝鲜文学史，并将《春香传》列为重点，设为独立的一节予以评介。若单就朴趾源和《春香传》这两个点来比较，关于朴趾源，还可以说二者的区别不大，只是前者简略一些，后者详细一些；关于《春香传》，则可以说二者的区别很大，前者只用了百余字，而后者则用了数千字，在广度和深度上都不可同日而语了。

关于越南文学，《讲义》写道：

越南有阮攸的《金云翘传》。阮攸是越南最杰出的诗人，他的长诗《金云翘传》是越南十八九世纪古典文学繁荣时期最光辉的代表作品。它取材于中国小说，描写的是一个正直而善良的妇女王翠翘辗转沉浮、受尽侮辱欺凌的故事。在越南，还从未有过一部作品像这部长诗这样大胆、无畏、深刻地批判腐朽的封建社会，这样深切地描写人们的苦楚，这样生动地表现人民起义领导者的光辉形象。这部长诗采用生动的口语，民歌的形式，语言精炼而丰富，达到了前所未有的高度。②

这段限于评介阮攸的《金云翘传》这一部作品，其内容虽然简略一些，但还是准确的。此外，这里也由于与朝鲜文学同样的原因没有评介越南古典文学发展历史。而《新编简明东方文学》则有所不同，

① 《新编简明东方文学》，第55—57页。
② 《外国文学讲义·东方文学部分》，第8页。

在"概述"里简要地评介了越南古典文学的发展情况，至于阮攸的《金云翘传》则被列为重点，单独设立一节，所以评介的内容自然要比《讲义》丰富、详细和深入多了。以下是《新编简明东方文学》在"概述"中对越南古典文学史的评介：

　　（在东南亚）受中国文化影响最深广的是越南文学。据卢蔚秋先生研究，越南早期只有汉语的书面文学，13 世纪阮诠在汉字的基础上创造了越南的民族文字——字喃。字喃的产生直接推动了越南诗歌的创作，相继出现了"六八诗体"（六字句和八字句相间）和"双七六八诗体"（四句一组，字数分别为七、七、六、八）。16 世纪字喃文学得到发展，18 世纪日臻成熟。长期以来，汉语文学和字喃文学共同存在，互相促进。汉语文学最早的名作家是阮廌（1380—1442），他为黎朝皇帝撰写的《平吴大诰》被誉为"千古雄文"。阮屿（16 世纪）的《传奇漫录》收入 20 个具有浓厚传奇色彩的故事，颇有引人入胜的力量。邓陈琨（1710—1745）写有长篇乐府诗《征妇吟曲》，通过一个出征者妻子的哭诉，谴责封建势力互相混战给人民大众带来的祸害。黎贵惇（1726—1784）的著述很多，所作诗文广泛地涉及社会生活的许多方面。字喃文学也取得了相当可观的成就。阮嘉韶（1741—1798）的代表作《宫怨吟曲》用"双七六八诗体"写成，通过一个失宠宫女的诉说，揭露宫廷对妇女的摧残和迫害。女诗人胡春香（19 世纪）敢于向封建礼教宣战，具有叛逆精神，著有《春香诗集》一书，其中有的诗揭露封建道德的虚伪，有的诗讥讽社会习俗的腐败。越南文学中最具代表性的作家是阮攸，他的长诗《金云翘传》是家喻户晓的佳作（详见本章第五节）。[①]

　　另外，在东南亚古典文学中，除越南文学外，其实还应该对古爪

---

　　① 《新编简明东方文学》，第 57 页。

哇语文学、马来文学、泰国文学和缅甸文学予以评介。但是，在编写《讲义》时，编写者还没有掌握这方面的资料，所以无法编写，只能空缺。《新编简明东方文学》关于这些国家和地区的文学逐一进行了评介，兹不赘述。

在《讲义》的第二部分第一节"东方现代文学概论"的标题下，分为三个方面，第一方面概述东方现代文学发展的基本趋势，第二方面概述朝鲜文学和越南文学，第三方面概述黑非洲文学。

在朝鲜文学部分，《讲义》写道：

> 朝鲜现代文学已有半个世纪的历史。李氏王朝统治时期，落后的旧风习和封建性的闭关自守，曾经长期阻滞新文化的发展。19 世纪末和 20 世纪初，以反侵略和反封建的爱国主义为基本精神的资产阶级启蒙文学一度发展，但是没有取得显著成就。1919 年"三一"爱国起义后，无产阶级文学树立起鲜明的旗帜，成为现代文学历史的正式开端。1925 年成立的朝鲜无产阶级文学艺术同盟是新文学运动中的里程碑。30 年代后，受到革命形势的影响，无产阶级文学的思想有了进一步的提高，艺术有了进一步的发展，确立了社会主义现实主义的传统。1945 年解放后，朝鲜作家们继承并发扬了进步文学的传统，学习了外国文学的先进经验，迅速地把朝鲜新文学推上了新的水平。在 1945 年至 1950 年的和平建设时期，新文学奠定并巩固了基础；在 1950 年至 1953 年的祖国解放战争时期，新文学经受住了战火的严重考验，充分发挥了战斗武器的作用。在 1954 年后的战后恢复建设时期，新文学又进入了一个崭新的阶段，力求在短时期内达到世界先进水平。
>
> 朝鲜无产阶级文学的奠基者是韩雪野（1900—　）和李箕永（1895—　）。韩雪野是多产的作家、文艺理论家和社会活动家。他的重要作品有《黄昏》、《历史》、《大同江》等。《黄昏》是他第一部长篇小说，也是朝鲜新文学史上第一部反映工人阶级斗

争生活的长篇巨著。小说通过纺织工厂的工人反对所谓"产业合理化运动"的斗争故事，深刻地揭露了日本垄断资本家勾结朝鲜大资产者疯狂掠夺朝鲜人民的罪行，生动地表现了工人阶级逐渐觉醒和团结的历史趋势。小说的男主人公——先进工人俊植的形象是当时新文学的重要收获。长篇小说《历史》是反映革命历史、描绘领袖形象的成功之作。小说描写1935年金日成同志指挥游击战争，开展抗日统一战线组织工作，培养抗日复国干部的历史故事。小说以精雕细刻的笔法生动地塑造了金日成同志的艺术形象，对朝鲜新文学作出了有益的贡献。长篇小说《大同江》描写平壤人民反对美国占领的斗争故事，愤怒地揭露了美国野兽的滔天罪行，热情地歌颂了朝鲜人民的爱国主义和革命英雄主义精神。小说的主人公——先进女工占顺是作者刻画的最成功的共产主义英雄形象之一。不屈不挠的战斗精神和革命的乐观气息是贯穿作者所有创作的基调。他的文风朴实、清新、刚健。李箕永是以写农民生活为主的小说家。他的重要作品有《故乡》和《土地》。长篇小说《故乡》被认为是30年代新文学的最高成就之一。小说描写1930年前后元德村农民反对地主压迫剥削的斗争故事，它不仅揭示了农村破产的面貌，而且具体地反映了农民斗争的途径和革命发展的趋向。小说的重要成就之一是塑造了一批有血有肉的新人的形象，其中主要是农民运动领导者金喜俊的形象。长篇小说《土地》是反映土地改革的巨大变化的。它不仅描绘了一幅生动的社会历史画面，并且成功地表现了在新的历史条件下和创造性的劳动过程中诞生新人的重要主题。小说的主人公郭巴威，昨天还是个沉默寡言的雇农，今天一变而为有觉悟的劳动者了。作者的所有作品都充满对未来的信心。①

这段评介比较详细。这是因为朝鲜北部——朝鲜民主主义人民共和国

---

① 《外国文学讲义·东方文学部分》，第64页。

是社会主义国家，所以受到特别重视。就具体内容而言，其特点是极
力强调无产阶级文学的重要地位及其所取得的成就，尤其是突出韩雪
野和李箕永的创作成就。因此，根本没有提及无产阶级文学以外其他
阶级的文学，也没有提及南部朝鲜即韩国的文学。这显然是不完全符
合历史事实的。之所以出现这种情况，一方面是由于当时缺乏必要的
全面的资料，另一方面是由于受到当时社会政治环境的影响，编写者
头脑中存在错误的观念，认为像朝鲜这样的国家可能只有无产阶级文
学，非无产阶级文学不值一提，韩国文学不值一提。在《新编简明东
方文学》里，编写者对相应部分的表述如下：

　　朝鲜现代文学的发展过程可以分为战前和战后两个时期，而
战后时期又分为北南两个部分。

　　战前时期文学分为资产阶级和无产阶级两个方面。据何镇华
等先生研究，在资产阶级文学方面，有些作家提倡纯文学，宣传
为艺术而艺术，倡导唯美主义和现代主义，属于这个行列的作家
有李光洙（1892—1950）和金东仁（1900—1951）等；另有一
些作家则写出若干忧国忧民的优秀作品，如小说家罗稻香
（1902—1927）和诗人金素月（1903—1934）等。在无产阶级文
学方面，作家们显得更加富有生机和活力。20 年代初，随着马
克思主义的传播和工农运动的开展，早期无产阶级文学应运而
生，先后组成“焰群社”和“帕斯求拉”（这个名称是由参加者
姓氏字母拼成的）等团体，被称为“新倾向派”。1925 年，朝鲜
无产阶级艺术联盟成立，明确提出发展无产阶级艺术的目标，并
且指出无产阶级艺术运动是无产阶级革命运动的组成部分之一。
进入 30 年代以后，抗日武装斗争的开展推动了无产阶级文学的
进一步发展，李箕永（1895—1984）的长篇小说《故乡》和韩
雪野（1900—1976）的长篇小说《黄昏》等名著相继问世，大
大地提高了朝鲜文学的艺术水准。

　　战后时期文学分为北南两个部分。

　　朝鲜北部文学继承战前无产阶级文学的传统，以社会主义社会现实为基础。1946 年 3 月，朝鲜文学艺术总同盟宣告成立。在它的组织下，朝鲜作家开展批判反动文艺的斗争，同时积极投入革命文学的创作活动。1950 年抗美救国战争爆发后，许多作家浴血奋战，写出大量鼓舞人民斗志的作品。1953 年战争过后，文学加快了前进的步伐，作家队伍不断扩大，作品数量不断增加。当代文学作品的题材是广泛的，主题是多方面的，归纳起来大致包括以下几个方面：反映抗日武装斗争；描写土地改革运动；表现抗美救国战争；歌颂社会主义建设；描绘近代历史画面；表达和平统一愿望等。当代作家也已形成一支实力相当雄厚的队伍。其中有老一代作家（如李箕永、韩雪野等），他们仍在继续起着骨干作用，并且不断有新作问世；还有为数众多的中青年作家迅速成长起来，赵基天（1913—1951）和千世峰（1915—1986）等堪称代表。以李箕永为例。他的主要作品有《鼠火》、《故乡》、《土地》和《图们江》三部曲等中长篇小说，其中长篇小说《故乡》是他的代表作品，也是朝鲜无产阶级文学的奠基作品之一。

　　朝鲜南部文学继承战前现代主义文学和民族主义文学的传统，以资本主义社会现实为基础。在 40 年代后半期和 50 年代，有一批被称为"战后文学派"的青年作家活跃于文坛，他们喜欢从不同角度批判战争和人生，在艺术表现上则深受西方现代派的影响，主要代表人物有孙昌涉（1922—　）、河瑾灿（1931—　）等。从 60 年代起，随着经济的加速发展，文学领域也产生相应变化。①

　　两相比较，后者由于社会政治形势发生明显的变化，加之研究资料逐渐丰富起来，所以评介的观点客观多了，内容也全面多了。其具体表现，一是适当肯定战前资产阶级进步文学的成绩，二是适当介绍

---

①　《新编简明东方文学》，第 193—195 页。

战后朝鲜半岛南部文学，即韩国文学的情况。

在越南文学部分，《讲义》写道：

> 越南新文学也是一支成长很快的队伍。从 19 世纪后半法国
> 殖民者侵入开始，以反侵略和反封建为基本思想的资产阶级进步
> 文学就得以发展，出现了不少有一定价值的作品。1930 年共产
> 党成立后，无产阶级成为革命的领导者，年轻的无产阶级文学也
> 开始萌芽，并于 30 年代末击败了形形色色的反动文艺，取得领
> 导地位。1945 年开始的抗法战争锻炼了革命文学。目前，一个
> 全民规模的新文艺运动正在迅速展开。
>
> 越南新文学的代表作家之一是素友（1920— ）。他是诗人
> 和政治家，是为人民所热爱的歌手，是写政治抒情诗的能手，是
> 对人民爱得深、对敌人恨得狠的充满革命热情的作家。他的诗歌
> 为越南广大人民所欢迎。男女青年、城乡老少都爱读他的诗，有
> 的诗还被人们作为催眠曲唱给孩子听。他的诗集《越北》收入写
> 于 1947—1954 年抗战期间的作品。在这部诗集里，他塑造了一
> 系列栩栩如生的人民英雄形象，描绘了越南民族的英雄面貌，深
> 刻地表现了一个基本思想：觉悟了的越南人民是不可征服的。他
> 善于运用生动、朴素的口语写诗。他的诗含有刚柔两个因素，并
> 且巧妙地融合在一起。[①]

这段评介的特点也是极力强调无产阶级文学的重要地位及其所取得的
成就，并以素友为惟一代表作家。对于资产阶级进步文学只是一笔带
过。这也是不完全符合历史事实的。之所以出现这种情况，一方面是
由于缺乏必要的全面的资料，另一方面也是由于受到当时社会政治环
境的影响，认为像越南这样的社会主义国家必须强调无产阶级文学。
其实，情况并不如此简单。在《新编简明东方文学》里，相应部分

---

① 《外国文学讲义·东方文学部分》，第 64—65 页。

的表述如下：

越南近代文学的产生是与 1885 年法国占领越南以及越南抗法勤王运动密切联系在一起的。据赵玉兰先生研究，当时尽管有一部分文人采取逃避现实甚至投靠殖民当局的态度，但是占文坛主流的却是爱国抗法文学。有些作者既是作家诗人，又是勤王志士，他们写出了大批诗文，表现了炽热的爱国激情。诗人阮廷焰（1822—1888）是其杰出代表之一。他的前期作品《蓼云仙传》通过青年男女的爱情故事，批判社会的邪恶和道德的沦丧；后期作品《渔樵问答》描绘越南民族的苦难，揭发殖民主义的罪行。20 世纪初，以潘佩珠（1867—1940）为首的一批爱国志士活跃起来，主张君主立宪，寻求救国之道。他既用汉文写作，又用越文写作，《琉球血泪新书》、《海外血书》等名著在社会上引起轩然大波，在文学上则开创了一代文风。①

越南现代文学分为战前和战后两个时期。战前文坛由于多种因素影响，浪漫主义文学和现实主义文学均呈活跃态势。前者包括若干具有感伤味道的作品、情调缠绵的新诗和浪漫色彩的小说；后者则力图真实、深入地反映现实生活，尤其是工农劳苦大众的悲惨生活，吴必素（1892—1954）的长篇小说《熄灯》和阮公欢（1903—1977）的长篇小说《最后的道路》堪称其代表作品。战后，越南文学发展步伐加快，新人不断涌现，新作层出不穷，素友（1920—2004）的诗歌和阮庭诗（1924— ）的小说可以作为代表。以阮公欢为例。他的重要作品有长篇小说《古井无波》、《丽容》、《金枝玉叶》、《女主人》和《最后的道路》。这些小说为越南现实主义文学的发展做出了卓越的贡献。②

---

① 《新编简明东方文学》，第 149 页。
② 同上书，第 195—196 页。

　　两相比较，我们应该承认，后者是更加实事求是的写法。当然，后者之所以能够做到这一点，一方面是由于近年来研究工作的深入，另一方面是由于社会政治形势的变化使编写者的思想观点发生了相应的变化。

　　在近现代东南亚文学中，除越南文学外，其实还应该提及菲律宾文学、缅甸文学、泰国文学、印度尼西亚和马来西亚文学，特别是印度尼西亚的普拉姆迪亚·阿南达·杜尔，应该列入重点作家行列。《讲义》完全没有提及这些国家的文学，而《新编简明东方文学》则对这些国家的文学逐一进行了评介。这无疑也是一个重要变化。限于篇幅，具体内容恕不赘述。

　　在黑非洲文学部分，《讲义》写道：

　　　　黑非洲的新文学运动也很活跃。黑非洲文学是属于同一源泉的多民族的文学。在黑非洲，口头文学仍占有重要地位，书面文学则主要使用欧洲语言文字写作。新文学的发生可以溯源到 19 世纪末和 20 世纪初，那时正是沉睡的黑非洲开始觉醒的年代。第二次世界大战后，尤其是近 10 几年来，争独立、求解放的民族革命运动在黑非洲广大地区风起云涌，新文学运动也呈现出前所未有的高涨局面。近年来，黑非洲文学面临着一个尖锐的问题：走现实主义的路，还是走非现实主义的路。经过争论表明，如今大多数进步作家都主张文学应该具有参与当代人民解放斗争，采用民族形式，运用民间创作的现实主义传统。

　　　　黑非洲的诗歌得到了异常迅速的发展，并已达到繁荣阶段。现代诗歌的基本精神在于支持民族解放斗争。诗人们希望积极参加黑非洲大陆上新民族形成过程中的斗争，以唤醒民族自觉作为自己最重要的使命。在他们富有炽热感情和深刻思想的诗歌里，常见的主题是诉说人民的痛苦、思索祖国和民族的苦难命运、揭露殖民主义者的血腥统治和残酷剥削、反映人民争取独立自由的斗争以及对光明未来的向往。这些诗歌表现民族自觉的形象是多种多样的。新的诗歌已不是过去黑人唱的呻吟曲，而是充满由奴隶生涯所引起的愤怒而激昂的战歌。这种调子公开表示了对白人殖民主义者的轻蔑，显示了对自己力量的信心。新的诗歌也贯穿着黑非洲过去的伟大的回音和形象，赞美着古代的帝王和国家。新的诗歌还常常用许多瑰丽的景物来象征祖国，表现出人们必将成为自己土地真正主人的信心。如以一株鲜红如火的"熊熊燃烧的树"的形象，象征祖国的繁荣和自由。此外，甚至纯粹属于个人性质的主题，也具有了独特的爱国主义气息。如客居异乡的诗人母亲和爱人的形象，总是和远方美好祖国的形象合为一体。这些新诗在思想、感情、形象和韵律方面具有独特的民族风格。它们在一种紧张的、特殊的塔姆—塔姆韵律中，表现出十分鲜明的昂扬振奋的生命力、如狂的感觉和有力的热情。这是自古以来的传统同现代的乐观主义巧妙融合的结果，是对自己、对人民未来的确信的表现。黑非洲有才能的诗人很多。塞内加尔的桑戈尔（1906—　）是最知名、最有修养的诗人之一，他写有多部诗集：《黄昏曲》、《黑色的牺牲品》、《给耐特的歌》、《埃非奥普主题》等，还有许多论述黑非洲诗歌的著作。塞内加尔的大卫·狄奥普（1927—　）是有才华的青年诗人之一，他的诗集是《小杆的打击》。象牙海岸的达吉耶（1916—　）是诗人、小说家，他的诗集有《昂然直立的非洲》、《时日的交替》。马达加斯加的拉勃马南查拉（1913—　）是知名诗人，写有长诗《七弦琴》、《祖国》、《拉姆巴》等。莫桑比克的诺罗尼亚（1909—1943）是黑非洲诗歌的先驱者之一，其杰作为《起来，行动吧》。莫桑比克的索乌查则是有才华的女诗人。

黑非洲的小说虽然还不够成熟，但也展现出充满光明未来的前景。表现历史题材的作品，很早就已出现；近10几年来，表现现代题材的作品也大量涌现出来。在这些描写现代生活的小说里，作家们严肃地提出了黑非洲生活中各种尖锐的问题，试图塑造一批新黑非洲人的形象，努力描绘随着社会矛盾的发展，人们幻想的破灭、宗教迷信的破除和民族意识的觉醒。黑非洲新出现的小说家很多，如喀麦隆的青年作家奥约诺写有《战斗的生活》和《老黑人和奖章》，达吉耶写有《克伦比埃》，塞内加尔的乌斯曼写有《黑人码头工》和《祖国，我可爱的人民》等。①

这段评介的内容比较丰富，材料也大体准确。如果我的记忆不错的话，写作的主要依据应该是穆木天先生翻译的苏联以及其他国家学者的研究成果，在当时来说应该算是难得的资料。例如：《现代非洲文学中的现实主义和现代主义的问题》（〔苏联〕E. 加尔培里娜）、《关于撒哈拉以南的非洲文学的手记》（〔英〕巴维尔·大卫生）、《太阳照耀着〈黑非洲〉》（〔苏联〕多马尔朵夫斯基）、《新的非洲——〈非洲诗选〉评介》（〔苏联〕密罗维多娃）、《南非联邦的艺术和生活》（〔苏联〕加克·科浦）、《索马里诗歌》（〔索马里〕阿赫迈法·莪马·阿尔·阿菲哈利）等；此外，还参考了其他方面的资料。这段评介存在的问题，主要表现在以下两方面：一方面是材料不够全面；另一方面是观点存在缺欠，如在总结近年来黑非洲文学的走向时，认为"走现实主义的路，还是走非现实主义的路"是争论的焦点，并认为"如今大多数进步作家都主张文学应该具有参与当代人民解放斗争，采用民族形式，运用民间创作的现实主义传统"，这个结论恐怕未必完全符合事实，也难以令人信服。《新编简明东方文学》的相关部分，依据国内外学者的新研究成果，对黑非洲文学的评介如下：

南部非洲文学

近年以来，南部非洲文学的发展颇为迅速，如今已经成为世界文学中一支不可忽视的力量。这个地区的主要居民是黑人，按语言和分布地带来划分，又可分为苏丹语系黑人和班图语系黑人

---

① 《外国文学讲义·东方文学部分》，第66—67页。

两部分，前者分布在撒哈拉沙漠和赤道之间，后者分布在赤道以
南。苏联的尼基福罗娃等学者和俞灏东、李永彩、金志平、邵殿
生、王全礼、董炯相、王正龙等先生对南部非洲文学进行了较多
的研究。

南部非洲各国文学的发展，既有共同特征，又有明显差异。
其共同特征主要在于发展的迅速性和跳跃性，即努力克服自己的
落后状态，充分利用当代世界文学的成果和经验，争取尽快达到
世界先进水平。其明显差异首先由于殖民主义国家所执行的文化
政策不同。大体说来，法国和葡萄牙在殖民地国家执行同化政
策，即拼命压制当地民族的语言和文学，极力扶植法语和葡语的
文学；英国和比利时则执行使殖民地国家的语言和文学为自己服
务的政策，即一面推动欧洲语言文学的发展，另一面却并不压制
非洲语言文学，甚至于在一定程度上鼓励非洲语言文学的前进。

南部非洲文学是由许多国家和许多民族的文学构成的，这些
国家和民族的情况千差万别。为了方便起见，下面分为东非文
学、西非文学和南非文学三部分加以介绍。

东非文学

在非洲东部地区，使用当地民族语言——斯瓦希里语的文学
和使用外来语言——英语的文学并存。东非文学以坦桑尼亚和肯
尼亚两国较为突出。

坦桑尼亚的斯瓦希里语文学和英语文学是有密切联系的。前
者历史比较悠久，并对后者有所影响；后者历史较短，还没有取
得显著成就。斯瓦希里语文学可以上溯到 18 世纪初，19 世纪 80
年代以后取得很大发展，20 世纪 60 年代之后又进入了一个新时
期，出现了如夏巴尼·罗伯特（1909—1962）这样的著名作家。
他从 1934 年开始写诗，一生创作了 20 余部作品，有小说、诗
歌、散文、随笔、寓言和传记等，其中比较重要的作品有《可信
国》、《想象国》、《夏巴尼诗集》、《我的一生》、《为自由而战》、
《农夫乌图波拉》等。其代表作之一长篇小说《可信国》是一部

寓言小说，作者通过一个寓言，一面揭露当时社会的黑暗，一面畅想祖国美好的未来。此外，小说广泛采用人民大众喜闻乐见的形式，采用民间文学经常使用的方法，也是它受欢迎的原因之一。

肯尼亚虽然也有民族语言文学存在，可是却没有像坦桑尼亚那样产生夏巴尼·罗伯特一类具有广泛影响的作家；反之，英语文学虽然也像坦桑尼亚那样年轻，可是却取得了相当大的成就，恩古吉·瓦·西翁奥（1938—　）便是其杰出代表。他的主要成果是长篇小说三部曲——《孩子，你别哭》、《大河两岸》和《一粒麦种》，其中又以第一部《孩子，你别哭》最出色。这部小说的故事情节主要围绕两个家庭两代人的关系展开：一条是老一代人之间的矛盾冲突，即恩戈索和贾科波的矛盾冲突，前者积极参加罢工斗争，后者则站在罢工斗争的对立面；另一条是年轻一代人的微妙关系，即恩戈索的儿子恩约罗格和贾科波的女儿姆韦哈吉之间的爱情故事。

西非文学

非洲西部地区各国的文学，从语言上可以分为两组：使用法语的法语文学，有塞内加尔、科特迪瓦、喀麦隆等国；使用英语的英语文学，有尼日利亚等国。

塞内加尔有用当地民族语言创作的文学作品，但成绩斐然并获得国际声誉的乃是法语文学。塞内加尔的法语文学产生于20世纪30年代，1934年出版的杂志《黑人大学生》创刊号标志着它的开端。其后，陆续出现一些诗歌、小说、故事作品。战后，随着民族的觉醒，文学前进的步伐大大加快，从50年代后期开始进入繁荣时期。莱奥波尔德·塞达·桑戈尔（1906—2001）、桑贝内·乌斯曼（1923—　）等诗人和作家的创作，在塞内加尔文学史上占有重要地位。

科特迪瓦的法语文学是从30年代的戏剧创作起步的，四五十年代以后获得较快发展，在诗歌、故事、戏剧和小说方面都取得了一定的成绩。贝尔纳·达迪耶（1916— ）是该国最大的诗人和作家。他的诗集有《昂然挺立的非洲》和《五洲的人们》等，小说有《克兰比埃》和《一个黑人在巴黎》等。

喀麦隆文学以法语文学为主，50 年代涌现出几位富有才华的诗人和作家，其中以斐迪南·奥约诺（1929— ）名声最大。

尼日利亚是西非英语文学最发达的国家。从 60 年代初起，由于国家获得独立，文学取得迅速进展。小说家钦努阿·阿契贝（1930— ）和戏剧家渥雷·索因卡（详见第六章第四节）的创作，代表该国文学的最高水平。阿契贝的主要作品是四部长篇小说：《瓦解》、《动荡》、《神箭》和《人民公仆》，其中《瓦解》被认为是他最优秀的作品。

以桑戈尔为例。迄今他至少已经出版了八部诗集。例如：《影之歌》以异国情调的景物反衬诗人自身的黑人特性。《黑色的祭品》具有较为浓重的政治色彩和较为强烈的政治性质。在《埃塞俄比亚诗集》里，他似乎不再直接以重大社会政治事件为题材，不再公然鼓吹反对殖民主义的思想，逐步变为比较缓和的态度了。《夜曲集》和《雨季的信札》则转而描写塞内加尔美丽的自然风光，抒发自己对生活的热爱和对幸福的向往。从总体来看，他的诗歌具有鲜明的特征：一是自始至终洋溢着浪漫主义的激情。二是努力使诗歌与音乐联系起来，以音乐加强诗歌的表现力和感染力。三是采用各种手段力图充分体现非洲特性。

再以乌斯曼为例。他的主要作品是三部长篇小说——《黑色码头工》、《祖国，我可爱的人民》和《神的儿女》。《黑色码头工》依据他自己在法国马赛当码头工的经历写成，表现出强烈反对种族歧视的倾向。《祖国，我可爱的人民》使他获得了世界声誉。小说的主人公是一个从法国归来的黑人青年，一心想要改造家乡甚至祖国的落后面貌，终于遭到失败的悲剧故事。《神的儿女》以铁路大罢工为题材，歌颂黑人工人的大无畏精神。在场面宏伟壮阔、登场人物众多、描写形象生动和气势雄壮宏大等方面，这部小说又达到了新的高度。

再以奥约诺为例。他的主要作品也是三部长篇小说，即《童仆的一生》、《老黑人和奖章》和《欧洲的道路》。《老黑人和奖章》是他的代表作品，它通过一个被欺骗的老黑人觉醒的故事，描绘了黑人的命运，预示了新时代的到来。这部小说对主人公麦卡思想变化的描写是十分细致的，对白人殖民者欺骗伎俩的揭露也是非常深刻的。他们发给麦卡奖章是为了表示所谓"友好、爱戴和尊敬"，是为了表示所谓"比朋友还要亲密"的友谊。

南非文学

南非地区的文学在语言方面更加多样，有使用葡萄牙语的文学，如安哥拉、莫桑比克；也有使用班图族语的文学，使用英语的文学，使用阿非里卡语（当地部分白人使用的语言）的文学，如南非共和国。

安哥拉的文学主要是用葡萄牙语写成的。安哥拉葡萄牙语文学始于19世纪中叶，但是取得重大发展则是20世纪四五十年代的事。作家卡斯特罗·索罗梅尼奥（1910—1968）是安哥拉新文学运动的重要成员之一。他写有《死亡的土地》和《转折》等长篇小说。

莫桑比克的文学主要也是用葡萄牙语写成的。莫桑比克葡萄牙语文学到20世纪初才开始产生，40年代中期得到较大的发展。鲁伊·德·诺罗尼亚（1909—1943）的诗歌创作占有重要地位。其后，相继出现了若泽·克拉维林尼亚（1922—　）和马尔塞林诺·多斯·桑托斯（1929—　）等优秀诗人。

南非共和国的文学创作使用多种语言，如班图族语、英语、阿非里卡语等。该国文学形成于19世纪。白人文学分为英语文学和阿非里卡语文学两个系统平行发展起来，到了20世纪五六十年代开始融合，英语文学逐渐取代阿非里卡语文学。黑人文学起初用班图语写作，后来也渐渐改用英语。彼得·亚伯拉罕姆斯（1919—　）、纳丁·戈迪默（详见第六章第五节）、丹尼斯·布

鲁斯特（1924—   ）和约翰·马克斯韦尔·库切（1940—   ）
是该国文学史上影响最大的作家。①

    两相比较，《新编简明东方文学》的内容显然比半个世纪前编写
的《讲义》的内容要全面多了，也丰富多了。这一方面是因为可供
参考的资料大大地增加了，另一方面是因为近半个世纪以来黑非洲文
学本身又得到了很大的发展，所以受到了学术界的普遍重视。

---

①   参见《新编简明东方文学》，第211—216页。

第六章

结　语

　　综上所述，我们不难看出，比起《东方文学教学大纲》来，《东方文学讲义》在广度上得到进一步扩展，大体上已经涉及东方文学所应当涵盖的各个重要地区和国家的重要作家作品；在深度上也得到进一步开掘，有些部分为"文化大革命"后编写新教材奠定了良好的基础，还有些部分甚至已经接近"文化大革命"后编写的新教材的水平。

　　但是，比起"文化大革命"后，特别是21世纪初出版的相同类型的东方文学教材（包括《新编简明东方文学》在内）来，换言之，按照一部比较完整的简明东方文学教材来要求，《讲义》在广度上和深度上都还存在着若干缺欠。

　　在广度上，《讲义》的缺欠表现在文学发展历史和重点作家作品两个方面。

　　在文学发展历史方面，如古代部分欠缺伊朗文学和希伯来文学，中古部分欠缺日本文学、朝鲜文学、越南文学、古爪哇语文学、泰国文学、缅甸文学和马来文学，近代部分欠缺菲律宾文学、越南文学、缅甸文学、印度尼西亚文学、马来西亚文学和伊朗文学，现代部分欠缺泰国文学、缅甸文学、印度尼西亚文学、伊朗文学、以色列文学和土耳其文学等。

　　在重点作家作品方面，《讲义》设有八个重点作家作品（印度两大史诗包括两个重点）。这样安排主要出于两方面的考虑：从国家方面来说，采取突出印度文学，兼顾阿拉伯文学、伊朗文学和日本文学的办法，印度文学选取五个重点作家或作品，即古代的两大史诗、中古的迦梨陀娑、近代的泰戈尔和现代的普列姆昌德；阿拉伯文学选取一个重点作品，即中古的《一千零一夜》；伊朗文学选取一个重点作家，即中古的萨迪；日本文学选取一个重点作家，即现代的小林多喜二。现在看来，印度文学选取五个重点作家或作品，不能算过多，这五个的确堪称重点；但其他三个国家文学各选取一个重点作家或作品，显得略少一些。从时代方面来说，在古代设置两个重点，即印度两大史诗；在中古设置三个重点，即印度的迦梨陀娑、阿拉伯的《一千零一夜》和伊朗的萨迪；在近代设置一个重点，即印度的泰戈尔；在现代设置两个重点，即印度的普列姆昌德和日本的小林多喜二，也大体上说得过去。在这八个重点里，其中七个后来在编写相同类型的东方文学教材（包括《新编简明东方文学》在内）时，一般也被列为重点作家作品，只有小林多喜二没有被列为重点（如上所述，当时之所以将小林多喜二列为重点，实际上不仅是把他作为日本现代无产阶级文学的代表，同时也是作为东方现代无产阶级文学的代表。因为除他之外，似乎没有其他更合适的对象了。这种考虑表明，当时编写东方文学讲义，还是很重视《外国文学教学大纲》所作的"着重讲现代无产阶级文学"的规定的。这种情况在当时来说是可以理解的）。

这个事实说明，《讲义》在选取重点作家作品方面基本上是准确的。不过，古代部分的《圣经·旧约》（希伯来），中古部分的《万叶集》（日本）、紫式部（日本）、《春香传》（朝鲜）、《金云翘传》（越南）、菲尔多西（伊朗）和哈菲兹（伊朗），近代部分的夏目漱石（日本），现代部分的纪伯伦（阿拉伯）等（现代部分截至《讲义》编写时止），显然也有资格列为重点。

之所以缺少这些部分，主要原因是考虑到编写《讲义》的特定情况和特定目的。也就是说，《讲义》首先是想要满足当时课堂教学的实际需要，是想让学生在听课时和听课后有所依据，有文字材料可以查看。因此，《讲义》力求贴近教学。简而言之，也就是课堂上讲什么，《讲义》里就写什么；课堂上不讲的，《讲义》里也不写；即使在文学史上有一定地位，课堂上也不一定都讲，《讲义》里也不一定都写，因为教学时间有限制。此外还有其他一些原因，如有的部分由于缺乏必要的资料，所以只好暂时空缺，文学发展历史方面的欠缺大多属于这种情况；又如由于当时对宗教的看法受到极"左"思潮的影响，作为宗教经典的《圣经·旧约》没有列为重点；等等。

在深度上，《讲义》的缺欠也表现在文学发展历史和重点作家作品两个方面。

在文学发展历史方面，缺少的是对于东方文学的定义、历史地位、基本特征和东西方文学交流等基本问题的明确阐述。这是因为当时尚未深入思考这些问题，尚未对这些问题得出明确的认识，所以无从写起。后来，笔者对这些问题逐渐有所认识，并在《东方文学概论》里进行了初步的归纳和总结。其后在编写《新编简明东方文学》时，有的采用集中论述的方式，有的采用集中论述和分散论述结合的方式加以论述（别人编写的东方文学教材也往往采用各种不同的方式加以论述）。关于《新编简明东方文学》对东方文学的定义、历史地位和基本特征等问题的论述已如上述，这里仅以对东方三大文化体系的论述为例。

该书采用集中论述和分散论述结合的方式，对东方三大文化体系的形成、意义和影响进行了如下的论述。

关于东方三大文化体系的形成，该书写道：

在文化方面，东方地区的三大文化体系在这个时期逐渐成熟和完备。作为中国文化体系之核心的中国文化，早在古代业已形成，进入中古时期以后则更加充实、丰富和提高，并通过思想（儒家）、宗教（佛教）、语言（汉语）和文字（汉字）等，对朝鲜、日本、越南以及其他东南亚国家等周边地区的文化产生了广泛而深刻的影响，终于形成了中国文化体系。印度文化体系与中国文化体系几乎同步发展，印度文化通过宗教（印度教和佛教）、语言（梵语和巴利语）和文字（梵文和巴利文）等，大大地影响了斯里兰卡、缅甸、泰国、柬埔寨、马来群岛以及其他东南亚国家和地区的文化，并最终形成了印度文化体系。阿拉伯—伊斯兰文化体系的形成稍晚一些，作为该体系之核心的阿拉伯—伊斯兰文化，在公元七八世纪产生于阿拉伯半岛，它一面吸收伊朗、印度、希腊、罗马、犹太教和基督教文化，一面通过宗教（伊斯兰教）、语言（阿拉伯语）和文字（阿拉伯文）等，向西亚、中亚、东南亚和非洲等广大地区的众多国家传播自己的文化，其影响大有后来居上之势。①

关于三大文化体系的意义和影响，该书写道：

在古代，由于经济不发展和交通不发达等种种条件的限制，各民族之间的文学交流不够频繁。到了中古时期，随着经济的发展和交通的发达，各民族之间的文学交流也空前频繁起来。这对各民族文学的发展产生了积极的影响。这种交流与三大文化体系的形成有密切关系。在各个文化体系内，主要是文学水平较高的核心国家的文学作品流传到其他国家，对其他国家文学的发展起了推动作用。例如：中国与日本、朝鲜和越南等国文学交流由来已久，这几个国家的不少诗人和作家通晓汉诗和汉文，并在创作上受到汉诗和汉文的深刻影响；印度与斯里兰卡、爪哇、马来、缅甸、泰国、柬埔寨等国家和地区文学交流关系密切，印度史诗和佛教经典在这几个国家和地区广泛流传，并且成为重新创作的题材来源；在阿拉伯—伊斯兰文化体系内，伊斯兰教经典《古兰经》成为各国作家进行创作的楷模和取材的源泉，阿拉伯和伊朗

① 《新编简明东方文学》，第45页。

的诗文也成为各个国家的共同财富。与此同时，中国、印度、阿拉伯和伊朗文学也接受了本体系内其他国家文学的影响。除此之外，在三大文化体系之间的文学交流和东西方之间的文学交流也是不可忽视的。①

这是关于三大文化体系的意义和影响的集中论述，此外还在书中许多地方分散地涉及这个问题。限于篇幅，不再一一举例说明。

在重点作家作品方面，缺乏的是对于作家的创作道路、成就和意义，代表作品的思想内容和艺术表现形式及风格等的进一步论述。这是因为笔者当时尚未进行更深入的探索和研究。兹以泰戈尔为例。

关于泰戈尔的代表作——《吉檀迦利》的思想性，《讲义》有所论述，但不够深入，显得一般化。其中写道：

在这些诗篇里，他的哲学观和政治观得到了艺术的体现。他以为神灵是万物的主宰，自然界是神的精神的体现。他日夜在渴望与神灵的结合，以达到思想灵魂的净化。但他并不寻求超脱。他以为神灵是关心现实生活的，神的精神体现在现实世界之中——"把礼赞和数珠撇在一边吧！你在门窗紧闭幽暗孤寂的殿角里，向谁礼拜呢？睁开眼你看，上帝不在你的面前！／他是在锄着枯地的农夫那里，在敲石的造路工人那里。太阳下，阴雨里，他和他们同在，衣袍上蒙着尘土。脱掉你的圣袍，像他一样地下到泥土里去吧！"（谢冰心译文，下同）他热爱现实生活，要把世间建成理想的天国，而不是到别处去寻找天国。他追求的是一个友爱的、自由平等的社会，他热切希望这样的社会出现——"在那里，心是无畏的，头也抬得高昂；／在那里，知识是自由的；／在那里，世界还没有被狭小的家园的墙隔成片段；／在那里，话是从真理的深处说出；／在那里，不懈的努力向着

---

① 《新编简明东方文学》，第47页。

'完美'伸臂；/在那里，理智的清泉还没有沉没在积习的荒漠之中；/在那里，心灵是受你的指引走向那不断放宽的思想与行为——/进入那自由的天国，我的父啊，让我的国家觉醒起来吧！"①

这段文字过分简略，而且很难说是对这部诗集思想内容的全面解读，只能算是对它的积极意义的部分阐释。不言而喻，这种处理方法也与那个时代的政治氛围分不开。后来，随着社会的发展和时代的变迁，随着编写者研究和理解的深入，这种情况也发生了相应的变化。笔者曾在《〈吉檀迦利〉新解》（载于《文学史重构与名著重读》，北京大学出版社 1996 年版）等论文里阐述过自己的新见解，而《新编简明东方文学》关于这个问题的论述则是其内容撮要：

　　"吉檀迦利"是孟加拉文的音译，意思是"奉献"。这部诗集是诗人奉献给自己心目中的神灵的。对于这个神，诗人在不同的诗歌里使用了不同的称呼，比如"你"、"他"、"我的主"、"上帝"、"圣母"、"圣者"、"我的朋友"、"我的情人"、"我的父"、"我的国王"、"万王之王"、"诸天之王"、"我的永远光耀的太阳"等等。那么，这个神究竟是谁呢？原来，诗人认为宇宙万物有一个共同的主宰者，这个主宰者就是无形无影而又无所不在的梵，而梵也就是神。不过，值得注意的是，泰戈尔心目中的神，既不同于中国人心目中的老天爷，也不同于西方人心目中的上帝，他不是高高在上的，而是近在身边的。关于这个神，泰戈尔在《人格》一书里有这样一段生动的描绘："在印度，我们的文学大部分是宗教性的，因为与我们同在的神并不是一个遥远的神；他属于我们的寺庙，也属于我们的家庭。我们在所有恋爱与慈爱的人性关系中，都感觉到他与我们亲近；而在我们的喜庆活

———————————

① 《外国文学讲义·东方文学部分》，第 78—79 页。

动中，他又成了我们尊敬的主宾。在开花与结果的季节，在雨季到来的时候，在秋天的累累果实中，我们看到了他的披风的边缘，而且听到了他的脚步声。"（刘建译文）泰戈尔认为，人们只有达到与神（即梵）完全合一的境界，才会真正感到快乐和幸福。《吉檀迦利》所表现的，就是对于这种境界的追求和感受。

首先，在《吉檀迦利》里，诗人表现了他日夜盼望与神相会，与神结合，达到合二为一理想境界的急迫心情。第 103 首诗集中地表现了这种心情。在这首诗里，他表示渴望把自己所有的一切全部奉献给神，使自己与神完全融为一体。为了充分表达这种急迫心情，他用了一系列形象的比喻，如把自己的全副心灵比为七月的湿云，带着未落的雨点沉沉下垂，在上帝的门前俯伏；把自己的所有诗歌比为聚集起不同调子的一股洪流，而把上帝比为它所倾注的静寂大海；把自己的全部生命比为一群思乡的鹤鸟，日夜飞向它们的山巢，而把上帝比为它起程回到的永久家乡。

其次，在《吉檀迦利》里，诗人表现了达不到合二为一理想境界时的无限痛苦。他虽然热烈追求，可是这种境界似乎很难达到；这种求而不得的情况，在好几首诗里以不同的形式反复出现。如第 43 首写的是神早已自动进入诗人心里，可是诗人未曾加以注意，所以没有留下什么印象——"今天我偶然照见了你的签印，我发现它们和我遗忘了的日常哀乐的回忆，杂乱地散掷在尘埃里。"（谢冰心译文，下同）；第 50 首写的是神向诗人伸手求乞，可是诗人吝啬东西，所以结果大失所望——"但是我一惊不小，当我在晚上把口袋倒在地上的时候，在我乞讨来的粗劣东西之中，我发现了一粒金子。我痛哭了，恨我没有慷慨地将我所有都献给你"；第 51 首写的是神在半夜突然来到家里，大家事先毫无准备，所以闹得十分狼狈——"国王已经来了——但是灯火在哪里呢，花环在哪里呢？给他预备的宝座在哪里呢？呵，丢脸，呵，太丢脸了！客厅在哪里，陈设又在哪里呢？有几个人说了，'叫也无用了！用空手迎接他吧，带他到你的空房里去吧！'"；等等。由此可见，诗人认为自己之所以未能达到理想境界，责任是在自己方面，而不是在神的方面；由于自己吝啬小气，由于自己没有准备等等原因，所以铸成大错。

第三，在《吉檀迦利》里，诗人表现了他达到合二为一理想境界后的无限欢乐。由于诗人一直不肯懈怠，始终热烈追求，所以有时竟然能够如愿以偿，达到了这种境界。在这时，他的一种感受是神在通过他的眼睛观看世界，通过他的耳朵静听世界，通过他的心灵感觉世界。"你的世界在我的心灵里织上字句，你的快乐又给它们加上音乐。你把自己在梦中交给了我，又通过我来感觉你自己的完满的甜柔。"——第65首诗写的是这种感受。再一种感受是觉得自己与宇宙万物完全融合在一起，彼此之间有着同一的生命，跳着同一的脉搏。"我觉得我的四肢因受着生命世界的爱抚而光荣。我的骄傲，是因为时代的脉搏，此刻在我的血液中跳动。"——第69首诗写的是这种感受。

总之，泰戈尔在《吉檀迦利》里所追求的是与神结合的理想境界，与梵结合的理想境界，也就是"梵我同一"的理想境界；而这种追求，正是他的哲学观的艺术体现。那么，他的哲学观是从哪里来的呢？它主要来自印度古老的哲学经典《奥义书》。不过，值得注意的是，他并不是把《奥义书》的思想原封不动地接受下来，而是有所选择的。《奥义书》的中心部分既包括"梵我同一"，又包括"轮回解脱"；但他却主要吸取了前者，而对后者则持有自己的独特见解，即认为达到"梵我同一"的境界不必通过摒弃社会生活的解脱道路和修行方法，而应当在现实社会的范围内去追求。他在《回忆录》里写道："《自然的报复》（剧本名——引者注）可以看作我以后的全部文学作品的序曲；或者更确切地说，这是我所有作品都详述的一个主题——在有限之内获得无限的喜悦。"（冯金辛译文）这段话可以说是正确理解泰戈尔哲学观的一把钥匙，也是正确理解《吉檀迦利》思想实质的一

把钥匙。这里所谓"有限"，是指尘世生活、现实世界；所谓
"无限"，是指与神结合的境界，"梵我同一"的境界。因此，我
们如果全面地、细致地读读这部诗集就会发现，泰戈尔决不是一
个消极遁世的宗教狂，而是一个积极入世的艺术家；他对与神结
合的理想境界的追求，往往是和他对人间理想社会的追求密切联
系在一起的；再进一步也可以说，他对与神结合的理想境界的追
求，在许多场合其实就是他对人间理想社会的追求。这具体地表
现在以下三个方面：

第一，当他讴歌那令人不免有些虚无缥缈之感的理想境界
时，他并没有忘记自己的祖国，他情不自禁地表达出对于自己祖
国未来的热切期望。比如在第35首诗里，他描绘出了一幅理想
社会的图画——

　　　在那里，心是无畏的，头也抬得高昂；
　　　在那里，知识是自由的；
　　　在那里，世界还没有被狭小的家园的墙隔成片段；
　　　在那里，话是从真理的深处说出；
　　　在那里，不懈的努力向着"完美"伸臂；
　　　在那里，理智的清泉没有沉没在积习的荒漠之中；
　　　在那里，心灵是受你的指引，走向那不断放宽的思想与
　　行为——

这首诗的最后一句是："进入那自由的天国，我的父呵，让
我的国家觉醒起来吧。"（谢冰心译文，下同）可见他心目中的
理想社会，不是在缥缥缈缈的天上，而是在实实在在的地上；不
是漫无目标的，而首先是指他的祖国——印度。

第二，他心目中的神并不远离人世，高高在上，而是存在于
现实世界之中，甚至生活在最贫贱的人群之间；要与这样的神结
合，自然也就不能离开现实世界，不能离开最贫贱的人群了。比
如第10首诗写道：

　　　这是你的脚凳，你在最贫最贱最失所的人群中歇足。

　　我想向你鞠躬，我的敬礼不能达到你歇足地方的深处——那最贫最贱最失所的人群中。

　　你穿着破敝的衣服，在最贫最贱最失所的人群中行走，骄傲永远不能走近这个地方。

　　你和最贫最贱最失所的人们当中没有朋友的人做伴，我的心永远找不到那个地方。

　　这首诗反复强调神与"最贫最贱最失所的人"同在，而诗人却由于未能与"最贫最贱最失所的人"同在，所以没有达到与神合一的境界。这是很耐人寻味的。

　　第三，他主张执著于现实生活，在现实生活中与神站在一起，反对脱离现实寻求超脱。比如第11首诗写道：

　　把礼赞和数珠撇在一边吧！你在门窗紧闭幽暗孤寂的殿角里，向谁礼拜呢？睁开眼你看，上帝不在你的面前！

　　他是在锄着枯地的农夫那里，在敲石的造路工人那里。太阳下，阴雨里，他和他们同在，衣袍上蒙着尘土。脱掉你的圣袍，甚至像他一样地下到泥土里去吧！

　　超脱吗？从哪里找超脱呢？我们的主已经高高兴兴地把创造的锁链带起；他和我们大家永远连系在一起。

　　从静坐里走出来吧，丢开供养的香花！你的衣服污损了又何妨呢？去迎接他，在劳动里，流汗里，和他站在一起吧。

这首诗的思想可以说是对上一首诗的继续和发展，使它更加前进了一步。

　　总起来说，《吉檀迦利》可以说是泰戈尔哲学观的艺术体现。他的哲学观是复杂的，既包括对与神结合境界的追求，对"无限"的追求的一面；也包括在现实生活中去追求，在"有限"之内去追求的一面。我们应当全面理解，不应当只看到前一方面而忽略了后一方面。同样，这部诗集的思想也是复杂的，也应当包括这两个方面。我们也应当全面理解，也不应当只看到前一方面而忽略了后一方面。事实上，后一方面正是泰戈尔哲学观创新的地方，正是这部诗集思想创新的地方。①

两者相比，可以明显地看出，《讲义》的论述不够全面和深刻，而《新编简明东方文学》的论述则全面和深刻多了。

总而言之，我们可以得出这样的结论：《东方文学讲义》已经基本上建立了东方文学体系，但是还不够完善。所谓基本上建立了东方文学体系，是指基本上确定了分期和分类问题，基本上确定了东方文学所应当涵盖的地区、国家、作家和作品范围，并且基本上确定了重点作家作品。所谓不够完善，是指其中有些地区、国家、作家和作品还没有被涵盖进去，有些应该列入重点作家作品范围的还没有被列入，有些作家、作品的评述还存在若干明显的不足和缺陷。因此种种，从《东方文学讲义》到《新编简明东方文学》还需要经过很长一段时间，还需要走过很长一段道路。

最后需要说明的是，《东方文学讲义》和《新编简明东方文学》还有一个不同之处：即前者有时直接引用别人的译文和评语，没有一一注明姓名和出处；而后者却不是这样，即引用别人的译文和评语必须一一注明姓名和出处。当时认为，这些讲义只供校内学生阅读，不是正式公开出版物，这样做是可以允许的；现在看来，其实即使只供校内学生阅读，不是正式公开出版物，也不允许这样做。因为严格说来，无论是非正式公开出版物还是正式公开出版物，都应该尊重他人的著作权。这一点是笔者应该说明并郑重道歉的。

----

① 《新编简明东方文学》，第173—176页。

后　记

　　从 1958 年到 1966 年是北京师范大学中文系东方文学学科建设的起步阶段，也是我国许多大学东方文学学科建设的起步阶段。

　　如上所述，我国东方文学学科建设的历史，即把东方文学作为一个整体学科进行教学和研究的历史，始于 1958 年。据我所知，在此之前，作为我国东方文学研究中心的北京大学东方语言文学系，早已在东方国别文学教学和研究方面取得了可观的成绩，作出了重大的贡献，为其后全国大学中文系的东方文学学科建设提供了宝贵的资料，打下了坚实的基础，如梵语文学、印地语文学、阿拉伯文学、日本文学、朝鲜文学、越南文学、伊朗文学、印度尼西亚文学等。不言而喻，有没有这个基础是大不相同的。没有这个基础，始于 1958 年的中文系东方文学学科建设工作是不可能顺利进行的，是不可能取得很大成绩的，更是不可能达到很高水平的。不过，由于实际需要，北京大学东语系当时的着眼点主要是东方国别文学的教学和研究，而不是东方文学整体的教学和研究；之后，由于形势的变化，组织一部分力量转向东方文学学科建设，在雄厚的国别文学教学和研究基础上开展东方文学的整体教学和研究工作，先后设立"东方文学教研室"（1978 年）和"东方文化研究所"（1987 年），最终在 2000 年根据教育部指示设立"东方文学研究中心"，该中心又被教育部批准为"全国文科重点研究基地"。这是我国研究东方文学惟一的重点基地。① 除北大东语系外，在 1958 年以前，其他大学的有关外语科系，东方文学领域的教学和研究也限于国别文学，也没有进行东方文学的整体教学和研究。

从 1958 年起，北京师范大学率先发起建设东方文学学科的系统工程，并与一二十所兄弟院校相继在中文系开设东方文学课程（有的作为一门独立的课程，有的作为外国文学课程的一部分），从而打破了以外国文学为名、西方文学为实的不合理局面，努力在讲堂上为东方文学争得了一席之地。我们应当看到，由于每个大学的中文系几乎都是一个学生人数多、社会影响大的单位，所以在中文系开设东方文学课程，对于全社会东方文学研究工作起到了很大推动作用。

屈指算来，从 1958 年"教育大革命"开始，到 1966 年"文化大革命"爆发为止，我们在这个阶段所从事的东方文学学科建设工作，只有短短七八年的时间（中间还经历多次政治运动，如大炼钢铁、下放劳动、农村四清等，实际从事教学和研究的时间还要短得多）。由于这项工作几乎是"白手起家"开展起来的，既缺乏人手，又缺乏资料，由于这个阶段时间很短，所以没有来得及产生像样的公开正式出版的成果——东方文学教材或东方文学史（从 1963 年到 1966 年间，我国东北和华北几所大学曾经联合编写东方文学教材，先后在呼和浩特和延边召开两次研讨会，并且已经编写出一份初稿，准备公开正式出版，然而由于"文化大革命"突然爆发，此事被迫中止）。尽管如此，这个阶段在我国东方文学学科建设史上仍然具有重要意义，它为"文化大革命"以后的东方文学学科建设奠定了良好的基础，在人力、材料、理论和体系等方面准备了充分的条件；它所取得的经验和所走过的弯路，也为"文化大革命"以后的东方文学学科建设提供了重要的参考。因此种种，我们可以称这个阶段为起步阶段。

时光荏苒，当笔者写以上这些话的时候，历史已经步入 21 世纪

---

① 　关于北京大学从事东方文学教学和研究的详细情况，请参阅王邦维《东方文学研究在北大：回顾与展望》（《东方文学集刊》第 1 辑，湖南文艺出版社 2003 年版，第 1—13 页）。

10 年代后期，东方文学学科起步阶段已经成为 60 年前的往事。回顾过去是为了总结经验，吸取教训，继续前进。改革开放以后，北京师范大学以及全国许多大学中文系（文学院）的东方文学学科取得了突飞猛进的发展，不仅为本科生开设东方文学课程，而且继续招收硕士生、博士生和博士后；不仅从事一般的东方文学研究工作，而且进一步开展东方文学比较研究工作，将东方文学教学和研究工作不断引向深入。与此同时，北京师范大学等校还于 1983 年发起成立全国性的东方文学研究会，该会挂靠北京师范大学，平均每两年召开一次学术研讨会，并受教育部委托举办了三届东方文学教师培训班，为推动东方文学学科在全国范围内的推广贡献了力量。展望未来，我们充满希望，我们坚信今后的东方文学学科一定会获得更加辉煌的成绩，一定会走上更加宽广的道路。

本书在写作过程中参照了许多作者的作品和著作（详见书内"参考书目"），在修改过程中吸纳了马家骏、谭得伶、潘桂珍、陈惇、李启华和王向远教授的意见，在出版过程中得到北京师范大学文学院的大力资助和中国社会科学出版社的鼎力支持，谨此一并表示衷心感谢！

何乃英

2017 年 5 月 1 日

写于北京师范大学越水书屋